U0096362

中國新聞史研究輯刊

初 編

主編　方漢奇

副主編　王潤澤、程曼麗

第 1 冊

「左」傾錯誤時期的《人民日報》
（1957年～1978年）

楊立新 著

花木蘭文化出版社

國家圖書館出版品預行編目資料

「左」傾錯誤時期的《人民日報》（1957 年～1978 年）／楊立新
著 — 初版 — 新北市：花木蘭文化出版社，2013〔民 102〕
目 2+254 面；19×26 公分
（中國新聞史研究輯刊 初編；第 1 冊）
ISBN：978-986-322-292-7（精裝）
1. 中國報業史
890.9208   102012303

ISBN-978-986-322-292-7

9 789863 222927

中國新聞史研究輯刊
初 編 第 一 冊   ISBN：978-986-322-292-7

「左」傾錯誤時期的《人民日報》（1957 年～1978 年）

作　　者　楊立新
主　　編　方漢奇
副 主 編　王潤澤、程曼麗
總 編 輯　杜潔祥
出　　版　花木蘭文化出版社
發 行 所　花木蘭文化出版社
發 行 人　高小娟
聯絡地址　235 新北市中和區中安街七二號十三樓
　　　　　電話：02-2923-1455／傳真：02-2923-1452
網　　址　http://www.huamulan.tw 信箱 sut81518@gmail.com
印　　刷　普羅文化出版廣告事業
初　　版　2013 年 9 月
定　　價　初編 12 冊（精裝）新台幣 20,000 元

版權所有·請勿翻印

「左」傾錯誤時期的《人民日報》
（1957年～1978年）

楊立新　著

作者簡介

楊立新,男,安徽省宿州市人,1968 年 9 月 9 日出生於江蘇鹽城。雙博士,2005 年獲得中國人民大學新聞學博士學位,2009 年獲得首都師範大學書法博士學位,先後師從於方漢奇先生和歐陽中石先生。現為人民日報社總編室一讀室主任,主任編輯;並兼任文化部中國詩酒文化協會天恒詩書畫院顧問、遼寧省當代文學研究會《文苑春秋》雜誌社顧問等。主要從事中國文化、中國書法和新聞學的研究以及書畫創作、書畫文物鑒定等。

提　　要

　　中共中央機關報《人民日報》在中國當代社會政治生活中扮演著十分重要的角色。《「左」傾錯誤時期的〈人民日報〉》記錄並評述了在中華人民共和國歷史上的「左」傾錯誤時期(1957 年～ 1978 年)《人民日報》22 年的發展歷程。論文分上、下兩編。上編為「文革」前十年(1957 年～ 1966 年),下編為「文革」十年(1966 年～ 1976 年),另有尾聲(1976 年～ 1978 年)一章。

　　「左」傾路線時期的 22 年是共和國歷史上最為波譎雲詭、譸張為幻的一個時期,也是新聞媒體逐漸喪失其主體性,新聞工作者逐步異化的一個時期。作為共和國航船上的「瞭望者」,《人民日報》置身政治旋渦的中心,時刻處在風口浪尖之上,經風雨,遭日曝,在五十年代後期以來黨的指導思想上的「左」傾錯誤不斷積累並急劇發展的過程中,《人民日報》受「左」影響、被「左」淩壓、與「左」周旋、向「左」抗爭了整整 22 年!反思並總結這 22 年的經驗和教訓,可以使我們知往鑒來,避免重蹈歷史的覆轍,徹底根治「左」傾思想的餘毒。這既是對歷史尊重的表現,也是對現實負責的態度。

　　論文共 18 萬字,採取分析與史實印證相結合的方法,堅持論從史出,史論結合,力求在最大程度上讓歷史以本來面目展現。

《中國新聞史研究輯刊》總序

　　新聞史是一門科學，是一門考察和研究新聞事業發生發展歷史及其衍變規律的科學。它和新聞理論、新聞業務一樣，都是新聞學的重要組成部分。新聞史又是一門歷史的科學。屬於文化史的範疇，是文化史的重要組成部分。由於新聞事業的特殊性，新聞史的研究和各時期的政治、經濟、文化都有著緊密的聯繫。

　　在中國，近代以來的重大政治運動，和文化史上的許多重大事件，都和當時的新聞事業有著密切的聯繫。從戊戌維新到辛亥革命，每一次重大的政治活動都離不開媒體的宣傳和鼓吹。近代歷史上的幾次大的思想啓蒙運動，哲學和文學領域的幾次大的論戰，新文化運動的誕生和發展，各種文學流派的形成及其代表作品的問世，著名作家、表演藝術家的嶄露頭角和得到社會承認，以及某些科學文化知識的普及和傳播，也都無不和報刊的參與，有著密切的聯繫。各時期的經濟的發展，也有賴於媒體在輿論上的醞釀、推動和支持。

　　新聞史，從宏觀的角度來說，需要研究的是整個人類新聞傳播活動的歷史。從微觀的角度來說，則是要研究一個國家、一個地區、一個時代、一個時期、一類報刊、一類報人，乃至於具體到某一家報刊、某一個報刊工作者和某一個重大新聞事件的歷史。研究到近代以來的新聞史的時候，則還要兼及通訊社、廣播電臺、電視臺和各種現代化新聞傳播機構和新聞傳播手段發生發展的歷史。

　　對於中國的新聞史研究工作者來說，需要著重研究的是中國新聞事業發生發展的歷史。中國是世界上最先有報紙和最先有印刷報紙的國家，中國有

將近 1300 年的封建王朝辦報的歷史，有 1000 多年民間辦報活動的歷史，有近 200 年外國人來華辦報的歷史。曾經先後湧現過數以千萬計的報刊、通訊社、廣播電臺、電視臺和各種各樣的新媒體，以及數以千百計的傑出的新聞工作者，有過幾百次大小不等的有影響的和媒體及報人有關的重大事件。這些都是中國新聞史需要認眞研究的物件。由於中國的新聞事業歷史悠久、源遠流長，中國的新聞史因此有著異常豐富的內容，這是世界上任何國家的新聞史都無法比擬的。

在中國，新聞史的研究，已經有一百年以上的歷史。1873 年《申報》上發表的專論《論中國京報異於外國新報》和 1901 年《清議報》上發表的梁啓超的《中國各報存佚表序》，就是我國研究新聞事業歷史的最早的篇什。至於新聞史的專著，則以姚公鶴寫的《上海報紙小史》為最早，從 1917 年姚書的出版到現在，中國新聞史的研究經歷了以下三個時期。

第一個時期，是 1917 年至 1949 年。這一時期出版的各種類型的新聞史專著不下 50 種。其中屬於通史方面的代表作，有戈公振的《中國報學史》、黃天鵬的《中國的新聞事業》、蔣國珍的《中國新聞發達史》、趙君豪的《中國近代之報業》等。屬於地方新聞史的代表作，有姚公鶴的《上海報紙小史》、項士元的《浙江新聞史》、胡道靜的《上海新聞事業之史的發展》、蔡寄鷗的《武漢新聞史》、長白山人的《北京報紙小史》(收入《新聞學集成》)等。屬於新聞史文集方面的代表作，有孫玉聲的《報海前塵錄》、胡道靜的《新聞史上的新時代》等。屬於新聞史人物研究方面的代表作，有張靜廬的《中國的新聞記者》、黃天鵬的《新聞記者外史》、趙君豪的《上海報人的奮鬥》等。屬於新聞史某一個方面的專著，則有趙敏恒的《外人在華新聞事業》、林語堂的《中國輿論史》、如來生的《中國廣告事業史》和吳憲增的《中國新聞教育史》等。在這一時期出版的新聞史專著中，以戈公振的《中國報學史》影響最大。這部新聞史專著根據作者親自搜訪到的大量第一手材料，系統全面地介紹和論述了中國新聞事業發生發展的歷史，材料豐富，考訂精詳，是中國新聞史研究的奠基之作。至今在新聞史研究工作中，仍然有很大參考價值。其餘的專著，彙集了某一個地區、某一個時期、某一個方面的新聞史方面的材料，也都各有一定的參考價值。

第二個時期，是 1949 至 1978 年。這一時期海峽兩岸的新聞史研究工作都有長足的發展。大陸方面，重點在中共報刊史的研究。其代表作是 1959 年

由中國人民大學新聞系編印出版的《中國現代報刊史》講義，和 1962 年由復旦大學新聞系編印出版的《中國新民主主義革命時期新聞事業史講義》。此外，這一時期還出版了一批帶有資料性質的新聞史參考用書，如人民出版社出版的《五四時期期刊介紹》，潘梓年等撰寫的《新華日報的回憶》，張靜盧編輯的《中國近代出版史料》和《中國現代出版史料》，阿英的《晚清文藝報刊述略》和徐忍寒輯錄的《申報七十七年史料》等。與此同時，一些新聞業務刊物和文史刊物上也發表了一大批有關新聞史的文章。其中如李龍牧所寫的有關《新青年》歷史的文章，丁樹奇所寫的有關《嚮導》歷史的文章，王芸生、曹穀冰合寫的有關《大公報》歷史的文章，吳範寰所寫的有關《世界日報》歷史的文章等，都有一定的影響。這一時期臺港兩地的新聞史研究，在 1949 年前後來自大陸的中老新聞史學者的帶動下，開展得較為蓬勃。30 年間陸續出版的中外新聞史著作，近 80 種。其中主要的有曾虛白、李瞻等分別擔任主編的同名的兩部《中國新聞史》，賴光臨的《中國新聞傳播史》、《七十年中國報業史》、《梁啓超與近代報業》和《中國近代報人與報業》，朱傳譽的《先秦傳播事業概要》、《宋代新聞史》、《報人報史報學》，陳紀瀅的《報人張季鸞》，馮愛群的《華僑報業史》和林友蘭的《香港報業發達史》等等。此外，臺灣出版的《報學週刊》、《報學半年刊》、《記者通訊》等新聞學刊物上，也刊有不少有關新聞史的文章。一般地說，臺港兩地這一時期出版的上述專著，在中國古代新聞史和海外華僑新聞史的研究上，有較高的造詣，可以補同時期大陸新聞史學者的不足。在個別近代報刊報人和有關港臺地區報紙歷史的研究上，由於掌握了較多的材料，也給大陸的新聞史學者，提供了不少參考和借鑒

　　第三個時期，是 1978 年到現在大約 30 多年的一段時期。這是中國大陸新聞史研究工作空前繁榮的一段時期。原因有以下幾點：一是隨著政治和經濟上的改革開放，和「實踐是檢驗真理的唯一標準」的討論，前一階段的「左」的思想影響逐步削弱，能夠辯證的看待新聞史上的報刊、人物和事件，打破了許多研究的禁區。二是隨著這一時期新聞傳播事業的迅猛發展，新聞教育事業受到高度重視，大陸各高校設置的和新聞傳播有關的院、系、專業之類的教學點已超過 600 個。在這些教學點中，中國新聞史通常被安排為必修課程，因而湧現了一大批在這些教學點中從事教學工作的新聞史教學研究工作者。三是上個世紀 80 年代以後，各省市史志的編寫工作紛紛上馬，這些史志

中通常都設有報刊、廣播、電視等媒體的專志，有一大批從一線退下來的老新聞工作者，從事這一類地方新聞史志的編寫工作，因而擴大了新聞史研究工作者的隊伍，豐富和充實了新聞史研究的成果。四是改革開放打破了前 30 年自我封閉的格局。海內外、國內外、境內外和兩岸三地的人際交流，學術交流，資訊交流日益頻繁。爲中國新聞史的研究提供了有利的條件。1992 年中國新聞史學會的成立，和下屬的「新聞傳播教育史」、「外國新聞傳播史」、「網路傳播史」、「少數民族新聞傳播史」、「臺灣與東南亞新聞傳播史」等分會的成立，和該會會刊《新聞春秋》的創刊，也對新聞史研究隊伍的整合與交流起了很大的推動作用。到本世紀的第一個十年，中國大陸的新聞史教學研究工作者已經由前一個時期的不到數十人，發展到數百人。陸續出版的新聞史教材、教學參考資料和專著，如李龍牧的《中國新聞事業史稿》、方漢奇的《中國近代報刊史》、50 位新聞史學者合作完成的《中國新聞事業通史》（三卷本）、胡太春的《中國近代新聞思想史》、徐培汀的《中國新聞傳播學說史（1949-2005）》、韓辛茹的《新華日報史》、王敬等的《延安解放日報史》、張友鸞等的《世界日報興衰史》、尹韻公的《中國明代新聞傳播史》、郭鎮之的《中國電視史》、曾建雄的《中國新聞評論發展史》、程曼麗的《蜜蜂華報研究》、馬光仁等的《上海新聞史》、龐榮棣的《史量才傳》、白潤生等的《中國少數民族新聞傳播通史》（上、下）、吳廷俊的《新記大公報史稿》和《中國新聞史新修》、陳玉申的《晚清報業史》，鐘沛璋的《當代中國的新聞事業》等，累計已超過 100 種。其中有通史，有編年史，有斷代史，有個別新聞媒體的專史，也有新聞界人物的傳記。與此同時，還出現了一批像《新聞研究資料》、《新聞界人物》、《新華社史料》、《天津新聞史料》、《武漢新聞史料》等這樣一些「以新聞史料和新聞史料研究爲主」的定期和不定期的新聞史專業刊物。所刊文章的字數以千萬計。使大陸新聞史的研究達到了空前的高潮。這一時期臺港澳的新聞史研究也有一定的發展。李瞻的《中國新聞史》、賴光臨的《中國新聞傳播史》和《七十年中國報業史》、朱傳譽的《中國新聞事業論集》、陳孟堅的《民報與辛亥革命》、王天濱的《臺灣報業史》和《臺灣新聞傳播史》、李穀城的《香港中文報業發展史》、《香港〈中國旬報〉研究》等是其中的有代表性的專著。但受海歸學者偏重傳播學理論和實證研究的影響，新聞史研究者的隊伍有逐步縮小的趨勢。值得提出的，是這一時期海外華裔學者從事中國新聞史研究的也大有人在。其傑出的代表，是現在北京大

學任教的新加坡籍的卓南生教授。他所著的《中國近代報業發展史》，有中文、日文兩種版本，也出版在這一時期，彌補了大陸學者研究的許多空白，堪稱是一部力作。

和臺港澳新聞史研究的情況相比，中國大陸的新聞史研究，目前仍處在蓬勃發展的階段。爲適應新聞事業迅猛發展的需要，上個世紀 80 年代以來，大陸各高校新聞教學點的數量有了很大的發展，檔次也有了很大的提高。師資隊伍出現了極大的缺口。爲適應形勢發展的需要，幾個重點高校紛紛開設師資培訓班，爲各高校新聞院系輸送新聞史論方面的教學骨幹。稍後又大力發展研究生教育，設置新聞學、傳播學的碩士點和博士點，招收攻讀新聞史方向的研究生。到本世紀的第一個十年，擁有博士學位和博士後學歷的中青年新聞史學者已經數以百計。這些中青年學者，大都在高校和上述 600 多個新聞專業教學點從事新聞史的教學研究工作。他們和在中國社會科學院新聞學研究所和各省市社科院新聞所從事新聞史研究的中青年研究人員以及老一代的新聞史學者一道，構建了一支老中青結合的學術梯隊，形成了一支數以百計的新聞史研究隊伍，不斷的爲新聞史的研究提供新的成果。其中有不少開拓較深，頗具卓識，填補了前人的學術研究的空白。

收入《中國新聞史研究叢書》的這些專著，就是從後一時期近 20 年來中國大陸中青年新聞史學者的眾多研究成果中篩選出來的。既有宏觀的階段性的歷史敘事和總結，也有關於個別媒體、個別報人和重大新聞史事件的個案研究。其中有一些是以他們的博士論文爲基礎，增益刪改完成的。有的則是作者們自出機杼的專著。內容涉及近現當代中國新聞事業歷史的方方面面，既反映了中國大陸改革開放以來新聞史研究蝶舞蜂喧花團錦簇的繁榮景象，展示了中青年學者們的豐碩研究成果，也爲中國新聞史研究的進一步發展，提供了不少參考和借鑒。把它們有選擇的彙集起來，分輯出版，體現了花木蘭文化出版社在推動新聞史學術發展和海內外以及兩岸學術交流方面的遠見卓識，我樂觀厥成，爰爲之序。

方漢奇

2013 年 4 月 30 日

（序的作者爲中國人民大學榮譽一級教授，北京大學新聞學研究會學術總顧問，中國新聞史學會創會會長。）

目

次

第1章　緒論：史報萬日功與過
——問題的緣起

　　在中國當代新聞事業和當代社會政治生活中，有一份報紙舉足輕重，一言九鼎，她就是中共中央機關報——《人民日報》。這份創刊於 1948 年 6 月 15 日的報紙，迄今已走過了 60 多年的風霜歲月，出版了兩萬多期。60 多年來，她伴隨著新中國的成長而壯大，見證並記錄了新中國的興衰榮辱、艱難困苦。新中國的歷史，在她上面正面或反面地有所反映；人民的喜怒哀樂，在她上面直接或間接地有所投射。每當我們翻開她那發黃變脆的紙頁，就好像步入一條「時光隧道」，重新回到了過去那些驚天地、泣鬼神的非常歲月。透過《人民日報》，我們可以清晰地看到共和國歷史的發展足迹，彷彿親臨其境、親歷其事，同時又可以穿透歷史，看到了被光怪陸離的現象所掩蓋的社會骨骼、腑髒、血脈、經絡，也看到了中國的未來。《人民日報》真可謂是中國社會的一面「鏡子」，故有「史報」之稱。

1.1　研究《人民日報》的史學價值和現實意義

　　《人民日報》在中國當代新聞事業和當代社會政治生活中佔有極為突出重要的地位，以致可以說一部人民日報史就是中國當代新聞事業史乃至中國當代史的縮影。故而，對《人民日報》的研究具有極大的史學價值和現實意義。其重要性有如下幾點：

1.1.1 《人民日報》對中國社會政治生活產生深遠影響

作爲中共中央機關報的《人民日報》，是中國共產黨的喉舌，直接傳達黨中央的聲音，宣傳黨和政府的綱領路線、方針政策，是中國政治氣候的風向標和晴雨錶。作爲一份觀點紙特點鮮明的新聞紙，《人民日報》在中國社會政治生活中扮演著極其重要的角色。早在 1948 年底，《人民日報》的社論就已經在中國廣大的華北地區擁有如同政府法令一樣的影響力。尤其是在「政治掛帥」的特殊年代，《人民日報》的社論和一些文章甚至就是「紅頭文件」，集中學習《人民日報》的社論和文章，成爲廣大群眾的一項重要政治任務。「一手拿著煎餅吃，一手拿著人民日」，這句「大躍進」期間流行在山東沂蒙山區的民間打油詩，從一個側面反映了那段畸形歲月《人民日報》在人們心目中的分量。

改革開放尤其是實行社會主義市場經濟體制以後，隨著傳媒業的日益發達和政治的民主化，受眾擁有了選擇越來越多媒體的權利，強制性閱讀成爲歷史。《人民日報》的讀者擁有量和社會影響力有所下降，發行也面臨著越來越大的壓力，但是作爲領航媒體的《人民日報》仍然通過相關媒體（如轉載、轉播《人民日報》的社論和文章，與《人民日報》「對版面」等）對廣大受眾產生著影響。同時，作爲中國目前兩家全國性綜合性報紙之一（另一家爲新華社的《新華每日電訊》），《人民日報》廣泛地介入到中國社會生活的各個領域，仍具有極高的權威性和勢能（離黨中央最近、最能代表黨中央的聲音），所以她的優勢和特殊地位不可替代，依然是當今中國政治性最強、影響力最大、權威性最高的媒體之一。

1.1.2 《人民日報》在中國當代新聞事業發展史中佔據突出地位

由於中國社會主義新聞事業是以黨的新聞事業爲主體，作爲黨的新聞事業的「龍頭」和神經樞紐，《人民日報》在中國當代新聞事業發展史中一直佔據著突出地位。中國當代新聞事業是以《人民日報》爲主線發展的，在不同的歷史時期，《人民日報》都扮演著極其重要的角色，對全國新聞媒體產生著極大的示範和輻射作用。尤其是在計劃經濟時期，全國媒體惟《人民日報》馬首是瞻，可謂一紙風行，眾報影從。進入九十年代以後，隨著新聞事業的快速發展，新聞改革力度的不斷加大，新聞傳媒多元格局的逐漸形成，《人民日報》等昔日的主流媒體出現邊緣化的傾向，在中國當代新聞事業的主體地

位有所下降。但是作為中國當代新聞事業的重要構成部分──黨報體系的「旗艦」，《人民日報》的地位仍然不可小覷，依然是研究我國現行新聞體制和黨的新聞事業的重要對象。

人民日報史是中國當代新聞事業史的重要組成部分，因此，搜集並研究其史料就具有搶救歷史的價值。然而，目前關於人民日報史的研究以及資料的搜集整理工作卻不容樂觀，許多珍貴史料正隨著一批老同志的謝世而淹沒無聞。早在 1997 年，《人民日報》首任社長張磐石同志就發出了「《人民日報》的歷史應當搶救！」的呼籲。〔註 1〕有鑒於此，筆者不揣譾陋，特做一些拾遺補缺、整理研究工作，力爭在搶救人民日報史方面有所貢獻。

1.1.3　研究《人民日報》可為中國當代史的研究提供重要史料

新聞史屬於文化史，同時又是當代史的一部分。《人民日報》是新中國腳步的記錄者，其 50 餘年的發展歷程，見證了新中國的誕生、生產資料社會主義改造完成、社會主義建設起步、十年內亂大破壞、十一屆三中全會撥亂反正、改革開放和建設社會主義市場經濟等一系列重大事件。既是共和國歷史的記錄者、見證人，有時又是共和國歷史的參與者和當事人。通過對《人民日報》的分析和研究，有利於廣泛挖掘史料，豐富史實，推動中國當代史和中共黨史的研究。

然而，由於受「左」傾錯誤的影響，《人民日報》在相當長的歷史時期，對當時的社會生活進行了歪曲反映。如在「大躍進」期間，《人民日報》錯誤地登載過「偉大的空話」，甚至騙人的謊言；在十年災難深重的「文革」浩劫，《人民日報》上到處鶯歌燕舞，儼然是「人民的盛大節日」。歷史被無情地顛倒了！「歷史是一張經過提煉的報紙」這一新聞格言於《人民日報》似乎並不適用。然而從另一面看，《人民日報》畢竟為我們記錄了那段荒唐歲月，給我們「真實再現」了那個是非顛倒的世界，依然為中國當代史的研究提供了鮮活直觀的史料。如果你要瞭解「大躍進」時期的浮誇風，《人民日報》「高產衛星」的報導就是最有力的佐證；倘要瞭解「文化大革命」是怎樣指鹿為馬、強姦民意的，《人民日報》充滿征伐之聲的大批判文章可以使你轉瞬之間回到過去。另外，由於受「事實為政治服務」錯誤思想的指導，當時許多報

〔註 1〕 關邦火《人民日報社史應該搶救》，見《人民日報》《社內生活》，2002 年 12
　　　　月 15 日。

導都是「正題反做，反話正講」。按此邏輯，現在我們只消來個「正面文章反面看」，「反面文章正面讀」，就可以把顛倒的歷史重新顛倒過來，經過「否定之否定」，達成對事實眞相的認識。所以，《人民日報》仍不失爲「史報」。

1.1.4 研究《人民日報》可爲我國當前新聞改革尤其是黨報改革提供歷史鏡鑒

90 年代中後期報業普遍進入市場以後，黨報由於因襲過重，拘舊大於創新，很快被晚報、青年報、周末報、都市報以及生活娛樂服務性報紙瓜分了讀者市場和廣告市場，成爲媒體海洋中的孤島。雖然目前國家仍有一些政策傾斜和財政補貼，發行尙可以依靠行政攤派和保護措施來維持，但一份失去讀者、無人喝彩的報紙即使發行量再大，也不能起到應有的輿論引導作用。嚴酷的現實證明，黨報正面臨著嚴重的生存危機和信譽危機。若不思進取、力行改革，長此以往就有可能成爲一種象徵和擺設。這也是本人研究《人民日報》的現實意義。

毋庸置疑，由於歷史的某種慣性和惰性，我國現行黨報或多或少仍殘留一些計劃經濟時代的做法。如新聞宣傳上的只唯上、不顧下的作風，新聞報導的「假、大、空」文風，社論寫作的開「要」方發命令的方式，版面設計中講禁忌的唯心主義編排思想，新聞攝影的導演和擺拍，以及發行上的行政攤牌和強制訂閱等等，所有這些，都可以從昔日的《人民日報》找到它們的歷史根源和遺傳基因。因此，對計劃經濟時期的《人民日報》進行深入剖析，整理、探究其歷史痼疾的成因、發展和教訓，可以爲我國當前的新聞改革尤其是黨報改革提供寶貴的歷史鏡鑒。

1.2 爲什麼要研究「左」傾錯誤時期的《人民日報》

回顧《人民日報》60 餘年的發展歷程，評價其「史報萬日功與過」（鄧拓語），我們會發現有一段歷史最爲艱難坎坷，波瀾起伏，驚心動魄！──這就是 1957 年至 1978 年的 22 年。這 22 年，是共和國歷史上的「左」傾錯誤時期，中國的政治氣候乍晴乍雨，以至急風暴雨，共和國的艨艟巨艦時常行駛在冰山暗礁之間，有時觸礁擱淺，有時在狂風巨浪中顚簸，有時則陷入濃霧深鎖、險象環生的迷陣之中，難得有片刻的風平浪靜。

　　共和國歷史上的「左」傾錯誤時期是這樣走過的：1957 年「反右派」；緊接著清算「右傾保守」和「反冒進」，搞「大躍進」；1959 年廬山會議，說是要「反左」，突然變臉「反右傾」。左右搖擺幾年後，1966 年「文化大革命」為防止「反革命的右派政變」，支持「革命左派」造反，搞「全面內戰」；「九一三事件」後，剛批了一小會「左」，轉而批「形左實右」，接著反過來變成批「極右」，名曰「批林批孔」；接著又是「批鄧、反擊右傾翻案風」；粉碎「四人幫」後，又來了一個「兩個凡是」，要堅持在「無產階級專政下繼續革命」。「左」，就像毒蟒一樣糾纏了中國人民 22 年！

　　「左」傾錯誤時期的 22 年是共和國歷史上最為波譎雲詭、譸張為幻的一個時期，也是新聞媒體逐漸喪失其主體性，新聞工作者逐步異化的一個時期。作為共和國航船上的「瞭望者」，《人民日報》置身政治漩渦的中心，時刻處在風口浪尖之上，經風雨，遭日曝，在五十年代後期以來黨的指導思想上的「左」傾錯誤不斷積纍並急劇發展的過程中，《人民日報》受「左」影響、被「左」凌壓、與「左」周旋、向「左」抗爭了整整 22 年！在此期間，《人民日報》曾幾次被奪權，報社內部數十年培養起來的一批德才兼備的新聞工作者也以各種罪名被打了下去，許多人被剝奪了工作權利，他們曾多次進行抗爭，顯示了中國新聞界不屈的精神！

　　由於黨的指導思想發生「左」的偏差，作為黨中央機關報的《人民日報》在相當長的歷史時期內成為「左」的思想的散佈者和鼓動者。《人民日報》對黨的新聞工作乃至實際工作影響甚大，在建國後黨的歷次重大失誤中，《人民日報》實際上也起了推波助瀾的作用，難辭其咎。評價《人民日報》這 22 年的歷史，正如鄧拓同志所言「屈指當知功與過」。從總體上看，毋庸置疑，顯然是「過」大於「功」；但在某些歷史階段，則是「功」大於「過」（如六十年代初的新聞事業調整時期、七十年代初的反極「左」宣傳期間），甚至是居功至偉（如 1976 年粉碎「四人幫」後的兩年徘徊期）。

　　「左」傾錯誤時期的這 22 年，是中國新聞事業發展史上的一段不堪回首的當代痛史和傷心史，又是一段彌足珍貴的經驗史、教訓史。鄧小平同志曾指出：「歷史上成功的經驗是寶貴的財富，錯誤的經驗、失敗的經驗也是寶貴財富。」〔註 2〕因此，反思並總結《人民日報》這 22 年的經驗和教訓，可以

〔註 2〕　《改革開放使中國真正活躍起來》，《鄧小平文選》第三卷，人民出版社 1983
　　　　年版，第 234、235 頁。

使我們鑒往知來，避免重蹈歷史的覆轍，徹底根治「左」傾思想的餘毒。這既是對歷史尊重的表現，也是對現實負責的態度。

然而，記錄和反映「左」傾錯誤時期中國新聞事業的歷史卻是支離破碎、模糊不清的，止於敘事而缺少系統的研究和深入的分析，這段歷史依然是一個重大得令我們今天必須去鼎力完成的課題。甘惜分先生在《新聞論爭三十年》一書中不無遺憾地說：「以宣傳爲己任的新聞界，至今卻沒有發表過一篇像樣的文章來深刻地、全面地批判『左』的流毒對新聞界的影響，沒有系統地進行過自我批判，批判自己在宣傳上犯過哪些『左』的錯誤，沒有向人民作過交代。我們新聞界好像一隻手電筒，是只照別人，而不照一照自己。這豈不是怪事嗎？」〔註 3〕

在新聞教育中，此種情況也不容樂觀。筆者曾和許多新聞科班畢業的青年同人談及這一時期的中國新聞事業，聽者常發天方夜譚之歎，說者也有恍如隔世之感。長期以來，我國新聞院系的中國新聞史課程只講授到建國前爲止，建國以後的幾十年歷史幾乎是一片空白，偶有述及，也只是浮光掠影，一筆帶過，致使許多青年新聞工作者對中國新聞史的瞭解存在「遠熟近生」的狀況。90 年代，隨著幾部共和國新聞史論著，尤其是方漢奇先生主編的《中國當代新聞事業史》和《中國新聞事業通史》的問世，這一狀況才得到了根本改觀。然而，由於種種原因，目前在全國新聞院系中，眞正開設共和國新聞史課程的依然很少。

建國以來新聞界經歷的坎坷和曲折、失誤和教訓，是一筆彌足珍貴的歷史財富。西方史學家克羅齊說過：「所有的歷史都是當代史。」中國近代著名政治活動家、啓蒙思想家梁啓超也說：「史事總是時代越近越重要。」〔註 4〕因爲史事越近，對現實的借鑒意義就越大；同時，也因爲去日不遠，與現實也就有著更爲密切的血脈聯繫。只有讓廣大新聞工作者尤其是青年新聞工作者充分熟悉和瞭解這段歷史，才有助於大家明辨是非、撥亂反正，在新聞工作中自覺抵制「左」的餘毒。否則，表面上的決裂反而是內在的繼承，如果任其時過境遷，甚至諱莫如深，避之惟恐不及，表面上看來人們對此是生疏了，實際上內裏的東西卻依然謬種流傳，綿綿不絕。

人是一種善於健忘的動物，所以需要把記憶凝固下來，提醒自己曾經發

〔註 3〕 甘惜分《新聞論爭三十年》，新華出版社 1988 年版，第 106 頁。
〔註 4〕 梁啓超《中國近代三百年學術史》，東方出版社 2004 年版，第 97 頁。

生過的悲劇和喜劇，偉大和渺小，善與惡，美與醜，於是化記憶為歷史，正因為如此，人們才能在過去的教訓中有所前進。然而，人畢竟又是健忘的，於是，先是有人在記憶中背叛了歷史，接著就是更多人在這樣的歷史中背叛了記憶，再接著是集體的失憶和集體的背叛，最後是歷史悲劇重演！

必須看到，20 餘年的「左」傾錯誤給中國新聞事業打上了深深的烙印。雖然噩夢已去，但「左」的餘毒和影響並未徹底根除。1987 年，鄧小平同志曾指出：「幾十年『左』的思想糾正過來不容易，我們主要是反『左』，『左』已經成了一種習慣勢力。」〔註5〕1992 年在南方講話時，鄧小平同志還諄諄告誡：「有右的東西影響我們，也有『左』的東西影響我們，但是根深蒂固的還是『左』的東西。」〔註6〕

我們反對鄙視過去的自虐的歷史觀，也反對忘卻過去的自迷的歷史觀。要真正告別歷史，必須回到歷史。應以歷史唯物主義的觀點和態度，對這一個時期的《人民日報》進行理性的審視和反思，正本清源，對其在「左」傾錯誤下所犯錯誤進行客觀分析、深入解剖，這才是對待歷史的正確態度。我們必須保持對過去錯誤和教訓的集體記憶，為的是錯誤不重犯，教訓不再來。

20 餘年的「左」傾錯誤是一段傷心史，但是，有關「左」傾錯誤時期的歷史不應成為傷心史學。

歷史是一面鏡子，清理歷史是為了走向未來。讓我們都從這面鏡子中照一照自己，回顧自己的盲從和輕信、無知和愚蠢；重溫先進的人們的遠見和良知、膽識和忠貞。不要掩蓋自己的過失，坦蕩真誠的改正錯誤，中國新聞界必將會擁有更加光明燦爛的未來！

〔註5〕 見《鄧小平同志重要談話》，人民出版社 1987 年版，第 27 頁。
〔註6〕 同上，第 23 頁。

上　編

「文革」前十年：「階級鬥爭的工具」
（1957 年 1 月～1966 年 5 月）

　　1957 年 1 月至 1966 年 5 月是我國開始全面建設社會主義的時期，因其在「文化大革命」的前十年，又稱「前十年」史。在這十年間，我國社會主義新聞事業在建國後繼續向前發展，但由於受「左」的錯誤思想影響，「前十年」史與「文革」十年史有著密切的聯繫。正如鄧小平同志所指出的：「1957 年開始，我們的主要錯誤是『左』，『文化大革命』是極『左』。」〔註 1〕

　　在「文革」前十年裏，毛澤東的「階級鬥爭工具論」開始確立並在全國普及。在這長達 10 年的艱難多舛的歲月裏，《人民日報》經歷了大悲大喜，升沉起浮，雖不乏陽光明媚的春天，但總是乍暖還寒，疾風勁吹，報紙上批判之聲不止，征伐之聲不斷，充滿了「火藥味」，《人民日報》也完成了從新聞媒體到「階級鬥爭工具」的演變。在其間進行的「反右派」、「大躍進」、「反右傾」等政治運動中，《人民日報》為錯誤政治錯誤推波助瀾，火上加油，並為「文革」的發動進行輿論準備。

　　上編「文革前十年」，共分為反右時期、「大躍進」時期、新聞探索時期、「文革」準備期 4 個階段，分 4 章加以闡述。

〔註 1〕 鄧小平《改革的步子要加快》，《鄧小平文選》第三卷，第 237 頁。

第 2 章　反右時期：從「死人辦報」到「陽謀」工具（1957 年 1 月～1957 年 11 月）

　　1957 年，是中華人民共和國歷史的一個重要界標。這一年的夏天開始的反右派運動，不僅是一場知識界的災難，也是一場延續二十年的更大浩劫的開始，從此，中國社會走上了「左」傾發展道路，共和國連遭挫折，損失慘重，國家的政治、經濟和文化建設耽誤了 20 年之久！鄧小平同志在上世紀 80 年代中期曾多次指出：「1957 年後，『左』的思想開始擡頭，逐漸佔了上風。」〔註 1〕「從 1957 年開始有一些問題了，問題出在一個『左』字上。」〔註 2〕

　　1956 年下半年，正當中國努力調整經濟關係和改進管理體制，以便順利地完成第一個五年計劃任務的時候，國際共產主義運動內部發生了波匈事件，中國共產黨對當時各種矛盾交織在一起的國際國內形勢作了分析和判斷，採取了開展整風運動等重大舉措。1957 年夏季以後國內形勢的發展，發生了諸多始料未及的複雜情況，一場急風驟雨式的「反右派」鬥爭，使中國的社會主義建設事業從此陷入了長達二十多年的「左」傾歧路。

　　反右派運動到 1958 年夏季結束。受「左」的思想和毛澤東「階級鬥爭的工具論」的影響，中國新聞事業的性質發生了畸變，從新聞輿論工具逐步向單一的「階級鬥爭的工具」演變。《人民日報》也開始了歷史上的重大轉折，

〔註 1〕　鄧小平《政治上發展民主，經濟上實行改革》，《鄧小平文選》第二卷，第 115 頁。

〔註 2〕　鄧小平《改革是中國發展生產力的必由之路》，《鄧小平文選》第二卷，第 136 頁。

「反右」是《人民日報》淪爲「階級鬥爭工具」的第一步,在以後的政治運動中越陷越深。

2.1 短暫的春天

1956 年,社會主義改造完成,中國開始進入全面建設社會主義的重要歷史時期。1956 年 4 月 25 日,毛澤東在中央政治局擴大會議上作了《論十大關係》的講話,提出了「百花齊放,百家爭鳴」的方針,他說:「百花齊放,百家爭鳴,我看這應該成爲我們的方針。藝術問題上百花齊放,學術問題上百家爭鳴。」〔註3〕一個月後,中宣部部長陸定一又向自然科學家、社會科學家、醫學家、文學家、藝術家作了題爲《百花齊放,百家爭鳴》的講話,系統闡述了毛澤東所提出的這一方針。陸定一說:「我們所主張的『百花齊放,百家爭鳴』,是提倡在文學藝術工作和科學研究工作中有獨立思考的自由,有辯論的自由,有創作和批評的自由,有發表自己的意見、堅持自己的意見和保留自己的意見的自由。」〔註4〕

對於中央的這一重大方針,《人民日報》積極響應,1956 年 7 月《人民日報》改版中實施的開展自由討論等重要舉措,就是貫徹「雙百方針」的具體體現。

1956 年 9 月中共八大召開,提出大規模的、急風暴雨式的階級鬥爭已經基本結束,階級矛盾已不再是社會的主要矛盾,要正確處理人民內部矛盾和敵我矛盾以及社會中的各種關係,以便調動一切積極因素來爲建設社會主義而奮鬥。

然而,大半年過去了,到 1957 年春,中國知識界仍然噤若寒蟬,對於「雙百方針」應者寥寥。他們的觀望態度實際上是建國後六、七年來歷次政治運動特別是思想改造運動的後果。經過了建國初期對電影《武訓傳》的批判,對梁漱溟的批判,對《紅樓夢研究》和胡適資產階級唯心思想的批判,以及對所謂的胡風反革命集團的批判,廣大知識分子杯弓蛇影,心有餘悸,他們更願意採取一種觀望的態度。

就在這年的 1 月 7 日,總政文化部陳其通、陳亞丁、馬寒冰、魯勤 4 名

〔註3〕 《毛澤東文集》第七卷,人民出版社 1999 年版,第 54 頁。
〔註4〕 龔育之、劉武生《「百花齊放,百家爭鳴」的提出》,《光明日報》1986 年 5 月 21 日。

處級幹部聯名在《人民日報》上發表了《我們對目前文藝工作的幾點意見》，
該文對「雙百方針」提出後的文藝工作現狀作了悲觀估計，誇大了消極現象。
「四人文章」的發表，造成了很大的影響，文藝界相當一部分人受到震動，
認為這是反擊或反擊的先兆，不是「放」而是「收」。這更使一些人覺得還是
沉默為好。

　　毛澤東決心打破這種沉默，在 1957 年 1 月下旬召開的省市自治區黨委書
記會議上，毛澤東讓人印發了這篇文章。他說，「陳其通等四同志對文藝工作
的意見不好，只能放香花，不能放毒草。我們的意見是只有反革命的花不能
讓它放。要用革命的面貌放，就得讓它放。」〔註5〕但在批評四人之前，毛澤
東還肯定他們是「忠心耿耿，為黨為國」。〔註6〕

　　緊接著，2 月 27 日，毛澤東在有民主黨派和無黨派民主人士參加的最高
國務會議上，以《關於正確處理人民內部矛盾的問題》為題向各方面人士發
表談話，進一步論述了「雙百方針」的問題，區分了社會主義國家內敵我矛
盾和人民內部矛盾兩類性質完全不同的矛盾，指出現今大量的主要矛盾是人
民內部矛盾，並提出了說服教育和風細雨地解決人民內部矛盾的方式方法。

　　時隔僅一周，3 月 6 日，中共中央在北京召開了有黨外人士參加的全國宣
傳工作會議，毛澤東分別邀請教育界、文藝界和新聞出版界的部分代表座談，
鼓勵大家「鳴放」。在 3 月 10 日的新聞出版座談會上，毛澤東在回答報紙如
何開展批評時說，對人民內部問題進行批評，鋒芒也可以尖銳，但是尖銳得
要是幫了人而不是傷了人。12 日，毛澤東在宣傳工作會議上發表講話，強調
「百花齊放，百家爭鳴」是一個基本性的同時也是長期性的方針，不能「收」，
只能「放」。3 月 27 日，毛澤東開始建國後第一次南下「親蒞巡說」，在 4 天
時間裏連續在天津、濟南、南京和上海作了四場報告，進行「鳴放」動員。

　　毛澤東在最高國務會議和宣傳工作會議上的講話（當時的講話，不是後
來發表出來的修訂稿），雖然當時沒有馬上發表，但是講話錄音在各地各部門
內部播放，很快便在社會各界人士中廣泛傳佈，廣大知識分子聞之雀躍，備
受鼓舞。1957 年的春天，彷彿因政治氣候的轉暖迎來了一個知識分子的春天，
但空氣中仍彌漫著緊張不安的氣氛。3 月 24 日，社會學家費孝通在《人民日
報》上發表《知識分子的早春天氣》，該文寫道：「早春天氣，未免乍寒乍暖，

〔註5〕　黎之《回憶與思考》，載《新文學史料》1994 年第 4 期，第 117 頁。
〔註6〕　王若水《新發現的毛澤東》下冊，明報出版社 2002 年版，第 525 頁。

這原是最難將息的時節。」「對百家爭鳴的方針不明白的人當然還有，怕是個圈套，搜集些思想情況，等又來個運動時可以好好整一整。這種人不能說太多。比較更多些的是怕出醜。」頗有代表性地流露了當時知識界普遍存在的一種既喜悅又略帶疑慮的情緒。

根據中共中央的指示，《文匯報》、《光明日報》等非共產黨報紙開始了「大鳴大放」。然而，作為中共中央機關報的《人民日報》卻表現得比較沉默，與之形成強烈反差。面對莫測高深的政治風雲變幻，《人民日報》社長兼總編輯鄧拓採取了十分謹慎的態度，堅持先請示，等得到批准後再穩步行事。一時間形成了「百家爭鳴，唯獨馬家不鳴」〔註 7〕（毛澤東語，「馬家」指的是馬克思主義這一家，即《人民日報》。）的局面。對於最高國務會議，《人民日報》遲至 3 月 3 日才在一版刊登了一條兩行百餘字的新華社 3 月 2 日的消息，並配發了一張最高國務會議的通欄照片（見圖一），並沒有發社論。對宣傳工作會議，則乾脆沒有報導。

《人民日報》的做法使毛澤東極為惱火。在南巡途中，毛澤東憤怒地說：「回去要質問《人民日報》，到底是《人民日報》，還是《國民日報》（國民黨報紙）？」〔註 8〕人民日報社聞訊後，趕緊起草了社論《繼續放手，貫徹「百花齊放、百家爭鳴」的方針》，於 4 月 10 日發表，想有所補救。社論指出：「黨內有不少同志對於『百花齊放、百家爭鳴』的方針實際上是不同意的。因此，他們就片面地收集了一些消極的現象加以渲染和誇大，企圖由此來證明這一方針的『危害』，由此來『勸告』黨趕快改變自己的方針。」並承認「本報在發表了他們的文章之後，長期間沒有加以評論，是造成這種混亂的重要原因之一」。但是文中仍然沒有提最高國務會議和宣傳工作會議。

但是，《人民日報》的「表態」還是遲了。就在 4 月 10 日這一天，南巡回來的毛澤東召見了《人民日報》總編輯鄧拓和副總編輯胡績偉、王揖、林淡秋等人，大批《人民日報》4 個小時。他聲色俱厲地說：「黨的報紙對黨的政策要及時宣傳。最高國務會議以後，《人民日報》沒有聲音，非黨報紙在起領導作用。」指責《人民日報》「按兵不動」，「無動於衷」，「對中央的方針唱反調」，並尖銳地批評了《人民日報》社長、總編輯鄧拓：「過去我說你們是書生

〔註 7〕 吳冷西：《憶毛主席——我親身經歷的若干重大歷史事件片段》，新華出版社 1995 年版，第 41 頁。
〔註 8〕 王若水《新發現的毛澤東》，明報出版社 2002 年版，第 525 頁。

辦報，不是政治家辦報。不對，應當說是死人辦報。」「你不能占著茅坑不拉屎。」〔註9〕還當面責問《人民日報》的幾個副總編輯爲什麼不起來造鄧拓的反。

圖一　最高國務會議的通欄照片

應該說，《人民日報》對最高國務會議和宣傳工作會議的報導處理有所不妥。但這又事出有因。其實，鄧拓和《人民日報》編委會當時作了宣傳計劃，

<hr />

〔註9〕　朱正《1957 年的夏季——從百家爭鳴到兩家爭鳴》，河南人民出版社，1998 年第一版，第 47、48 頁。

也寫了宣傳文章，都壓在代表中央領導《人民日報》的胡喬木手裏（據說胡喬木對「雙百方針」有牴觸情緒），說《人民日報》「按兵不動」並不屬實。同時，鄧拓認為，按照規定，毛主席的講話沒有經中央正式公佈前不能隨便宣傳；而中央宣傳會議是黨的會議，不經中央同意也不能隨便發消息。更為重要的原因是，鄧拓此時已經敏感地預見到了毛澤東「引蛇出洞」的「陽謀」！據鄧拓當年的副手胡績偉後來分析：「說鄧拓對毛主席關於正確處理人民內部矛盾的新精神『無動於衷』嗎？以後想起來，他是『有動於衷』的，只是他比較我們更有遠見，更瞭解這位偉大領袖。他不僅看出毛主席這番話很快會變，而且還很可能潛伏著一場『引蛇出洞』的災難。因而，他當時用自己的腦子進行了一些獨立思考。……他的政治經驗比我們豐富，政治警覺性也高，他對毛主席的講話採取『經過中央批准以後再宣傳』的辦法，而不是聞風而動，趕快緊跟，是動了一番腦筋的。以後的事實證明，他的憂慮是完全正確的。」「鄧拓可以稱得上是對『引蛇出洞』的『陽謀』有預見的人物之一。」〔註 10〕

就在毛澤東的這次批評前後，鄧拓曾幾次提出辭職。最能體現這一時期鄧拓的思想和心境的是他與副總編輯胡績偉在北京潭柘寺散步時的一次對話。當胡績偉一再勸他不要辭職、要作一些鬥爭時，鄧拓「長長地歎了幾口氣，連說『難呀！難呀！』」並說：「如果允許的話，我真想留在這寺廟裏多讀些書，多寫點文章。」〔註 11〕

其實，在 1949 年以後主持中共中央機關報的 8 年半時間裏，鄧拓曾和毛澤東有過一段「蜜月」期，特別是 1956 年「八大」前夕。據王若水回憶：「這一時期，鄧拓很受信任。他曾被提名為八大的中央委員，因為以《人民日報》重要地位，總編輯是應該有這個位置的。但是他表示謙讓，說這個位置應當留給別人。有一個時期，還傳說鄧拓要去給毛主席當秘書，也被他謝絕了。很多年後，我才知道，當時鄧拓私下說了一句：『伴君如伴虎。』但中共中央還是決定讓鄧拓列席政治局會議，以便多瞭解中央精神，及時在報紙上宣傳貫徹。」〔註 12〕

鄧拓是我黨優秀的新聞工作者，被稱作「黨內才子」。他有書生意氣的一面，閱讀鄧拓的《燕山夜話》及其在《三家村札記》中的一些雜文，確實可

〔註 10〕胡績偉《報人生涯五十年》，《胡績偉自選集》（卷三），第 23、24 頁。
〔註 11〕同上，第 131 頁。
〔註 12〕王若水《新發現的毛澤東》下冊，明報出版社 2002 年版，522 頁。

以感受到鄧拓身上強烈的書生氣質。這些雜文以淵博的知識談古論今，從古籍考證一直說到農業生產，從書法、繪畫、文學談到科技與智謀，古今中外的知識在他的筆下駕輕就熟，揮灑自如。書生氣質，確實是鄧拓身上最吸引人的地方。但是，書生氣質並不是鄧拓的全部，他更是一位眞正的政治家。鄧拓從事黨的新聞工作多年，深諳黨中央機關報的職責，在那種政治氣氛迷離模糊之際，他已經預感到了一場政治風暴即將到來，深知在這種風口浪尖上黨中央機關報必須愼之又愼，他寧可被批評爲保守、中庸，也不願輕舉妄動，所以在中央沒有明確指示之前，他不敢像《光明日報》、《文匯報》這些民主黨派報紙那樣「大鳴大放」。事實證明，正是由於《人民日報》的「按兵不動」，後來才沒有像《光明日報》、《文匯報》一樣被打成右派報紙，也避免了更多同志被劃爲右派的命運。

　　鄧拓被批不久，胡喬木便親自坐鎮《人民日報》指揮反右鬥爭，幾乎每日必來一次報社。6 月 13 日，中央決定派吳冷西擔任《人民日報》總編輯，鄧拓只任社長，由吳冷西主管新聞和版面，鄧拓分管評論、理論和文藝，後來只管文藝，實際已被架空。1958 年 9 月，鄧拓被調到北京市委，擔任主管宣傳文教工作的市委書記處書記。1959 年 2 月 12 日，在人民日報爲鄧拓舉行的歡送會上，他感慨萬千，賦詩一首，題爲《留別人民日報諸同志》：

> 筆走龍蛇二十年，分明非夢亦非煙。
> 文章滿紙書生累，風雨同舟戰友賢。
> 屈指當知功與過，關心最是後爭先。
> 平生贏得豪情在，舉國高潮望接天。

　　「文章滿紙書生累」〔註13〕，是鄧拓積 20 年新聞工作經驗（還不包括其後的磨難）的一種感悟，也是他對「政治家」含義的心靈體驗。「風雨同舟戰友賢」，是人民日報社在鄧拓的領導下，一個團結戰鬥、共赴風雨的領導班子的眞實寫照。這首詩在「文革」發動前被上綱上線、進行批判，鄧拓爲此在遺書中還要苦苦進行辯解。

〔註13〕胡績偉認爲，「文章滿紙書生累」的「累」字，很可能最先是個「淚」字，可作「滴滴血淚」解釋，以後才改爲「累」字。見胡績偉《伴君如伴虎──毛澤東是怎樣把鄧拓逼入絕路》一文。

2.2　漫長的苦夏

在毛澤東的壓力下，處在「非常時期」的人民日報被迫加入到已經日漸高漲的「鳴放」運動中。毛澤東批評後的第三天，4 月 13 日，《人民日報》發表長篇社論《怎樣對待人民內部矛盾》，同時刊登長篇新聞《正確處理人民內部矛盾　各地積極討論毛主席在最高國務會議上的講話》；之後又陸續發表了《從團結的願望出發》（4 月 17 日）、《從各民主黨派的會議談「長期共存、互相監督」》（4 月 26 日）等社論，並且刊登大量新聞，不但表示擁護毛澤東「講話」的態度，而且把未公開的毛澤東「講話」的內容，相當詳盡地傳播開來。這種做法，在《人民日報》歷史上未曾有過。

在「鳴放」熱潮日漸升溫之時，4 月 27 日，中共中央發出《中國共產黨中央委員會關於整風運動的指示》，號召「在全黨進行一次普遍的、深入的反官僚主義、反宗派主義、反主觀主義的運動」，指出這次整風運動是一次既嚴肅認真又和風細雨的思想教育運動，「應該放手鼓勵批評，堅決實行『知無不言，言無不盡；言者無罪，聞者足戒；有則改之，無則加勉』的原則」。

4 月 30 日，毛澤東在天安門城樓上約見民主黨派負責人和無黨派人士，鼓勵他們給中共提意見，幫助共產黨整風，在全國推廣「大鳴大放」。並要求大家對教育、文藝、科學、衛生等「切實攻一下」，在報上發表，否則官僚主義永不能解決。〔註 14〕

5 月 1 日，《人民日報》即以「全黨重新進行一次反官僚主義、反宗派主義、反主觀主義的整風運動　整風的主題——正確處理人民內部矛盾」的通欄題刊登了中共中央的「整風指示」。編輯還特別作了黑體字的「提要」：「幾年以來，我們黨內官僚主義、宗派主義、主觀主義有了新的滋長，要在全黨進行一次普遍的深入的整風運動；以毛澤東同志關於正確處理人民內部矛盾問題的報告為整風的主題，這次整風應該是一次既嚴肅認真又和風細雨的思想教育運動，應該是一個恰如其分的批評和自我批評運動。」《指示》的公開發表，標誌著全黨整風運動拉開了序幕。

在 5 月 1 日這天的《人民日報》上，還轉載了《光明日報》刊登的北京大學教授李汝祺的文章《從遺傳學談百家爭鳴》。轉發時，使用了一個新標題：《發展科學的必由之路》，並加了如下按語：「這篇文章載在 4 月 29 日的《光明日報》，我們將原題改為副題，替作者換了一個肯定的題目，表示我

〔註 14〕李銳《毛澤東的早年與晚年》，貴州出版社 1992 年版，第 235 頁。

們讚成這篇文章。我們歡迎對錯誤作徹底的批判（一切眞正錯誤的思想和措施都應批判乾淨），同時提出恰當的建設性的意見來。」

當時，幾乎沒有多少人知道，這是根據毛澤東的指示辦的，新標題是毛澤東擬定的，編者按語也是毛澤東撰寫的。

李汝祺的文章有一個複雜的歷史背景。50 年代初期，我國自然科學界特別是遺傳學領域，由於盲目接受蘇聯李森科學派的主張，採用行政手段壓制在世界遺傳學界有重大影響的摩爾根學派，出現了一些不正常現象。爲此，毛澤東在 1956 年 5 月 2 日的最高國務會議上，分析了「李森科問題」對我國自然科學領域影響的危害性，並對於「百家爭鳴」一詞的淵源做了解釋，號召在自然科學領域開展「百家爭鳴」。故此，毛澤東通過給該文改題爲契機，將「百家爭鳴」的方針，概括爲「發展科學的必由之路」，以極力推動「百家爭鳴」的開展。

從 5 月 1 日刊登「整風指示」起，《人民日報》便把整風運動作爲一項重大的中心工作來宣佈報導，接連發表了一組社論：《爲什麼要整風？》（5 月 2 日）、《同群眾共甘苦》（5 月 3 日）、《爲什麼要用和風細雨的方法來整風》（5 月 7 日）等，都是圍繞著正確處理人民內部矛盾這個主題作文章，對全黨整風和黨外人士提意見，產生了很大的推動作用。

「鳴放」的空氣逐漸活躍了，廣大知識分子眞誠地響應黨的號召，積極幫助共產黨進行整風。他們通過「民主座談」、「民主講座」、「大字報」等形式進行大鳴大放，對黨提出了大量有益的批評和建議。

根據黨中央和毛澤東的部署，中央統戰部於 5 月 8 日至 6 月 3 日，先後召開了 13 次了各民主黨派和無黨派民主人士座談會，徵求對黨的工作的意見。在座談會上，民主黨派、無黨派民主人士暢所欲言，對黨和政府的工作提出了大量的批評意見和建議。《人民日報》逐日詳細報導了他們的發言。

其實，此時的《人民日報》（即 5 月 8 日至 6 月 7 日）正在執行毛澤東所謂「引蛇出洞」的方針。即：「不登或少登正面意見，對資產階級反動右派的猖狂進攻不予回擊」，「讓魑魅魍魎、牛鬼蛇神『大鳴大放』，讓毒草大長特長」，「等待時機成熟，實行反擊」。〔註 15〕5 月 14 日，中共中央發出了《關於報導黨外人士對黨政方面工作的批評的指示》，要求黨員對於黨外人

〔註 15〕見 1957 年 7 月 1 日《人民日報》刊登的《〈文匯報〉在一個時間內的資產階級方向》。

士的這些批評，特別是對於右傾分子的言論，目前不要反駁，以便使他們暢所欲言，各地的報紙應該繼續充分報導黨外人士的言論，特別是對於「右傾分子」、「反共分子」的言論，必須原樣地、不加粉飾地報導出來，使群眾明瞭他們的面目。

按此部署，《人民日報》在報導各界整風座談會時，對於許多後來被劃爲「右派分子」的言論，照登不誤，引而不發。5月11日，編輯部給各地記者站打電話，對鳴放報導進行布置：前一時期，全黨開展整風，北京、上海動得早，開始鳴放，但全國還沒鳴放起來。中央決定，從現在起，全國各省市都要開展鳴放，幫黨整風。各民主黨派，黨內黨外，什麼話都可以講，就是罵共產黨的話也要讓他們放出來，記者要按原話寫。5月12日又以「不要怕圍剿，不要怕打擊」的標題報導了京津滬工商聯負責人的「鳴放」座談會。5月19日的社論《繼續爭鳴，結合整風》提出：「各民主黨派和科學、文化、藝術、教育界人士連續舉行座談會，在各種會議上發言的人都很踴躍，大膽地揭露了本地區、本部門的許多矛盾，對中央的和地方的領導機關、幹部、黨員提出了許多尖銳的批評，這對於我們黨的整風運動是一個積極的、直接的幫助」。並進一步鼓動道：「是繼續大膽放手，讓大家大鳴大放好些呢？還是束手束腳──既束住自己也束住大家──好些呢？我們是贊成前者的。」這樣，一些後來遭到集中批判的「右派言論」，如黨不應直接發號施令，外行不能領導內行，「政治設計院」，「輪流坐莊」，「海德公園」等等，就在會上放了出來。對此，毛澤東要求把會上放出來的言論原樣在《人民日報》上發表，並指示中央統戰部：「硬著頭皮聽，不要反駁，讓他們放。」〔註16〕

6月1日，在統戰部第十一次座談會上，《光明日報》總編輯儲安平以民主黨派成員和新聞界著名人士的身份與會，在會上作了「向毛主席和周總理提些意見」爲題的發言，提出「『黨天下』的思想問題是一切宗派主義現象的最終根源，是黨和非黨之間矛盾的基本所在」。〔註17〕儲安平這篇1200字的發言成了當年右派分子向共產黨猖狂進攻的代表作。隨即，6月2日的《人民日報》赫然刊登了儲安平震撼全國的「黨天下」言論。在1957年春夏之交不足兩個月的時間裏，中國似乎發生了一場「新聞維新」。

〔註16〕李維漢：《回憶與研究》（下），中共黨史資料出版社1986年版，第833、834頁。
〔註17〕見1957年6月2日《人民日報》。

待得大批「魚兒」上鉤，「網」開始收攏。就在整風指示墨迹未乾之時，5 月 15 日毛澤東寫出《事情正在起變化》一文，發給黨內高級幹部閱讀。文章說，最近一個時期，右派表現得最堅決最猖狂。他們想要在中國這塊大地上刮起一陣七級以上的颶風，妄圖消滅共產黨。現在應當開始注意批判修正主義。毛澤東認爲，黨外知識分子中，右派已占百分之一到百分之十，黨內也有一批知識分子新黨員，跟社會上的右派互相呼應。他說：「現在右派的進攻還沒有達到頂點，他們正在興高採烈。黨內黨外的右派都不懂辯證法，物極必反。我們還要讓他們猖狂一個時期。讓他們走到頂點。他們越猖狂，對於我們越有利。人們說，怕釣魚，或者說誘敵深入，聚而殲之。」〔註 18〕這篇文章，表明毛澤東已經下定反擊右派的決心。此時，距 4 月 27 日整風指示的發佈，僅僅過了 18 天，毛澤東就從「鳴放」轉爲「反右」，整個中國政局竟發生如此劇烈的轉變。

根據毛澤東的指示精神，從 5 月中旬到 6 月上旬，中共中央連續發出多次黨內指示，制定反擊右派的策略。其中心就是要讓右派任意鳴放，使其充分暴露；黨員和左派暫不發言，準備後發制人。如 5 月 16 日中共中央發出了毛澤東親自起草的《關於對待當前黨外人士批評的指示》說：「最近一些天以來，社會上有少數帶有反共情緒的人躍躍欲試，發表一些帶煽動性的言論，企圖將正確解決人民內部矛盾、鞏固人民民主專政、以利社會主義建設的正確方向，引導到錯誤方向去，此點請你們注意，放手讓他們發表，並且暫時（幾個星期內）不要批駁，使右翼分子在人民面前暴露其反動面目。」〔註 19〕5 月 20 日，中共中央再次發出《關於加強對當前運動的領導的指示》，要求各地黨報「繼續登載一些右翼分子的反動言論，最好是登那些能夠充分暴露他們的反動面目的言論（越反動的越好）」。所有這些在整風運動開始之後發佈的黨內文件，把毛澤東在 2 月到 3 月在最高國務會議、全國宣傳會議和外出巡視時講話中的有關意圖，水落石出地具體化了。

5 月 25 日，民革中央委員、國務院秘書長助理盧郁文，因在民革中央小組擴大會議上發表了一些與別人不同的意見，遭到了匿名信的恐嚇。這封信說：「在報上看到你在民革中央擴大會議上的發言，我們十分氣憤。我們反對

〔註 18〕《毛澤東選集》第五卷，人民出版社 1977 年版，第 425 頁。
〔註 19〕薄一波《若干重大決策與事件的回顧》下卷，中共中央黨校出版社 1991 年版，第 614 頁。

你的意見，我們完全同意譚惕吾先生的意見。我們覺得：你就是譚先生所指的那些無恥之徒的『典型』。你現在已經爬到國務院秘書長助理的寶座了。你在過去，在製造共產黨與黨外人士的牆和溝上是出了不少力量的，現在還敢爲虎作倀，眞是無恥之尤。我們警告你。及早回頭吧！不然人民不會饒恕你的！」〔註20〕此事的發生，爲反右運動樹立了靶子，6 月 7 日《人民日報》刊登了盧郁文在座談會上的發言。同日，毛澤東約見胡喬木、吳冷西，兩人剛坐下，毛澤東就興高採烈地說：「今天報上登了盧郁文在座談會上的發言，說他收到匿名信，對他攻擊、辱罵和恫嚇。這就給我們提供了一個發動反擊右派的好機會。」並說：「過去幾天我就一直考慮什麼時候抓住什麼機會發動反擊。現在機會來了，馬上抓住它，用《人民日報》社論的形式發動反擊右派的鬥爭。」〔註21〕

6 月 8 日，毛澤東起草了《組織力量反擊右派分子的猖狂進攻》的黨內指示，標誌著全國規模的反右派運動的開始。指示說，一些不好的資本家、不好的知識分子及社會上的反動分子正在向工人階級及共產黨猖狂進攻，要推倒工人階級領導的政權。各省市級機關、高等學校和各級黨報都要積極準備反擊右派分子的進攻。指示認爲：「這是一場大戰（戰場既在黨內，又在黨外），不打勝這一仗，社會主義是建不成的，並且有出『匈牙利事件』的某些危險。」並指示「每個黨報均要準備幾十篇文章，從當地高潮開始跌落時起，即陸續發表」，以便逐漸「將空氣完全轉變過來」。〔註22〕

在毛澤東起草黨內指示的同一天，《人民日報》在頭版頭條發表了毛澤東撰寫的社論《這是爲什麼？》。這篇社論針對盧郁文的恐嚇信事件指出，這是「某些人利用黨的整風運動進行尖銳的階級鬥爭的信號」，是「少數右派分子正在向共產黨和工人階級的領導挑戰」，「他們企圖乘此時機把共產黨和工人階級打翻，把社會主義的偉大事業打翻，拉著歷史向後倒退，退到資產階級專政，把中國人民重新放在帝國主義及其走狗的反動統治下」。社論還表示：「共產黨仍然要整風，仍然要傾聽黨外人士一切善意的批評」。原先口口聲聲說「言者無罪」，現在變成爲只聽「善意批評」了。

〔註20〕吳冷西《憶毛主席——我親身經歷的若干重大歷史事件片段》，新華出版社 1995 年版，第 22 頁。
〔註21〕同上，第 39、40 頁。
〔註22〕《毛澤東選集》第五卷，人民出版社 1977 年版，第 432、433 頁。

這是一篇公開聲討右派分子的檄文，宣告了從 5 月中旬開始的二十多天的備戰階段的終結，公開的、萬炮齊轟的反右派鬥爭開始了。1957 年的春天注定要成爲一個短命的春天！《這是爲什麼》發表以後，全國的形勢立刻發生了急劇的變化，一場本來是號召向黨提意見的整風運動，突然變成了發動黨員和群眾反擊那些向黨「進攻」的右派的「反擊戰」。至此，知識分子的苦夏開始了。

6 月 8 日以後，《人民日報》的文章開始變調，變得火藥味十足。6 月 10 日，《人民日報》發表社論《工人說話了》，指出「在目前我國政治生活中有一股歪風，這股歪風是向工人階級的領導地位挑戰的。覺悟的工人群眾不能不起而應戰了」。將工人階級作爲第一梯隊，推向反右鬥爭的前沿。一時間，各地動輒舉行數千人、上萬人的集會，「憤怒聲討反黨反社會主義的右派分子」。所有的輿論工具都將「工人階級」搬出來，異口同聲地說：「我們不答應！」

緊接著，農民也說話了，指責「『右派分子』想取消黨的領導就是要拆散農民的集體幸福生活」。6 月 17 日，著名戰鬥英雄黃繼光的母親鄧芳芝在《人民日報》上說：「我不能讓我的兒子和千千萬萬烈士的鮮血白流；哪個要推翻共產黨，我就要和他拼命！工人階級要緊緊掌穩印把子，鞏固以工農聯盟爲基礎的人民政權。」

6 月 10 日，毛澤東向黨內通報反右鬥爭的情況：「北京條件已成熟，《人民日報》已於 6 月 8 日開始反擊反動派。」「各地情況不同，何時開始反擊，要看當地情況決定。」並指出：「這次運動中，一定要使反動分子在公眾面前丟臉出醜。」一場反右派鬥爭隨即按照這樣的部署，在全國範圍開展起來。6 月下旬，《人民日報》連續報導了北京、上海、天津、瀋陽等地職工舉行座談會，譴責右派的反共、反社會主義的言論，並報導了民盟、民革等民主黨派召開會議批判右派言論的消息。

6 月 19 日，《人民日報》公開發表了毛澤東的《關於正確處理人民內部矛盾的問題》一文。此時已是毛澤東講話一百多天以後，由於反右派鬥爭已經在如火如荼地進行，因此文中加上了「社會主義和資本主義之間誰勝誰負的問題還沒有眞正解決」的話，修改了中共八大關於「我國的無產階級同資產階級之間的矛盾已經基本上解決」、「我國社會主義和資本主義誰戰勝誰的問題，現在已經解決了」的論點。

7 月 8 日，《人民日報》發表社論《鬥爭正在開始深入》。社論為反右運動添油加火，提出「必須使鬥爭繼續深入下去」，必須克服「對於右派分子的溫情主義」。接著，《人民日報》連續發表文章批判溫情主義，指出「對右派分子姑息寬容，就是右傾思想的表現」。

為了再加一把火，8 月 16 日，《人民日報》發表社論《使鬥爭深入，再深入》，對反右派運動的嚴重擴大化起了推進作用。社論說：「目前的任務就是要使鬥爭在全國普遍地展開，而一切已經展開鬥爭的單位，要使鬥爭普遍地深入。」「凡是鬥爭開展已久而至今還沒有搞透的單位，必須檢查領導思想，堅決糾正對於鬥爭意義認識不足、企圖草率收兵的錯誤傾向，急起直追，轉變目前的落後狀態。」

9 月，反右派運動的重點轉移到黨內來了。9 月 11 日，《人民日報》發表社論《嚴肅對待黨內的右派分子》，文章加壓道：「在反對黨內右派分子的鬥爭中，也有一些同志存在著比較嚴重的溫情主義……他們對於同黨外右派分子的政治面貌完全相同的『黨員』，往往姑息寬容，不願意把這些人劃為右派分子。特別是對於一些應該劃為右派分子的老黨員更加惋惜、心軟、下不了手。這種情況已經妨礙了某些地方某些單位反右派鬥爭的深入。」

在新聞界內部的反右派鬥爭中，《人民日報》也衝鋒在前，不惜向同人落井下石。5 月 16 日，中華全國新聞工作者協會在北京邀集全國新聞界代表召開座談會，徵求對新聞工作的意見。對於第一次座談會的意見，《人民日報》第二天以《北京新聞界「鳴」起來了》為題刊登在第一版上。反右鬥爭開始，新聞界一些代表人物和及其新聞觀點受到了批判。

《文匯報》成了新聞界反右派鬥爭的焦點。6 月 14 日，毛澤東下令《人民日報》轉載了 6 月 10 日《文匯報》發表的姚文元的文章：《錄以備考——讀報偶感》，該文就《文匯報》對毛主席接見共青團代表講話的消息編排進行攻擊。姚文元一躍成為「反右」新星，從此開始了他以文殺人的生涯（在反右運動中，姚文元僅半年時間就發表反右文章 50 多篇），「文革」中更是扶搖直上，官拜政治局委員，管轄全國意識形態。在這一天的《人民日報》上，毛澤東還親自給「姚文」撰寫了「本報編輯部」文章：《〈文匯報〉在一個時間內的資產階級方向》，給《文匯報》戴上「資產階級方向」的帽子。真是天威難測，就在 3 個多月前的 3 月 10 日，毛澤東還親口對《文匯報》總編輯徐鑄成講了一番頗為讚賞的話：「你們《文匯報》辦得好，琴棋書畫，梅松竹菊，

花鳥魚蟲，應有盡有，真是不錯！我下午起身，必先找你們報看，然後看《人民日報》，有工夫翻翻其他報紙。」〔註23〕並鼓動《文匯報》「大鳴大放」，將《文匯報》這條「大魚」釣了上來。

7 月 1 日，《人民日報》又發表毛澤東起草的社論《文匯報的資產階級方向應當批判》。社論以莫須有的罪名指出，文匯報存在一個「羅隆基──浦熙修──文匯報編輯部」的民盟右派系統。這篇社論的意義遠不止批判一張報紙，它是正式聲討以章伯鈞、羅隆基為代表的中國民主同盟的檄文。文章說：「民盟在百家爭鳴和整風過程中所起的作用特別惡劣，有組織、有計劃、有綱領、有路線，都是自外於人民的，是反共反社會主義的。」「整個春季，中國天空上突然黑雲亂翻，其源蓋出於章羅同盟。」

這篇社論對新聞界反右派鬥爭具有重要的指導性作用。在沉重的政治打壓下，7 月 2 日，《文匯報》發表了題為《向人民請罪》的社論。在這一天和次日的《文匯報》上，還以「本報編輯部」的名義連載了長達萬餘字的《我們的初步檢查》，表示完全接受《人民日報》的批評，並把他們復刊以來的全部工作都檢查成錯誤。7 月 4 日，《人民日報》刊登了《文匯報向人民請罪》的消息和《文匯報編輯部的初步檢查》。

在反右運動中，還對「鳴放」期間發生的「左葉事件」進行了徹底清算。「左葉事件」是 1957 年 4 月 17 日蘇聯最高蘇維埃主席團主席伏羅希洛夫參觀北京農業展覽會時，中央新聞紀錄電影製片廠的攝影師拉開了擋住鏡頭的農業部部長助理左葉，結果遭到左葉的怒罵：「你重要還是我重要！再擠就叫你們滾出去！」〔註24〕「鳴放」開始後，「左葉事件」成為官員不尊重記者的一個典型案例被媒體大加撻伐。5 月 10 日《人民日報》副刊刊登了袁水拍的諷刺詩《官僚架子滾開》，梁汝懷的雜文《要學會尊重人》和方成的漫畫。反右運動開始後，「左葉事件」使新聞媒體再遭重擊。8 月 14 日《人民日報》發表了《「左葉事件」報導失實》的調查，並配發社論《對新聞工作者的一個教訓》，稱「左葉事件」是右派進攻全國新聞界所使用的武器之一。社論提出，在目前的反右派鬥爭中，不但要用新聞這個工具來反對右派，而且要在新聞界內部揭露右派分子和批判右傾思想。

〔註23〕徐鑄成《「陽謀」──1957》，《荊棘路：記憶中的反右派運動》，經濟日報出版社 1998 年版，第 274 頁。

〔註24〕見梁汝懷的雜文《要學會尊重人》，1957 年 5 月 10 日《人民日報》。

在反右運動中，新聞媒體充當「陽謀」工具，自身也落入「陽謀」的陷阱中，成了「陽謀」的犧牲品。一些編寫鳴放稿件或參與鳴放活動的新聞工作者，也都被錯劃為「右派分子」，被迫離開新聞崗位。1957 年 6 月 11 日至 9 月底，僅被《人民日報》點名批判的新聞界右派分子就有 104 人。一場反右派鬥爭下來，新聞界到底劃了多少右派分子？這裏有一份不完全的統計：「據 9 月底的初步統計，人民日報、光明日報、文匯報、大公報、新聞日報、教師報、健康報以及北京、天津、河北、山西、湖南、廣西等 22 省（市）和省轄市的黨委機關報編輯部門，在報紙上進行了批判的右派分子就達 212 人，其中有 12 人已經竊據了報社總編輯的領導職位，如光明日報總編輯儲安平，文匯報總編輯徐鑄成、副總編輯浦熙修，大公報總編輯袁毓明，新聞報副總編輯陸詒等等，都是新聞界十分惡毒的大鯊魚。」〔註25〕

這 212 人是報紙上進行公開批判的，另據 7 月 9 日中共中央的一項通知，在報上點名的右派骨幹分子只占右派總數的百分之十左右，其他百分之九十的右派分子，則在所在單位點名批判。倘若按照這個比例計算，報上點名 212 人，實際應該是劃了 2000 人左右。再說，這一統計數字截至 9 月底，這時反右鬥爭並沒有結束。即以《人民日報》而言，這一時期首批右派分子才 13 人，尚不足全部右派總數 32 人的一半。則新聞界右派分子不下 4000 人。

2.3 夢碎：楊剛之死

1957 年 10 月 7 日，正當反右運動高潮時，《人民日報》副總編輯楊剛突然在家中自殺，終年 51 歲。當天下午，鄧拓在人民日報宣佈楊剛的死訊時，「沒有說明她的死因，也沒有開追悼會。」〔註26〕

楊剛曾是《大公報》的文藝副刊編輯、駐美特派記者，20 世紀 40 年代她的「美國札記」通訊受到讀者的廣泛關注，她和浦熙修、彭子岡、戈揚一起成為當時新聞界的「四大才女」。在 1949 年來臨前夕，身為中共地下黨員的楊剛成功說服《大公報》社長王芸生，順利實現了該報的左轉和交接、改造。1949 年以後，楊剛任周恩來總理辦公室主任秘書等職，是周總理在國際宣傳和外交方面的得力助手，曾被毛澤東稱為「黨內少有的女幹部」。1955 年初，

〔註25〕遲蓼洲《1957 年的春天》，學習雜誌社 1958 年版，第 54 頁。
〔註26〕吳德才《金箭女神——楊剛傳記》，中共黨史出版社 1992 年版，第 311 頁。

楊剛調到《人民日報》任主管國際報導的副總編輯。然而，這位對社會主義的信念無比真誠執著的「黨和人民的忠誠的女兒」，竟然以自殺的方式結束自己的寶貴生命，留下了一個謎一般的問號。

長期以來，人們對楊剛之死諱莫如深。在 1984 年由人民文學出版社出版的《楊剛文集》中，收錄她的生前故舊、親屬寫的回憶文章，幾乎無一例外地迴避了她是以自殺的方式結束生命的事實。胡喬木在該書的序言中所持觀點長期被引為定論：「她在 1955 年不幸遭遇車禍，造成嚴重的腦震蕩……1957年 10 月，她偶然遺失了一個重要的筆記本。儘管沒有受過任何責怪，而且許多同志都曾勸解她務必不要為此著急，她仍然感到十分緊張（這無疑跟當時的十分緊張的政治空氣有關），竟在 10 月 7 日在精神極不正常的情況下不幸離開了人間。」〔註 27〕

楊剛是一個理想主義者，對未來充滿了「大夢」，早年曾出版過《沸騰的夢》散文集。1949 年 10 月 1 日，她以新聞界代表的身份出席開國大典，以抑制不住的興奮寫下了通訊《毛主席和我們在一起》，文章說：「我們幾千年來的希望，我們幾千年來的要求，要一個獨立、民主、和平、統一、富強五者俱備的國家的要求──在過去常常使人稱為是白天大夢，或者是唱高調，現在這個幾千年的大夢一定會實現了。」自她獻身理想 30 年來，不管環境怎樣艱險，她始終如一團燃燒的火焰。1957 年 6 月 9 日，也就是那篇標誌著反右運動開始的《人民日報》社論《這是為什麼？》發表的第二天，楊剛以「金銀花」的筆名在《人民日報》副刊上發表了她一生的「絕響」：《請讓我也說幾句氣憤的話吧》，她大聲地責問：

> 弟兄們，我想起那些年我們一起做的夢，不論人家怎樣想，幾萬萬
> 人的夢想，會是很大的吧；那時候，美國人和地主官僚資本的鞭子
> 抽得我們滿地滾呵，我們的苦惱有天那麼大，我的夢也有天那麼
> 大；……我們全站起來了，擡出了紫豔豔的晨曦，還給它起了個名
> 字，叫做社會主義。……社會主義的洪流把人們載送到永遠，永遠。
> 雖然我們吵架，爭工分，爭豬食，反對官僚主義……可是，沒有共
> 產黨就沒有新中國，沒有共產黨就沒有社會主義。弟兄們，我們一
> 起做過夢，又一起把夢變成了生活。難道這一切都錯了嗎？難道我
> 們做夢也做錯了嗎？……

〔註 27〕《楊剛文集》，人民文學出版社 1984 年版，第 2 頁。

　　一句「難道這一切都錯了嗎？難道我們做夢也做錯了嗎？」的發問，從中不難看出楊剛難以紓解的抑鬱不平之氣，這裏有她對現實的疑問，有她對夢的困惑。面對突如其來的轉變，作爲一個把一切都獻給了黨的忠誠女兒，她確實無所適從。

　　楊剛自殺前不久，曾參加北京日報社舉行的「右派」批判會，在批判她的《大公報》同事、解放前同爲中共地下黨員的著名女記者彭子岡時，她作了主要發言。據她在《大公報》的同事吳永良回憶：「她的頭髮已經全白了。當時她不過五十出頭。她發言大約一個小時多一點，手裏從來沒有離開過香煙。我還記得她批判的題目是彭子岡怎樣從資產階級婦女墮落成資產階級右派婦女的。調子很高，恐怕難免有違心之論吧！」〔註 28〕

　　據楊剛在工作中頗爲倚重的《人民日報》東方部主任蔣元椿回憶說：「這是她第一次遇到這樣的政治運動。我有一種預感，像她那樣爲爭取中國的民主自由奮鬥了幾乎一輩子的革命知識分子，恐怕難以理解，也不能接受眼前這個嚴酷的現實。像她的名字一樣，在敵人面前，她一生剛強。可是當自己的同志被當成敵人對待的時候，她越是剛強，痛苦也越大，她承受得了嗎？」「我明白：她是心碎而死的。」〔註 29〕學者黃秋耘也持此觀點，他認爲：楊剛「是用自己的手結束自己的生命」。〔註 30〕

　　1957 年那個躁熱的夏季以後，楊剛苦苦追求的夢終於破滅了，《請讓我也說幾句氣憤的話吧》就是這一幻滅的開始。這一天離她棄世還有 4 個月，短短四個月間發生的觸目驚心的一幕幕一定讓她震驚並憤怒，她目覩了許多正直善良曾和她一樣獻身理想的朋友、同志接連被打成「右派」，心中的鬱悶、悲憤可想而知。因此，楊剛是因理想幻滅而死，夢的終結也就是她生命的終結。

　　楊剛死後，人民日報社竟有人想把她打成「右派」，後經周恩來過問才得以幸免。但在「文革」中，楊剛還是被公開劃入「右派」之列。其實，楊剛即使活著，逃過了「反右」，也逃不過「文革」，只要看看在她之後新聞界那一長串自殺的名單就一切了然了。楊剛去世剛剛半年，1958 年 4 月 11 日，《人民日報》副總編輯黃操良便在反右運動後期自殺（楊剛去世前曾與黃操良談

〔註 28〕吳永良《懷念幾位〈大公報〉老友》，《書屋》2003 年第 3 期。

〔註 29〕蔣元椿《憶楊剛同志》，《人民日報回憶錄（1948～1988）》，人民日報報史編輯組編，人民日報出版社 1988 年版，第 321、322 頁。

〔註 30〕黃秋耘《風雨年華》，人民文學出版社，第 162 頁。

了整整一夜〔註31〕）；1970 年 10 月 23 日，和楊剛一樣出身《大公報》的《人民日報》前社長范長江在河南確山幹校跳井自殺。楊剛之死只不過是一個開頭而已。

　　楊剛之死，具有象徵意味。她成為一部分富有理想和正義感的中國新聞工作者理想之夢破碎的開始，也是這一部分新聞工作者劫難的開始。

2.4　文禍：32 人的 20 年

　　從 1957 年 6 月下旬開始，人民日報社內部也開展了反右派鬥爭。當時人民日報是宣傳、運動「兩線作戰」，大字報貼得鋪天蓋地，鬥爭之火越燒越旺。1953 年整風運動中轟動全國的「八大批評案件」的報導，被說成是資產階級向黨猖狂進攻，參與採寫的記者受到株連；1956 年的《人民日報》改版，也被說成是資產階級辦報路線加以批判。

　　在反右派鬥爭初期的 5 個月中，通過大會、小組會、大字報，人民日報共揭發批判首批右派分子 13 人。1958 年 1 月 6 日，《人民日報》刊登了一條題為《不准右派分子混入黨的宣傳隊伍　人民日報社揭發蔣元椿等人的反黨言行》的「本報訊」，宣佈人民日報社反右派鬥爭「取得了偉大勝利」，首批右派 13 人中，編輯部東方部主任蔣元椿、林鋼、劉衡、楊建中、蒼石、沈同衡、胡平 7 人（據說有社會影響的人才有資格上報）被點名，文章指責他們「藉口幫助黨整風、改進《人民日報》的工作，惡意誹謗黨中央對《人民日報》的領導是『聖旨口』，是『金箍咒』」，並稱「《人民日報》的反右派鬥爭已經告一段落，目前正在進行整改工作」。但是，人民日報的反右派鬥爭並沒有告一段落。經過深挖細揭，到 1958 年 3 月底，又挖出 11 人。5 月，又在「反右補課」中挖出 8 人。總計從 1957 年 6 月到 1958 年 5 月，僅一年時間，人民日報先後挖出右派分子共 32 人。其中編輯部門有 25 人，占編輯部門（包括文化較低的幹事在內）總數 460 人的 5% 以上，在全國新聞界尚屬偏低之列（這不能不感謝鄧拓的先見之明）。這些同志多是人民日報的業務骨幹，對黨赤膽忠心，對工作兢兢業業，正直敢言，不避艱危。讓我們永遠記住他們的名字：

〔註31〕蔣元椿《憶楊剛同志》，《人民日報回憶錄（1948～1988）》，人民日報報史編輯組編，人民日報出版社 1988 年版，第 322 頁。

記者部：副主任劉時平（黨員、1999 年病故）、林鋼（黨員、反右後離婚）、
　　　　劉衡（女、黨員、反右後離婚、2009 年病故）、呂建中（黨員、
　　　　反右後離婚、1995 年病故）、高糧（黨員、2006 年病故）、陳國
　　　　安、欽達木尼（蒙族、黨員）、季音（即谷斯欽、黨員）、習平（女、
　　　　黨員、改正後病故）、劉群（黨員）；

國際部：副總編輯黃操良（黨員、反右後期自殺）、東方部主任蔣元椿（黨
　　　　員、1996 年病故）、西方部副主任胡騎（黨員、反右後離婚、改
　　　　正後病故）、編輯胡平（文革中自殺）、李右、裴達（黨員）、孫
　　　　乃（2009 年病故）、方達；

文藝部：編輯楊建中（即藍翎、黨員、2005 年病故）、沈同衡（2002 年
　　　　病故）；

農村部：副主任劉曉唏（黨員、文革中自殺）；

文教部：編輯趙克惠；

圖片組：組長蒼石（黨員）、張光華；

圖書室：管理員林安乾（團員、文革中自殺）；

行政科：科員趙恒良（團員、一直未婚、改正後住精神病醫院）；

財務室：朱克潛（改正後病故）；

印刷廠：勞資科科員楊春長（黨員、1996 年病故）、統計員張恩銘；

職工業餘學校：副校長蔣如芝（女、黨員、1991 年病故）、教師張保義；

幼兒園：教師田蘭坡（女、團員、2006 年病故）。

　　另外，印刷廠工人郭卷生也有「右派」言論，因領導指示不在工人中劃
右派，就把他劃成壞分子，開除工職和團籍，回家鄉勞動改造。

　　人民日報的反右派鬥爭發展不平衡，有的部門的領導鬥爭性強，揪出
的右派就多。比如記者部，挖出的右派最多，為 10 人，居全社之冠。國際部
的右派分子共有 8 名，占全報社第二位。原因是在鳴放初期，在分管副總編
輯黃操良領導下，國際部出了一張《呼風喚雨》牆報。很多人響應黨的號召，
紛紛在上面發表一些意見和詩文。開始這些辛辣的詩文頗受人們稱讚，一到
反右派，便成了抹不去、賴不掉的罪證了。

　　在《呼風喚雨》上，東方部主任蔣元椿根據大家對胡喬木的意見（如：
胡喬木說報紙橫排不能用豎題，就趕緊把已發排的豎題去掉；以後他又反說
豎題可以用，就趕緊弄上個豎題；國際部刊登別的國家「畢業就是失業」的

稿件，胡喬木認爲我們國家升學就業也很緊張，不能登，等等），寫了《聖旨口》，諷刺胡喬木是說一不二的「聖旨口」。他說：「只要某個領導人的嘴一動，大家就洗耳恭聽，急忙記在筆記本上，回來照辦無誤。不管這位領導人的意見是否切實可行，是否符合實際情況，是否需要靈活處理，反正來一個死搬活套。據說，這叫做『組織性紀律性』。」〔註32〕胡喬木是中央派來領導人民日報的書記處成員，於是就認爲蔣元椿是反黨反領導，就是右派分子。在人民日報首批揭發出的 13 名右派分子中，蔣元椿的職位最高，因此，在《人民日報》1 月 6 日的消息中，不僅在標題上標出他的大名，文中也重點批判他：「右派分子蔣元椿竟狂妄地主張『聖旨口』要『封口』，要把領導上的意見頂回去。」

　　國際部編輯胡平也有類似言論，1957 年春，他在報社黨總支召開的非黨知識分子和老報人座談會上說：「資產階級報紙講究用事實說話，分明是一篇評論，但它很巧妙地寫成『客觀地報導事實』的樣子。而我們只知道笨手笨腳地發議論，不注意用事實來說服人。《紐約時報》的評論是採取發表意見，和讀者商量的口氣。而我們常常用一種教訓人的口氣。外面不把我們當成輿論機關，而當成布告牌，登不登視爲政治待遇。」「報社有一些領導同志，頭上戴著個金箍兒的。他們一聽到權威方面說幾個字，馬上頭髮熱，手足無措。」〔註33〕結果被「請君入甕」，右派的帽子落在他的頭上。

　　國際部的孫乃也是在這次座談會上誤中「陽謀」的，爲了幫助黨整風，孫乃作了「以創造性馬克思主義反對教條主義，以群眾路線反對宗派主義，以實事求是反對官僚主義」的發言，並在用人方面提出自己的幾點建議。以後他還填詞一首：「蓓蕾枝頭鳥啾啾，褲腳管下月雙鈎。好景催人遊春去，卻又是，放還收。幾翻風雨撼同舟，帽子底下度春秋。塊壘未銷鳴聲噎，是非事，語還休。」本來是寫給自己看的，卻被整風小組要去，發表在《呼風喚雨》牆報上。反右派時，這首小詞便成了孫乃的一大罪狀，說他發泄對黨的刻骨仇恨。他的「帽子底下度春秋」，不幸竟成了對自己的預言——他戴了二十多年的右派帽子。

　　國際部的李右在反右派運動中，積極給組織提意見，結果被無限上綱，劃爲右派分子。如他說：「現在社會上錯誤言論多了，發表出來，使矛盾表面

〔註32〕劉衡《中國第一大報的右派群》。見世紀學堂網站：www.Archiver.htm。
〔註33〕同上。

化。這讓黨和群眾摸摸底，沒有什麼不好。」〔註34〕結果被批判為：「擁護右派分子向黨進攻」。以後，李右被發配到河南葉縣農場勞改，他感到自己的名字不吉利，就把「右」字改成「祐」，成了李祐。

副總編輯黃操良是 1957 年 5 月 6 日成立的人民日報整風領導小組的成員之一（另外 6 人是：鄧拓、胡績偉、楊剛、王揖、陳濬、蕭風）。6 月，整風轉為反右，整風領導小組變成反右領導小組。1958 年 4 月上旬，報社的反右派運動即將結束，走廊裏突然貼出了幾張大字報，說黃操良是隱藏最深、資格最老、職位最高的大右派，要挖出來示眾。黃操良遂於 4 月 11 日服安眠藥自殺，走廊裏又貼出大字報，聲討他自絕於黨、自絕於人民、罪該萬死、死有餘辜等等。

記者部的人數比國際部少得多，但挖出來的右派分子比國際部還多兩人，占報社第一位，成為反右運動中受衝擊最大的一個部門。

記者部的林鋼是首批右派分子中被點名的 7 人之一。鳴放期間，文藝界為貫徹「百花齊放」的方針，一些舊戲被解禁，京劇花旦筱翠花演的《馬思遠》是其中之一。1957 年 5 月 14 日，林鋼寫了一篇《筱翠花說「我要唱戲」》的報導。幾天後，絕響舞臺近 20 年的《馬思遠》上演了。林鋼又寫了《筱翠花昨晚初演〈馬思遠〉》，報導說：「晚會結束以後，文化部副部長錢俊瑞、夏衍及著名演員葉盛蘭、杜近芳、新鳳霞等曾到後臺去看筱翠花，祝賀他的演出。」〔註35〕6 月反右派開始，這部受到領導和群眾歡迎的好戲又變成了壞戲，林鋼被揪了出來。《人民日報》1 月 6 日的那篇消息稱：「右派分子林鋼還惡意攻擊黨的文藝政策，歪曲宣傳『百花齊放』的方針，極力鼓吹筱翠花演出壞戲《馬思遠》。」在反右風暴中，林鋼不僅弄得妻離子散，1962 年還被遣送回上海原籍，在郊區一家供銷社的小商店裏賣煤球、醬油，一幹就是 16 年。

記者部的女記者劉衡是「三八式」的老記者。她因對鳴放突然轉入反右想不通，就向支部彙報，以至自投羅網。加之她的父親被錯劃為右派，寫信向女兒訴冤，劉衡讓他向黨的有關部門說明真象，結果被說成包庇右派父親，被劃為右派分子，家庭隨即破裂。之後，她雖然歷經磨難，但因為自己毫無錯誤，本著對黨忠誠老實的態度，始終拒絕承認自己是右派分子。當年她在開除她黨籍的支部大會上就表示：「我是向黨彙報思想，不是右派分子！你們

〔註34〕劉衡《中國第一大報的右派群》。見世紀學堂網站：www.Archiver.htm。
〔註35〕見 1957 年 5 月 18 日《人民日報》。

開除我，並不能把我嚇倒！我以後有什麼思想，還是要向黨彙報的！」〔註36〕
她說到做到，在以後的歷次政治運動中，雖然處境艱難，她仍然以小字報、
詩歌等形式向黨彙報。然而，她得到的卻是更加殘酷的迫害。「文革」初期，
紅衛兵問她是不是右派，她高聲回答：「不是！」紅衛兵就用鐵絲編的紙簍扣
在她的頭上，拉著筐子在報社大樓內的樓道里遊鬥。鐵絲劃破了她的脖子，
鮮血直流。在房山幹校「牛棚」勞改期間，造反派逼她承認是右派，否則要
活埋她。她還是不承認，竟然有幾名打手拿起鐵鍬，把她綁到村邊的荒地上，
表演一場活埋劉衡的鬧劇。1961 年，右派紛紛摘掉帽子，人民日報只有劉衡
一人因不服罪，沒有摘帽，成了有名的「死不改悔」的「頑固右派」。但她無
怨無悔，她用「直立行走的水」自況，在一首詩中，她說道：

> 我是一塊瀑布，
> 有著奔騰的水勢。
> 我要流，我要響，
> 誰也阻擋不住。
> 不是我天生性格如此，
> 是革命鍛鍊了我的意志。
> 反右派給了我懸崖陡坡，
> 給了我險灘巨石。
> 我沒法做溫柔平靜的湖水，
> 又不願一天天乾枯，
> 我生命的長河要流，
> 一瀉而成瀑布。

記者部副主任劉時平，在 1948 年秋曾以記者身份將傅作義軍隊準備偷襲
石家莊黨中央駐地的重要情報報告中共華北局，從而挫敗了國民黨最後一次
回光返照的機會，為黨立了大功。劉時平在肅反運動中挨過鬥，鳴放時，他
的妻子蔣如芝（人民日報職工業餘學校副校長）為他鳴冤叫屈，說：「大劉不
是反革命」，「把他鬥錯了」。〔註37〕反右派開始後，蔣如芝被說成攻擊肅反，
被劃成右派。接著，又有人說劉時平是蔣如芝的幕後操縱人，因為如果不是
幕後操縱人，蔣如芝怎麼知道把劉時平鬥錯了？於是，劉時平成了沒有說話

〔註36〕 劉衡《只因我對黨說了老實話》，《荊棘路：記憶中的反右派運動》，經濟日報
出版社 1998 年版，第 166 頁。
〔註37〕 劉衡《中國第一大報的右派群》。見世紀學堂網站：www.Archiver.htm。

的右派。

記者部編輯呂建中，「鳴放」期間根據記者部領導的指示，給各記者站打電話，布置他們發回鳴放稿件。反右派時，就指責他「煽風點火，唯恐天下不亂」，也成了右派。

記者部的陳國安是因為讚同同人辦報而被劃為右派的。鳴放期間，毛主席說：「我看每省辦兩個報，一個黨外辦，一個黨內辦，唱對臺戲。」〔註38〕毛主席可以這樣說，但陳國安跟著鸚鵡學舌，就被劃成右派。

記者部的季音、習平夫婦是人民日報另一對夫妻右派，他們當時都在上海記者站工作。季音因為在新華社《內部參考》上看到他的一位老戰友被劃為右派的材料有諸多不實之處，本著對黨對同志負責的精神，向上海局第一書記柯慶施彙報。季音哪裏知道，柯慶施正是反右派以後被提拔上來的，他正好撞在了槍口上，季音就以「包庇右派」為名被劃成右派。習平則是在 1955 年曾對一位好友談過「胡風不是反革命」之類的話，1958 年底進行「反右補課」時，這位好友把習平揭發了，於是習平成了「漏網右派」。

記者部的攝影記者高糧也是 1958 年「反右補課」時的「漏網右派」。他的主要罪狀是牽扯進新聞界赫赫有名的「左葉事件」中。「左葉事件」後不久，中宣部召開對證會，大家都說沒聽見左葉罵「滾出去」的話，唯獨高糧說聽見了。反右派中，「左葉事件」被說成是「新聞界的右派分子向黨發動進攻」，高糧自然被說成是「向右派充實炮彈」。「當時吵架、罵人的不是我，寫文章、畫漫畫的不是我，而且材料不是我提供的。誰知一年後我這個公道人卻成了『左葉事件中推波助瀾、向右派充實炮彈、使之向黨的新聞事業發起猖狂進攻的罪魁禍首』。天吶……」〔註39〕

文藝部的編輯楊建中（即藍翎）是 1954 年批判俞平伯《紅樓夢》研究中，被毛澤東表揚的「兩個小人物」之一（另一位為人民日報的李希凡）。1957 年，藍翎根據《遼寧日報》報導的一位名叫小蘭的 19 歲女工被官僚主義迫害致死的事實〔註40〕，寫了一篇雜文《面對著血跡的沉思》，寄給《北京文藝》雜誌，認為官僚主義不僅是一般的作風問題，在一定條件下還會釀成流血慘劇。反右期間，《北京文藝》向人民日報進行檢舉，報社反右積極分子如獲至寶，盡

〔註38〕朱正《1957 年的夏季──從百家爭鳴到兩家爭鳴》，河南人民出版社 1998 年版，第 96 頁。

〔註39〕高糧《歷史的腳印》，第 170、171 頁。

〔註40〕見 1956 年 10 月 10 日《遼寧日報》的報導《小蘭之死》。

管藍翎的文章並無錯誤，可是某些人卻把文章掐頭去尾，硬是定性爲反黨反社會主義的大毒草，在編輯部大樓裏貼出大字報，責令「藍翎必須低頭認罪」。就這樣，年僅 26 歲的藍翎，終於被定爲右派分子。對此，1 月 6 日的《人民日報》消息特別指出：「右派分子楊建中就在他寫的一篇沒有發表出來的題爲《面對著血迹的沉思》的文章裏，把新社會歪曲地描繪成到處『血迹斑斑』、漆黑一團。」

　　文藝部的沈同衡 1957 年 5 月 29 日在《人民日報》八版上刊登了一幅題爲《只認公文不認人》的漫畫（見下圖），把一位人事幹部畫成頭戴烏紗帽的形象，藉以諷刺官僚主義。反右時，這副漫畫被說成是醜化黨的人事制度，成了沈同衡當右派的罪狀之一。

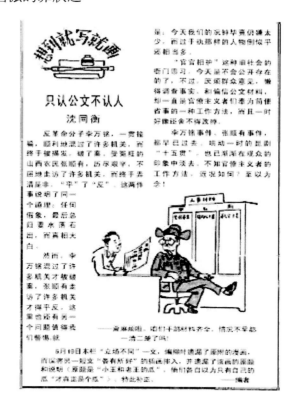

　　1958 年 4 月 2 日，《人民日報》召開全社工作人員大會，宣佈對右派分子處理結果：林安乾被開除公職勞動教養；劉曉唏、李右被撤銷原有職務實行監督勞動；蔣元椿、劉衡、胡平、蒼石、楊建中、沈同衡、張恩銘 7 人被撤銷原有職務留用查看（8 月反右「補課」又加入高糧）；劉時平、裴達、林鋼、

呂建中、趙克惠、朱克潛、蔣如芝 7 人被撤消原有職務另行分配待遇較低的工作（8 月反右「補課」又加入季音）；孫乃、陳國安、方達、張寶義 4 人受到降職降級降薪處分（4 月份又加入欽達木尼、黃操良、胡騎，8 月又加入習平）；田蘭坡、楊春長免予行政處分。

另外，所有右派分子，黨員一律開除黨籍，團員一律開除團籍，都下放勞動改造。4 月 8 日，大部分右派分子被發配到位於渤海灣邊鹽鹼荒灘上的唐山柏各莊農場監督勞動，開始了自己備嘗艱辛與磨難的右派生涯。

經歷了 20 年的滄桑變化，1978 年 12 月 8 日，人民日報社宣佈蔣元椿、劉時平、黃操良、劉衡等 10 名「右派分子」第一批獲得改正。重見天日的劉衡激動萬分，在樓道里貼出了她的第 1001 次的「向黨彙報」〔註41〕：

> 我相信會有這一天，呼喚這一天，等著這一天。這一天終於來了，淚水模糊了我的兩眼。
>
> 黨啊，您是受難的母親，外部的敵人想顛覆您，內部的盜賊在蛀空您。真理對著謬誤，混戰了二十一年！……
>
> 現在，黨啊，您正在認真總結慘痛的歷史教訓、經驗。正因為您敢於正視自己走過的艱險曲折的道路，您才能夠變得偉大、光榮、正確。正因為您敢於當眾改正自己的錯誤、缺點，您才能夠消除隱患，帶領全國人民大步向前。
>
> 受難的母親已經擡起頭來醫治遍體鱗傷。驅散了烏雲、迷霧，太陽是多麼鮮豔！

之後，《人民日報》其餘 22 名「右派分子」也陸續獲得改正，調往內蒙古、河南、新疆、貴州等地的同志也陸續回到報社。事實證明，所有人的言論不但沒有「三反」罪名，而且絕大多數都完全正確。這些同志蒙冤受屈達 20 多年之久，有的慘遭迫害，自殺身亡；有的妻離子散，家破人亡；有的雖終見天日，但天不假年；一些健在的仍然寶刀不老，勤奮筆耕，如季音等人。

2009 年 2 月 7 日，歷盡劫波的劉衡大姐走完了她 88 年的坎坷人生。臨終前她準備將她的兩腎捐出，在生命最後一刻，她決定把自己的整個遺體都捐獻給北京協和醫院。這位視真誠為生命，為真誠的信念「寧死不屈」的老人，她的浩然正氣，以及她留下的閃亮文字和詩歌，將永遠留在我們的記憶裏。

〔註41〕牛漢、鄧九平《荊棘路：記憶中的反右派運動》，經濟日報出版社 1998 年版，第 191、192 頁。

2.5　「陽謀」：「引蛇出洞」

　　毛澤東爲何要發動「反右」？整風運動是不是一開始就要「釣魚」（即「引蛇出洞」）？這一直是當代史學界關注的焦點。大多數研究者對「反右」的外部因素趨於一致，認爲肇端於 1956 年 2 月蘇共二十大赫魯曉夫批判斯大林的秘密報告，以及不久後發生的波蘭、匈牙利事件，毛澤東預感到國際上反對共產黨、反對無產階級專政的浪潮會影響到中國來，中國必須有所準備。至於國內因素，分歧很大，大體上有三種觀點。

　　第一種主張黨內動因說，認爲運動一開始便鎖定在黨內整風，後來毛澤東覺得形勢不對，才中途轉爲反右，但不是「引蛇出洞」。李維漢《回憶與研究》和朱正《1957 年的夏季：從百家爭鳴到兩家爭鳴》兩書大體採用此說。

　　第二種主張黨外動因說，認爲事先已鎖定黨外目標，是「引蛇出洞」。以李愼之爲代表。他在《毛主席是什麼時候決定引蛇出洞的？》一文中〔註 42〕，特別引用了 1956 年中共八屆二中全會上毛澤東的講話以及 1957 年 1 月毛澤東在省、市、自治區黨委書記會議上的講話作爲證據。如 1957 年 1 月毛澤東在《在省市委自治區黨委書記會議上的講話》中說：「對民主人士我們要讓他們唱對臺戲，放手讓他們批評……他們要鬧，就讓他們鬧夠。多行不義必自斃。他們講的話越錯越好，犯的錯誤越大越好，這樣他們就越孤立，就越能從反面教育人民。」〔註 43〕

　　第三種是章立凡的新說。他在《毛澤東「反右」動因及後果的再研究》一文中認爲，「反右」的動因在黨內，「整風」的目標也首先是針對黨內，但也隱含「引蛇出洞」的戰略意圖。「整風」的失控才導致了「反右」的大逆轉。

　　以上三種觀點大都是從黨史研究的角度分析得出的結論，當前史學界比較流行的是第二種觀點，即：「反右」是毛澤東把 1957 年初提倡的「雙百」方針並發動黨內「整風」作爲釣餌，將黨外知識分子「引蛇出洞」，聚而殲之的謀略。本人從新聞史研究的角度也讚同此說，根據鄧拓、胡績偉、王若水三位新聞界「反右」宣傳最直接見證人的回憶文章和觀點，「反右」從一開始就是個欲擒故縱、定計設局的「陽謀」。其實，所謂的「陽謀」就是陰謀，公開地利用報紙引人上鉤，然後治人以罪，「陽謀」只是一個好聽的託詞而已。因此，不管我們對反右運動的動因持何種不同的觀點，任何人都不能不承認，

〔註 42〕見《炎黃春秋》1999 年第一期。
〔註 43〕《毛澤東選集》第五卷，人民出版社 1977 年版，第 355 頁。

為十年浩劫開了先河的這場「反右」運動，不能不定格在負面的歷史評價之中。

　　其實，有關「反右」動因的最好證明就是 1957 年 7 月 1 日《人民日報》刊登的由毛澤東起草的社論《文匯報的資產階級方向應當批判》，社論不加掩飾地說：「有人說，這是陰謀。我們說，這是陽謀。因為事先告訴了敵人：牛鬼蛇神只有讓它們出籠，才好殲滅它們，毒草只有讓他們出土，才便於鋤掉。」「本報及一切黨報，在 5 月 8 日至 6 月 7 日這個期間，執行了中共中央的指示，正是這樣做的。其目的是讓魑魅魍魎，牛鬼蛇神『大鳴大放』，讓毒草大長特長，使人民看見，大吃一驚，原來世界上還有這些東西，以便動手殲滅這些醜類。」〔註44〕

　　毛澤東同志有著豐富的新聞宣傳的實踐和經驗。早在 1919 年，他在北大圖書館工作時，就參加過北京大學新聞學研究會，系統地學習徐寶璜主講的新聞學基礎知識和名記者邵飄萍的演講，還獲得過這一項學歷的半年聽課證書。他積極參加進步的和革命的辦報活動，先是為長沙《大公報》和《新青年》雜誌撰稿，既而又創辦了「五四」運動前後有重大影響的《湘江評論》和《新湖南》雜誌，宣傳民眾的大聯合主張，宣傳驅逐軍閥張敬堯，是當年湖南革命宣傳的一員猛將。中國共產黨成立後，他不論在黨內外擔任什麼職務，都始終關注新聞工作，並積極參與新聞活動。二十年代前後，他主持了國共合作時期的革命宣傳工作，並親自擔任《政治周報》的主編，在國共兩黨都有過豐富的新聞宣傳經驗。土地革命時期，他積極為蘇區的報刊撰稿，發表了不少評論和調查研究類的文章。抗日戰爭和解放戰爭時期，他不僅領導了《新中華報》和《解放日報》的出版，還經常為《解放日報》和新華社撰寫社論和重要文稿。

　　建國後，毛澤東雖然日理萬機，仍十分關注黨的新聞工作，牢牢掌握宣傳大權，發表了很多論述新聞工作的講話和文章，並親自為一些黨報黨刊撰寫社論和評論。毛澤東一生與新聞工作結緣達六十餘年，持續時間之長，是包括馬恩列斯在內的中外任何一位無產階級革命家所難以企及的。同時，毛澤東在新聞實踐中，也將楚人的「經世致用觀」發揮到了極致。其中，最著名的莫過於 1948 年 10 月他在西柏坡巧揮巨筆衛空城，三篇文章擊退了傅作義十幾萬大軍。可以說，毛澤東對新聞媒體的駕馭已入化境，人入其彀中而

〔註44〕《毛澤東選集》第五卷，人民出版社 1977 年版，第 437 頁。

不知覺，其獨特之處在於常常出人意表，百變莫測，敢爲他人所不敢爲。毛澤東不愧是一位高超的宣傳大師、輿論大師！

　　但是，由於種種原因，毛澤東的新聞思想「在建國以後背離了馬克思主義的方向，發展出一些致命的錯誤，嚴重干擾了中國新聞事業的健康發展」。〔註 45〕在領導全黨、全國的新聞工作實踐中，他常常輕視新聞工作的規律。他曾經把報紙比喻成驢子〔註 46〕，說哪有驢子不讓人騎的，要求各級黨委更多地干預編輯部的業務工作。倘若感到新聞宣傳工作不合己意，如對《人民日報》的總編輯鄧拓，毛澤東便批評他是「書生辦報」，如果再不「聽話」，便罵他「死人辦報」；如果毛澤東認爲宣傳部門其心有異，如對中宣部部長陸定一，他便誣之爲「閻王」，號召「小鬼」打倒「閻王」。毛澤東對新聞界還時時懷有偏見，在一些講話、批件中曾給新聞界加以「最易出修正主義」、「唯心論最多」等莫須有的罪名。在《事情正在起變化》一文中，他就對新聞界大加指責：「他們否認報紙的黨性和階級性，他們混同無產階級新聞事業與資產階級新聞事業的原則區別，他們混同反映社會主義國家集體經濟的新聞事業與反映資本主義國家無政府狀態和集團競爭的經濟的新聞事業。」並憑空以爲「新聞界右派還有號召工農群眾反對政府的迹象」。〔註 47〕

　　毛澤東還是一位偉大的謀略家。李維漢有一段委婉而精彩的論述頗能解釋爲什麼謀略會伴隨毛澤東一生（起碼是 1927 年或 1935 年之後的一生）：「毛澤東同志一生幾十年都是在戰爭和鬥爭中度過的。……對於戰爭，他積纍了豐富的經驗，運籌帷幄，決勝千里，幾百萬敵軍都聽他調動。……政治上同反動派鬥爭（此處的「反動派」，或許還應包括本營壘內的政治對手，如張國燾、王明等。——筆者注），毛澤東同志的政策和策略同樣非常英明，可以說運用自如、得心應手。這些長期的階級鬥爭實踐，對他腦子不能不發生影響。」〔註 48〕

　　另外，毛澤東的動機還有很大的心理、性格因素。馬克思說過，歷史人物性格的「偶然性」，對歷史的發展加速和延緩常常起某種作用。毛澤東身邊

〔註 45〕方漢奇等著《中國新聞傳播史》，中國人民大學出版社 2002 年版，第 399 頁。
〔註 46〕把報紙比喻成驢子，出自馬克思，但馬克思的原意是把報紙同「公共輿論」的關係，比作驢同「驢背上的袋子」的關係。見《哲學辭典》，吉林人民出版社，第 154 頁。
〔註 47〕《毛澤東選集》第 5 卷，第 424 頁、第 425 頁。
〔註 48〕李維漢《回憶與研究》，中共黨史資料出版社 1986 年，第 843 頁。

工作人員李銳這樣評價晚年毛澤東：常常「出爾反爾，言行不一」。〔註49〕鄧拓也說過，毛澤東「翻手爲雲，覆手爲雨，自己講過的話，可以翻臉不認賬」。〔註50〕1957 年 4 月，毛澤東就出爾反爾地批評了《人民日報》1956 年的改版和日出八個版，而這些都是 1956 年 6 月經他本人同意並經中央正式批准的。對此，他極不負責任地說：「那是我昏了頭。我講了那麼多話你們都聽不進，這件事就聽進去了！」〔註51〕「文革」初期，毛澤東又對《人民日報》代理總編輯唐平鑄說出八個版太多了，《人民日報》馬上改出四個版，沒想到過不多久毛澤東又說，還是八個版好。一個人性格同其思想與行爲是有關係的，有時甚至是大有關係。從毛澤東複雜的性格背後，我們不難揣測其行事的變幻莫測，「陽謀」自然是題中應有之義。

此外，由於受戰爭年代的影響，毛澤東習慣於把報紙當成黨的一個「方面軍」（如稱《新華日報》爲「新華軍」），所以自覺不自覺地會把「誘敵深入，聚而殲之」的游擊戰術運用於報業，因此才發明了「引蛇出洞」這一曠古未有的「陽謀」。在以後的新聞宣傳工作中，「引蛇出洞」這一「陽謀」，毛澤東又屢有實施，並屢試不爽。如「文革」發動前，毛澤東察覺到宣傳大權已經失控，對針插不進、水潑不進的北京市委和市委領導的《北京日報》，他便引而不發，另闢宣傳陣地，待機滅之。姚文元那篇爲「文革」熱身的《評新編歷史劇〈海瑞罷官〉》，便是北京不發而最先在上海《文匯報》上發表的，這是毛澤東領導的又一場撲朔迷離的宣傳游擊戰，並最終以此爲序幕發動了震動世界的「文化大革命」，重新將旁落的大權包括宣傳大權奪回到自己的手中。

2.6 「階級鬥爭工具」：「潘多拉的盒子」

反右派鬥爭是「左」的思想占上風的開始，也是中國新聞界經歷的第一場浩劫。「反右」不僅導致了階級鬥爭爲中心的政治理論甚囂塵上，修改了黨的八大關於主要矛盾的正確論斷，而且也影響了新聞事業性質的正確判斷。

1957 年，毛澤東曾說過：「在世界上存在著階級區分的時候，報紙總是階級鬥爭的工具。」在反右派鬥爭中，毛澤東將他的「階級鬥爭的工具」論加以運用和推廣，從而使新聞媒體的性質發生了畸變。自此以後，黨報被視爲

〔註49〕李銳《毛澤東的早年與晚年》，貴州出版社 1992 年版，第 167 頁。
〔註50〕王若水《新發現的毛澤東》下冊，明報出版社 2002 年版，第 541 頁。
〔註51〕王若水《新發現的毛澤東》下冊，明報出版社 2002 年版，第 530、531 頁。

階級鬥爭工具，並把這種觀念奉爲圭臬，在新聞學領域，「報紙是階級鬥爭的工具」也被當成報紙的定義，爲新聞事業充當「階級鬥爭工具」提供理論支持。

　　新聞媒體是以傳遞新聞信息、引導社會輿論爲職能的新聞輿論工具。在階級社會中，新聞事業雖然不能不爲一定的階級服務，但是它的規定性，在於它能傳播新聞和反映輿論，因此它的性質應該是「社會輿論工具」，而不是「階級鬥爭的工具」。從歷史上看，「報紙是階級鬥爭的工具」無論從理論上還是在實踐上都盛行了很長時期。在新民主主義革命中，無產階級把報紙作爲反對資產階級的銳利武器，爲奪取政權起到巨大作用。但是，進入到社會主義革命和建設時期，尤其是當階級已經逐漸消滅，國家的工作重心轉移到社會主義建設上來以後，再把新聞媒體當成「階級鬥爭工具」則是大錯特錯，其對實際工作的作用也由過去正向的變成負向的。「階級鬥爭工具」論，不僅改變了新聞事業的性質，把新聞媒體的多樣功能一筆抹殺，而且在新聞實踐中使新聞媒體淪爲地地道道的鬥爭武器。這猶如打開了「潘多拉的盒子」，成爲新聞媒體一切禍患的根源。

2.6.1　新聞媒體成爲「階級鬥爭的工具」

　　在「反右」運動中，新聞媒體儘管出發點不同，動機和目的不同，都幾乎程度不同地充當了階級鬥爭的工具，助長了「反右擴大化」之風。報紙上雖然大張旗鼓地報導對共產黨的批評，但目的是爲了讓右派們「充分暴露」、「引蛇出洞」，最後可以一網打盡。當時新聞界充當階級鬥爭工具的情況比較複雜，有的是出之於真誠和盲從，認爲確有「反黨反社會主義分子」在興風作浪；有的一開始就誤落在「陽謀」的陷阱中，如《光明日報》、《文匯報》等民主黨派報紙；有的則是在政治高壓下違心爲之，如《人民日報》。

　　在反右運動中，《人民日報》充當了「陽謀」實施的最主要的工具，反右運動的幾乎所有的重要文章和文件都是通過《人民日報》發表的，從設陷到圍捕，《人民日報》都參與其中。但是，應該承認，《人民日報》在反右運動中的責任是有限的，而且自身也成了這場鬥爭的犧牲品。在反右運動最初階段，《人民日報》由於沒有及時「鳴放」，被毛澤東斥爲「死人辦報」，只好違心地充當階級鬥爭的「陽謀」工具。「陽謀」的設計和實施，是以毛澤東爲代表的「左」傾思潮的產物，《人民日報》後來只能充當黨的「馴服工具」，「黨

指向哪裏就衝向哪裏」。毛澤東 1957 年曾說過：「我曾許下諾言，說我辭去國家主席後可以有空閒給《人民日報》寫點文章。現在我還沒辭去國家主席，就給《人民日報》寫文章了。」並夫子自道地說，1957 年的「四、五、六月，實際上是我在當《人民日報》的總編輯。」〔註 52〕正是在毛澤東的訓斥和直接干預下，《人民日報》終於成為執行驚天「陽謀」的一個得心應手的工具。

充當階級鬥爭工具的後果，也使新聞媒體失去了信譽，造成了媒體和受眾的隔閡。建國後，我國的新聞媒體在群眾中擁有崇高的威信，「報上登了的」，讀者都認為是事實、是真理。反右運動後發生了逆轉。在反右運動中，《人民日報》以中央黨報之威動員和組織知識分子鳴放，之後又抓住人家「辮子」窮追不捨，並且以言治罪不容分辯。這使新聞媒體失信於民，難以再動員人民群眾拿起批評和自我批評的武器，也使新聞媒體昔日人民代言人的職業形象受到嚴重損傷，難以再和人民群眾融洽相處。「反右」過後，《人民日報》讀者來信的銳減就是一個明證。

2.6.2 「反右」使 1956 年《人民日報》領導的新聞改革半途而廢

反右派運動的直接後果之一，還使 1956 年以《人民日報》改版為代表的新聞改革半途而廢，報紙初步形成的生動活潑的局面完全喪失了。

在 1956 年的新聞改革中，作為中國第一大黨報的《人民日報》，當之無愧地肩負起改革的重任。1956 年 7 月 1 日，《人民日報》發表的改版社論《致讀者》稱：「《人民日報》是黨的報紙，也是人民的報紙」，「我們的報紙名字叫作《人民日報》，意思就是說它是人民的公共武器、公共財產。人民群眾是它的主人。只有靠著人民群眾，我們才能把報紙辦好。」並提出報紙作為人民的輿論機關，忽視讀者就等於脫離讀者，自取滅亡。片面強調對群眾的灌輸，不尊重、不重視瞭解研究群眾對新聞宣傳的反饋，必然導致新聞宣傳有時陷於盲目性，缺乏自覺性和針對性。

這次改版有意識地倡導新時代的黨性原則，提出破除了一字一句都要代表黨的僵化觀念，強調新聞規律對新聞宣傳的重要意義。中共中央在《批轉〈人民日報〉編輯委員會向中央的報告》中明確指出：「過去有一種論調說：『《人民日報》的一字一句都必須代表中央』，『報上發表的言論都必須完全正

〔註 52〕吳冷西《憶毛主席——我親身經歷的若干重大歷史事件片段》，新華出版社 1995 年版，第 28 頁。

確，連讀者來信也必須完全正確」。這些論調顯然是不實際的，因爲這不僅在事實上辦不到，而且對於我們黨的政治影響也不好。」因爲局限於做黨的忠實代言人，新聞工作者的積極性、主動性、創造性受到壓抑。從 1956 年《人民日報》改版到 1957 年反右派運動開始，黨報黨性原則由過去偏重於「黨的喉舌」、「黨的工具」，向「人民的喉舌」、「人民的公共的武器」、「社會的言論機關」轉變。

對於《人民日報》的改版，毛澤東頗不以爲然，1957 年 4 月 10 日，他嚴厲批評了《人民日報》的工作，斥責《人民日報》編委會「爲什麼要改八個版」，「你們多半是對中央的方針唱反調，是牴觸的，反對中央方針的，不讚成中央方針的。」〔註 53〕這使得《人民日報》不能不改變改版時確定的目標。4 月 22 日，《人民日報》調整版面，原二、三版的經濟版移至三、四版，原四版國內政治版移到第二版。這意味著，原來的以經濟建設爲中心仍改爲政治掛帥。

1956 年《人民日報》領導的轟轟烈烈的新聞工作改革，僅僅過了半年，便因反右派運動半途而廢，許多改革措施尚未實施便胎死腹中，一些工作甚至反不如改版以前，出現了「進一步，退兩步」的狀況。反右過後，一些人心有餘悸，更多人抱著「不求有功，但求無過」的無作爲心態。客觀地講，《人民日報》當時給中央的報告中提出的一些建議以及中央的批覆中規定的一些原則，在「左」的錯誤下確實難以實現，但屬於新聞業務方面的某些改革，在一定範圍內還是有可能實現的。但是，「一朝被蛇咬，十年怕井繩」，所有這些都已經做不敢做，甚至想不敢想了，這不能不說是一個重大失誤。

2.6.3　開創了通過報紙「以言定罪」的惡劣先例

1956 年 7 月 1 日《人民日報》的改版社論《致讀者》提出：「報紙是社會的言論機關。一個社會裏，社會的成員不可能對於任何一個具體問題都抱有同一種見解。黨和人民的報紙有責任把社會的見解引向正確的道路，但是爲了達到這個目的，不應該採取簡單的、勉強的方法。有許多問題需要在群眾性的討論中逐漸得到答案。」「爲了便於開展自由討論，我們希望讀者注意，在我們的報紙上發表的文章，雖然是經過編輯部選擇的，但是並不一定都代表編輯部的意見。」

〔註 53〕孫旭培《新聞學新論》，當代中國出版社 1994 年版，第 294 頁。

　　在反右運動中,《人民日報》嚴重違背了自己對讀者的莊嚴承諾。對廣大知識分子的各種言論,包括對共產黨的批評與自我批評,不分其對黨的善意惡意,不分其對國家有利無利,一概視之為反黨反人民反社會主義的右派言論,不分清紅皂白統統將其打成右派。1954 年中華人民共和國第一部憲法明確規定:每個公民享有言論、出版、集會、結社、遊行、示威的自由。這既是對公民正當權利的粗暴剝奪,也是對神聖憲法的無理踐踏。

　　更為惡劣的是,在反右運動中,《人民日報》為了治人以罪,不惜違背新聞的真實性,斷章取義,拼湊事實。6 月 2 日《人民日報》刊登了儲安平「黨天下」的發言,儲安平的原話是這樣的:「這幾年來黨群關係不好,而且成為目前我國政治生活中急需調整的一個問題。這個問題的關鍵究竟何在?據我看來,關鍵在『黨天下』的這個思想問題上。……但是在全國範圍內,不論大小單位,甚至一個科一個組,都要安排一個黨員做頭兒,事無鉅細,都要看黨員的顏色行事,都要黨員點了頭才算數,這樣的做法,是不是太過分了一點?……黨這樣做,是不是『莫非王土』那樣的思想,從而形成了現在這樣一個一家天下的清一色局面。我認為,這個『黨天下』的思想問題是一切宗派主義現象的最終根源,是黨和非黨之間矛盾的基本所在。」儲安平只是講「黨天下」是宗派主義的思想根源,並不能用「黨天下」來理解。但是,在隨後開展的反右運動中,《人民日報》鋪天蓋地地對儲安平的「黨天下」言論進行了批判。

　　再如在 1957 年的鳴放會上,中國人民大學講師葛佩琦說:「現在共產黨工作做得好沒話說,做得不好,群眾就可能打共產黨,殺共產黨的頭,可能推翻它。」〔註 54〕但在 5 月 31 日《人民日報》的報導《中國人民大學繼續舉行座談會　教師們從不同觀點提出問題》中,卻變成了「群眾是要推翻共產黨,殺共產黨」。儘管葛佩琦立即給《人民日報》去信指出這與事實不符,並聲明自己的意思是「在這次整風中,如果黨內同志不積極改正缺點,繼續爭取群眾的信任,那不僅可以自趨滅亡,而且發展下去,可以危及黨的生存」。〔註 55〕但《人民日報》不予理會,反而變本加厲,連續發表工農兵及各界人士的文章,「痛斥葛佩琦的『殺共產黨』,『要共產黨下臺』」。《人民日報》這樣做,是有理論根據的,即所謂「黨性高於真實性」,為了「黨的全局利益」,只要便於發動群眾進行反右鬥爭,什麼樣的手段都可以採用,至

〔註 54〕戴煌《胡耀邦與平反冤假錯案》,中國文聯出版社 1998 年版,第 245 頁。
〔註 55〕同上,249 頁。

於葛佩琦本人是否受了冤屈，是否形成了對讀者、群眾的欺騙，都不在考慮之列。

從反右運動開始，通過報紙來「以言定罪」便一發而不可收拾。「打棍子、抓辮子、扣帽子」的惡劣做法盛行，各種帽子滿天飛。這種情況在「文革」期間登峰造極，害人不計其數，但始作俑者是 1957 年的反右運動。

2.6.4　新聞工作者開始異化，新聞事業的結構發生變化

反右鬥爭不僅使中國新聞事業的性質發生變化，也使新聞工作者開始異化。這場反右鬥爭的後果，除了使大批優秀的新聞工作者罹難之外，還打斷了整個中國新聞界的脊梁，造成了萬人緘口的可悲局面。反右之後，連毛澤東也不得不承認，反右「帶來一個缺點，就是大家不敢講話了」。這裏所說的講話，是指講眞話，講不同意見。反右後，全國新聞界成了「驚弓之鳥」，不敢說話是一種普遍現象，因爲「一切離開社會主義的言論行動都是錯誤的」〔註 56〕。報紙版面上批評稿件大大減少，戰鬥性的小品文和諷刺漫畫幾乎絕迹。於是天下只有一種聲音，全來自一個人；所有的新聞媒介只能傳遞這一種聲音，即所謂「輿論一律」。一個人的大腦可以代替億萬個大腦嗎？正是由於黨和人民的耳目喉舌在反右運動後的普遍失語，才使整個中國社會喪失了辨別是非的能力，最終導致了「文革」的全民浩劫。這不能不說是民族的不幸，國家的不幸。1957 年的狂風過處，社會的良心和理性幾乎蕩然無存，此後的一切政治和社會災難——「大躍進」和「文革」的發生，從此再無阻力。

反右運動後，還使中國新聞事業的結構發生變化。建國初期，我們還容許黨報之外的民間和民主黨派報紙存在，如反右運動中被《人民日報》揭批的上海的《文匯報》、《新民晚報》，北京的《光明日報》等。反右派鬥爭之後，《光明日報》、《文匯報》等民主黨派報紙相繼被收編，某些專題新聞的審批權由黨中央專門機構行使，這些報紙名字雖然依舊，但實際上都變成了共產黨黨報，民間報紙蕩然無存。

〔註 56〕這是毛澤東 1957 年 5 月 25 日在北京接見共產主義青年團第三次全國代表大會全體代表的講話內容，公開透露了反擊右派的一個信號。見 1957 年 5 月 26日《人民日報》一版。

第 3 章 「大躍進」時期：「詩人辦報」與激情歲月（1957 年 11 月～1960 年冬）

　　1958 年至 1960 年，被稱做共和國歷史上的「大躍進」年代。由於經驗不足，急於求成，誇大了主觀意志的作用，使得以高指標、瞎指揮、虛報風、浮誇風和「共產風」為主要標誌的「左」傾錯誤嚴重地泛濫開來，各地紛紛提出工業大躍進和農業大躍進的不切實際的目標。在這一過程中，以《人民日報》為首的新聞媒體為「大躍進」運動推波助瀾，火上加油，對所謂的「三面紅旗」（總路線、大躍進、人民公社）極盡誇大渲染之能事，進一步助長了浮誇風，加重了「左」傾錯誤。

3.1　由「反冒進」到「大躍進」

　　1957 年 10 月 27 日《人民日報》在為《一九五六年到一九六七年全國農業發展綱要〈修正草案〉》發表的社論《建設社會主義農村的偉大綱領》中指出，有關農業和農村的各方面工作，都要在 12 年內，「按照必要和可能，實現一個巨大的躍進」。這是「躍進」一詞最早見諸報端〔註1〕。

〔註 1〕　實際上，1957 年 6 月 26 日周恩來在全國人大一屆四次會議所作《政府工作報告》已經使用了「躍進」一詞。有關研究見張志輝：《以「躍進」一詞代替「冒進」一詞究竟從何而始》，《黨史研究資料》1996 年第 9 期；李丹慧：《也談以「躍進」一詞代替「冒進」一詞究竟從何而始》，《當代中國史研究》1999 年

11 月 13 日，《人民日報》發表了毛澤東在莫斯科（此時毛澤東在莫斯科參加十月革命四十週年慶典）親自審改的社論《發動全民，討論四十條綱要，掀起農業生產的新高潮》。這篇社論明確使用了「大躍進」一詞。社論說：「有人害了右傾保守的毛病，像蝸牛一樣爬行得很慢，他們不瞭解在農業合作化以後，我們就有條件也有必要在生產戰線上來一個大的躍進。這是符合於客觀規律的。1956 年的成績充分反映了這種躍進式發展的正確性。有右傾保守思想的人……把正確的躍進看成了『冒進』。」《人民日報》的觀點，顯然同毛澤東同志 1955 年 12 月在《〈中國農村的社會主義高潮〉的序言》中的論述是一致的。《序言》認爲，在農業合作化已經加速完成的推動下，「中國的工業化的規模和速度，科學、文化、教育、衛生等項事業的發展的規模和速度，已經不能完全按照原來所想的那個樣子去做了，這些都應當適當地擴大和加快。」同時，社論批駁了 1956 年的「反冒進」。故毛澤東極口讚賞，在批語中寫道：「其功不在禹下。如果要頒發博士頭銜的話，我建議第一號博士贈與發明這個偉大口號的那一位（或者幾位）科學家。」〔註 2〕這樣，就使「大躍進」一詞具有了更新一層的含義——與 1956 年的「反冒進」相對立。

1956 年，隨著建國以來各項重大決策進展順利，特別是農業合作化運動在很短時間裏完成，毛澤東認爲，社會主義建設速度也可以用盡可能高的速度向前發展。1956 年 1 月 1 日的《人民日報》社論《爲全面地提早完成和超額完成五年計劃而奮鬥》，正式向全國發表了中央提出的「多快好省」的口號，反映了毛澤東的急躁冒進的情緒。

但是在當時，如何才能把建設搞得好一些、快一些，在決策層中是有思想認識分歧的。這種分歧，反映在這一年 6 月 20 日發表的《人民日報》社論《要反對保守主義，也要反對急躁情緒》中。這篇社論由中央宣傳部起草，最後送劉少奇和周恩來審定，定稿校樣送毛澤東簽閱。社論指出，一方面是在一些工作中仍然有右傾保守思想在作怪，另一方面又發生了急躁冒進的偏向，右傾保守思想對我們的事業是有害的，急躁冒進思想對我們的事業也是有害的，所以兩種思想都要加以反對。但在社論清樣上，毛澤東只在他的名

第 2 期。

〔註 2〕 《建國以來毛澤東文稿》第七冊，中共中央文獻研究室編，中央文獻出版社 1992 年 8 月版，第 254 頁。

字上畫了一個圈，批了四個字：我不看了。之後這篇社論一直被點名批評了好幾年，罪狀是「泄了六億人民的氣」，「引發了右派的進攻」。

但在 1956 年到 1957 年上半年，毛澤東的注意力集中在國際上的波匈事件和對斯大林的評價問題上。1957 年下半年後，國內反右派鬥爭基本結束，「一五」計劃提前超額完成，形勢發生變化，毛澤東開始對「反冒進」進行反擊。在 1958 年 1 月南寧會議上，毛澤東把 1956 年 6 月 20 日的那篇社論摘要印發到會，進行批駁。毛澤東認為：這篇社論既要反右傾保守，又要反急躁冒進，好像有理三扁擔，無理扁擔三，實際重點是「反冒進」。他還說，社論中引用《中國農村的社會主義高潮》序言的幾句話來說明「反冒進」，「是用毛澤東來反對毛澤東」。毛澤東解釋他當時為什麼不看這篇社論的定稿說，「它是尖銳地針對我的，那我為什麼要看？」〔註 3〕

因為這篇社論，鄧拓在不知不覺中捲入黨內高層領導間的鬥爭。當時面對毛主席退回來的社論大樣，鄧拓左右為難。發吧，毛主席不同意；不發吧，劉少奇和周總理那邊又沒法交代。對於社論的觀點，鄧拓本人也同意，最後還是決定發表。為了避免特別醒目，他決定把原來社論的 4 號字改成 5 號字，想著字小一點，可以避免特別引人注意。但是這樣做仍然無濟於事，因為這件事，毛澤東對鄧拓很不滿意，批評他是「書生辦報」，鄧拓從此失寵。

對這篇社論的批評也對以後的中國政治生活產生深遠影響，從此，黨內就形成一條不成文的規定：只能反右，不許反「左」。但是在實際的執行過程中，則勢必要把「左」也當作右來反，其結果是越反右越「左」，這對以後 20 年我國社會主義建設造成了極為嚴重的惡果。

毛澤東的批評，使《人民日報》在經濟宣傳報導上左右為難。反右派運動以後，《人民日報》不僅不再反冒進，而且首先提出了「大躍進」，衝在了運動的最前沿。到 1957 年，隨著經濟和其他各項事業的發展，《人民日報》上使用「躍進」一詞的文章，上昇到 206 篇，而使用「大躍進」一詞的文章也已有 106 篇。1957 年 12 月 12 日，《人民日報》發表社論《必須堅持多快好省的建設方針》，對「反冒進」進行了更嚴厲的批評，稱在反冒進期間「刮起了一股風，居然把多快好省的方針刮掉了」，「於是，本來應該和可以多辦、快辦的事情，也少辦、慢辦甚至不辦了。」「結果就背離了多快好省的方針，

〔註 3〕 吳冷西《憶毛主席──我親自經歷的若干重大歷史事件片斷》，新華出版社
1995 年版，第 49 頁。

變成了經濟戰線的懶漢」。

由冒進、反冒進到反「反冒進」，再發展到「大躍進」，在短短兩年的時間裏，中國社會演繹了一場場難以捉摸的政治風雲。《人民日報》在這一過程中由左右爲難，到向「左」轉，再到全力挺「左」。在隨後發生的驚天動地的「大躍進」運動中，《人民日報》披掛上陣，衝在了最前列。

3.2 「衛星」上天，事實落地

1958 年是在一種異乎尋常的氣氛中開始的。1 月 1 日，《人民日報》發表了由胡喬木執筆的元旦社論《乘風破浪》，這篇標題得到毛澤東激賞的社論鼓動說：「人們的思想常常落後於實際，對於客觀形勢發展之快估計不足」，明確指出「目前全國農業已經掀起了空前的生產高潮；各地黨委必須積極地妥善地領導這個高潮，爭取 1958 年農業生產的大躍進和大豐收」，並提出著名的「超英趕美」口號：「要在十五年左右的時間，在鋼鐵和其他重要工業產品產量方面趕上及超過英國」，「再用二十年到三十年的時間在經濟上趕上和超過美國。」

2 月 2 日和 3 日，《人民日報》又分別以《我們的行動口號——反對浪費，勤儉建國！》、《鼓足幹勁，力爭上游！》爲題發表了兩篇社論，號召國民經濟「全面大躍進」，提出要打破一切右傾保守思想，「工業建設和工業生產要大躍進，農業生產要大躍進，文教衛生事業也要大躍進」。從而標誌著《人民日報》的宣傳向「左」傾斜。在同年 2 份召開的一屆人大五次會議期間，《人民日報》用「帶動全國人民爭取全面躍進！」的通欄題，集中發表各界代表發言、各行各業的大躍進規劃、情況等歷時達半月之久。接著，又以激進、熱烈的情緒積極報導中央的成都會議、漢口會議以及 5 月召開的中共八大二次會議，完成了點燃「大躍進」熊熊烈火的輿論準備。

隨著全國各條戰線「大躍進」形勢的迅猛發展，《人民日報》的「大躍進」宣傳也不斷加溫，高潮推進，「左」的聲浪甚囂塵上。1958 年《人民日報》上共有 4518 篇文章和報導使用了「大躍進」一詞，使用頻率也達到了最高峰。

在「大躍進」的浮誇宣傳中，以虛報產量、大放所謂的糧食高產「衛星」最爲突出。當時，蘇聯剛剛發射了人類第一顆人造衛星不久，而中國則幾乎天天都有糧食高產「衛星」呼嘯上天。1958 年中央原定糧食產量是 3920 億斤，

但由於「大躍進」是以反「右傾保守」的「大辯論」開路的，誰把指標定得低了，就有可能被打成「右傾保守」而被「拔白旗」，因而各地的的指標越報越高。高指標無法達到，就只好浮誇虛報「放衛星」。

《人民日報》的浮誇報導在 1958 年初夏逐漸升溫。6 月 8 日，《人民日報》以《衛星社坐上了衛星　五畝小麥畝產 2105 斤》爲題刊登新華社消息，報導河南遂平縣衛星農業社第二生產大隊在過去畝產 100 多斤的低產區創造了豐產新紀錄，放出了第一顆「衛星」。12 日，又在一版頭條刊登新華社消息，報導遂平衛星農業社放出第二顆「衛星」：2.9 畝小麥畝產 3530 斤。由此，「衛星」便一發而不可收。16 日，《人民日報》又在一版頭條刊登新華社消息《夏收捷報處處傳，一處更比一處高》，報導湖北穀城縣星光社創小麥畝產 4353 斤又 12 兩 5 錢。接著，小麥「衛星」從畝產四五千斤、七千多斤，躍進到 9 月 25 日由青海柴達木盆地賽什克農場第一生產隊創的最高紀錄 8586 斤。

水稻「衛星」來勢更猛，6 月 20 日，《人民日報》發表社論催促南方《水稻生產要加油》。7 月 28 日，在社論《今年秋季大豐收一定要實現》中公然提出：「沒有萬斤的思想，就沒有萬斤的收穫；沒有萬斤的指標，就沒有萬斤的措施。」果然，水稻畝產兩千斤的消息發出不久，就有畝產上萬斤的「衛星」，接著，廣東畝產 6 萬斤的「衛星」也騰空而起。8 月 15 日，《人民日報》刊登了新華社記者拍攝的湖北麻城縣麻溪河鄉建國第一農業社的早稻高產田照片（見下圖）——在這塊畝產乾穀 36956 斤的高產田上，4 個兒童竟直端端地站立在稻穗上！圖片說明這樣描述：「一塊高產田裏的早稻長得密密層層，孩子站在上面就像在沙發上似的。」爲了使這張假照片更加令人信服，旁邊還配有一幅「科學家正在豐產田裏考察」的照片。

9 月 5 日，《人民日報》在報導《廣東窮山出奇迹　一畝中稻六萬斤》的新聞時，又配發了一張更加離奇的造假照片，照片上竟有 13 個人站在「穀稻像金黃色的地毯」的稻田裏。不久，「大躍進」的水稻「衛星王」誕生了，9 月 18 日《人民日報》報導廣西環江縣紅旗公社的「中稻高產衛星」，平均畝產量高達十三萬零四百三十四斤十兩四錢！

「大躍進」時期《人民日報》報導的農業高產「衛星」

日　　　期	地　　　區	糧　　　種	畝產量（斤）
6月08日	河南遂平	小麥	2105
6月11日	河北魏縣	小麥	2394
6月16日	湖北穀城	小麥	4354
6月18日	河南商丘	小麥	4412
6月30日	河北安國	小麥	5103
7月12日	河南西平	小麥	7320
7月22日	福建閩侯	早稻	7275
7月31日	湖北應城	早稻	10597
8月01日	湖北孝感	早稻	15000
8月10日	安徽高豐社	早稻	16260
8月13日	湖北麻城	早稻	36900
8月22日	安徽繁昌	中稻	43075
8月30日	湖北長春社	中稻	43869
9月05日	廣東田北社	中稻	60437
9月18日	四川郫縣	中稻	82455
9月18日	廣西環江	中稻	130434

　　從上表我們可以看出，《人民日報》農業高產「衛星」的報導從6月8日

起到 9 月 18 日止，共計 100 餘天。其中，尤以 8 月以後最爲狂熱，直線飆升。
其實，正像後來人們明白了的那樣，這些高產「衛星」，一般都是採取浮誇虛
報、重複過秤計產或將幾畝乃至幾十畝以上即將成熟的莊稼移植到 1 畝地裏
偽造出來的。在那個特殊的年代，一些持懷疑態度的人被斥之爲「右傾保守」。
《人民日報》7 月 11 日曾發表過一篇題爲《保守派服輸記》的通訊，描寫了
河南商丘趙莊村兩個右傾保守的老漢最後在高產田前認了輸，通訊還附打油
詩一首加以譏諷：「兩老漢活到一百三，沒見過小麥產幾千。毛澤東領導辦法
新，保守思想要丟完。」加之「衛星」上天的報導充斥耳目，不斷敲打著人
們的神經，以至一些原先持懷疑態度或半信半疑的人也開始相信它的眞實性
了。

這時，甚至連一些著名人物也登場了，著名科學家錢學森在 1958 年 6 月
16 日的《中國青年報》上發文論證：如果植物能利用輻射到一畝地上的太陽
光能的 30%，稻麥畝產量就有可能達到 4 萬斤。這一年，毛澤東繼續批評了
持不同意見者，即所謂的「穩妥派」和「觀潮派」，並在許多場合爲「大躍進」
鼓勁打氣，顯示了不可違逆的意志。在這種情況下，中央的計劃指標一再調
整，提得越來越高。與此相呼應的是，各地在沿著總路線創造驚人成就的壓
力和動力的雙重作用下，都表現出不甘落後和爭創奇迹的決心，人們的幹勁
確實鼓得十足，強大的政治力量和狂熱的生產激情驅使著幾億農民去創造社
會主義奇迹。但到了最後，他們之間的競賽內容已不再是實際產量的高低，
而成了膽量的較量，看誰更敢於說謊和浮誇。於是，一個個高產「衛星」便
上了天。

除了大田作物，其他農作物也是「衛星」一顆接著一顆放出，9 月 3 日的
《人民日報》報導說：

「山東曹縣培植南瓜西瓜各一棵，共結 72 個大瓜，淨重 1320 斤」；

「四川江津縣最近挖出一窩芋頭，淨重 250 斤」；

「四川銅梁縣一棵辣椒曬乾後共重 9 斤」；

……

大字套紅標題的喜訊，震撼人心的口號，天天充斥著《人民日報》的版
面。1958 年 7 月 23 日，《人民日報》發表了題爲《今年夏季大豐收說明了什
麼》的社論，宣佈我國小麥（包括春小麥）的總產量已遠遠超過美國，躍居
世界第二位（僅次於社會主義老大哥蘇聯）。社論認爲，在夏季「大豐收」面

前，一切以爲農業產量只能按百分之幾的速度而不能按百分之幾十的速度增長的所謂「悲觀論調」已經完全破產了。並且還說，現在「我國糧食要增產多少，是能夠由我國人民按照自己的需要來決定了」；「只要我們需要，要生產多少，就可以生產多少糧食出來」。

爲了進一步地打破人們思想上的禁區，鼓動人們敢想、敢說、敢做，《人民日報》還連續發表社論，批判「有條件論」和「糧食增產有限論」，鼓吹唯意志論。6 月 21 日，《人民日報》的社論《力爭高速度》說：「當大家都想快、要快、力爭快的時候，事情的進展果然就快了。」8 月 3 日的社論《年底算賬派輸定了》說：「地的產是人的膽決定了的」；進而又號召「沒有萬斤的思想，就沒有萬斤的收穫」、「人有多大膽，地有多大產」、「不怕做不到，就怕想不到」；還提出了諸如「一天等於二十年」、「跑步進入共產主義」等口號。大肆宣揚主觀唯心主義論調，把浮誇風推向新的高潮，超過英國的時間由最初的十五年變爲十年、七年，以後又越縮越短，到兩三年。最後，就是要用幾年的時間跑步進入共產主義了。

在這種唯意志論的支配下，人們的想像力和浪漫情緒得到了空前激發，除了浮誇新聞外，報紙上還充斥著種種奇談怪論。4 月 5 日的《人民日報》報導了這樣幾則「農業珍聞」：福建省南安塗安鄉的一棵樟樹，連續兩年各長了二十多個山梨；四川岳池縣鎮裕鄉農民林萬芳的一株甜橙樹，一年結了三次果；上海市居民唐明科家的一隻老母雞在兩個小時內，一連生下八隻紅殼大雞蛋。看來，連植物和母雞也受到人們激情的感動！當時的《人民日報》還刊登了大量奇思狂想的漫畫、宣傳畫：玉米長到月亮上，驚擾了寂寞的嫦娥小姐；水稻畝產萬斤的衛星騰空而起，連太陽也黯然失色；棉花堆成的高山聳入雲端，山頂的娃娃笑哈哈地遙指珠穆朗瑪峰。

整個中國似乎都瘋了！8 月 27 日，《人民日報》用通欄題發表了中共中央辦公廳劉西瑞的署名文章：《人有多大膽，地有多大產》。作者以極其老到的筆調寫道：「這次壽張之行，是思想再一次的大解放。今年壽張的糧食單值產量，縣委的口號是『確保雙千斤，力爭三千斤』。但實際在搞全縣範圍的畝產萬斤糧的高額豐產運動。一畝地要產五萬斤，十萬斤以至幾十萬斤紅薯，一畝地要產一、兩萬斤玉米、穀子，這樣高的指標，當地幹部和群眾，說來像很平常，一點不神秘。一般的社也是八千斤、七千斤，提五千斤指標的已經很少。至於畝產一、兩千斤，根本沒人提了。這裏給人的印象首先是氣魄大。」

「他們的莊稼也眞長得好，一片黑呼呼的要壓塌地。……」

毛澤東視察過的河北徐水縣，簡直讓全世界都目瞪口呆。9 月 1 日，《人民日報》發表特約記者康濯的文章《徐水人民公社頌》，文中的四個小標題是：「一畝山藥一百二十萬斤」、「一棵白菜五百斤」、「小麥畝產十二萬斤」、「皮棉畝產五千斤」。文章結尾充滿信心地預言：「徐水人民公社將會在不遠的期間，把社員們帶向人類歷史上最高的仙境，這就是『各盡所能，各取所需』的自由王國的時光。」──徐水縣要提前進入共產主義了！

1958 年 10 月 1 日，《人民日報》發表社論《全民的節日，全民的勝利！》，輕率地宣佈「我國糧食問題基本解決了」，並且特別指出，「相信再有一年，我國糧食問題將會最後得到解決。」此時正值全民「大煉鋼鐵」如火如荼之時，此論一出，農業萬事大吉，大批農村青壯勞力抽去參加大煉鋼鐵，結果造成大量糧食爛在地裏無人收。10 月 12 日，《人民日報》社論《把豐收的果實全部拿到手》又替人們算了一筆賬：「一個人『放開肚皮吃飯』一年能吃大約 500 斤上下。而僅尚未收穫的薯類和晚稻產量，全國人民每人平均可有 275 公斤，也即全國人民放開肚皮吃一年也吃不完。」這種錯誤判斷，埋下了徵過頭糧，使農民挨餓，甚至一些地方發生餓死人的禍根。

生產上的高指標和浮誇風，推動著生產關係方面急於向更高形式過渡。1958 年 3 月召開的成都會議，即根據毛澤東的建議，通過了《關於把小型的農業合作社適當地合併爲大社的意見》。隨後，各地農村廣泛開展了小社併大社的工作。4 月 12 日，《人民日報》肯定了福建省閩候縣把幾個鄉合併爲一個大鄉、把 23 個農業社合併爲一個聯社的做法。

8 月 6 日，毛澤東視察河南新鄉七里營，當看到七里營鄉機關掛起「七里營人民公社」的牌子時，他情不自禁地說：「人民公社名字好。」同時指出公社的特點是：「一曰大，二曰公」。8 月 9 日，毛主席在山東歷城縣視察時又說：「還是辦人民公社好，它的好處是，可以把工、農、商、學、兵合在一起，便於領導。」〔註4〕8 月 13 日，《人民日報》報導了毛澤東在歷城視察時的講話，「人民公社好」的口號立即傳遍全國。8 月 18 日，《人民日報》又以「人民公社好」的大字標題報導河南信陽專區在 7 月初建立全國第一個人民公社──「嵖岈山衛星人民公社」的消息，並總結了人民公社的十大優點和四項

〔註 4〕 袁永松主編《偉人毛澤東》，上海科學技術文獻出版社 1997 年版，第 295、296 頁。

有利條件。這篇消息產生了很大的社會影響，於是，人民公社化就以運動的形式，在沒有經過試驗的情況下，僅用一個多月的時間，便在全國一轟而起。

9 月 3 日，《人民日報》發表了《高舉人民公社的紅旗前進》的社論，再次論證了人民公社化的必然性、必要性、可能性和美好前景，要求在建立人民公社時，一定要建立「公共食堂」、「托兒所」、「縫紉組」一類組織，要求婦女勞動力全部參加生產，只有這樣做才能體現人民公社比農業生產合作社更加社會化、更加集體化的優點。9 月 4 日，《人民日報》刊登了衛星人民公社的試行簡章。在這種情況下，公社化運動狂飆突進，以驚人的速度在全國展開。到 10 月 1 日，《人民日報》報導說，全國農村基本實現人民公社化。

在人民公社化運動中，各地又先後舉辦公共食堂，得到《人民日報》的大力支持和宣傳。7 月 8 日《人民日報》發表了湖南邵陽辦公共食堂的報導，其中列舉了辦公共食堂的八大好處。9 月，毛澤東視察安徽時對公共食堂表示了讚賞：「吃飯不要錢，既然一個社能辦到，其他有條件的社也能辦到。既然吃飯可以不要錢，將來穿衣服也可以不要錢。」〔註 5〕10 月，《人民日報》就連續發表了辦好公共食堂的社論，提出「鼓足幹勁生產，放開肚皮吃飯」的口號。至 10 月底，全國建成食堂 265 萬個，農村人口已有 70～90%在食堂吃飯。

在工業戰線上，躍進的勢頭不讓農業。共產主義的物質基礎，在毛澤東的意識裏是具體的──那就是「一個是糧食，一個是鋼鐵」。8 月 17 日至 30 日，中共中央政治局在北戴河舉行擴大會議，提出「以鋼為綱，全國躍進」的方針，把 1958 年鋼產量指標由 850 萬噸提高到 1070 萬噸。9 月 1 日，北戴河會議結束的第二天，《人民日報》即以《中共中央政治局擴大會議號召全黨全民為生產 1070 萬噸鋼而奮鬥》為題，傳達北戴河會議精神，大煉鋼鐵運動由此拉開帷幕。

但是，這一決議公佈時，離年底只有 4 個月，前 8 個月只累計生產鋼 380 萬噸，這樣，剩下的 4 個月必須完成 700 多萬噸鋼。於是只好背水一戰，為了突擊完成預定指標，全國掀起了全民煉鋼的「大煉鋼鐵」熱潮。9 月 5 日，《人民日報》發表社論《全力保證鋼鐵生產》號召：「當鋼鐵工業的發展與其他工業的發展，在設備、材料、動力、人力等方面發生矛盾的時候，其他工

〔註 5〕 引自房維中《中華人民共和國經濟大事記》第 225 頁，中國社會科學出版社，1984 年版。

業應該主動放棄或降低自己的要求，讓路給鋼鐵工業先行。」就是說要掀起一個「以鋼為綱」帶動一切的「大躍進」。

與放農業「衛星」一樣，《人民日報》也不斷報導各地的鋼鐵「高產衛星」。工業版開闢了《比一比》專欄，發表各省的計劃數字和實際完成情況，對各地造成壓力，助長了競相攀比之風。9 月 17 日《人民日報》發表社論《祝河南大捷》，稱河南省土高爐日產生鐵 1.8 萬噸，比老鋼鐵工業基地遼寧、吉林、黑龍江三省的生鐵日產量還高。9 月 29 日又報導超出日產生鐵萬噸的省已有 8 個（除遼寧早已超過外），河南省日產生鐵已超過 9 萬噸。經過鼓動宣傳動員，全民大辦鋼鐵土洋並舉，「小土群」紛紛上馬。到 9 月份，全國參加大煉鋼鐵人數達到 5000 萬人，小高爐和土高爐增至 60 萬座。從東北到廣州，鐵路沿線萬里紅光。10 月 1 日，《人民日報》發表國慶社論《「衛星」齊上天，躍進再躍進》，要求「要鞏固『衛星』成果，實現更大的躍進，除了必須大搞群眾運動以外，沒有別的辦法」。10 月 26 日，社論《大搞小土群，讓路又躍進》又強調，不管是小土群、大洋群都要搞群眾運動。經過進一步發動，10 月份以後全國投入大煉鋼鐵人數已達 6000 多萬人，土煉鋼爐煉鐵爐增加到數百萬座。

1958 年 12 月 22 日，《人民日報》以套紅大標題刊登《1070 萬噸鋼——黨的偉大號召勝利實現》的「喜訊」。後據調查顯示，1958 年只生產了 800 萬噸鋼，其餘的是不能用的廢鋼！

「大躍進」運動還波及到了各行各業。1958 年 1 月 11，《人民日報》在報導上海黨代會閉幕的消息時，提出要「全面大躍進」，「全面大躍進」遂成為普及於全國各地和各行各業的口號。僅 1958 年，《人民日報》共有 322 篇文章和報導使用這一提法。在「全面大躍進」的報導中，《人民日報》共提出了全黨全民大辦特辦的事項共計五六十項，諸如全民辦銅、全民辦鋁、全民辦鐵路、全民辦統計、全民辦大學、全民辦哲學、全民辦文藝、全民辦教育、人人當作家，等等。在宣傳中，《人民日報》還不顧事實，報導了十幾個省、自治區已基本掃除了文盲，很多市、縣已除盡了「四害」（蒼蠅、蚊子、老鼠、麻雀），很多省、縣、人民公社在幾天內辦起了許多所大學等浮誇新聞。

3.3 「輝煌」的幻滅：樹欲靜而風不止

很快，「大躍進」所造成的破壞與災難性後果在各地紛紛顯現。1958 年秋，毛澤東和中央其他負責同志到河北、河南等地農村調研，逐步覺察到農村工

作和其它經濟工作中的錯誤。從這一年冬到1959年7月，毛澤東和中央採取了一系列措施來糾正「大躍進」和人民公社化中的錯誤，並對新聞工作作過一些務實的指示。在1958年年底的武昌會議期間，毛澤東告誡《人民日報》和新華社：「記者的頭腦要冷靜，要獨立思考，不要人云亦云。」〔註6〕12月6日，在中國共產黨八屆六中全會期間，毛澤東還同有關同志談了宣傳工作問題。他提出，新華社和《人民日報》要始終保持冷靜的頭腦，要實事求是，反對虛誇作風。在這種情況下，《人民日報》開始對「大躍進」中的高指標、高速度、「放衛星」的報導有所降溫，記者的頭腦也開始冷靜。但是，由於中央並沒有從根本上認識指導方針的「左」的錯誤的嚴重性，「大躍進」的宣傳仍在繼續。

「大躍進」運動也給毛澤東的黨內威望造成影響。12月18日，《人民日報》公佈了八屆六次全會作出的同意毛澤東提出的不再作下屆中華人民共和國主席候選人建議的決定，毛澤東宣佈「退居二線」。但是文件同時強調：毛澤東「在他不再擔任國家主席的職務以後，他仍然是全國各族人民的領袖。在將來，如果出現某種特殊情況需要他擔任這種工作的時候，仍然可以根據人民的意見和黨的決定，再提他擔任國家主席的職務」，「毛澤東永遠是中國的領袖！」在1959年4月的二屆人大一次會議上，劉少奇正式當選為中華人民共和國主席。

1959年七八月間，廬山會議召開，會議原定議題為總結1958年以來的經驗教訓，討論今後的經濟工作任務。7月14日，彭德懷上書毛澤東。7月23日，毛澤東在講話中指責此信表現了「資產階級的動搖性」，是向黨進攻。廬山會議從糾「左」一下轉為反右傾，來了一個180度的大轉彎！廬山會議後，「反右傾」鬥爭開始，我國經濟再次陷入一味強調「大幹快上」的誤區。

歷史是由必然因素和偶然因素交織而成的，有時候，偶然因素反而更能證明歷史規律的嚴酷性。面對政治方向的急速變化，人民日報緊急剎車，轉而批判「右傾機會主義」。8月5日，人民日報召開編委擴大會議，討論宣傳報導問題，強調大鼓幹勁，反對右傾情緒和鬆勁現象。8月6日的社論《克服右傾情緒，厲行增產節約》指出：「某些幹部忽視或低估已經獲得的偉大成績，誇大工作中的某些困難，他們不去千方百計地努力完成任務，而是認為計劃、

〔註6〕 方漢奇主編《中國新聞事業通史》（第三卷），中國人民大學出版社，1999年版，第231頁。

指標越低越好，這是目前值得注意的危險，必須堅決地批判和克服這種右傾情緒。」8 月 27 日社論《反右傾，鼓幹勁，為在今年完成第二個五年計劃的主要指標而鬥爭》進而說：「我們不但在 1958 年實現了大躍進，而且將在 1959 年和整個第二個五年計劃期間繼續躍進。」9 月 1 日，社論《「得不償失」論可以休矣》，則把所謂「右傾機會主義分子」對於「三面紅旗」的意見作為靶子，逐條加以駁斥。

除了黨內「右傾分子」外，「大躍進」和人民公社運動也遭到了來自蘇聯赫魯曉夫的質疑和批評。毛澤東決心給全世界的反對派和懷疑派以致命的一擊，要把中國的經驗傳播到世界上去。1959 年 8 月 19 日，他在盧山給陳伯達、胡喬木、吳冷西寫信：「為了駁斥國內外敵人和黨內右傾機會主義者，或者不明真相抱著懷疑態度的人們對於人民公社的攻擊、污蔑和懷疑起見，必須向這一切人作戰，長自己的志氣，滅他人的威風。為此就需要大量的材料。」〔註 7〕他要求新華社和人民日報將此信討論一次，並向各分社發出通知，就人民公社進行調研，由他編成一書並作萬言長序，「痛駁全世界的反對派」。毛澤東編寫此書的目的就是要證明「三面紅旗」的成就不容抹殺。9 月 4 日，毛澤東又接連給胡喬木和吳冷西寫信，考慮 10 月份在《人民日報》上發表赫魯曉夫關於公社問題的講話，以「使他越處於被動，使全國人民知道赫魯曉夫是反公社的」，還指示以通訊方式發表捷克斯洛伐克和民主德國報紙讚揚和宣傳八屆八中全會決議的情況，「以壯士氣，可以將蘇聯某些人的軍」。〔註 8〕

在人民日報內部，也刮起一股反右傾的風浪。10 月 19 日，吳冷西在全社作反右傾整風報告，他把報社一千人分成五類：一、在大風浪中，立場堅定，毫不動搖；二、有些糊塗觀點，在個別問題上說過怪話，但不是對大躍進、公社化有意見；三、對大躍進、公社化確有些意見，在短時間裏有過動搖，發表過右傾言論，經過學習又堅定下來。這兩種人不失為是有缺點的好同志；四、比較系統地反對總路線、大躍進和人民公社，發表系統的右傾言論，是嚴重的階級鬥爭在報社的反映；五、對總路線、大躍進和人民公社採取敵視態度。接著他令人心驚地說：「有的同志大家共同戰鬥了幾十年，現在要分手

〔註 7〕 《建國以來毛澤東文稿》，第 8 冊，第 462、463 頁。
〔註 8〕 《建國以來毛澤東文稿》第 8 冊，第 504、506、507 頁。後來《人民日報》沒有發表赫魯曉夫的講話，但立即刊登了另外兩個通訊。

了！……」〔註9〕果然，不幾天，大字報便鋪天蓋地而來，較之反右時期有過之而無不及，報社人人投入運動，開會時個個發言，生怕成為後兩種人。幾個反映「大躍進」運動真相的同志被揭發出來批鬥，其中農村部主任林韋因 1959 年到安徽採訪時向吳冷西寫信反映過安徽餓死人之事，被打成「右傾機會主義分子」，連降三級，下放到甘肅勞動。以後他雖然平反，但在 1982 年患腦血栓，後又成了 3 年植物人，於 1990 年逝世。

於是，在「反右傾」的聲浪中，人民日報與全國的新聞媒體一起投入到對「三面紅旗」的宣傳中。這一階段也是人民日報最困難的時期之一：明明 1958 年的浮誇報導已造成嚴重後果，但迫於政治壓力又不能不「反右傾」，繼續搞浮誇報導；明明各項工作、各條戰線存在大量缺點和嚴重不足，卻又不得不報喜不報憂。從 9 月中旬起，《人民日報》在《用增產節約的輝煌成就向全國獻禮》的通欄標題下，刊登了各行各業 10 年來的成就，以鼓幹勁「反右傾」。9 月起又連篇累牘地報導各地農業大豐收的消息。諸如江西取得了「亙古未有的大豐收」，農民「生活顯著上昇」；河北「糧棉超產一、二成」；貴州「玉米大面積豐收」；青海「增產一成到二成以上」；山東、安徽、江蘇「齊報秋糧豐收」……11 月 16 日，《人民日報》在頭版頭條發表了 1959 年 1 月到 10 月全國工業生產情況的材料，竟自作主張公佈了這 10 個月工業生產總值比 1958 年同期增長 48.9%，製造出全國是一片喜氣洋洋的虛假景象。

這場全國範圍內的「反右傾」、鼓幹勁的宣傳浪潮歷時半年之久，使剛剛開始降溫的浮誇報導伴著批判的鼓譟又擡頭了。在 1959 年，「大躍進」一詞繼續以高頻率使用著，並且又有「繼續大躍進」和「連續大躍進」兩個詞語的廣泛使用。這一年，「大躍進」一詞在《人民日報》的 3999 篇文章和報導中出現。其中使用「繼續大躍進」的有 352 篇，使用「連續大躍進」的有 5 篇。

1960 年，《人民日報》繼續製造「持續躍進」的假象。新年第一天，《人民日報》頭版頭條刊登了《展望六十年代》的元旦社論，在這篇社論上赫然登出一個通欄大標題：「實現一九六〇年的更好躍進　實現整個六十年代的連續躍進」。社論說：「我們不但對於 1960 年的繼續躍進和更好的躍進，充滿了信心，而且對於整個六十年代的繼續躍進，也充滿了信心。」第二天的《人

〔註 9〕 李克林《記憶最深的三年》，《人民日報回憶錄（1948～1988）》，人民日報出版社 1988 年版，第 154 頁。

民日報》社論又提出，在六十年代的第一年要做到開門紅、滿堂紅、紅到底。
1 月 23 日，《人民日報》還用大字標題刊登「天天躍進，月月躍進，保證全年
躍進」的口號。1960 年，「大躍進」一詞在《人民日報》2959 篇文章和報導
中出現。其中使用「繼續大躍進」的有 290 篇，使用「連續大躍進」的有 265
篇。

然而，「持續躍進」已是強弩之末，飛向天空的一顆顆「衛星」紛紛墜落，
現實開始顯露它的猙獰面目，中國人在 1958 年播下的希望，竟在 1960 年收
回了前所未有的災難！這一年的一、二月間，全國各地紛紛發生了大面積餓
死人的事件，但《人民日報》卻置若罔聞，繼續粉飾太平。1960 年初，貴州
省委無視該省正在大批餓死人的事實，給中共中央呈送一份《關於目前農村
公共食堂的報告》，說公社食堂是「必須固守的社會主義陣地。失掉這個陣地，
人民公社就不可能鞏固，大躍進也就沒有保證。」毛澤東親筆將該報告批轉
全國，說它「是一個科學總結」，「應當在全國仿行，不要例外」。〔註 10〕《人
民日報》立即聞風響應，為公共食堂大造聲勢，3 月 17 日用通欄黑體大字刊
登長文《貴州農村公共食堂成為社會主義堅強陣地》。當時，貴州省至少已有
數十萬人餓死，奄奄待斃者更多，可是這篇消息的副標題卻赫然標出：「十一
萬九千多個食堂越辦越好，基層幹部和黨團員一律參加食堂，社員吃得飽吃
得好吃得乾淨衛生」！

隨著饑荒在全國蔓延，《人民日報》仍然視而不見大唱頌歌，以新聞史上
罕見的集體性虛假報導繼續侈談「大躍進的高速度」。3 月 30 日，《人民日報》
為全國人大二屆二次會議開幕發表社論《一定要繼續躍進　一定能繼續躍
進》。4 月 13 日的社論《各行各業都來支持農業》更是預言：「1960 年是我國
農業生產繼續全面大發展的一年。」5 月 25 日，《人民日報》頭版頭條刊登了
一則喜訊：《從長江到黃河流域揭開夏季大豐收的序幕》，字裏行間找不出一
絲餓死人的迹象。6 月 21 日，《人民日報》竟發表社論說：「我國各地農村的
公共食堂，自從今年春季普遍整頓以來，越辦越好。」「我國農村公共食堂已
經進入健全發展的新時期。」在餓死十分之一以上人口的甘肅省，省委第一
書記張仲良 9 月 22 日在《人民日報》上宣告：「人民公社的鞏固和發展，促
進了農業的大躍進。」直至 10 月 1 日，《人民日報》才一改過去鶯歌燕舞歌

〔註 10〕見 1960 年 3 月 4 日毛澤東為中共中央起草的轉發貴州省委《關於目前農村公
　　　　共食堂情況報告》的批語手稿。

頌昇平景象的調子，在國慶社論《慶祝我們偉大的國慶》中隱約透露：「兩年來，全國大部分地區連續遭受嚴重自然災害。」但隨即又自相矛盾地宣佈：「人民公社已使我國農民永遠擺脫了那種每遭自然災害必然有成百萬、成千萬人飢餓、逃荒和死亡的歷史命運。」好像農村中什麼事情都不曾發生似的！此後，「三年自然災害」就成了對這次大饑荒的標準解釋，成為掩蓋「大躍進」惡果的遁詞。據統計，從 1960 年到 1976 年底，《人民日報》共有 170 篇文章使用了這個稱謂。

客觀實際是不以人的主觀意志為轉移的，面對嚴峻形勢，中央最高層不得不對政策進行某種程度的調整，出臺了一系列應對危機的策略。1960 年 11 月 15 日，毛澤東為中共中央起草了《關於徹底糾正「五風」問題的指示》。所謂「五風」，即指共產風、浮誇風、命令風、幹部特殊化風和對生產瞎指揮風。1960 年冬，黨中央開始糾正農村工作中的「左」傾錯誤，分管農業的譚震林同志對人民日報和新華社的同志說，主要的大量的是進行正面宣傳，但也要把困難和問題適當講一講，九分宣傳好的，一分宣傳困難；五風中的瞎指揮風可適當宣傳，其他四風不公開說；宣傳報導要實事求是，要留有餘地。「大躍進」的宣傳才得以停止。

1960 年底，人民日報編委會就當前宣傳報導的情況和問題向黨中央作了請示報告。請示報告提出，今後對工農業建設的宣傳，強調總結經驗教訓，選擇好的經驗和典型，多作正面宣傳——不宣傳反對人民公社的「共產風」而宣傳「三級所有」的好經驗；不宣傳反對「浮誇風」而宣傳實事求是的作風；不宣傳反對強迫命令作風而宣傳民主作風；不宣傳反對幹部特殊化而宣傳艱苦樸素、堅持「四同」的好幹部。請示報告說，報導建設成績必須實事求是，寧可留有餘地，不能說得過頭。〔註11〕

這份請示報告是在維護「三面紅旗」的前提下起草的，只是希望在一些次要和枝節的問題上補救缺失。但是，卻陷入了自相矛盾的兩難之中：既想解決問題又不敢觸及問題；既想改進工作又百般迴避矛盾。難怪在起草這份請示報告時，不少編委會成員感到意猶未盡，許多話沒有說透。這一做法，較為典型地反映了當時新聞界普遍存在的矛盾心態。

1961 年 1 月，中共八屆九中全會通過了發展國民經濟的「調整、鞏固、充實、提高」八字方針。這樣，從 1961 年起，「大躍進」就不再作為國民經

〔註11〕李莊《人民日報風雨 40 年》，人民日報出版社 1993 年版，第 238 頁。

濟的建設方針提出，但由於中央並沒有放棄「大躍進」的建設思想，「大躍進」一詞仍頻繁地在《人民日報》上出現（見下表），作爲正面頌揚之詞又存在了近 20 年。1978 年，盲目「躍進」又開始死灰復燃，中共十一屆三中全會以後，貫徹了調整的新八字方針，這次「躍進」只實行了不到一年就壽終正寢，對「大躍進」也才開始向批判否定轉化。1979 年 1 月 20 日，《人民日報》在《安徽省縣委書記們學習三中全會公報總結歷史經驗教訓》的報導中，首次把 1958 年的「搞大躍進」同「搞浮誇，假話盛行」並列在一起；3 月 8，《人民日報》刊登陸定一同志的文章《懷念人民的好總理——周恩來同志》，使用了「在所謂『大躍進』的口號下」的貶語。直到 1981 年黨的十一屆六中全會通過的《關於建國以來黨的若干歷史問題的決議》，對「大躍進」問題做出正確評價，「大躍進」一詞，才完全成爲一個歷史名詞。

「大躍進」一詞在《人民日報》出現頻率表（1957 年～1981 年）

年　度	篇　數	年　度	篇　數	年　度	篇　數
1957	97	1966	234	1975	61
1958	4518	1967	90	1976	130
1959	3999	1968	89	1977	165
1960	2959	1969	78	1978	125
1961	585	1970	100	1979	19
1962	246	1971	66	1980	46
1963	209	1972	44	1981	42
1964	134	1973	54		
1965	52	1974	103		

3.4　金門炮戰：文仗和武仗的千古絕唱

1958 年夏秋之季，正當「大躍進」運動如火如荼之際，在中國東南沿海的福建前線卻突然傳來了震耳欲聾的炮聲——解放軍萬炮齊轟了被國民黨軍隊盤踞的金門島。這成爲當年轟動世界的重大新聞。一時間，金門地區成爲全世界關注的焦點，中國共產黨、國民黨當局和美國政府三方圍繞這個彈丸之地展開了一場既激烈又微妙的政治、軍事和外交鬥爭。毛澤東成爲這場戲劇式戰爭的總導演，《人民日報》也在其中也扮演了重要角色。

其實，這已是人民解放軍第二次炮擊金門。朝鮮戰爭爆發後，爲擊破美

蔣軍事、政治聯合，《人民日報》曾於 1954 年 7 月 23 日發表了《一定要解放臺灣》的社論，提出了「解放臺灣」的口號。由於當時新中國剛成立不久，在國際社會中僅靠一篇社論造成的影響還不大，於是 1954 年 9 月 3 日，解放軍奉命炮擊金門，並持續了十幾天。中國政府的目的是希望以這種有限的軍事行動來吸引國際輿論，向國際社會特別是向美國表明中國人民解放臺灣的立場和決心。

然而，解放軍的懲戒並沒有使美、蔣稍事收斂。1958 年正當大陸集中力量進行經濟建設時，卻遭到國民黨軍的不斷偵察襲擾。與此同時，中美大使級會談在臺灣問題上又陷入僵局。因此，毛澤東決定尋機對國民黨軍採取軍事打擊。7 月中央北戴河政治局擴大會議決定：炮擊金門。8 月 23 日，長達 4 個多月的「金門炮戰」揭開了序幕。

金門炮戰是在「大躍進」的聲浪中開始的。這一時期的《人民日報》，放「衛星」與放炮此伏彼起，桴鼓相應。8 月 24 日，《人民日報》頭版頭條刊登《高揚鋼鐵鬥志完成鋼鐵計劃》的消息，在頭版的中線下方刊登了一則短消息：《我炮兵猛轟金門蔣艦》，透露了對金門開炮的信息（見下圖二）；9 月 3 日，《人民日報》頭版報導各地迎接人民公社運動的高潮，此稿下方是《我海軍擊傷蔣艦三艘》的消息；9 月 18 日，《人民日報》刊登消息《侵略兇焰高一尺，生產幹勁高千尺　陝西湖北河南雲南人民加倍努力生產增強反擊美國侵略者的力量》，將生產和軍事合二為一；10 月 1 日，《人民日報》4 版發表社論《「衛星」齊上天　躍進再躍進》，6 版國際新聞則打出了「美國軍隊滾出臺灣去！」的大標題。

這時，美國政府為製造「兩個中國」的局面，極力說服蔣介石集團從金、馬撤退，蔣介石堅決反對美國放棄金、馬的做法，並同美國的矛盾日益尖銳。蔣介石對美政策的兩重性，引起中共中央的高度重視。把金、馬留在蔣介石手裏拖住美國，這就是毛澤東提出的著名的「絞索政策」。為進一步加深美蔣之間的矛盾，進一步促進海峽兩岸關係向有利於祖國統一的方向發展，10 月 5 日，毛澤東以中央軍委的名義指示「暫停炮擊」，從此炮擊金門成了純粹的政治仗、宣傳仗。10 月 6 日，《人民日報》發表毛澤東起草的、以國防部長彭德懷名義發佈的《告臺灣同胞書》：

> 我們都是中國人。三十六計，和為上計，金門戰鬥，屬於懲罰性質。
>
> 您們的領導者們過去長時間太猖狂了。……十三萬金門軍民，供應

缺乏，飢寒交迫，難爲久計。爲了人道主義，我已命令福建前線，從 10 月 6 日起，暫以七天爲期，停止炮擊，您們可以充分地輸送供應品，但以沒有美國人護航爲條件。如有護航，不在此例。您們與我們之間的戰爭，三十年了，尚未結束，這是不好的。建議舉行談判，實行和平解決。……中華人民共和國和美國之間並無戰爭，無所謂停火。無火而談停火，豈非笑話？臺灣的朋友們，我們之間是有戰火的，應當停止，並予熄滅。這就需要談判。當然，再打三十年，也不是什麼了不起的大事，但是究竟以早日和平解決較爲妥善。

何去何從，請您們酌定。

這份文告震動了世界，它標誌著金門炮擊已遠遠超出了軍事鬥爭的意義，而進入了包含政治、外交、宣傳鬥爭的新階段。這個「空前的、中國至今第一個絕妙的國防文告」刊登後，效果立竿見影，10 月 7 日，美國下令艦隊不得進入我領海 20 英里以內，停止護航。10 月 13 日，《人民日報》刊登國防部命令，對金門炮擊再停兩星期。

《告臺灣同胞書》發表之後，在周總理的直接指導下，《人民日報》又接連發表社論，展開了攻心爲上的輿論宣傳。10 月 10 日的社論《休談停火，走爲上計》指出，「中國同美國之間沒有開火，根本無火可停」，「何去何從，華盛頓的先生們好自爲之。絞索是無情的，賴著不走，總有後悔。」10 月 11 日的社論《且看他們怎樣動作》稱，現在擺在臺灣當局和美國政府面前的，都有一個何去何從的問題。不過，這兩個問題的性質是截然不同的。在臺灣當局面前的問題，是中國人內部的事情；在美國政府面前的問題，是中國和美國兩國之間的問題。

雖然當時奪取金門在軍事上已不需費很大力氣，但毛澤東認爲，國民黨當局若失去金門、馬祖這兩個在大陸沿海最後的象徵性據點，美國製造「兩個中國」或「臺獨」將更方便。從這一戰略意圖出發，炮擊金門主要不是一場軍事仗，更重要的是一場政治仗、外交仗和宣傳仗。炮擊的主要目的不是要佔領金門，也不是單純想消滅多少敵人，主要在於牽制美國的軍事力量並摸清其對華戰略的底牌，懲罰臺灣當局並促其和談。

10 月 21 日，杜勒斯和美國防部長麥克爾羅伊訪臺，逼迫蔣介石撤離金、馬，雙方發生激烈爭執。爲配合蔣介石同美國的鬥爭，在杜勒斯到達臺灣的前一天，毛澤東下令恢復炮擊金門，及時幫助了蔣介石，使其獲得拒絕從金、

馬撤兵的口實。10 月 26 日，《人民日報》又發表由毛澤東起草、以彭德懷名義發佈的《再告臺灣同胞書》，文告說：

> 我們完全明白，你們絕大多數都是愛國的，甘心做美國人奴隸的只有極少數。同胞們，中國人的事只能由我們中國人自己解決。一時難於解決，可以從長商議。
>
> 美國的政治掮客杜勒斯，愛管閒事，想從國共兩黨的歷史糾紛這件事情中間插進一隻手來，命令中國人做這樣，做那樣，損害中國人的利益，適合美國人的利益。
>
> ……同胞們，我勸你們當心一點兒。我勸你們不要過於依人籬下，讓人家把一切權柄都拿了去。我們兩黨間的事情很好辦。我已命令福建前線，逢雙日不打金門的飛機場、料羅灣的碼頭、海灘和船隻，使大金門、小金門、大擔、二擔大小島嶼上的軍民同胞都得到充分的供應，包括糧食、蔬菜、食油、燃料和軍事裝備在內，以利你們長期固守。如有不足，只要你們開口，我們可以供應。化敵為友，此其時矣。

文告的發表，將臺灣當局寄人籬下、仰人鼻息的處境大白於天下，也宣告了中國人自己解決臺灣問題的原則立場。此後，福建前線炮擊金門形成規律，逢單日打，雙日不打。打，是為了給蔣軍拒絕美國要其撤離金、馬一個理由；不打，是為了使蔣軍運輸補給獲得一段時間，而且炮擊時只打沙灘，不打民房與工事。就這樣打打停停，直到 1978 年 12 月 31 日才結束。在這 20 年的時間裏，《人民日報》緊密配合軍事政治鬥爭的需要，對美國侵略者措辭嚴厲，對蔣介石集團曉之以理，對金門同胞充滿溫情。如 1958 年 11 月 4 日，《人民日報》刊登我福建前線司令部向金門作的廣播：「金門群島軍民同胞們注意：今日，11 月 2 號，是個雙日，我們一炮未打，你們得到補給。明日，11 月 3 號，是個單日，你們千萬不要出來。注意！注意！」11 月，蔣介石集團逐漸明白了中共領導人的意圖。由於大陸、臺灣之間的「默契配合」，共同維護了「一個中國」的局面，這是炮擊金門決策最大的收穫。

20 年後的 1979 年元旦，《人民日報》在頭版頭條又刊登了一篇《告臺灣同胞書》。這個由全國人大常委會起草的《告臺灣同胞書》說：「如果我們還不盡快結束目前這種分裂局面，早日實現祖國的統一，我們何以告慰於列祖列宗？何以自解於子孫後代？人同此心，心同此理，凡屬黃帝子孫，誰願成

爲民族的千古罪人？」在報眼位置，還發表了國防部長徐向前關於停止炮擊大、小金等島嶼的聲明。

　　在「大躍進」運動中，毛澤東與天鬥與地鬥與人鬥，反而受到了客觀規律的無情懲罰。失之東隅，收之桑榆。在金門炮戰中，毛澤東卻取得了決定性的勝利，他內戰、外戰、武戰、文戰、經濟戰一手導演，縱橫捭闔，其在金門炮戰中寫的國防部長文告，嚴肅與詼諧並舉，炮聲與統戰齊鳴，成爲千古絕唱。

圖二　《我炮兵猛轟金門蔣艦》

3.5　誰之過：「大躍進」浮誇宣傳責任探究

　　在「大躍進」運動中，《人民日報》爲「左」傾錯誤推波助瀾，火上澆油。由於「大躍進」期間我國電視業剛剛起步，報紙是主要的傳播工具，《人民日報》又獨佔鰲頭，對當時全國的新聞界起到了錯誤的示範作用，致使人民的報紙竟成了危害人民的工具。

　　正是有感於《人民日報》新聞報導的嚴重失實，對「浮誇風」的肆意推動助長，1961年5月1日，劉少奇對《人民日報》進行了嚴屬地批評：「《人民日報》應該好好總結一下3年來的經驗。3年來，報紙在宣傳生產建設成就方面的浮誇風，在推廣經驗方面的瞎指揮風，在政策宣傳和理論宣傳方面的片面性，這些，對實際工作造成了很大惡果。你們宣傳了很多高指標、放衛星，在這個問題上，使我們黨在國際上陷於被動，報紙宣傳大辦萬頭豬場，結果禍國殃民。」〔註12〕又說：「報紙威信很高，大家以爲《人民日報》代表中央，《人民日報》提倡錯誤的東西，大家也以爲是中央提倡的。所以，這幾年很多事情，是中央領導一半，《人民日報》領導一半。《人民日報》搞了這麼多錯誤的東西，影響很壞，可以說，有報紙的害處，比沒有報紙的害處還大。」〔註13〕

　　劉少奇同志之所以痛下針砭批評《人民日報》，本意還是恨鐵不成鋼，希望幫助人民日報的同志總結新聞工作方面的教訓，同時也是爲了維護毛澤東的個人威信。然而，將「大躍進」的一半罪責推給《人民日報》來承擔，卻是過於苛責、不符合實際的。

　　的確，在「大躍進」運動中，《人民日報》連珠炮似地放出「偉大的空話」，爲「大躍進」運動搖旗吶喊，擂鼓助威。建國以來，浮誇宣傳爲害之烈，以此爲巨。《人民日報》當然要負一定責任。但是，「大躍進」的浮誇宣傳，與我國現行新聞體制有著密切關係（見第六節第二點），黨報作爲黨委的喉舌，必須「無條件地與黨中央保持一致」，當「大腦」——黨委尤其是黨的領導人犯了「左」傾錯誤時，黨報往往只能聞風而動，緊跟宣傳；領導人頭腦清醒決策正確時，黨報也浮誇不起來。所以，歸根到底是領導人助長了浮誇風，《人民日報》作爲黨中央機關報只是強化、放大了中央的決策錯誤。同時，長期以來，我們要求「報紙的每一句話，每一篇文章，都應該是代表黨講話，必

〔註12〕　黃崢《劉少奇傳》（下），中央文獻出版社，1998年版，第871頁。
〔註13〕　胡績偉自選集《報人生涯五十年》（新聞卷三），第139頁。

須是能夠代表黨的」〔註 14〕，所以對於「大躍進」的責任，黨和黨報是不能分的。當時中央所犯的錯誤，《人民日報》也都犯了；《人民日報》所犯的錯誤，也就是中央犯的。兩者是二而一、一而二的事情，不是半對半的。比如「大躍進」一詞，就是在黨內「反冒進」受挫的情況下，由《人民日報》首先提出並得到毛澤東的讚許然後作爲黨的決策使用的。

那麼，在中央高層裏，究竟誰應該爲「大躍進」的浮誇宣傳負主要責任？

從「大躍進」的發動和發展過程我們知道，毛澤東是「大躍進」運動的主要責任者。鄧小平同志在《對起草〈關於建國以來黨的若干歷史問題的決議〉的意見》中說：「『大躍進』，毛澤東同志頭腦發熱，我們不發熱？劉少奇同志、周恩來同志和我都沒有反對，陳雲同志沒有講話。」〔註 15〕在「大躍進」的浮誇宣傳中，毛澤東以「一萬年太久，只爭朝夕」氣魄，許多過激言辭和指示都成爲「大躍進」的助燃物，毛澤東理所應當地成爲「大躍進」浮誇宣傳的主要責任者。然而，當我們翻閱吳冷西同志的回憶錄《憶毛主席——我親身經歷的若干重大歷史事件片段》時，卻發現還存在著另外一個客觀冷靜、洞若觀火的毛澤東。

吳冷西回憶說，在大躍進、人民公社和大煉鋼鐵運動中，毛澤東先後多次找他談話，要求《人民日報》和新華社要敢於抵制「五風」（官僚主義、強迫命令、瞎指揮、浮誇風、「共產風」），不登「五風」文章，不發「五風」消息，一定要卡死。

1958 年 3 月，在成都會議期間，毛主席找吳冷西談話。毛主席對河南提出苦戰一年，實現四五八、水利化、除四害和消滅文盲，遼寧要一年實現三自給（即糧、菜、肉本省自給），懷疑是錯誤的。並囑咐吳冷西：「今年真的全做到了，也不要登。《人民日報》硬是卡死。否則這個省登報，那個省登報，大家搶先，搞得天下大亂。一年完成不登報，兩年完成恐怕也不要登報。各省提口號恐怕時間長一點比較好。我就有點機會主義，要留有餘地。」毛主席還說：「現在報紙宣傳報導上要調整一下，不要盡唱高調，要壓縮空氣，這不是潑冷水，而是不要鼓吹不切實際的高指標，要大家按實際條件辦事，提口號、訂指標要留有餘地。」〔註 16〕

〔註 14〕《中國共產黨新聞工作文件彙編》（下冊），新華出版社 1980 年版，第 230 頁。
〔註 15〕《鄧小平文選》（1975～1982），人民出版社 1987 年版，第 206 頁。
〔註 16〕吳冷西《憶毛主席——我親身經歷的若干重大歷史事件片段》，新華出版社

　　1958 年 4 月中旬，在武昌會議期間，毛主席專門找吳冷西就《人民日報》的宣傳問題做了五點指示：1、近來報紙的宣傳反映實際不夠，但也有不實之處，如指標、計劃講得過頭了。2、現在各地提出這個「化」、那個「化」很多，報紙在宣傳的時候要慎重。比如說綠化，不能說種一些樹就是綠化，要成活、成片、成林。又如說「四無」，應當相信可以實現，但也不是一兩年或三五年可以實現的。一個「化」，一個「無」，不要隨便宣傳已經實現了。3、報紙的宣傳要搞深入、踏實、細緻。我們講多快好省的方針，報紙上不能只講多快，不講好省。4、現在全國出現高潮，出現許多新鮮事物，但也魚龍混雜，泥沙俱下。記者、編輯要提高政治思想水平，能對眼前彩色繽紛的現象作出政治判斷，有遠見卓識。5、報紙的問題帶有普遍性，不僅《人民日報》存在，省報也存在。〔註 17〕

　　6 月 20 日，毛澤東主持召開政治局會議，他在批評浮誇風和高指標之後，轉而談到宣傳問題時，嚴肅地指出：「現在宣傳上要轉，非轉不可」，「如果不改，《人民日報》就有變成《中央日報》的危險，新華社也有變成中央社的危險。」〔註 18〕

　　8 月下旬，在北戴河會議期間，毛澤東又一次找吳冷西和胡喬木談話，指出：《人民日報》、新華社、廣播電臺是輿論機關，「不要講過頭的話」，對外宣傳如此，對內宣傳也不例外。並責問新聞媒體鼓吹浮誇風、高指標、「共產風」卻有增無減，這是為什麼？

　　吳冷西還回憶說：「1958 年 11 月 6 日，毛澤東特意找我專門指示：『《人民日報》和新華社天天作報導，發表議論，尤其要注意頭腦冷靜，要當促進派』。」〔註 19〕

　　11 月 22 日，毛澤東又就《人民日報》和新華社的宣傳報導對吳冷西說：「記者和編輯，看問題要全面。要看到正面，又要看到側面。要看到主要方面，又要看到次要方面。要看到成績，又要看到缺點。這叫做辯證法，兩點論。現在有一種不好的風氣，就是不讓講缺點，不讓講怪話，不讓講壞話。……聽到人家都說好，你就得問一問是否一點壞處也沒有？聽到人家都說壞，你

　　　1995 年版，第 63、64 頁。
〔註 17〕吳冷西《憶毛主席──我親身經歷的若干重大歷史事件片段》，新華出版社
　　　1995 年版，第 70～72 頁。
〔註 18〕同上，第 140、141 頁。
〔註 19〕同上，第 104 頁。

就得問一問是否一點好處也沒有？大躍進當然是好事，但浮誇成風就不好。」
毛主席還談到，「據一些省委反映，《人民日報》在大躍進中搞各省進度表（如
水利工程完成土石方進度表）、放『衛星』（糧食和鋼鐵的高產『衛星』）等
報導方法，對各地壓力很大，結果『你追我趕』，大搞虛誇。這要引以爲戒。」
〔註 20〕

讀了吳冷西的上述回憶，我們可以清楚地看到，毛澤東從 1958 年 3 月起，
一直到 11 月 22 日，先後找吳冷西，就《人民日報》和新華社在大躍進運動和
人民公社運動的報導中，如何堅持實事求是，抵制「五風」的問題作了一系
列重要指示，有一些還是操作性很強的具體指示。但是，《人民日報》和新華
社爲什麼沒有很好的貫徹執行，卻反其道而行之，一味地鼓吹「五風」，爲「五
風」的盛行推波助瀾呢？

吳冷西在回憶錄中是這樣解釋的：「在大躍進運動中，開始自己因毛主席
的再三叮囑，還是比較愼重，但到 6 月份就『隨大流』了。因爲當時的形勢
是：把宣傳口關的這批中央領導『思想解放，敢想敢做』的呼聲壓倒一切。
而毛澤東的留有餘地或壓縮空氣的聲音微弱。在當時中央領導層中，他是少
數者。所以我只好『隨大流』，跟多數中央領導走，特別是跟把宣傳口關的主
要領導人劉少奇、鄧小平走。對於 1958 年《人民日報》和新華社鼓吹『五風』
的錯誤，應是把宣傳口關的中央領導劉少奇、鄧小平等人負責。當然，雖然
不能說《人民日報》和新華社應對 1958 年的『浮誇風』和『共產風』負有主
要責任，但我主持這兩個單位的宣傳工作，在這期間造成的惡劣影響，至今
仍感內疚。」〔註 21〕

吳冷西當時不僅是人民日報社總編輯（1959 年接社長），同時還兼任中宣
傳部副部長、新華社社長，曾列席了近十年的中央政治局常委會，經常可以
親聆毛澤東的教誨，並代毛澤東起草了大量文件，被認爲是新聞界最接近中
央的「通天」人物，他還記有十年的日記，其材料來源應不成問題。但是，
吳冷西在回憶錄中說，因考慮到毛澤東談話中涉及一些重大決策與具體的人
和事，沒有全部向《人民日報》、新華社的同志傳達，故兩單位的檔案中都沒
有完整的記錄。〔註 22〕回憶錄不是法律文件，而且有的回憶錄也錯漏百出或

〔註 20〕吳冷西《憶毛主席──我親身經歷的若干重大歷史事件片段》，新華出版社
1995 年版，第 108、109 頁。
〔註 21〕同上，第 72 頁。
〔註 22〕同上，第 113 頁。

者孤證不乏，並不能完全徵為信史看待。如果吳冷西沒有曲意護短「為尊者諱」，為我們提供的是信史的話，則「大躍進」的浮誇宣傳的主要領導責任似應由主持中央一線工作的劉、鄧負責。但是，通過毛澤東在「大躍進」運動中的種種言行來看，他依然難辭其咎。

清代的戴震主張「言必有徵，孤證不立」，為此我們要廣泛取證。另一位「大躍進」運動的親歷者、1959 年任毛澤東兼職秘書的李銳在《廬山會議實錄》一書中，記錄了周小舟、周惠與他的談話，二周「認為農業的高指標是由上而下壓下去的，『上有好者，下必甚焉』，根子還在毛澤東」。〔註 23〕對此我們必須澄清史實，分清歷史責任，是誰的責任，有多大責任，不要按一時的政治需要去加以剪裁、取捨。筆者認為，在新聞宣傳上，也同樣是「上有好者，下必甚焉」，上行下效，根子還在毛澤東。據王若水稱，「鄧拓離開《人民日報》後，吳冷西吸收教訓，在『大躍進』中對毛澤東採取了『緊跟』的辦法。」〔註 24〕

事實也正如此，身兼數職的吳冷西始終不忘這些要職的權力來源，他一直不離毛澤東左右，如影隨形。他很少坐鎮人民日報，不要說普通編輯、記者，就是報社其他領導班子成員見到他的次數也屈指可數。但這不妨礙他對報紙宣傳「遙控」指揮，一會兒在釣魚臺，一會在中南海，一會又從外地給報社打來電話，而外地一般正是毛澤東出巡的地方。

從吳冷西開始，黨報管理體制開始受到破壞。鑒於鄧拓的「不聽話」，毛澤東直接把自己的秘書班底派去掌管黨中央機關報，而且一個不行再換一個（「文革」開始時是陳伯達）。

按照中國共產黨組織原則，宣傳口的第一道把關人應是政治局候補委員、中宣部長陸定一，以及中央書記處候補書記胡喬木（也是毛澤東秘書）；第二道把關人是政治局委員、總書記鄧小平，以及政治局委員兼書記處書記彭真；第三道把關人是中央第一副主席劉少奇、中央副主席周恩來，劉少奇把最後一關；重大問題十分必要時，再送毛澤東審閱。

吳冷西雖不是毛澤東的正式秘書，出掌人民日報後依然保持著手眼通天的貼身工作人員身份，意味著黨報從對黨中央領導集體負責變成對毛澤東個人負責。這是對中共「八大」實行集體領導體制的一次破壞，是比廬山會議更早發生的黨內民主滑坡。

〔註 23〕李銳《廬山會議實錄》，河南人民出版社 1999 版，第 39 頁、40 頁。
〔註 24〕王若水：《新發現的毛澤東》，明報出版社，2002 年版。

3.6　狂熱後的冷靜思考

　　1958 年是中國人空前樂觀、豪情滿懷的一年。但是，違背經濟規律的「大躍進」，結果證明是是一場徹底失敗的大倒退。新聞事業也同樣因為狂熱浮躁受到新聞工作規律的無情懲罰。這牽涉到新聞體制等深層次的問題，需要我們進行深入的分析和評價。

3.6.1　「詩人辦報」：新聞工作者的角色錯位

　　「大躍進」期間，《人民日報》的「假、大、空」新聞達到世界新聞史之最，神聖的黨報一度成了傳播神話故事的廟堂。當時一些外國專家把《人民日報》報導的衛星田的產量折成體積，發現竟然可以在一畝地上鋪成半米厚的一層。其實，即使是一個普通農民或任何一個具有正常頭腦的普通人都能計算出，在一畝地上是不可能產出幾萬斤糧食的。

　　然而，在 1958 年的中國，竟沒有人站出來作這番計算，因為《人民日報》已經這樣登了，領袖人物已經這樣肯定了，人們不需懷疑，不需論證，而只需緊緊地跟在後面趕超。

　　那麼「大躍進」中，《人民日報》的「假、大、空」新聞究竟是怎樣炮製出來的？把那麼多根本不存在的「事實」堂而皇之地刊登在黨中央機關報上，當時的報人難道就不耳熱心跳、愧對歷史嗎？筆者曾經問過那一時期在人民日報工作過的老同志，他們當時真的會相信稻穗上能支撐起四個兒童來嗎？面對畝產幾萬斤的數字，編輯在選稿時都不曾懷疑過嗎？沒有，因為大家的頭腦一直在狂熱的激情中膨脹著。當時曾主持《人民日報》日常編輯工作的副總編輯胡績偉同志坦言：「在大躍進時期，我誠心誠意地跟著犯了錯誤。」〔註 25〕時任新華社國內部主任的穆青也承認，最初他對大躍進是完全相信的，思想上沒有任何懷疑。他說，「那時的感覺，大家就像喝醉了酒一樣。」〔註 26〕

　　「大躍進」期間，新聞工作者的角色發生了嚴重錯位。當時的新聞工作者普遍懷有一種美好的願望，而這種願望又恰遇全民「發燒」的年代，面對各行各業「大躍進」的形勢，在「一天等於 20 年」的超越歷史的欲念和狂熱煽動下，昔日富有理性的中國新聞工作者如癡如醉，在這種情況下，他們是

〔註 25〕胡績偉《劉少奇新聞觀點述評》，《胡績偉自選集》（新聞卷三），第 137 頁。
〔註 26〕張嚴平《穆青傳》，新華出版社 2005 年版，第 164 頁。

很難保持理智的。這時的絕大多數新聞工作已不是客觀事實的忠實記錄者，他們的頭腦被「大躍進」的狂熱所燃燒，充滿了奇思妙想和胡思亂想。報人洋溢著詩人的浪漫激情，人們已分不清報人和詩人的界限。《人民日報》的老記者李克林回憶當時的情景時說：「在黨報的宣傳史上，1958 年是極不尋常的一年。有同志說是『頭腦發熱的日子』，是『瘋狂的年代』，我除有同感外，還覺得是詩一般浪漫的年代。當時的報紙宣傳，當時的人的思想，真實與想像，現實與幻想，紛紛然交織一起。我們是在辦報，又好像在做詩；是在報導事實，而又遠離現實。」〔註 27〕革命導師馬克思告誡的「根據事實來描寫事實」，而不應「根據希望來描寫事實」早已忘到九霄雲外去了。

請看 1958 年 12 月 22 日《人民日報》發表的記者馮健採寫的通訊《「一〇七〇」禮讚》，在「沸騰的日日夜夜」一節中這樣描寫道：

> 1958 年是我們偉大祖國充滿著奇迹的不平凡的一年，奇迹之一是，全國人民奪取鋼鐵的大戰獲得了大捷——今年的 1070 萬噸鋼產量計劃已提前，超額完成。
>
> 那些緊張戰鬥的日日夜夜，那些壯麗的勞動場景，令人永遠不能忘懷。
>
> 我在京廣、津浦鐵路沿線看到這種動人的圖景。夜晚，列車在原野上奔馳，不時從成群成列的土高爐、土煉鋼爐和土焦爐身旁穿過，旺燃的火焰呼呼作響，映紅了漆黑的夜空，在車窗上映現出桔紅色的或雪白的亮光。這種火光，甚至不比人們在鞍山或大冶的夜空裏看到過的遜色。大冶鋼廠的煉鋼工人，今年寫詩描繪自己火熱的勞動：鋼水紅似火，霞光衝上天，能把太陽鎖，頂住日不落。這不也正是那些遍地開花的小煉鐵爐、煉鋼爐上勞動的寫照嗎？
>
> 千百萬鋼鐵大軍開進荒山野嶺，喚醒了無數沉睡的山岡，爆破手們在常年沉靜的山谷裏，點燃了開山的雷管、炸藥，無盡的礦石、煤炭，像流水一樣湧向煉鐵、煉鋼爐前。
>
> 千萬條道路趕築起來了，條條通向礦山和熔煉爐。火車加快了運行速度，船隻乘風破浪地急駛，都在為鋼鐵奔忙。……

〔註 27〕李克林《記憶最深的三年》，《人民日報回憶錄》，人民日報報史編輯組編，人民日報出版社 1986 年版，第 149 頁。

　　這篇通訊很難說記者不是帶著真情來寫的，作者用充滿詩意的語言充分表現了 1958 年那段「激情燃燒的歲月」。但是通篇文章讀下來給人的感覺卻更像是一篇優美的散文詩，詩情、豪情與漫山遍野的土高爐一樣燃燒。文中除了抒情和描寫外，沒有多少具體事實；除了反復出現的 1958 年鋼產量計劃 1070 萬噸外，沒有多少具體數字。

　　一些詩人也按捺不住內心的激動情緒，他們創作的興奮點也在轉移，要用自己的生花妙筆來謳歌虛假的現實。1958 年 9 月 2 日，《人民日報》發表中國科學院院長兼詩人郭沫若的詩，謳歌安徽繁昌縣的「畝產衛星」：「不見早稻三萬六／又傳中稻四萬三／繁昌不愧是繁昌／緊緊追趕麻城縣。」9 月 9 日《人民日報》又發表這位新中國頭號文豪的《筆和現實》一文，文章要求將詩更改為：「麻城中稻五萬二／超過繁昌四萬三／長江後浪推前浪／驚人產量次第傳。」郭沫若驚歎：人有多大膽，地有多高產，這確實證明，我們的筆趕不上生產的速度。果然，9 天之後，《人民日報》報導四川郫縣中稻畝產達到 82525 斤，廣西環江中稻畝產達到 130434 斤！

　　一些作家也攜筆而上，但他們不瞭解或不遵循新聞報導的基本原則。《徐水人民公社頌》的作者康濯早年是一位以鄉土小說享譽文壇的作家，當時已是中國作協書記處書記、創作委員會主任。該文充滿了華麗的辭藻和夢囈般的想像誇大的語句。諸如「茂盛無比」的小麥，「花團錦簇」的山藥，「碩大無朋」的白菜，以及棉花產量「如衛星般地震動湖海山川」，「一畝 6000 棵的搭架山藥，共灌了 4 條狗的肉湯，也長成茁壯的衛星模樣，看來同樣會直上雲霄」。看後讓人如墮五里霧中，不知所云。

　　「大躍進」期間，還開展了全民性寫作運動，《人民日報》在新聞版選登了大量的「新民歌」、「新民謠」，用詩歌誇張的語言為「大躍進」歌功頌德、吶喊助威，進一部模糊了新聞和文學的界限。隨摘一首登於 1958 年 10 月 6 日《人民日報》的安徽「新民歌」，題為《畝產萬斤是平常》：「千年鐵樹開了花／保守思想大解放／糧食從此大增產／畝產萬斤是平常。」對這場全民性寫作運動，《人民日報》也極盡誇張渲染之能事，在《江西兩百萬工農登文壇》〔註 28〕一文中編輯製作了這樣的引題：「肚裏文章千萬篇　寫得李白也發呆」。其實，當時的新聞報導，與這類「新民歌」骨子裏是一樣的，宣傳報導的理念、模式，看不出與這類「新民歌」有什麼質的區別。文學化

〔註28〕見 1958 年 10 月 11 日《人民日報》。

的新聞，情緒化的宣傳，宣泄式的報導，實際上不過是散文化的「新民歌」！

3.6.2 「馴服工具」：新聞體制的兩難困境

在「大躍進」運動中，《人民日報》浮誇虛假的宣傳鼓動，主觀上是出於對「大躍進」高速度、高指標的真誠期望，客觀上是迫於各種政治壓力，這與我國現存新聞體制和政治體制有關。

五十年代初，劉少奇同志提出新聞工作者要「做黨的馴服工具」。對此，廣大新聞工作者當初都是心悅誠服地接受的。但是，做黨的馴服工具，就必須無條件服從黨的領導，「一字一句代表黨中央，不能鬧獨立性」。一旦黨的政治路線發生錯誤，「馴服工具」勢必為黨的錯誤政治路線推波助瀾。建國後新聞界存在的一種規律性現象是：什麼時候黨的路線正確，新聞工作就好做，就發展；否則就會與黨同犯錯誤，有時甚至會導致你「錯誤」我比你還「錯誤」。新聞傳播系統的運作情況，首先不是取決於自身的建設，而是由社會控制系統決定的。作為上層建築的意識形態，作為影響意識形態構成的最有力的工具系統，新聞界和政治之間的關係定位不僅極其重要，而且關係極其緊密。

對此，「大躍進」過後，「馴服工具」論的提出者劉少奇同志是有痛切認識的：「聽話，也不是，不聽話，也不是，是難辦。……不服從，是錯誤的，要犯錯誤；服從，也要犯錯誤，是不容易。」〔註29〕並說：「你們是黨的得心應手的馴服工具，但是卻是缺乏獨立思考的工具；不是具有頭腦的喉舌，只是無生命的傳聲筒。」〔註30〕

在「大躍進」運動以及之前的反右運動中，《人民日報》便陷入了這種二律背反的困惑之中：不執行是犯組織錯誤，而執行了又犯政治錯誤。在這種兩難困境中，《人民日報》更多地選擇了後者，「寧犯政治錯誤，不犯組織錯誤」，「黨指向哪裏，就打向哪裏」。這是一個難以解開的死結，在以後的「文化大革命」中愈演愈烈。

在這種「馴服工具」論下，政治上的造假之風勢必影響到新聞文風，而惡劣的新聞文風又進一步助長了造假之風。「大躍進」的浮誇風正是這種新

〔註29〕這是劉少奇 1958 年關於《人民日報》的談話，見《劉少奇關於新聞工作的幾次講話》，北京新聞學會編，1980 年。

〔註30〕胡績偉《劉少奇新聞觀點述評》，《胡績偉自選集》新聞卷三，第 141 頁。

聞體制和政治體制綜合作用的結果，政治上一級一級地開展「拔白旗、插紅旗」、「反右傾」，加上新聞輿論的壓力，客觀上把大批幹部「逼」上了浮誇、虛報的道路。一手高指標，一手右傾帽，結果右傾帽壓出了高指標。「大躍進」期間的很多新聞至今仍讓人匪夷所思，集中凸顯了中國政治制度和新聞體制中存在的根本性問題：下級官員為了突出地表現自己，往往要借助黨的新聞媒介助其聲勢，撈取政治資本。請看「大躍進」中的著名文章《徐水人民公社頌》和廣西環江水稻畝產 13 萬斤的特號新聞是怎樣炮製出來的——

《徐水人民公社頌》的寫作背景是這樣的：1958 年 8 月 4 日，毛澤東視察了徐水。毛澤東離開後，徐水縣委連夜召開了全縣電話會議，「鄉鄉社社都在電話會議上自覺向毛主席宣誓，保證今年糧食畝產超過兩千斤，保證工業的百花也要在全縣處處爭奇鬥豔，保證整風和思想也一定要豐收，保證各個戰線上都有無數衛星發射上天，要把天上的星星都遮沒。」〔註31〕8 月 6 日，中央農村工作部副部長陳正人率領一百多人的中央工作組來到徐水，帶來了中央的規劃藍圖，正式宣佈要在徐水縣搞共產主義試點。陳正人在省、地、縣三級領導人參加的座談會上，代表中央講話：形勢喜人，形勢也逼人。原先以為至少搞七個五年計劃才能建成社會主義。現在看來是保守了，右傾了。8 月 22 日，在中央、省、地工作組的幫助下，徐水制定了《關於加速社會主義建設向共產主義邁進的規劃（草案）》。當時作家康濯正掛職徐水縣委副書記體驗生活，並陪同毛澤東在徐水視察，於是奉命寫作，炮製出了這篇曠世「奇文」。〔註32〕

就在《人民日報》這組重點報導發表幾個月後，1959 年春，徐水這個「共產主義試點」就有 2400 多人因飢餓而患浮腫，260 多人餓死，11000 人外出逃荒。原來不是離所謂的「歷史上最高的仙境」不遠，而是離歷史上最慘烈的地獄不遠！

「大躍進」期間「發射」的最大一顆水稻高產「衛星」——廣西環江縣水稻「畝產 13 萬斤」的新聞，是柳州地委第一書記賀亦然一手導演炮製的。廣西是使「大躍進」運動全面升溫的南寧會議的召開地，8 月 13 日，湖北麻城放出水稻三萬六的「大衛星」後，廣西急了，8 月 28 日，廣西自治區黨委、區人委會發出《關於開展高額豐產競賽運動的決定》。柳州地委緊急召開地、

〔註31〕康濯《毛主席到了徐水》，1958 年 8 月 11 日《人民日報》。
〔註32〕趙雲山、趙本榮《徐水共產主義試點始末》，《黨史通訊》1987 年第六期。

縣、鄉、社四級幹部會議，賀亦然在會大放厥詞：放衛星爭上游的，重獎！放出衛星，登上了《人民日報》頭版頭條的，獎一輛小汽車。放不出衛星的，「拔白旗」！會後，賀亦然私下召見環江縣委第一書記洪華，要求環江縣一定要千方百計超過湖北，爭取全國第一。並明確指示，一定要解放思想，從方法上想辦法。環江本是一個土地貧瘠的山區縣，他們選出一塊一畝多地的「衛星田」，一千多人大戰兩晝夜，把八九十畝地里長勢好、快要成熟的禾穀，移栽到「衛星田」裏。9 月 18 日，環江縣的中稻「超級衛星」登上了《人民日報》的頭版頭條。〔註 33〕

其實，在這種新聞體制下，最終受害的還是黨和國家。「大躍進」期間，昔日英明睿智、算無遺策的毛澤東何以會犯一些有悖常理的錯誤？這同他控制下的媒體誤導有關。長時間裏，毛澤東受了自己所辦報紙的蒙蔽。報紙是受著嚴格控制的，任何強烈一點的不滿，任何稍稍涉及要害的批評，都不會出現在報紙版面上。1959 年 7 月 23 日，毛澤東在廬山會議上就發表了這樣一段講話：「一個高級社（現在是生產隊）一條錯誤，七十幾萬個生產隊，七十幾萬條錯誤。要登報，一年到頭也登不完。這樣結果如何？國家必垮臺。就是帝國主義不來，人民也要起來革命，把我們這些人統統打倒。辦一張專講壞話的報紙，……只要你登七十萬條，專登壞事，那還不滅亡啊！不要等美國、蔣介石來，我們國家就滅亡，這個國家應該滅亡。……假如辦十件事，九件是壞的，都登在報上，肯定滅亡，應當滅亡。」〔註 34〕就這樣，從《人民日報》的一版到八版，看到的都是一片歌功頌德、鶯歌燕舞的大好局面。當毛澤東長時間閱讀這種報紙之後，漸漸地，他也信以為真了，以為這些報導反映的就是群眾的真實情緒。1958 年 8 月 4 日他在徐水就曾經樂觀地表示：「糧食產量這麼高，要組織人研究糧食多了吃不完怎麼辦。」〔註 35〕

3.6.3　順昌逆亡：新聞工作者的道德拷問

「大躍進」時期，新聞職業道德發生了劇烈滑坡。當時，記者隊伍中固然大多數是頭腦發熱、以假當真者，但也有迫於壓力造假者，甚至還有存心造假者。前者屬於業務問題，後兩者則屬於政治品質和職業道德問題，其品

〔註 33〕余習廣《環江悲歌》，見北京社會經濟科學研究所網站。
〔註 34〕李銳《廬山會議實錄（增補本）》，河南人民出版社 1994 年版，第 136 頁。
〔註 35〕康濯《毛主席到了徐水》，1958 年 8 月 11 日《人民日報》。

格就更加等而下之了。

　　謂予不信，請看三年困難時期，有多少支筆不敢正視現實，把人民吃不飽的現實描繪成到處鶯歌燕舞的人間樂土，只要翻一翻當時的《人民日報》，就可以得出結論。

　　「大躍進」期間《人民日報》放出的第一顆農業高產「衛星」——河南遂平縣嵖岈山農業社（後改為衛星農業社），就是迫於壓力的造假之作。多年之後，採寫這篇消息的新華社河南分社記者方徨在一篇文章中寫道：〔註36〕

> 在我到嵖岈山的前幾天，小麥已從地裏割下來，並已部分脫粒。寬大的打麥場四周，高高地垛著好幾大堆金字塔形的麥垛，在陽光直射下發出耀眼的金光；靠麥垛一溜邊排列著裝滿麥粒的鼓鼓囊囊的大麻袋；場地中央還鋪著厚厚一層等待復打的麥稭……偌大的打麥場與附近已收割還未收割的田野、甚至整個村莊的上空，都彌漫著一陣陣熏人欲醉的麥香，確實是壯觀，讓我激動，我不由得驚呼一聲「呵！有這麼多麥呀！兩畝地能插得下這麼多麥稭兒嗎？」我不喊還好，這一喊把周圍正在忙碌著的男女社員都引過來了，都激惱了，他們頓時就嘰嘰喳喳地叫起來。有的說：「你不相信我們。」有的說：「你們這號連麥苗和青草都分不清的人，咋知道一畝小麥能打多少。」有的甚至把「保守派」的帽子都摔給我了（當時，在河南省已經開始劃分「躍進派」與「保守派」的陣營了）。一個女社員手執麥杈，隔著場地對我大喊：「我看你不是記者，你是『保守派』吧！」面對這個場面，我趕忙擺手解釋，申明我不是不相信，而是過於興奮了。
>
> 當天晚上，社員們接著打了第二場、第三場。高懸著的幾盞汽油燈，把打麥場照耀得如同白晝。我也奉陪了一夜，在場上找幹部、找社員談，等待最後的數字。第二天上午，脫粒的最後結果公佈了：二畝九分地小麥總產 10238 斤，平均每畝單產 3530 斤 7 兩 5 錢。這是當時全省、也是全國見報的小麥單產最高紀錄。我當天就發了一條消息，隨後又發了一篇記述我採訪經過的通訊《麥場上的風波》（《人民日報》採用時將題改為《「衛星」社裏放「衛星」的故事》，這兩條消息《人民日報》都在顯著位置刊登）。而且，當時嵖岈山農業社

〔註36〕張嚴平《穆青傳》，新華出版社 2005 年版，第 162、163 頁。

已將社名改爲「衛星」農業社了。

這一消息播發後，全國新聞媒體出現了競相放「衛星」的局面，極大地助長了浮誇新聞、造假新聞的勢頭。

如果說迫於政治壓力造假還情有可原的話，那麼存心造假者則決不能寬恕。請看1958年8月11日《人民日報》刊登的《發射早稻高產「衛星」目擊記》，報導安徽樅陽縣高豐社的一塊畝產一萬六千二百二十七斤十三兩早稻豐產試驗田收割的情景：

> 當我們走到這塊「衛星」田的時候，都禁不住驚叫起來：「好傢夥，長得這麼好的一塊稻！」
>
> 這塊田呈長方形，共一畝零四釐二毫，田里長的稻子就像堆的稻場似的，足足有二尺多厚，最厚的地方有三尺以上，一眼望去，田面上鋪著一片金黃色的稻穗，擠得滿滿的，很少看見葉子，因爲葉子都壓到稻穗底下去了。我們用手撥開表面的一層稻穗，看到下面還有一層一層像平鋪的稻穗。有個同志用手插進去，驚喜地說：「啊呀，好像插在稻籮裏了。」我們又隨手摘下幾個稻穗數了一下，最多一穗是三百四十粒，一穗是二百九十七粒，最少的一穗是二百零六粒。這塊田是採用2×3寸密植的，每畝約有十一萬蔸，二百四十萬穗。用力拔起一株稻來看，葉子有四五分寬，稻稈非常堅硬，有筷子那樣粗。稻稈幾乎一根挨著一根，密密的擠在一起了，約成四十多度的角度一邊傾斜著。
>
> 現在看了這塊田早稻以後，我們可以毫不誇大地說：在這塊田平鋪著的兩三尺厚的稻面上，就是放上個西瓜也不會掉下地去。

這篇題爲「目擊記」的文章，文中所有的場景都應該是記者親歷親見的。記者還煞有介事地動手「檢驗」，稻穗都具體到了多少粒，不由你不相信。當時的讀者很難想到，文章通篇都是騙人的鬼話！面對這些「眞實」的謊言，我們的新聞工作者竟然「訓練」到說假話可以毫不臉紅、理直氣壯的地步！

然而，這些我黨久經培養、訓練有素的新聞工作者，何以一朝不辨眞僞，竟成了「假話大王」？這裏有一個發人深思的問題：記者不說眞話而說假話，當然是記者的責任，但也同環境因素有關。1957年的反右運動把許多眞實反映情況的諤諤之士打成「右派」，客觀眞實的報導被說成「右派言論」。1958年說假話的記者沒有受到責難，1959年講眞話的記者卻有不少人被打成了「右

傾」。嚴酷的現實使說眞話者屢遭頓挫，而說假話者卻可以苟安於世，甚至青雲直上。在這種情況下，一些品德本來就有問題的記者難免要「盲從」、「起鬨」、「跟風」了。「你颳風，我跟風」，嘴巴長在自己身上，所有權是自己的，使用權卻是別人的。還因爲謊言說的都是「官話」，這種「權力話語」體現了官方的主流意志，足以炫耀自己語言上的政治時髦，久而久之，說謊也就會從一種大眾的社會風尙逐漸變成一種集體的行爲準則。一旦「謊言成爲準則」，就如索爾仁尼琴所說：「謊言自身也被欺騙了。」當所有的人都不以說謊爲恥，不爲之臉紅，以至於說謊成爲本性，欺騙成爲準則，那麼一個毫無誠信的謊言社會也就此形成，新聞界出現「天下相率爲僞」也就不足爲怪了。

當然，在記者隊伍中，敢講眞話的仍不乏其人。有些記者給自己定下一條原則：堅持說眞話，不說假話；如果不讓說眞話，寧肯不說話，也不說假話。可是，一個不說話的記者，能夠算是一個好記者嗎？而說眞話的後果常常要付出沉重的代價。在「反右傾」運動中，《人民日報》四川記者站負責人紀希晨就是因對「衛星滿天飛」之類的浮誇風持有異議，結果遭到批判和組織處理，下放到農村勞動鍛鍊。《人民日報》女記者李克林，1958 年秋在河北元氏縣看到大煉鋼鐵不僅毀壞農田，而且煉出來的是一堆爐渣似的無用的「燒結鐵」，就把兩塊『燒結鐵』帶回報社讓大家看，到了 1959 年「反右傾」，就成了攻擊大煉鋼鐵的罪證。毛澤東倒總是提倡要敢於直言，號召要有「五不怕」的精神：「一不怕撤職，二不怕開除黨籍，三不怕老婆離婚，四不怕坐牢，五不怕殺頭。」〔註37〕但是講眞話的後果，「右派」誤中「陽謀」已是往者可鑒，被毛澤東鼓勵要「五不怕」的吳冷西更是來者可追。人們爲明哲保身計，只得是要麼保持沉默，要麼說假話，說違心話。

在這裏，我們要談談「文革」初期震驚全國的「鄧拓冤案」。很多人都知道，鄧拓是因爲寫了《燕山夜話》和「三家村札記」雜文，而被迫害致死的。但是，鄧拓的死，決不僅僅是由於他的《燕山夜話》和「三家村」雜文太刺眼了，更深層次的原因恐怕還是他在擔任《人民日報》總編、社長期間堅持實事求是、敢講眞話帶來的厄運。其實，早在鄧拓被批評爲「書生辦報」、「死人辦報」並逐出人民日報社之時起，他已經在劫難逃了。

對於 1958 年出現的浮誇風，鄧拓是有深刻認識的。他在離開人民日報

〔註37〕吳冷西《「五不怕」及其他》，《人民日報回憶錄（1948～1988）》，人民日報出版社 1988 年版，第 3 頁。

之前，曾經多次在編輯部提出要用唯物辯證法指導新聞工作。後來他寫了一篇題爲《馬克思主義哲學和新聞工作》的長篇論文〔註 38〕，進一步提出要運用馬克思主義哲學來總結 1958 年「大躍進」以來的新聞工作，「要從新聞學上的一些根本問題說起」。他認爲，新聞學上的根本問題就是「要正確地報導客觀的運動和事物發展的過程」。鄧拓強調了「觀察的客觀性」，「要防止武斷，同時要防止『先入爲主』」。「如果是『先入爲主』或者只抽出個別的事實來觀察，那就一定會作出錯誤的判斷。」「比如說，社會主義和共產主義的區別，你說這個誰還不懂得？可是有些同志對社會主義和共產主義有時竟然就不會區別了，就糊塗了。這就好像讀書讀了很久，忽然反生了而變成文盲一樣。」

可惜的是，1958 年「大躍進」時期新聞工作的經驗教訓沒有得到及時反思和總結，到了 1966 年「文化大革命」，報紙上的新聞就只剩下「假大空」了。

「大躍進」時期的《人民日報》開了新中國新聞史上「假、大、空」的先河，雖然當時的《人民日報》內容上假話瘋話充斥，但在版面形式和新聞業務方面卻頗有一些可圈可點之處，有些甚至足資今天的報紙工作學習借鑒。如：報紙圖文並茂（圖片、插圖、圖表、漫畫、招貼畫樣樣俱全，有些插圖出自當代繪畫大師靳尚誼、劉勃舒之手），版面美觀大方（版面製作乃至花線、字體、空白等編排手段的運用都極爲考究精緻），專欄品種豐富（受鄧拓「雜家辦報」思想的影響），標題凝練生動（但華而不實，徒有其表，如同詩句），除了那些「假大空」的文章外，一些短文還是相當貼近可讀的。筆者隨機摘取 1958 年 6 月 18 日《人民日報》3 版（見圖三），其版面的精美豐富，即使業內人士也應爲之一讚。這是中國新聞史乃至世界新聞史上的一個怪現象，打破了「內容決定形式」的定則。應該說，當時的人民日報人是在盲目的革命激情鼓動下煥發出了極大的工作熱情，從而孕育出了「大躍進」時期的《人民日報》這一怪胎。

〔註38〕 見 1959 年《新聞戰線》第 9 期。

圖三　1958 年 6 月 18 日《人民日報》3 版

對此，我們應作客觀評價。1958 年 1 月 12 日，毛澤東在寫給廣西壯族自治區黨委主要負責人劉建勳、韋國清的信中，不僅強調報紙要在「大躍進」運動中充分發揮「組織、鼓舞、激勵、批判、推動」作用，而且報社各部門要加強分工協作，開展互相競賽。〔註 39〕根據這一精神，也為了適應「大躍

〔註 39〕《毛澤東新聞工作文選》，新華出版社 1983 年版，第 203 頁。

進」運動的新形勢,新聞界也提出了新聞工作「大躍進」的口號。1958 年上半年,《人民日報》編委會制訂了的《人民日報苦戰三年工作綱要》,提出了自己氣魄宏大的 23 條綱要,力爭苦戰三年,真正成為黨中央機關報。

1958 年 2 月 27 日,《人民日報》舉行了「大躍進」動員大會,宣佈了這 23 條綱要。這 23 條綱要,對宣傳中央路線方針政策、評論工作、新聞報導、版面和標題、讀者來信等新聞業務方面,在全黨辦報、培養新聞人才、建設新聞隊伍方面,以及技術設備等各方面都提出了要求,爭取三年取得大的突破性發展。這一綱要得到了毛澤東的首肯:「人民日報提出 23 條,有躍進的可能。我們組織和指導工作,主要依靠報紙,單是開會,效果有限。」〔註 40〕動員大會後,報社內部開展了熱火朝天的群眾運動,部門和個人都制定了各自的「躍進規劃」,並開展了挑戰、應戰、競賽、評比活動,各版之間開展版面競賽,好文章、好版面插紅旗,最好的插雙紅旗,你追我趕。編輯部門還開展了除七害運動,即:消除文理不通、冗長枯燥、政治錯誤、事實和數字錯誤、技術錯誤、泄密、不按時出版等惡劣現象。同時還把版面下放,讓各省分別自編一些版面,同時在新聞寫作上搞群眾運動,發動幾十人、幾百人討論寫一篇稿子。

23 條綱要和種種「躍進規劃」,反映出了「大躍進」中人民日報廣大職工的美好願望和浮躁心態。其中有不少好的辦報思想,但是想通過搞群眾運動的方式在短期內實現,顯然是不現實的。有些要求則明顯過高,無法實現,如:每篇文章都要達到準確性、鮮明性和生動性的要求;每月爭取利用讀者來信 600 件至 1000 件;徹底消除報紙各項差錯等等。評論寫作也出現了「躍進」態勢,1958 年至 1960 年是《人民日報》歷史上評論最為活躍的時期(見論文後《人民日報》年度社論統計表),最多時一天發表過 4 篇社論、10 多篇評論。當時社論多來自國際、工業、農業三部,每周都有定額,甚至要超額完成。

不過,新聞工作的「大躍進」無疑激發了人民日報廣大職工的工作熱情。整個編輯部熱氣騰騰,大家七嘴八舌,議論風生,「好點子」雲集。在那個交織著歡樂與興奮、失望與痛苦的歲月裏,報社全體人員以滿腔熱忱投入到「大躍進」的報導中,在新聞工作的改革創新上取得一定的成績,這一點是必須充分肯定的。

〔註 40〕吳冷西《憶毛主席——我親自經歷的若干重大歷史事件片斷》,新華出版社 1995 年版,第 61 頁。

第4章　新聞探索時期：新聞事業的短暫春天（1960年冬～1962年9月）

　　由於「大躍進」和「反右傾」的錯誤，我國國民經濟在 1960 年到 1961 年發生了嚴重困難。為戰勝經濟困難，1961 年 1 月，中共八屆九中全會提出了「調整、鞏固、充實、提高」的「八字方針」，開始了為期 5 年的大調整。劉少奇主持中央一線工作，國民經濟得以恢復。雖然在調整時期「左」的思想仍然居於主導地位，但是相對於前兩年繃得緊緊的政治氣氛，新聞界普遍感到政治空氣有了鬆動，報紙上重又宣傳起沉寂已久的「雙百」方針。「高天滾滾寒流急，大地微微暖氣吹」，一個新聞事業的短暫春天，若隱若現地來臨了。

　　新聞界利用這個政治氣候回暖的短暫間隙，從 1960 年起，進行了一些有益的探索和改革。《人民日報》開風氣之先，引領著全國新聞界展開了一次新聞改革。但是，由於政治氣候的乍暖還寒，這次新聞改革只是曇花一現，以失敗告終。

4.1　東風喚回：大興調查研究

　　經過「大躍進」的狂熱之後，黨和政府主管宣傳的領導和新聞界的同志一起對新聞工作進行了反思，在此基礎上，重提調查研究的重要性。1961 年

1 月，毛澤東同志在黨的八屆九中全會上號召全黨要大興調查研究之風，要求 1961 年成爲實事求是年、調查研究年。

　　1962 年 1 月 11，中共擴大的中央工作會議(又稱「七千人大會」)召開，與會代表對幾年來理論宣傳的失誤提出批評，《人民日報》成爲眾矢之的。代表們指出：《人民日報》自 1958 年以來報導了一些虛假的所謂高產衛星，助長了浮誇風和謊報成績，片面誇大主觀能動性，提倡唯心主義。1 月 27 日，劉少奇在大會上發表講話，對《人民日報》也進行了批評。他說：「有一個口號叫做『人有多大膽，地有多大產』，這是《人民日報》用大字標題發表了的。各省的報紙也發表了，因此對許多地方有影響。這個口號是錯誤的，應該取消。」並說：「有一個時期，《人民日報》曾經反對重視客觀條件的觀點，把這種觀點叫做『條件論』，或者叫做『唯條件論』，這也是不正確的。」〔註1〕

　　中央領導同志身體力行，1961 年 4 月至 5 月間，劉少奇在湖南長沙、寧鄉進行調查研究，並兩次就新聞宣傳工作作出重要指示。4 月 28 日，他在報紙宣傳工作的講話中強調了調查研究的目的和方法。5 月 1 日，在關於《人民日報》工作的談話中，劉少奇指出，報紙工作人員是「調查研究的專業工作人員」，「報上的一切文章都應當是調查研究的結果」。〔註2〕他勉勵記者和編輯要認真作調查研究工作，要決心作一個實事求是的、馬列主義的新聞工作者。針對《人民日報》在「大躍進」中的浮誇風問題，劉少奇又說：「報導聯繫實際不要那麼緊，聯繫得緊了，報導了當前的具體工作和鬥爭，要犯錯誤。你們要學會既聯繫實際，又與實際保持一定距離。不要圍繞著當前的實際轉，也可以報導些與當前鬥爭關係小些的事情。」〔註3〕

　　爲響應黨的號召，全國新聞機構普遍進行了整風學習，總結經驗教訓，加強調查研究。1961 年 1 月，《人民日報》請各省在省、地、縣三級幹部會上搜集對《人民日報》3 年來新聞宣傳上的意見，反映由於報導上的浮誇和片面對生產和工作中的浮誇風及瞎指揮風的形成所起的不好影響。1961 年 5 月和 9 月，《人民日報》編委會兩次向中央遞交了報告，檢查自 1958 年以來報紙所作的浮誇和瞎指揮宣傳報導的情況，匯集了報紙上出現的各種「左」的、錯

〔註1〕　《劉少奇選集》(下卷)，人民出版社 1983 年版，第 426 頁。

〔註2〕　胡績偉《劉少奇新聞觀點述評》，《報人生涯五十年》，第 143 頁。

〔註3〕　見《人民日報》1968 年 9 月 1 日「兩報一刊」編輯部文章《把新聞戰線的大革命進行到底》。

誤的口號，提出了汲取經驗教訓改進今後工作的措施。這對於以後幾年報紙端正方向，以實事求是的態度改進工作產生了很好的作用。

八屆九中全會後，人民日報在學習貫徹全會精神的同時，也開始進行大興調查研究的宣傳。1961 年 1 月 29 日，《人民日報》發表社論《大興調查研究之風》。社論首先引用毛澤東的話說明了沒有調查就沒有發言權，指出「對待調查研究的態度，是關係到馬克思主義者的世界觀的根本問題，是一個關係革命事業的成敗的大問題」。社論肯定了總路線、大躍進、人民公社，但隨即指出「社會主義建設事業畢竟是一樁新的事業」，「出現了許多新的情況和新的問題」。怎樣掌握和解決這些問題呢？社論指出，「首先就需要大興調查研究」。這篇社論委婉地指出了形勢的嚴重性，堅決而又含蓄地批評了「大躍進」的浮誇風和瞎指揮風，在全黨、全國人民中引起了很大反響。

在此基礎上，2 月 2 日《人民日報》又發表社論《從實際出發》，社論以貴州都勻市茶農生產隊和團山生產隊爲例深入淺出地闡述了從實際出發的重要性。兩隊在自然條件、經濟基礎、勞動力情況都差不多的情況下，1960 年的生產結果卻大不相同：一個隊糧食增產了，另一個隊糧食減產了；一個隊夏收作物播種計劃超額 19%完成了，另一個隊夏收作物播種計劃只完成 75%；一個隊副業生產成績很大，另一個隊副業生產成績不好；一個隊 95%以上的社員戶增加收入，另一個隊 25%的社員戶減少收入。社論指出辦任何事情，總要有個出發點。出發點錯了，差之毫釐，其結果就會謬以千里。茶農生產隊辦事情走的正是從實際出發的路線，團山生產隊辦事情走的則是從空想出發的主觀主義的路線。

在進行調查研究的宣傳中，《人民日報》還發表了大量的通訊、消息和調查報告，通過具體事實宣傳調查研究、實事求是的必要性和重要性，並對不重視調查研究的錯誤思想進行了批評。針對基層幹部中產生的「三調查，兩研究，要耽誤事情」、「數清星星，天就亮了」的錯誤認識，《人民日報》發表通訊《調查研究是不是「數星星」？》，理論聯繫實際地對大興調查研究之風進行了生動有力的宣傳。

1961 年 1 月 21 日至 26 日，《人民日報》以《粵西行》爲題分 6 期選載了陶鑄同志的《西行紀談》部分篇章。《西行紀談》是時任中共中央中南局第一書記的陶鑄於 1960 年 9 月到湛江、海南等地考察寫成的調查報告，文章眞實地記錄了「大躍進」給國民經濟造成的惡果，嚴肅批評了浮誇風和瞎指揮風，

給人以耳目一新之感。《人民日報》的編者按說，這些文章「既敘述了情況，又提出了問題，發表了意見，文字簡潔生動，讀起來感到親切有味，毫無八股氣」，並「希望這樣的內容和形式都可取的文章能夠多起來」。

通過調查研究，《人民日報》還推出了一批優秀的集體典型和英雄人物，如工農業生產典型大慶和大寨，「南京路上好八連」，「種棉模範吳吉昌」，「下鄉知識青年邢燕子」等等，成爲全國人民學習的榜樣。

爲推動調查研究工作的開展，1961 年，《人民日報》與新華社合辦的《新聞業務》開闢了《做一個名副其實的專業調查人員》專欄，發表了《人民日報》記者田流、《南方日報》總編輯等人的學術文章，探討記者應該怎樣去認識調查研究的重要性，介紹了調查研究的一些方法和經驗。《新聞業務》是當時頗具影響的新聞界專業期刊，這些文章對於指導全國新聞業務工作，倡導調查研究之風產生了廣泛影響。

但是，由於當時「左」的思想沒有根除，新聞媒體的調查研究工作受政治因素的影響仍然很大，記者在調查研究中很難進行獨立的思考和判斷。當政治風向發生變換時，記者們往往無所適從，寫出的報告常常要一改再改，不得不適應當時的政治氣候，以致有些調查研究很像小學生的橡皮泥，捏方就方，捏圓就圓。因此，調查研究的作用總的來講有效但也有限，客觀上只是給當時中央推行的各項政策包括調整措施作了一些解釋和注腳。時任《人民日報》編委的李莊同志生動地爲我們介紹了他 60 年代的一次調查研究經歷：〔註 4〕

1961 年 5 月，中共中央工作會議決定對農村人民公社工作條例（草案）進行修改，取消原草案中關於舉辦公共食堂和實行供給制的規定。爲愼重起見，毛澤東指定吳冷西在北京郊區進行一次深入的調查摸底。於是在 1962 年，以人民日報爲主組成一個包括 8 個編輯、記者的調查組（吳冷西爲組長，李莊爲副組長），赴北京郊區房山縣羊頭崗生產大隊調查。

調查組經過調查瞭解到，在羊頭崗生產大隊，幾乎所有的幹部、社員都要求擴大自留地和分「口糧田」，實際上是「包產到戶」的一種變相要求。群眾的思想摸準了，問題的關鍵看透了，該怎麼辦也搞得清清楚楚了，寫調查報告時卻犯了難。當時「包產到戶」十分敏感，爲保萬無一失，調查組先寫了一個初稿，內容簡單明確：「鞏固集體經濟，發展農業生產」。調查報告還

〔註 4〕 李莊：《人民日報風雨 40 年》，人民日報出版社 1993 年版，第 244～248 頁。

未送出，吳冷西聽到了「風聲」，對組員興奮地說，中央召開工作會議，允許「百家爭鳴」，允許不同地區為恢復和發展農業生產採用不同方式進行實驗，包括「包產到戶」的試驗。全組立即改寫初稿，充實內容，增加篇幅，明確肯定「口糧田」和「包產到戶」。改寫稿正要送出，一天吳冷西突然召集組員開會，「神情十分緊張，壓低聲音說，精神有變，要批『三自一包』。」〔註5〕原來在中共八屆十中全會上毛澤東把「包產到戶」指為「單幹風」，於是大家又火速返工，調整報告，重點又轉到「鞏固集體經濟，發展集體生產」上來。

從以上事例我們可以看出，經歷了歷次政治運動洗禮的新聞工作者已經變得謹小慎微，縮手縮腳，甚至神經過敏了！他們為了保護自己政治生命的「安全」，不惜放棄真實性的原則，置人民群眾的真實願望和呼聲於不顧。作為一名黨的新聞工作者，如何不憑一時的或多變的「政治氣候」和「領導意圖」、「長官意志」而真正地深入基層，調查研究一些重大社會問題，真實反映群眾的呼聲、願望和要求，為中央提供決策參考，這是所有的黨報工作者必須正視並正確解決的重大課題。

關於調查研究，人民日報幾位編委會成員曾私下進行過一番交流。〔註6〕他們過去都曾在根據地搞過調查研究，也都在延安學習過黨中央關於調查研究的決定，認為調查研究說起來不困難，做起來不容易；過去不困難，現在不容易。如今提倡只是為了補救過失，不得不舊事重提。有人還以 1958 年人民日報兩位編輯因為調查研究說了實話，結果 1959 年受到批評為例，說問題不在於有無調查研究，而在於是否真正尊重事實，實事求是。這次談話，較有代表性地反映了八屆九中全會後人民日報多數同志又欣喜又困惑的心情。

4.2　新聞改革：曇花一現

1961 年，人民日報開始了繼 1956 年改版後的第二次改版。在這次並不徹底的新聞改革中，人民日報同樣走在全國新聞界的前列。為了倡導和諧寬鬆的政治氣氛，使繃得很緊的「階級鬥爭的弦」鬆弛一些，《人民日報》決定從 1960 年年底每星期日拿出 4 個版刊登「知識性」和「藝術性」稿件，還專門開闢了「知識版」。1961 年 1 月，《人民日報》實行部分改版，第五、

〔註5〕 李莊：《人民日報風雨 40 年》，人民日報出版社 1993 年版，第 248 頁。
〔註6〕 同上，第 239 頁。

六、七、八版辟爲知識性、趣味性、文藝性副刊，內容豐富多彩，形式生動活潑，受到讀者的好評。10 月 31 日，《人民日報》在第八版刊登《人民日報啓事》，「決定從 11 月 1 日起，每日出版一張半，星期一出一張。」1963 年 1 月 3 日，由於全國新聞紙供應緊張，《人民日報》第六版又刊登《本報啓事》：「本報自 1963 年 1 月起，每周改出五天六版，兩天四版。」直到 1964 年 3 月 2 日，《人民日報》才完全恢復每日出六塊版。

這次改版，較之 1956 年的《人民日報》改版，有了很大的退步，沒有提及報紙的內容改革，只是版面大大壓縮了。但《人民日報》的宣傳報導工作還是有了一定的改進，知識性、趣味性得到了加強，編輯部與理論工作者一起進行了一些有益的探索，力圖在實踐中探索一條適合中國國情的生動活潑的新聞工作道路。

在《人民日報》的這次新聞改革中，成就最大的，當屬雜文專欄《長短錄》的創辦。

雜文是政治氣候的晴雨錶，在噤若寒蟬的日子裏，雜文總是收氣斂聲；政治民主，則雜文興旺。1956 年的「雙百方針」，《人民日報》起而響應，於 7 月 1 日改版，恢覆文藝性副刊，副刊的特色之一，是每天版面頭條位置有一篇花邊雜文。從 1956 年 7 月 1 日到 1957 年 6 月 6 日（反右派鬥爭開始），不到一年時間，《人民日報》共發表雜文 500 篇左右，作者 200 餘人。「篇目之多，作者之眾，影響之大，實屬空前，說它對雜文的『復興』起了帶頭的作用並不過分。」〔註7〕1957 年反右開始後，雜文「萬花紛謝一時稀」。1962 年政治氣候的「回暖」，又使雜文創作活躍起來，一批優秀的雜文專欄應時而生。《北京晚報》的《燕山夜話》、《前線》雜誌的《三家村札記》以及《人民日報》的《長短錄》等雜文專欄就是其中的代表。

1962 年 5 月 4 日，《人民日報》在文藝副刊上開闢了雜文專欄《長短錄》。關於《長短錄》的得名，專欄的開篇《長短相較說》就點明了主旨。作者文益謙（廖沫沙）用老子的「長短相教，高下相傾」說明，分析和比較，是認識客觀世界的正確方法，表明了《長短錄》是一個加強思想修養的園地。《人民日報》編委會很重視這個專欄，專門討論了《長短錄》的計劃，爲該欄目確定了編輯方針：「配合中央『百花齊放，百家爭鳴』方針，在表彰先進、匡

〔註7〕 見藍翎《中國雜文大觀》第三卷序言，百花文藝出版社，1994 年版。

正時弊、活躍思想、增加知識方面，起更大的作用。」〔註8〕

《長短錄》由《人民日報》編委兼文藝部主任陳笑雨主持，主要作者有黃似（夏衍）、章白（吳晗）、陳波（孟超）、文益謙（廖沫沙）、萬一羽（唐弢）等國內知名度很高的專家學者。至 1962 年 12 月 8 日，共發表雜文 37 篇。作為黨中央機關報的雜文專欄，《長短錄》有自己的鮮明特色。它配合政治是廣泛的，多方面的，一般不強調直接配合，而是打迂迴戰，盡量發揮雜文的特性。同時，在總的方向、方針一致的原則下，作者取材的範圍和側重點可以不同，寫作的風格也不同，並致力保持和發揮這種不同的風格。

《長短錄》開辦後極大地活躍了讀者的思想，增加了讀者的知識，開拓了讀者眼界，提高了識別事物的能力。夏衍的《從點戲說起》〔註9〕，用《紅樓夢》中賈元春點戲和韓復榘的父親點秦瓊打關公的戲，生動地闡明了領導文藝工作不可搞主觀主義，不能瞎指揮。中央委員會總書記鄧小平閱後極口稱讚，認為「可以這樣搞」。〔註10〕這股從首都新聞界率先吹起的清新之風，一掃雜文界幾年來的沉悶空氣，而且還吹到了全國各地。一時間，全國各地報刊紛紛仿傚，一個雜文勃興的時代似乎就要到來。

然而好景不長，不到半年，風雲突變，「千萬不要忘記階級鬥爭」的「警語」打破了許多人的雜文夢。1962 年 9 月，在中共八屆十中全會上毛澤東提出，在整個社會主義歷史階段中，資產階級都將存在和企圖復辟，並成為黨內產生修正主義的根源，階級鬥爭要年年講，月月講。由此開始，政治上的「左」傾錯誤再度發展，雜文剛經過短暫的復蘇期就馬上走向式微。

60 年代初以《長短錄》與鄧拓的《燕山夜話》、吳南星的《三家村札記》為代表的雜文創作，似乎比以前更為成熟，鋒芒漸露，嘻笑怒罵皆成文章，涉及面更廣，所挑之「刺」也更為尖銳。雖然這些雜文在主導思想上並無與政治一體化時代對抗的「野心」，但還是為它們的作者帶來了無窮無盡的災難。在只能允許「歌花頌草」生長的時代裏，生命力在於「挑刺」的雜文，注定只能被異化或沉默，縱有比走鋼絲繩還高明的雜耍技巧，一不小心也難免會栽上個致命的跟頭。

〔註8〕　方漢奇主編《中國新聞事業通史》（第三卷），中國人民大學出版社 1999 年版，第 312 頁。

〔註9〕　見 1962 年 5 月 7 日的《人民日報》。

〔註10〕　方漢奇主編《中國新聞事業通史》（第三卷），中國人民大學出版社 1999 年版，第 312 頁。

「文化大革命」爆發前後，江青反革命集團把由陳笑雨主編的《長短錄》同《燕山夜活》、《三家村札記》一起，當作「毒草」橫加批判，《長短錄》被誣爲「說資本主義之長，道社會主義之短」，是「報社內部反黨分子和社會上反黨分子結合的產物」。1966 年 5 月 8 日《解放軍報》發表的《向反黨反社會主義的黑線開火》和 1968 年 9 月 1 日《人民日報》的「兩報一刊」編輯部文章《把新聞戰線的大革命進行到底》，都對《長短錄》進行了點名批評。「文革」中，《長短錄》的編者和作者統統陷入羅網。夏衍受到林彪、江青集團的殘酷迫害，其《從點戲說起》一文便成了一大罪狀。1967 年 8 月 23 日《人民日報》刊登了大批判文章《從兩個司令部的鬥爭看夏衍的反革命眞面目》，文章一箭雙雕地攻擊道：「在《從點戲說起》中，他（指夏衍）把黨對文藝的領導比作大軍閥韓復榘的父親點秦瓊打關公的戲，惡毒咒罵黨『狹窄、專橫和無知』。黨內另一個最大的走資本主義道路的當權派看了以後噴噴讚賞說：『那篇秦瓊打關公，很好嘛！滿有味道！』」陳笑雨也遭到批鬥，因不甘屈辱，於 1966 年 8 月 24 日投永定河自盡，終年 49 歲。1980 年 2 月，人民日報出版了《長短錄》專集，並宣佈爲陳笑雨同志平反。

1961 年以《人民日報》爲代表的新聞改革，和 1956 年的新聞改革一樣，都是報人在良知和新聞工作規律的驅使下，利用相對寬鬆的政治環境進行的主動革新。同樣，這兩次新聞改革都只是曇花一現，當政治形勢發生變化時，不得不讓位於現實的政治要求，淹沒在階級鬥爭的大潮中，其失敗的命運不可避免。這再次證明了新聞改革的成敗和效果，首先取決取政治系統的需要、關係認定及功能期望。從 1957 年開始，「階級鬥爭工具論」已成爲套在新聞工作者頭上去不掉的「緊箍咒」，他們只有念好階級鬥爭這個「經」，甘心充當階級鬥爭的工具，才是儘其本職。一切的知識性、藝術性、趣味性，以及新聞改革的種種嘗試，都是與階級鬥爭格格不入，背離了政治大方向的叛逆之舉。毛澤東對這次新聞改革曾大加斥責，認爲是地主資產階級專政，是牛鬼蛇神泛濫，是資產階級新聞觀點掛帥。故在以後發動的「文化大革命」中，首先把新聞界作爲清算對象。此後十餘年，新聞改革再也無人提起。

另外，有論者認爲，《長短錄》等雜文專欄的出現，依然可能是「引蛇出洞」的「陽謀」結果。《長短錄》及「三家村」等雜文專欄創辦的背景是，1960 年冬，胡喬木指示《人民日報》陸續開闢一些讀書隨筆和讀書札記欄目，因此才有了《長短錄》及「三家村」的創辦。這究竟是不是 1957 年反右運動的故伎重演？還有待於以後的研究者提供更充實的論據。

4.3　典型報導：理想主義的讚歌

　　60 年代前期，是個英雄輩出的時代。全國人民在中國共產黨的領導下，爲爭取國民經濟的迅速好轉而努力奮鬥，湧現出了許多體現時代精神的英雄人物。時至今日，我們很多人仍可以默誦這些名字：雷鋒、王進喜、陳永貴、邢燕子、董加耕、焦裕祿……這是困難時期的另一道風景。在那段艱苦的歲月裏，是他們以自己的生命之火，照亮了人們冷寂的心，使人們看到了希望。當我們流連於英雄人物的生活傳奇之中時，可以發現，這些人物大抵都有過人的堅韌無私的品格，閃光的集體主義精神，毋庸諱言，也都打上了那個時代的烙印。

　　雷鋒，偉大的普通一兵，在共和國歷史上，從未有哪一個形象像雷鋒那樣，以其強大的人格力量和閃亮的人生境界持久地溫暖著中國人民的心，也從未有哪一個形象像雷鋒那樣，在後來日復一日地引發著中國人人生哲學的強烈碰撞。整個六十年代，有三個普通人給中國人民留下深刻印象——雷鋒、王進喜、陳永貴，他們是工農兵的傑出代表，但毫無疑問，雷鋒名列第一。

　　1963 年 2 月 7 日，《人民日報》打破常規以兩個版的篇幅向全國人民全面介紹了社會主義新人雷鋒的事迹、言行、品德、素質和風貌。在頭版刊發學雷鋒消息，第二版以近整版的篇幅發表通訊《毛主席的好戰士——雷鋒》及總參謀長羅瑞卿的題詞，並配發評論員文章《偉大的普通一兵》，在第五版又發了一整版的《雷鋒日記摘抄》和雷鋒生前生活的圖片（見圖四）。

　　其實，當時以兩個版刊登雷鋒事迹，人民日報面臨著很大的爭議和壓力。總政治部的一位副部長就認爲雷鋒的死不能和黃繼光的死相比，黃繼光不過兩千字的通訊，而對於一個被砸死的戰士，卻拿出兩個版宣傳，如果再發生戰爭，再出現「黃繼光」，能拿出 8 個版面來宣傳嗎？對此，人民日報的同志認爲，黃繼光的事迹發生在戰爭年代，在和平時期，雷鋒的思想和「爲人民服務」的精神，應是現時期人民軍隊的優良傳統的發揚，表現了不凡的膽識和遠見。

　　果然，3 月 5 日，毛澤東「向雷鋒同志學習」的題詞在《人民日報》發表，這是繼張思德之後，毛澤東第二次爲一個普通戰士題詞。《人民日報》配發了社論《響應毛主席號召，堅決向雷鋒同志學習》。3 月 7 日，《人民日報》又發表了劉少奇、周恩來、朱德、鄧小平、董必武、陸定一等老一輩無產階級革命家關於學習雷鋒的題詞。以毛澤東主席的題詞發表爲標誌，全國人民掀起

了學雷鋒活動的高潮。從此，一個響亮的名字——雷鋒，在中國大地上響徹。

圖四　《雷鋒日記摘抄》和雷鋒生前生活的圖片

　　自此以後，學雷鋒一直是《人民日報》長報不衰的話題。雷鋒，沒有像其他眾多典型人物那樣時過境遷，湮沒於舊塵。以每年 3 月 5 日的《人民日報》為例，從 1963 年至今近 50 年的時間裏，從宣傳幅度和聲勢看，學雷鋒共形成七次大的高潮（見下表），分別是：1963 年、1973 年、1977 年、1983

年、1990 年、1993 年和 2012 年。所不同的是，雷鋒精神作為中國精神領域獨特的文化符號，隨著時代的變遷不斷被賦予了新的內涵。1990 年 3 月 5 日和 6 日，《人民日報》發表了江澤民、楊尚昆、李鵬、喬石、姚依林、宋平、李瑞環等黨和國家領導人的題詞。黨中央第三代領導集體號召全國人民「弘揚雷鋒精神」、「全心全意為人民服務」、「做共產主義事業接班人」。2012 年，全國再次掀起學雷鋒的高潮，這次的主題是：「永遠的雷鋒，永遠的雷鋒精神」，力爭使學雷鋒活動常態化。

《人民日報》七次「學雷鋒」高潮版面安排情況

年份（版數）	一版	二版	三版	四版	五版	六版	七版	八版
1963（6 版）	二條	四分之三版			整版			
1973（6 版）	頭條二條	學雷鋒專版						
1977（6 版）	整版	整版	整版	三分之一版				
1983（8 版）	頭條			學雷鋒專欄				
1990（8 版）	近整版	學雷鋒專欄					國際一條	文藝兩條
1993（8 版）	三分之二		整版					文藝頭條

2012（24 版）一版：導讀；四版：整版；八版（兩會特刊）：半版；十二版（兩會特刊）：言論一條；十三版：整版發言摘登；十四版（理論）：整版；十五版（國際）：整版；十六版：整版學雷鋒公益廣告

　　大寨和大慶是 60 年代前期湧現的兩個先進集體。對它們的報導，對我國農業、工業和其他戰線的工作產生了重大影響。

　　1964 年 2 月 10 日，《人民日報》刊登新華社記者採寫的通訊《大寨之路》，並配發社論《用革命精神建設山區的榜樣》，高度讚揚了山西省昔陽縣大寨公社大寨大隊同窮山惡水進行鬥爭，改變山區面貌，發展生產的先進事迹。一個月後，毛澤東在外出視察途中閱讀了這篇報導，提出了「農業學大寨」的口號。從此，全國農村掀起了農業學大寨運動，參觀學習大寨的人們如潮水般湧去，大寨也成為新聞媒體常報不衰的典型。對學大寨運動的報導，對促

進農田基本建設、發展農業生產起過積極作用。但到後來，學大寨成為推行「左」傾政策的政治運動，大寨也從先進典型演變成為「左」傾政治運動的工具，學大寨的消極作用超過了它的積極作用。

　　大慶報導是首都新聞界發起的一場新聞會戰。1963 年歲末，吳冷西從彭真那裏接到了這項重要報導任務，迅速成立了由新華社、《人民日報》、中央人民廣播電臺、《工人日報》等多家媒體組成的赴大慶記者團。1964 年 4 月 20 日，《人民日報》發表了袁木、范榮康合寫的通訊《大慶精神大慶人》，報導了大慶人吃大苦、耐大勞，為讓祖國拋掉貧油帽子而忘我拼搏的感人事迹。「編後話」指出：「大慶精神，就是無產階級的革命精神。大慶人，是特種材料製成的人，就是用無產階級革命精神武裝起來的人。這種精神、這種人，正是我們學習的崇高榜樣。」此後，《人民日報》又陸續發表了許多有關大慶油田的報導。大慶報導給處於三年困難時期的中國人民帶來了巨大的鼓舞，也使得世界對中國刮目相看，大慶人也成了中國人心中的英雄。

　　在六十年代，另一個讓人感動不已的先進典型就是焦裕祿。1964 年 11 月 20 日，《人民日報》在二版顯著位置刊登了新華社消息《焦裕祿同志為黨為人民忠心耿耿》，報導已故蘭考縣委書記焦裕祿在改變蘭考自然面貌的鬥爭中鞠躬盡瘁，中共河南省委號召全省幹部向他學習的事迹。1966 年 2 月 7 日，《人民日報》獨家發表了署名「本報記者穆青、馮健、周原」的長篇通訊《縣委書記的榜樣——焦裕祿》〔註 11〕，全面介紹了焦裕祿的感人事迹，同時還刊登了《向毛澤東同志的好學生——焦裕祿同志學習》的社論。為了加強宣傳焦裕祿的力度，2 月 9 日《人民日報》又發表社論《要有更多這樣的好幹部》。隨後，《人民日報》陸續刊登了數十篇消息、通訊和文章，在全國迅速掀起了一個學習焦裕祿的熱潮。時隔 34 年之後，1990 年 5 月 10 日，《人民日報》又發表了《領導幹部要學焦裕祿》的社論，再次掀起學習焦裕祿的熱潮。

　　60 年代前期，剛剛從「三年困難時期」走出的中國人，需要一種精神，一種鬥志，需要一種來自凡人的震撼。這一時期的典型報導給人們帶來了信心和鼓舞，激勵著中國人民去戰勝千難萬險。但是，在典型宣傳中也出現了竭力吹捧誇大、無限拔高及細節失實等錯誤做法。例如大寨這個典型就被極度地神化，以至典型形象必須靠大量的金錢和物資來維持，使得典型走向特

〔註 11〕三人是新華社記者，因身兼《人民日報》總編輯和新華社社長的吳冷西決定文章先發《人民日報》，故署名本報記者。

殊化。1964 年，劉少奇就批評《人民日報》發表的典型太多了，太多了就可能出現虛假。在學習典型經驗過程中，也出現了「一刀切」的傾向，並依靠權力、壓力和亂扣帽子、亂打棍子來推廣。如不因地制宜地號召全國農業學大寨，用一個山區建設的典型去號令全國，以至鬧出了「平原上建梯田」的笑話。十多年後，1980 年 7 月 18 日，《人民日報》刊登了《山西日報》總結推廣大寨經驗的嚴重教訓的文章，對「文化大革命」中亂樹典型、神化典型，用政治掛帥的辦法推廣典型經驗的「左」的做法提出批評。

第 5 章 「文革」準備期：山雨欲來
（1962 年 9 月～1966 年 5 月）

　　1962 年，毛澤東在中共八屆十中全會發出了「千萬不要忘記階級鬥爭」的號召。這次會議不但把年初七千人大會上提出的讓人說話、發揚民主的好風氣完全改變過來，打破了意識形態方面難得的平靜，並且把 1957 年以來「左」的思想發展為一套完整的理論。

　　在新聞工作領域，繼續把新聞媒體當成開展階級鬥爭的工具，掀起了一個「學術批判」的高潮，幾乎遍及所有的文學藝術和社會科學領域。《人民日報》被迫加入大批判的浪潮中。1965 年底，因轉載為「文革」作輿論準備的《評新編歷史劇〈海瑞罷官〉》遲緩，引起毛澤東的不滿，《人民日報》從此便備受冷落，凡是給「運動」定調子的社論和文章，都沒有優先發表權，只得被迫轉載《解放軍報》和《文匯報》的文章，這一狀況一直維持到「文革」開始後人民日報被工作組奪權。

5.1　被迫出戰：階級鬥爭老調重彈

　　1962 年 9 月，八屆十中全會進一步發展了階級鬥爭擴大化的「左」傾觀點，新聞界風聲又緊。一場政治暴風雨即將到來，作為中國政治氣候晴雨錶的《人民日報》首先受到波及，這突出地表現在對「有鬼無害論」的批判中。

　　1963 年 5 月 6 日，《文匯報》發表江青組織的署名「梁璧輝」的長篇文章

《「有鬼無害」論》，開始批判孟超改編的昆曲《李慧娘》和廖沫沙肯定此戲的文章《有鬼無害論》，污指孟超、廖沫沙是借厲鬼「向共產黨復仇」。《人民日報》對此沒有表態。此前，1961年12月28日《人民日報》還發表《一朵鮮豔的「紅梅」》的文章，讚揚京劇《李慧娘》。作者認為孟超賦予了李慧娘以鬥爭精神，「從而豐富了李慧娘的思想感情」，認為該劇「是一個相當成功的改編嘗試」，並批評那種把鬼戲一律看作迷信的觀點。這引起了毛澤東的不滿。

1964年6月，毛澤東在關於《人民日報》的談話中，支持對「有無害論」的批判，並批評了《人民日報》。他說：「1961年，《人民日報》宣傳了『有鬼無害論』，事後一直沒有對這件事作過交代。1962年八屆十中全會後，全黨都在抓階級鬥爭，但是《人民日報》一直沒有批判『有鬼無害論』。在文化藝術方面，《人民日報》的工作做得不好。《人民日報》長期以來不抓理論工作。從《人民日報》開始辦起，我就批評了這個缺點，但是一直沒有改進，直到最近才開始重視這個工作。」〔註1〕毛澤東的批評，不僅是逼《人民日報》開展批判，也是對全國新聞界進行「戰爭動員」。到1965年3月1日，《人民日報》發表齊向群的《重評孟超新編〈李慧娘〉》，編者按則毫不含糊地稱《李慧娘》「是一株反黨反社會主義的毒草」。

《「有鬼無害」論》直接從正面批「鬼戲」，它實際上是批新編歷史劇《海瑞罷官》的一個先聲和試探氣球。這篇文章雖然影響不大，卻是江青初露鋒芒的所謂「破」的第一次表演，對「文革」的發動有著不可忽視的影響。1962年，江青開始走進億萬中國人的政治生活，在這一年的9月29日《人民日報》頭版，江青第一次以毛澤東夫人的身份出現在毛澤東與蘇加諾的合影中。《「有鬼無害」論》正是江青首次行使她「爭取」到的所謂「批評的權利」後打響的第一槍，正因為有了這「第一槍」，才會有後來的「萬箭齊發」、「萬炮齊轟」。

江青先以「有鬼無害論」作為「大批判」的突破口，接著便開始在文學藝術和社會科學領域裏「橫掃」。1962年，中國文藝界稍稍有了喘息之機，一些電影工作者恢復了創作活動，並拍攝出一批具有相當水準的電影作品。但很快這些電影均遭逢厄運，被當作階級鬥爭新動向嚴加批判。

1964年7月，根據江青的意見，《人民日報》發表文章批判影片《北國江

〔註1〕 吳冷西《憶毛主席——我親自經歷的若干重大歷史事件片斷》，新華出版社，1995年版，第71、72頁。

南》、《早春二月》。這兩部主題深刻、藝術性強並深受觀眾歡迎的影片，卻被
《人民日報》指責為表現中間人物、調和階級矛盾，是搞修正主義。8 月中宣
部提出批判《北國江南》、《早春二月》的報告，毛澤東作出批示：「可能不止
這兩部影片，還有別的，都需要批判」，「使這些修正主義的材料公之於眾。」
在毛澤東的推動下，《人民日報》相繼開展了對所謂「毒草影片」《北國江南》、
《早春二月》、《舞臺姊妹》、《林家鋪子》、《不夜城》等的批判，批判它們「調
和階級矛盾」，「抹煞階級鬥爭」，「為資本主義復辟準備思想條件」，等等。

　　1964 年夏開始，這種「左」的批判還擴大到哲學、經濟、歷史等諸多領
域。在哲學方面，批判了楊獻珍的「合二而一」論。1964 年 4 月，中央黨校
副校長楊獻珍寫了《要學會掌握對立統一規律去做工作，在實踐工作中尊重
辯證法》一文，闡述了「合二而一」的問題。這本是一個學術問題，但在當
時的政治背景下，硬是認為與毛澤東「千萬不要忘記階級鬥爭」的號召相牴
觸。6 月 8 日，毛澤東在中央常委會上批評楊獻珍。在康生的直接領導下，《人
民日報》開展了對楊獻珍的批判。7 月 17 日，《人民日報》發表署名文章《就
「合二而一」問題和楊獻珍同志商榷》，點名批判楊獻珍的「合二而一」論。
1965 年 5 月 20 日，《人民日報》發表了中共中央黨校校長、著名哲學家艾思
奇的文章：《不許用矛盾調和論和階級調和論來偷換革命的辯證法》。文章認
為毛澤東提的「一分為二」就是對立統一規律，「合二而一」不論作為世界觀
和方法論，都是和革命辯證法根本相反的東西。8 月 31 日，《人民日報》發表
了康生、陳伯達起草的文章《哲學戰線上的新論戰》，指責楊獻珍等人「同黨
大唱對臺戲」，「有意識地適應現代修正主義的需要」，「宣傳階級和平和階級
合作，宣傳矛盾調和論」。在「文革」中，「合二而一」論被進一步定性為「復
辟資本主義的反動哲學」，讚同「合二而一」論的人遭到殘酷的迫害，楊獻珍
被視為反黨分子，並被撤銷中央黨校副校長的職務。

　　1961 年，田漢寫出了京劇劇本《謝瑤環》。1966 年 1 月，原本由田漢主
編的《劇本》月刊上，推出了署名雲松的一篇長文《田漢的〈謝瑤環〉是一
棵大毒草》，該文於 2 月 1 日被《人民日報》轉載。文章認為，田漢的《謝瑤
環》與《海瑞罷官》、《李慧娘》一樣，「是資產階級同無產階級在意識形態領
域裏的階級鬥爭的反映，是當時一種反動的社會思潮在戲曲舞臺上的表現」。
比起雲松的文章來，何其芳隨後發表於《文學評論》並於 2 月 24 日被《人民
日報》全文轉載的《評〈謝瑤環〉》，顯得更為權威也更有來頭，文章一上來

便把田漢釘在了「徹頭徹尾反黨反社會主義反人民」的十字架上。

此外，在經濟學方面批判了孫冶方的重視價值規律等經濟思想。1966 年8 月 11 日，《人民日報》用一個整版的篇幅批判孫冶方。「編者的話」稱孫冶方是「打著『利潤掛帥』的黑旗，反對無產階級政治掛帥的紅旗」。

在歷史學方面還開展了對李秀成評價的討論，批判了翦伯贊、吳晗的「非階級觀點」和「讓步政策」論，等等。這些批判，不是學術觀點的討論，而是任意上昇到兩個階級、兩條道路、兩條路線的鬥爭，從《人民日報》逐漸遍及到全國各地報刊，進而為「文化大革命」的發動進行輿論準備。

六十年代開展的這場學術大批判運動，完全拋棄了「百家爭鳴」的指導方針，而是在政治上任意上綱上線。鑒於這些錯誤的批判有大泛濫之勢，中央書記處於 1965 年 3 月初開會討論此事，鄧小平同志和彭眞同志都主張趕快「刹車」，學術討論要「降溫」。為此，《人民日報》曾先後發表評論和文章，提出不要否定古典文學作品，也不要否定有缺點的現代文藝作品。然而，這僅僅是暴風雨前的短暫平靜，另一個更大的「文化批判」的序幕即將拉開。

5.2 「學毛著」：「活學活用」到大樹特樹

廬山會議後，林彪取代彭德懷主持中央軍委工作，為討好毛澤東，他大肆鼓吹「毛澤東思想是當代馬克思列寧主義的頂峰」，宣揚學習毛主席著作是學習馬列主義的「捷徑」，提出「要帶著問題學習，活學活用，學用結合，急用先學，立竿見影，在『用』字上狠下功夫」的「三十字方針」。在林彪的鼓吹和軍隊帶動下，全國迅速掀起了「活學活用毛澤東思想」的熱潮，一場新的、大規模的造神運動被全面推開。

在「活學活用毛澤東思想」的運動中，《解放軍報》起了獨特的領軍作用。軍報在林彪的直接授意下，把「活學活用」運動由全軍推向了全國。1961 年4 月，林彪指示軍報：「為了使戰士在各個時期、各種情況下都能及時得到毛主席思想指導，《解放軍報》應當經常選登毛主席有關語錄。」〔註 2〕根據林彪的指示，《解放軍報》從 1961 年 5 月 1 日起在報眼位置刊登毛主席語錄，要求內容與當天報紙版面相吻合，以便全軍官兵「活學活用」。於是，從 60

〔註 2〕 方漢奇主編《中國新聞事業通史》（第三卷），中國人民大學出版社 1999 年版，第 317 頁。

年代初期開始，到「文革」前的 1965 年底特別是 1966 年中，全國各地各種
報刊，包括內部出版的專業小報，都在一版報眼或刊物首頁甚至封面上，照
搬軍報的辦法和格式，以大同小異的形式，刊登「毛主席語錄」，這成了中國
新聞事業上的一道極富時代特色的「獨特風景」。

　　林彪提出的旨在突出毛澤東個人權威的「學習毛主席著作」運動，得到
了毛澤東本人的大力支持。1958 年～1961 年，中國發生了二十世紀以來破壞
性最大的饑荒，這大大影響了中國的政治走向。一方面，面對嚴重的經濟損
失，以劉少奇和鄧小平為首的黨內務實派著手整頓經濟，政治的首要地位降
低了；更重要的是，一些人開始對「大躍進」、撤消彭德懷的職務、毛澤東的
政治領導，甚至毛澤東的能力和個性提出批評。面對這種情況，毛澤東顯得
日益不安，故而他大力支持林彪發起的「學毛著」運動。為了將這一運動由
軍內推廣到軍外，1964 年毛澤東向全國人民發出了「向解放軍學習」的口號。
1964 年 2 月 1 日，《人民日報》發表社論《全國都要學習解放軍》，指出：「解
放軍政治工作的根本任務，就是用毛澤東思想武裝全體指揮員和戰鬥員的頭
腦，堅持在一切工作中按照毛澤東思想辦事。」在毛澤東「學習解放軍」的
號召下，全國人民認真學習解放軍突出政治、突出毛澤東思想的「偉大創舉」，
以毛澤東思想來統帥一切，大搞學習毛主席著作的群眾運動，做到「人人讀
毛主席的書，聽毛主席的話，照毛主席的指示辦事，做毛主席的好戰士」。

　　1965 年，「活學活用」也成為《人民日報》最流行的詞彙，用毛澤東思想
指導一切工作成為新聞報導的重心。一批「活學活用」的典型被介紹出來。
國家乒乓球隊 1959 年在第 25 屆世乒賽奪取第一個世界冠軍後，在國際大賽
中不斷取得了引人矚目的成績。乒乓球隊總結經驗認為，一個很重要的原因，
就是能把學習毛主席著作、把一切政治思想工作與訓練和比賽有機地結合起
來，使運動員得以具有很高的思想境界，做到「身在球場，胸懷祖國，放眼
世界」。1964 年，乒乓球運動員徐寅生針對乒乓女隊存在的一些問題，結合自
己學習毛主席著作的體會和認識，作了《關於如何打乒乓球》的報告，提出
「要把毛主席的話想想如何用在我們打球上」，毛澤東為講話寫了批示。1965
年 1 月 17 日，《人民日報》全文登載了徐寅生的講話和毛澤東的批示。編者
按認為徐寅生的講話「充滿了辯證唯物論，處處反對唯心主義和任何一種形
而上學，是一篇活學活用毛澤東思想的好作品」。意在把這篇講話介紹給全國
各行各業的人來閱讀和學習，把學習毛主席著作與本職工作緊密地結合起

來，以解決實際問題。

另一個「活學活用」的典型送給了大慶。1966年1月2日，《人民日報》頭版刊登長篇通訊《大慶——一個活學活用毛澤東思想的範例》，並配發社論《中國工業化的正確道路》。社論提出，大慶人靠「兩論」(毛澤東的《矛盾論》和《實踐論》) 起家，自覺運用馬克思主義理論——毛澤東思想作為行動的指南，在實踐中正確反映客觀矛盾。通過鬥爭一個一個加以解決，不斷總結經驗，不斷有所發現，有所發明，有所創造，有所前進，花了3年的時間就拿下了大慶油田。在這天報紙的第二版，還刊登了大半版大慶職工寫的短文，談他們如何運用毛澤東哲學思想突破技術、工作難關的經驗。

整個六十年代，「活學活用毛主席著作」的高潮一個接一個，「學習毛主席著作積極分子」成批湧現。當時，幾乎所有的英雄、模範和先進人物都有一個共同的稱號，叫做「學習毛主席著作積極分子」。這些「學毛著積極分子」遍及我國各條戰線，從城市到農村，從海防到邊疆，像大慶的鐵人王進喜，大寨的陳永貴，解放軍的廖初江、豐福生、黃祖示，以及英雄人物歐陽海、王杰、麥賢得等都是懷著強烈的階級感情活學活用毛主席著作的先進人物，就連已故的「縣委書記的榜樣」焦裕祿也毫不例外。然而，這種牽強附會的方法沒有起到預期的效果。從1966年3月12日到23日的12天中，《人民日報》連續不斷地在頭版刊出「毛澤東思想統帥一切」的口號，以遮掩一些內容平淡的文章。

在「活學活用毛主席著作」中，林彪還把「突出政治」提到是否高舉毛澤東思想偉大紅旗的高度。在黨內，圍繞著「突出政治」展開了一場爭論。1966年2月，鄧小平在全國工交會議上明確表示：「政治掛帥要落實到生產上。」在林彪的授意下，《解放軍報》於1966年2月3日至4月5日，連續發表7篇「突出政治」的社論。這些社論反覆宣傳「突出政治一通百通，衝擊政治一衝百空」，「政治永遠是第一，永遠要突出。政治要在百分之百的時間裏起作用」，要「處處突出政治，事事突出政治，時時突出政治」，「堅持用政治統帥軍事，用政治統帥一切」。其「五論突出政治」集中宣傳了林彪關於個人崇拜的觀點：「毛主席的話，水平最高，威信最高，威力最大，句句是真理，一句頂一萬句。毛主席的話一定要堅信不疑，堅決照辦。」《人民日報》不能長期落後，又不願重複這些觀點，在4月根據鄧小平的意見寫了三篇關於「突出政治」的社論，經周恩來審定先後發表，同《解放軍報》

的幾篇「突出政治」社論唱反調。其中社論《政治統帥業務》，集中論述了鄧小平同志關於「政治要落實到業務之中」的思想：「政治和業務這一對矛盾中，政治是矛盾的主要方面。政治是統帥，是靈魂，決定業務的方向和性質。這是一方面。另一方面，政治又要落實到業務上，通過一定的業務來實現。我們必須注意把政治和業務結合起來。」但是，這些主張當即被作為「資產階級觀點」受到批判和圍攻，被誣為「反對突出政治」，搞「二元論」，大批特批。這次《人民日報》與《解放軍報》在「突出政治」問題上的論戰，最終以《解放軍報》占上風而告終。至此，創造了極為濃厚的個人崇拜氣氛，為毛澤東發動「文化大革命」做了充分的輿論準備。

上世紀 60 年代興起的「活學活用毛主席著作」運動，對全黨全國學習馬列主義、毛澤東思想，造成了極大的混亂和破壞，嚴重地攪亂了人們的思想，人們對毛澤東的個人崇拜也逐步高漲，從而為「文化大革命」的發動打下了重要的思想基礎和輿論基礎。在這一運動中，《解放軍報》起了惡劣的作用，《人民日報》為了順應大形勢，也助其聲勢，極力鼓吹。雙方在「突出政治」問題上的論爭，推倒了黨報不能批評同級黨委的慣例。

5.3 中蘇論戰：「九評」奇文

60 年代初，中蘇關係已經走到了破裂的邊緣。隨著中蘇兩黨關係的惡化，雙方之間開始了一場震動社會主義陣營和國際社會的大論戰。

其實，早在被毛澤東稱為「多事之秋」的 1956 年，中蘇之間就有過一次短期交鋒。由於赫魯曉夫在蘇共二十大上作了批判斯大林錯誤的「秘密報告」，《人民日報》先後發表了兩篇被國際國內馬克思主義者譽為當代國際共運的重要文獻的編輯部文章《關於無產階級專政的歷史經驗》和《再論無產階級專政的歷史經驗》，批評赫魯曉夫的「和平共處」、「和平過渡」等理論觀點和政策綱領，反對全盤否定斯大林，自然也遭到了蘇共的強烈回應。

之後，為反擊國外反華叫囂，1959 年 4 月中央決定成立一個國際問題宣傳小組，由《人民日報》總編輯吳冷西主持，每周開會一次，地點在人民日報社，商量近期和中期的國際問題的報導和評論，重要的報導和評論都送周總理審定。

蘇共二十二大以後，中蘇之間矛盾進一步加劇，從內部爭論發展為公開爭論。為闡明中共對一系列重大問題的看法，從 1962 年 12 月 15 日到 1963

年 3 月 8 日，《人民日報》、《紅旗》雜誌連續發表 7 篇重要文章，批駁蘇聯和親蘇派對阿爾巴尼亞和中國的攻擊及其所謂的各種修正主義的觀點。同時，中共中央決定正式成立「中央反修文件起草小組」，直屬中央政治局常委，組長爲康生，吳冷西任副組長。寫成的反修文稿都先由鄧小平同志主持會議討論修改，然後送常委審定。中蘇兩國的裂痕在加大，但是肅殺的論戰空氣剛剛開始陞騰。

1963 年 7 月 14 日，中蘇兩黨代表在莫斯科會談期間，蘇共中央發表了一份長達數萬字的《給蘇聯各級黨組織和全體共產黨員的公開信》。這份公開信，是自中蘇公開論戰以來蘇共中央首次系統地、詳盡地敘述兩黨的分歧和爭論，並首次公開點名指責中共領導的「特殊路線」的一份重要文件。公開信列舉了關於戰爭與和平、熱核戰爭、和平共處、反對個人迷信和批判斯大林、世界革命、社會主義陣營和國際共產主義運動的團結、阿爾巴尼亞、南斯拉夫等問題，闡述了蘇共中央在這些問題上的看法，並尖銳地批評了中共中央在這些問題上的立場。接著蘇聯全國性報刊上又發表了幾百篇攻擊中國共產黨的文章，使中蘇兩黨之間的分歧發展到公開化、論戰化階段。

蘇共中央的公開信發表後，根據中央的指示，「中央反修文件起草小組」立即投入起草反駁蘇共中央《公開信》的文章。7 月 20 日，《人民日報》全文發表了蘇共中央的《公開信》，《人民日報》的編者按指出：「這封信的內容是不符合事實的，它的觀點是我們不能同意的。這封信採用了馬克思列寧主義者絕對不能允許的歪曲事實、顛倒是非的手法。」「其中這樣的例子總共有七、八十處之多，舉不勝舉。」並聲明「我們將在以後的文章中提供材料，加以澄清」。作爲回應，從 1963 年 9 月 6 日至 1964 年 7 月 14 日，中共中央以《人民日報》、《紅旗》編輯部名義，連續發表了九篇評論蘇共中央公開信的系列論戰文章。這便是當年家喻戶曉的「九評」。

9 月 6 日，《人民日報》、《紅旗》雜誌聯合發表「一評」——《蘇共領導同我們分歧的由來和發展》。文章說：「在中蘇兩黨之間，在國際共產主義運動中，分歧的產生完全是由於蘇共領導背離了馬克思列寧主義，背離了 1957 年宣言和 1960 年聲明的革命原則，在國際共產主義運動中推行一條修正主義、分裂主義的路線。蘇共領導沿著修正主義、分裂主義的道路越走越遠的過程，也就是分歧的發展和加劇的過程。」

9 月 13 日，「二評」《關於斯大林問題》發表。文章說：「斯大林是偉大的

馬克思列寧主義者，赫魯曉夫反對斯大林，實際上是瘋狂地反對蘇維埃制度，反對蘇維埃國家，是爲了掃除這個偉大的無產階級革命家在蘇聯人民中和世界人民中不可磨滅的影響，也是爲了否定斯大林曾經捍衛和發展的馬克思列寧主義，爲他們全面推行修正主義路線開闢道路。」

9 月 26 日，「三評」《南斯拉夫是社會主義國家嗎？》發表，稱南斯拉夫已經「資本主義復辟」，其國家政權已「蛻變爲資產階級專政」。

「三評」發表後，國慶節臨近，一些兄弟黨的代表團紛紛來華參加慶祝活動。中共中央決定，在這期間，暫不再發表評蘇共中央公開信的文章。直到 10 月 22 日，才發表了「四評」——《新殖民主義的辯護士》。

「四評」著重批駁蘇共領導在對待亞洲、非洲、拉丁美洲民族解放運動上的政策。重申民族解放運動和社會主義工人運動，是當代兩大革命潮流。同時對蘇共領導散佈的所謂「黃禍論」進行了有力的批駁。

10 月底和 11 月初，赫魯曉夫接連發表兩次講話，一面繼續攻擊中共，一面又掛出了「免戰牌」。中共中央考慮到各方面的情況，決定不予理會，繼續發表評論文章。

11 月 19 日，「五評」發表，題目是《在戰爭與和平問題上的兩條路線》。指出赫魯曉夫在戰爭與和平問題上的觀點是第二國際修正主義的翻版，揭露了赫魯曉夫對於美國所抱的種種幻想，指出美國是當代侵略和戰爭的主要力量。

12 月 3 日下午，蘇聯駐華大使契爾沃年科遞交了一封由赫魯曉夫署名致毛澤東的信。蘇共中央在來信中，要求停止公開論戰，並表示希望改善中蘇兩國關係。

考慮到對蘇共中央 7 月 14 日的公開信還沒有答覆完，毛澤東決定不忙答覆，繼續寫評論。12 月 12 日，「六評」發表，題目是《兩種根本對立的和平共處政策》。文章逐條批駁了蘇共領導人關於和平共處問題的主要觀點，認爲「蘇共領導的『和平共處』總路線適應美帝國主義的需要」，「蘇美合作是蘇共領導的『和平共處』總路線的靈魂」。

1964 年 2 月 4 日，時隔近 3 月，「七評」——《蘇共領導是當代最大的分裂主義者》發表。文章揭露了蘇共強加於人的老子黨作風和把本國利益凌駕於兄弟國家利益之上的大國沙文主義，並駁斥了加給中共的種種罪名。據吳冷西回憶：「這篇文章原定是講兄弟黨關係的，多次改變題目，改變結構，寫得比較吃力。」「此稿前後一共修改了十八遍，比我們過去的幾篇文章花的力

氣都大，時間也最長。」〔註3〕

在「七評」發表後的一段時間裏，毛澤東和中共中央開始考慮答覆 1963年年底蘇共中央來信的問題。答覆措詞嚴厲，實際上是正在進行的論戰的繼續。3 月 7 日，蘇共中央又覆信中共中央，對中共中央信中提出的各點內容逐條批駁，並指責中共「只是爲了讓自己佔有『老子黨』的地位」。

3 月 31 日，「八評」發表，題目是《無產階級革命和赫魯曉夫修正主義》。文章從蘇共二十大講起，著重批駁赫魯曉夫的「議會道路」和「和平過渡」的觀點，並第一次指名道姓地給赫魯曉夫戴上了修正主義者的帽子。

4 月 3 日，蘇聯公開發表了蘇共中央二月全會決議和蘇斯洛夫在全會上的反華報告，《眞理報》還配發了一篇反華社論。蘇共中央二月全會的決議聲稱：「要求從思想上揭露中共領導的反列寧主義的立場和堅決反擊他們的分裂行動。」〔註4〕

這是蘇共採取的一個使論戰升級的重要步驟。但是，毛澤東卻突然決定要致電祝賀赫魯曉夫的 70 壽辰，這成爲中蘇論戰中的一段別致的插曲。毛澤東認爲：電報不能完全是禮節性的，應該講點實質問題；赫魯曉夫越要大反華，我們越要採取同他相反的姿態，他要堅決反擊，我要堅決友好，他要分裂，我要團結，這樣我們就可處於主動地位，爭取國際同情，進可攻，退可守。〔註5〕

毛澤東當時估計中蘇兩黨尙不至於馬上公開破裂，中國共產黨要採取拖的方針，推遲這個破裂，但同時要準備這個破裂。爲表明中國愼重其事，毛澤東還要求賀信要用毛、劉、朱、周四人聯名簽署，也就是以黨、國家、人大和國務院的名義聯合祝賀。

4 月 14 日，毛澤東在吳冷西起草的修改稿上作了認眞的修改，開頭處他在赫魯曉夫的職務頭銜與祝賀語言之間加上「親愛的同志」幾個字，用意就是表示賀電是一個和解的電報，使蘇共能夠發表；在結尾處他加上「讓帝國主義和各國反動派在我們的團結面前顫抖吧，它們總是會失敗的」，以顯示團

〔註3〕 吳冷西《十年論戰：1956～1966 中蘇關係回憶錄》（下卷），中央文獻出版社 1999 年版，第 662、663 頁。

〔註4〕 1964 年 4 月 27 日《人民日報》。

〔註5〕 吳冷西《十年論戰：1956～1966 中蘇關係回憶錄》（下卷），中央文獻出版社 1999 年版，第 748 頁。

結的力量和意義。

　　4 月 17 日，《人民日報》發表了賀電全文。按照毛澤東的指示，賀電發出一個星期內，中方不發表反修文章，以示友好：中國不是那麼好鬥，也不是要永遠鬥下去的，我們還是講團結的，就看對方怎麼樣了。

　　十天以後，4 月 27 日，經毛澤東批准，《人民日報》摘要發表了蘇共中央二月全會的反華決議和蘇斯洛夫的反華報告，以及《真理報》在發表這些文件時配發的反華社論，並加寫了按語，申明：「蘇共領導公佈的這批反華文件、講話和文章，以及在此以前和以後公佈的一切反華文件、講話和文章，我們都要在對蘇共中央公開信答覆完畢以後，依次給予回答。」這是在論戰中「立此存照，將來再議」的通常做法。

　　5 月 9 日，《人民日報》又發表了中共中央 5 月 7 日給蘇共中央的覆信，還全文發表了中蘇兩黨之間的其他六封來往信件。5 月 7 日的覆信表示：在對1963 年 7 月 14 日蘇共中央的公開信還沒有答覆完以前，不可能放棄公開答辯的權利。

　　1964 年 7 月 14 日，「九評」《關於赫魯曉夫假共產主義及其在世界歷史上的教訓》發表。這時同蘇共中央公開信的發表，正好相隔一年。「九評」全面論述無產階級專政學說，提出了理論形態相當完善的「防止資本主義復辟」的「系統的理論和政策」共十五條，其中第九條的最後一句是：「我們要經過文化革命，經過階級鬥爭、生產鬥爭和科學實驗的革命實踐……」請注意，關於「階級鬥爭、生產鬥爭和科學實驗，是建設社會主義強大國家的三項偉大革命運動」的指示，本來是毛澤東 1963 年 5 月 9 日在《浙江省七個關於幹部參加勞動的好材料》上的批示，現在，「三項偉大革命運動」之前又多了一項「文化革命」。「九評」是我們檢討「文化大革命」時必須重視的，因為它是「文革」發動的最早信號。

　　這時，「十評」已經寫好，未及發出（後改作彭真的講演稿公開發表），10 月 16 日，卻突然傳來蘇共中央公佈赫魯曉夫被解職的消息。彷彿天助一般，就在同一天，中國成功地試爆了第一顆原子彈。這本來與赫魯曉夫下臺並沒有直接聯繫，但由於赫魯曉夫曾反對中國製造原子彈，這兩件事便被戲劇性地聯繫在一起。於是，10 月 17 日，我國政府關於試爆原子彈的聲明，同祝賀勃列日涅夫就職的消息一同刊登在《人民日報》頭版上（見圖五），「強

烈地給人以雙喜臨門的印象。」〔註6〕很多幹部、群眾甚至說,是中國的原子彈把赫魯曉夫轟下了臺,而更多的幹部、群眾則認為,是毛澤東和中共中央發動的「反修鬥爭」,發表的「批修文章」把赫魯曉夫趕下了臺。事物的發展趨勢彷彿被中方抓住了,因而自然而然地增強了「九評」的說服力。

圖五　原子彈試爆成功與勃列日涅夫就職消息

〔註6〕　吳冷西《十年論戰:1956～1966 中蘇關係回憶錄》(下卷),中央文獻出版社 1999 年 5 月版,第 833 頁。

　　「九評」的發表，以及隨之而來的蘇方發動的更大規模的文字討伐，使得中蘇兩黨的矛盾衝突達到了白熱化的程度。1966 年 3 月，中蘇兩黨關係中斷。

　　「九評蘇共中央的公開信」，集中了當時中共高層領導人的政治智慧。每一篇文章都由毛澤東主持召開常委會議專門研究，經鄧小平、劉少奇、周恩來等人研究討論通過。「九評」系列文章，大氣磅礴，極具煽動力，曾經使那個年代的無數中國人群情激奮，熱血沸騰，久久不能忘懷。

　　然而，當時的人們絕不會想到，20 多年後的 1989 年 5 月 16 日，曾經參加組織「九評」系列文章起草工作的鄧小平會做出這樣的評價──他說：中蘇之間當年的那場爭論，「雙方都講了許多空話」！〔註 7〕為什麼說是「空話」呢？鄧小平回答：「因為每一個國家、每一個黨都有自己的經歷，情況千差萬別。我們反對『老子黨』，這一點我們是反對得對了。我們也不贊成有什麼『中心』。但我們自己也犯了點隨便指手畫腳的錯誤。」〔註 8〕他還說：「各國黨的國內方針、路線是對還是錯，應該由本國黨和本國人民去判斷。」〔註 9〕其實，早在 1980 年 4 月 2 日，《人民日報》就發表文章指出，在「九評蘇共中央的公開信」裏，「修正主義的起因和性質已被錯誤地闡述」，「甚至錯誤地提出，無產階級政黨執政後，提出致力於發展生產力的理論是修正主義」。文章對中蘇兩黨之間存在的意識形態方面的分歧作了全面解釋，並認為中蘇之間的分歧不僅在意識形態方面，而且在純政策問題方面。

　　60 年代在中蘇兩黨之間發生的這場曠日持久的大論戰，是本世紀世界政治領域裏的重大事件。它不僅使中蘇兩黨從昔日的盟友變成勢不兩立的對手，對兩國的內政外交產生了重大、深遠的影響，也從根本上改變了整個世界的戰略格局。40 年後的今天，當世界進入以和平、發展為兩大主題的時代時，反思這場論戰，其中確有不少值得記取的教訓和需要再思考、再認識的問題。通過論戰，中國共產黨不僅維護了自己的民族尊嚴及獨立地位，打破了蘇共一統天下的格局，而且大大增強了其他要求獨立自主的兄弟黨的信心，使平等協商、獨立自主真正成為一股勢不可擋的歷史潮流，這是中蘇論戰最顯著的積極意義。但是，毋庸置疑的是，「九評」集中體現了當時黨內十

〔註 7〕　鄧小平《結束過去，開闢未來》，《鄧小平文選》第三卷，291 頁。
〔註 8〕　鄧小平《改革的步子要加快》，《鄧小平文選》第三卷，237 頁。
〔註 9〕　鄧小平《處理兄弟黨關係的一條重要原則》，《鄧小平文選》第二卷，第 318 頁。

分廣泛的「左」傾觀點。毛澤東把改革和對個人迷信的批判都當作「現代修正主義」，結果在「左」的迷霧中越陷越深，以致著手發動「文化大革命」，宣稱「文革」是爲了「防止資本主義復辟」，同時對他的個人迷信也在「文革」中達到了登峰造極的地步。正因爲中蘇論戰爲發動「文化大革命」找到了理論根據和直接動因，爲群眾性的上綱上線、口誅筆伐的大批判作出了示範，所以，從某種意義上可以說，中蘇論戰是「文化大革命」在國際共運廣闊背景下的一次前哨戰。論戰也將《人民日報》推到了國際輿論鬥爭的最前沿，在客觀上也增強了《人民日報》的國際影響力。

5.4 「文革」序幕：「一言喪邦」的「黑文」

1965 年，中國的政治氣候密雲欲雨，硝煙彌漫，一場新的政治運動已在隱隱發動。這一年的《人民日報》新年獻詞說：「我們的一切工作，都要以階級鬥爭爲綱。」這預示著「無產階級文化大革命」的序幕逐漸拉開。

1962 年，在中共八屆十中全會上毛澤東曾經講過：「凡是要推翻一個政權，總要先造成輿論，總要先做意識形態方面的工作。革命的階級是這樣，反革命的階級也是這樣。」〔註 10〕難以想像，爲這場史無前例的「無產階級文化大革命」製造輿論的，竟是一篇戲劇評論。1965 年 11 月 10 日，上海《文匯報》發表了姚文元的《評新編歷史劇〈海瑞罷官〉》。該文異乎尋常地向北京市副市長、明史專家吳晗發難，說吳晗的劇本《海瑞罷官》是「階級鬥爭的一種形式的反映」，是「一株毒草」。該文的發表，以及隨之而來的群眾性批判運動，成爲爆發「文化大革命」的前奏。

那麼，姚文元的這篇文章是怎麼出籠的？它具有怎樣的政治內幕和背景？事情還要從吳晗創作《海瑞罷官》的緣由說起。

1959 年 4 月中共中央在上海召開八屆七中全會，針對有的同志在「大躍進」後不敢講眞話、提意見，毛澤東在會上提倡海瑞精神。他號召大家要敢於提出不同意見，學習海瑞精神，敢於批評嘉靖皇帝，並且希望找幾個歷史學家研究一下海瑞。〔註 11〕很快，時任中宣部副部長的胡喬木找到了明史專

〔註 10〕 張濤《中華人民共和國新聞史》，經濟日報出版社 1996 年版，第 194 頁。
〔註 11〕 《中共黨史重大事件述實》，中共中央文獻研究室、中央檔案館《黨的文獻》編輯部，人民出版社 1993 年版，第 313 頁。

家吳晗，請他爲《人民日報》寫一篇介紹海瑞的文章。吳晗慨然應允，寫出
《海瑞罵皇帝》一文，用劉勉之的筆名發表在 1959 年 6 月 16 日的《人民日
報》上。此時，距批判彭德懷的廬山會議尚有一月多月時間。

　　7 月至 8 月，黨中央在廬山召開八屆八中全會，錯誤地開展了對彭德懷同
志的批判。在這次會議上，毛主席又談了學習海瑞精神，提出要區分「眞海
瑞」和「假海瑞」、「左派海瑞」和「右派海瑞」的問題。爲此，1959 年 9 月
21 日《人民日報》又發表吳晗的《論海瑞》一文，儘管吳晗與彭德懷既無工
作關係，又素無私人往來，但出於知識分子的小心謹愼和對政治運動不可測
的恐懼心理，他在該文的末尾加上了幾段罵「右傾機會主義」的話，其目的
是以此表白自己提倡的是「眞海瑞」精神，與彭德懷同志「假海瑞」不同。
文章最後寫道：「我們今天需要的海瑞和封建時代的海瑞在社會內容上有原則
的不同。」指出：「有些人自命海瑞，自封『反對派』，但是他們同海瑞相反，
不站在人民方面」，這樣的「右傾機會主義分子」，「根本不是什麼海瑞」。

　　1959 年下半年，吳晗在著名京劇演員馬連良的再三敦促下，「破門而出」，
以歷史學家來寫「戲」。1961 年初大型歷史劇《海瑞》（後改名爲《海瑞罷官》）
發表並演出，立刻受到毛澤東的好評。

　　然而，江青和康生卻認爲《海瑞罷官》跟 1959 年的廬山會議有關，是替
彭德懷鳴冤叫屈，爲彭德懷翻案。這使毛澤東的看法發生轉變，決心發難。

　　1965 年，江青跑到上海與張春橋密謀，由人稱「棍子」的姚文元撰文批
判吳晗的《海瑞罷官》。這篇得到毛澤東首肯的文章，是在瞞著中央政治局其
他常委的「嚴格保密」狀態下進行的。在長達七八個月的秘密寫作中，姚文
元九易其稿，每次修改稿都由張春橋夾在《智取威虎山》的錄音帶內送往北
京。1965 年 11 月 10 日，在毛澤東審定了第十稿後，姚文元洋洋數萬言的《評
新編歷史劇〈海瑞罷官〉》在《文匯報》發表。

　　江青、姚文元一夥拋出的《評新編歷史劇〈海瑞罷官〉》，從他們的政治
需要出發，大肆玩弄詭辯術。那咄咄逼人的架勢，深文周納的論斷，更是潛
伏著一派殺機。這篇字字刀光劍影的「黑文」以莫須有的罪名，硬說吳晗寫
海瑞逼大豪紳徐階退田是「要人民公社退田」；寫海瑞「平冤獄」是要代表地
富反壞來「同無產階級專政對抗」，「爲他們抱不平，爲他們『翻案』」。說什
麼「『退田』、『平冤獄』就是當時資產階級反對無產階級專政和社會主義革命

的鬥爭焦點」。〔註12〕就這樣,他們專橫武斷地把《海瑞罷官》定爲「毒草」,從政治上宣判了這一歷史劇的「死刑」。吳晗也被扣上「反黨反社會主義分子」的大帽子,成了「文革」首批祭品。

這篇大批判文章在發表前,劉少奇與鄧小平一無所知,直接相關的北京市委和中共中央宣傳部也沒有得到任何消息。正因爲如此,姚文一出後,彭眞、陸定一等同志對其進行了抵制,18天內北京各報刊沒有轉載。《人民日報》也因和中央斷了線,不瞭解毛澤東的眞正意圖,在20天內保持沉默。毛澤東看到北京按兵不動,立即指示上海把姚文元的文章印成小冊子向全國發行。由於不明眞象,北京市新華書店沒有立即表示訂購。對此,毛澤東批評北京市委是「針插不進,水潑不進的獨立王國」。〔註13〕

11月底,中央突然決定北京各報轉載姚文元的文章,排定《人民日報》30日轉載。11月29日,總編輯吳冷西主持起草轉載「姚文」的編者按,這篇由彭眞和周恩來分別審閱定稿的900多字的按語,有近400字引述毛澤東《在中國共產黨全國宣傳工作會議上的講話》中關於「雙百」方針和批評與自我批評的論述,指出如何對歷史人物和歷史劇的評價問題多年來沒有得到正確解決,需要系統地進行辯論,要以理服人,並強調「既容許批評的自由,也容許反批評的自由」。這個按語力圖把對《海瑞罷官》的評論放在學術討論的範圍內,故把「姚文」安排在第五版「學術研究」專欄裏刊登(見圖六)。這樣,這顆「重磅炸彈」並沒有達到江青等人預想的效果,吳冷西也因此爲自己埋下禍根。12月15日,《人民日報》刊出《海瑞罷官問題的各種意見的簡介》,摘錄了各地報刊討論中的不同意見,有讚成「姚文」的,也有讚成吳晗的,以此貫徹「雙百」方針,推進討論。

然而,毛澤東要以批《海瑞罷官》爲突破口,開展一場反對「修正主義」的政治運動。12月21、22日,毛主席在杭州做了關於《海瑞罷官》「要害」問題的談話。他指出:「《海瑞罷官》的要害是罷官。嘉靖皇帝罷了海瑞的官。1959年,我們罷了彭德懷的官。彭德懷也是海瑞。」〔註14〕《人民日報》的做法顯然與毛澤東的要求背道而馳,在那些日子裏,毛澤東不滿地說:「我只

〔註12〕見1965年11年30日《人民日報》的《評新編歷史劇〈海瑞罷官〉》一文。

〔註13〕金沖及主編《周恩來傳》(下),中央文獻出版1988年版,第1835頁。

〔註14〕1965年12月21日毛澤東在杭州會議上的談話記錄,見袁永松主編《偉人毛澤東》,上海科學技術文獻出版社1997年版,第504頁。

看《解放軍報》，不看《人民日報》！」中共中央機關報《人民日報》徹底失寵。爲了擺脫被動局面，吳冷西曾向王若水口授一篇題爲《接受吳晗同志的挑戰》的文章，以思彤的署名發表在 1966 年 1 月 13 日的《人民日報》上。這篇文章依然沒有附和「姚文」所說的吳晗代表帝國主義和地富反壞右的利益，還是說要討論學術問題。

圖六　1965 年 11 月 30 日《人民日報》五版「學術研究」專欄

　　為了把《海瑞罷官》的批判置於黨的領導之下和學術討論範圍之內，1966 年 2 月 3 日，彭真以「中央文化革命五人小組」（1964 年夏成立，吳冷西為「五人小組」成員之一）組長的身份召開擴大會議，研究成立學術批判辦公室，著手起草《關於當前學術討論的彙報提綱》（即《二月提綱》），《提綱》試圖對已經開展的批判加以適當的限制，以便在全國範圍內控制住批判《海瑞罷官》的火力。這樣，《人民日報》就以《二月提綱》為指針，展開學術討論。從 2 月到 3 月底，《人民日報》又發表了《〈海瑞罷官〉的藝術表演錯在哪裏？》、《對〈海瑞罷官〉劇質疑》、《〈海瑞罷官〉有積極意義》、《對批判〈海瑞罷官〉的幾點異議》等一批學術文章。

　　1966 年 2 月間，林彪委託江青召開部隊文藝工作座談會，起草了《林彪同志委託江青同志召開的部隊文藝工作座談會紀要》（亦稱《二月紀要》），這個紀要同彭真的《二月提綱》針鋒相對，提出一個「文藝黑線專政論」，公然宣稱：建國以來，文藝界「被一條與毛澤東思想相對立的反黨反社會主義的黑線專了我們的政」。《人民日報》跟不上《二月紀要》的調子，仍按《二月提綱》定下的方針行事，這就不能不進一步激怒林彪與江青一夥，《人民日報》已被逼到了絕境。

　　3 月 18 日，毛主席在杭州會議期間，嚴厲地批評了吳冷西：「《人民日報》登過不少烏七八糟的東西，提倡鬼戲，捧海瑞，犯了錯誤。我過去批評你們不搞理論，從報紙創辦時起就批評，批評過多次。我說過我學蔣介石，他不看《中央日報》，我也不看《人民日報》，因為沒有什麼看頭。你們的《學術研究》是我逼出來的。我看你是半馬克思主義，三十未立，四十半惑，五十能否知天命，要看努力。要不斷進步，否則要垮臺。」〔註 15〕吳冷西發現處境險惡，趕緊「自贖」。4 月 10 日，《人民日報》的《學術研究》推出兩版《吳晗同志反黨反社會主義反馬克思主義的政治思想和學術觀點》，在這份外來的彙編材料前邊加了大字編者按，說對吳晗的批判「首先應當抓住要害，從政治上批判他向黨向社會主義發動猖狂進攻」。4 月 17 日又刊登《請看吳晗同志解放前的政治面目》，文中不少材料是違反事實的誣陷。這份材料並非出自《人民日報》之手，但《人民日報》違心地加了編者按，指責吳晗「原來他是站

〔註 15〕吳冷西《憶毛主席——我親身經歷的若干重大歷史事件片段》，新華出版社 1995 年版，第 74 頁。

在親蔣、崇美、反共立場的人」。

　　但是，《人民日報》的「自贖」仍然是枉費心機。這個時候，陳伯達、康生、江青一夥，「利用毛澤東準備發動『文化大革命』之前這段時間對《人民日報》——實際上是對中央第一線領導的不滿，給此報設置陷阱：遇事撤開《人民日報》，一切重要文章先在別的報上發表，重大決策對報社封鎖。」〔註16〕4 月 16 日，《北京日報》用三版篇幅刊登了批判《三家村札記》、《燕山夜話》「反黨反社會主義」的材料，《人民日報》立即發排，準備轉載「表態」，但隨即接到通知不得轉載。透露部隊文藝座談會精神的社論《高舉毛澤東思想紅旗，積極參加社會主義文化大革命》，別的報紙於 4 月 18 日發表，《人民日報》卻於 19 日轉載。此後高炬的《向反黨反社會主義黑線開火》，姚文元的《評三家村——〈燕山夜話〉、〈三家村札記〉的反動實質》等等定調子、指方向的文章，都是別的報刊先登，《人民日報》轉載。人民日報也曾派出多名經驗豐富的記者，四出活動，觀察動向，刺探消息，但所獲甚微。沒辦法，只有提高批判的調門：增加篇幅，多作標語口號，大造「革命」聲勢，但還是得不到上峰的任何肯定之詞。同時還趕寫過一些參加「戰鬥」的社論送請審閱，一概沒有下文。政治動向不摸底，領導意圖不清楚，《人民日報》徹頭徹尾地被打入「另冊」，黨中央機關報已不在王府井 51 號了。

　　在這段時間，中央軍委機關報《解放軍報》卻異軍突起，取《人民日報》而代之。這份原來只在軍隊內部發行的報紙自被林彪控制後，便「左」味十足，一時間名聲大噪，彷彿成了「左」派機關報，其影響遠遠超出軍界，弄得《人民日報》一反慣例，在種種壓力之下要轉載《解放軍報》的文章。以致外電評論說中國現在是軍隊的報紙領導黨中央的報紙，這在向來主張「黨指揮槍」的中共歷史上是空前絕後的。

　　一波未平，一波又起。5 月 5 日，《人民日報》在轉載《解放軍報》社論《千萬不要忘記階級鬥爭》時，又犯下大錯。5 月 3 日午夜，軍報送來社論清樣，要求《人民日報》4 日與之同天見報。由於《人民日報》長期處於中間狀態，不知道此文經過毛澤東審定，主持工作的副總編輯李莊又不願聽命於軍報，一看「千萬不要忘記階級鬥爭」的提法，便產生了牴觸情緒，於是決意推遲一天，並將原題改為新聞題，又以一版登不下為由，進行刪節，想以此

〔註16〕穆欣《劫後長憶——十年動亂紀事》，香港新天出版社，1997 年版，第 99 頁。

淡化階級鬥爭。沒想到惹來了塌天大禍。

第二天康生主持會議，聲色俱厲地指責要追究此事，並明確批示：以後《人民日報》的社論，要送《解放軍報》副總編輯唐平鑄審閱修改。

5月9日，林彪、江青一夥開始向人民日報發難。在人民大會堂召開的主要新聞單位負責人參加的會議上，陳伯達、康生、張春橋嚴厲地批評了人民日報，宣佈解除吳冷西領導北京各報宣傳的大權。人民日報隨著吳冷西權力的削弱，地位也愈益不穩了。人民日報這隻「迷途的羔羊」，還能否歸隊？

1965 年姚文元拋出的《評新編歷史劇〈海瑞罷官〉》，是江青、張春橋、姚文元一夥為結幫篡黨奪權而玩弄的一場政治大陰謀。「項莊舞劍，意在沛公」，毛澤東批准發表此文，借批吳晗，矛頭直指當時的北京市委以及中央一線主持工作的劉少奇，從而燃起了「文化大革命」的熊熊烈火。這使我們進一步領略到了「一言喪邦」這句古語的沉重含義。《評新編歷史劇〈海瑞罷官〉》的發表，是「文革」前哨戰的開始。故鄧小平同志認為：「『文化大革命』實際上從 1965 年就開始了，1966 年正式宣佈。」〔註 17〕他就是以《評新編歷史劇〈海瑞罷官〉》的發表作為「文革」的起始標誌的。

建國以來的歷次政治運動，多以文化批判為之鳴鑼開道。從批《武訓傳》開始，一直到打開「文化大革命」缺口的批《海瑞罷官》，這種一以貫之的文化批判，實際是為政治批判揭開序幕。只是到了「文化大革命」才公開宣稱：這「實質上是一場政治大革命」！

5.5 玉碎：鄧拓之死

《人民日報》總編輯吳冷西大難臨頭，災難也降臨在他的前任鄧拓身上。

「文革」全面爆發前夕，江青、張春橋、姚文元一夥利用他們竊取的權力，開展了對鄧拓、吳晗、廖沫沙所謂「三家村」的批判。這是他們繼《評新編歷史劇〈海瑞罷官〉》之後精心製造的一場更大的文字獄。對「三家村」的批判，極大地渲染了黨內階級鬥爭的嚴重性，製造了劍拔弩張的緊張政治氣氛。

1961 年 3 月至 1962 年 9 月，時任北京市委文教書記的鄧拓，在當時比較寬鬆的政治空氣的鼓舞下，利用繁忙的工作之餘，以馬南邨的筆名，在《北

〔註 17〕鄧小平《改革是中國發展生產力的必由之路》，《鄧小平文選》第二卷，第 137 頁。

京晚報》上開設《燕山夜話》雜文專欄，前後共發表雜文 153 篇。《燕山夜話》
的創辦是鄧拓遵照毛澤東同志倡導的「百花齊放、百家爭鳴」的方針，以提
倡讀書、豐富知識、開闊眼界、振奮精神爲宗旨。正如他在第一集前的「兩
點說明」中所講的：「辦此專欄，將努力做到，在某些方面適當地滿足具有相
當文化水平的工農兵群眾的要求」。

　　在開設《燕山夜話》的同時，1961 年 9 月，鄧拓又約請北京市副市長吳
晗和北京市委統戰部部長廖沫沙共同以「吳南星」爲筆名，在北京市委機關
刊物《前線》上開設《三家村札記》雜文專欄。從鄧拓於 1961 年 10 月發表
第一篇文章《偉大的空話》起，到 1964 年 7 月吳晗發表最後一篇文章《知難
而進》止，近三年的時間裏，《三家村札記》欄目共發表三人文章 60 多篇，
其中鄧拓寫了 18 篇。《燕山夜話》和《三家村札記》之所以成爲江青一夥的
攻擊目標，與批《海瑞罷官》一樣，矛頭都是直指北京市委，及其背後所謂
的「暗藏在中央的資產階級司令部」。

　　1966 年 1 月 5 日鄧拓被停職檢查，等待他的是更大的災難。5 月 8 日，
江青主持寫作並化名高炬的文章《向反黨反社會主義的黑線開火》在《解放
軍報》發表〔註18〕，同日，關鋒化名何明的文章《擦亮眼睛，辨明眞僞》在
《光明日報》發表。兩篇文章均以居高臨下之勢，集中火力對「三家村」作
了「上綱上線」的批判。高炬的文章稱鄧拓是「三家村黑店的掌櫃」，何明
的文章則說鄧拓是「反黨反社會主義的所謂『三家村』的一名村長」。5 月
11 日，《人民日報》轉載了姚文元的文章《評「三家村」——〈燕山夜話〉、
〈三家村札記〉的反動本質》，稱《燕山夜話》和《三家村札記》是「經過
精心策劃的、有目的、有計劃、有組織的一場反黨反社會主義的大進攻」。5
月 14 日，《人民日報》又發表林傑的文章《揭破鄧拓反黨反社會主義的面目》。
從此，全國各地掀起了批判「三家村」的政治運動，惡風所及，許多領導幹
部、作家和群眾慘遭迫害，許多地區和單位都抓了「小三家村」和「小鄧拓」。

　　5 月 16 日，中共中央通過了標誌著「文化大革命」正式開始的《五‧一
六通知》。當天，《人民日報》轉載了戚本禹發表在《紅旗》雜誌上的文章《評
〈前線〉、〈北京日報〉的資產階級立場》，文章說：「鄧拓是一個什麼人？現
在已經查明，他是一個叛徒。在抗日戰爭時期又混入黨內。他僞裝積極，騙

〔註18〕另據時任《解放軍報》副總編輯的唐平鑄稱，他就是高炬。而江青也稱，她
　　　　是高炬。實際上該文是唐平鑄組織人寫的，精神來自江青。

取黨和人民的信任，擔任了人民日報的重要職務。他經常利用自己的職權，歪曲馬克思列寧主義、毛澤東思想，推行和宣傳他的資產階級修正主義思想。1957 年夏天，他是資產階級右派方面一個搖羽毛扇的人物……」在黨報黨刊上刊登這樣一篇文章，對鄧拓無疑是致命的一擊，尤其來自自己筆走龍蛇近十年的那份報紙，昔日的總編輯被自己曾經嘔心瀝血的報紙宣判了政治上的死刑！5 月 17 日夜（或 5 月 18 日凌晨），鄧拓以死來作最後抗爭，他在寫完了給北京市委和妻子的兩份遺書後，自殺身亡，終年 54 歲，成為「文化大革命」的第一個罹難者，踐行了他「莫謂書生空議論，頭顱擲處血斑斑」的誓言。但現實的矛盾、個人的挫折並沒有使他改變對黨的忠誠，在給北京市委的信中，鄧拓堅信：那些構成他「反黨反社會主義」罪名的雜文，到底是「什麼性質」，「一定會搞清楚的」。信的最後他誠摯地寫道：「我的這一顆心，永遠是向著敬愛的黨，向著敬愛的毛主席。」

鄧拓是中共黨報史上最出色、最富有個人魅力的人物之一。他「筆走龍蛇二十年」，26 歲就當上《晉察冀日報》總編輯，「八匹騾子辦報」，轉戰抗日根據地，開始了「毛錐十載寫縱橫」的書生辦報生涯。他在長期革命鬥爭中積纍了豐富的辦報經驗，37 歲便成為《人民日報》總編輯。1949 年 8 月他來到人民日報以後，很快便提出了明確的辦報方針，大刀闊斧地改進編輯部的組織形式，把記者「撒出去」搞調查研究，組織大家動手寫評論，提倡認真讀書，獨立思考，實事求是，反對空談……在他的領導下，人民日報的工作人員如魚得水，心情舒暢，很多同志都認為，這個時期，是人民日報歷史上最令人懷念的欣欣向榮的時期。〔註 19〕那時，「同志」這個字眼，在人民日報是個親切的稱呼，上至社長、總編輯，下至幹事、工人，一律習慣以此相稱，平時更是在姓氏前冠「老」稱「小」，從不叫職務；在食堂買飯菜，領導、群眾一律排隊，沒有小竈特殊優待；夜班宿舍，誰先去誰先挑，無論名氣大小，不分職務高低。鄧拓也以自己的豐富的學識、敏銳的洞察力、傑出的寫作才能以及平易近人的作風和剛正不阿的品格，贏得了人民日報全體同志的敬佩和愛戴。他工作極其敬業，因為戰爭中腰椎受傷，從腰部到兩腋都是用緊束的鋼骨架來支撐，仍堅持抱病工作，常常通宵達旦，焚膏繼晷，可謂是鞠躬盡瘁的典範。

〔註 19〕胡績偉《平生贏得豪情在——紀念鄧拓同志逝世二十週年》，《胡績偉自選集》（新聞卷三），第 124、125 頁。

　　鄧拓的性格中，兼具政治家與文人的兩重性格，他既是一位黨性原則與政治操守都很堅定、具有務實精神的政治家，又是一位頗具見識與獨立性、不與時俯仰的知識分子。經歷了反右運動、大躍進、反右傾運動，鄧拓的信仰沒有改變，對領袖的忠誠和熱愛沒有改變，但面對現實的諸多現象，他產生了一些困惑和思考。1957 年，當全國開始出現空頭政治、主觀主義等各種歪風邪氣時，鄧拓在 5 月 11 日的《人民日報》上以「卜無忌」的筆名寫了《廢棄「庸人政治」》的雜文，尖銳地指出，那些「憑著主觀願望，追求表面好看，貪大喜功，缺乏實際效果的政治活動」，不過是一種「庸人政治」而已，「這種庸人政治除了讓那些真正沒出息的庸人自我陶醉以外，到底有什麼用處呢？」

　　鄧拓一生最為人稱道的是他六十年代初寫於《燕山夜話》與《三家村札記》中的那些微言大義、針砭時弊的雜文。面對「大躍進」給中華民族造成的嚴重惡果，鄧拓的政治家兼文人的本色得到充分的體現，他的強烈的歷史責任感使他無法割斷與現實的聯繫，無法改變一個政治家參與現實的本能要求，他的書生氣質使他不能曲與透迤，指陳時弊時如同骨鯁在喉，不吐不快，即使說話的空間已經很小，他仍然要以諷喻的態度進行勸諫。例如，對於「浮誇風」的批評，他就寫了《一個雞蛋的家當》、《說大話的故事》、《兩則外國寓言》（三文均見《燕山夜話》)、《偉大的空話》、《專治健忘症》（兩文均見《三家村札記》）等篇。其中《一個雞蛋的家當》諷刺那種只有一個雞蛋就妄想發財致富的人，「統統用空想代替現實」，其「計劃簡直沒有任何可靠的依據，而完全是出於一種假設，每一個步驟都以前一個假設的結果為前提」。《偉大的空話》諷刺那種喜用許多大字眼，「說了半天還是不知所云，越解釋越糊塗，或者等於沒有解釋」的人。這在當時「大躍進」剛剛過去不久的情況下，文章的針對性是顯而易見的，其諷刺即使在今天看來也是很尖銳且富有實際意義的，這就不免與時代的抒情大合唱不合拍。雖然鄧拓的初衷是好的，所提意見是建設性的，但在 60 年代的政治運作中，已經容不得鄧拓性格中強烈的「書生意氣」了，所以當黨的路線轉向「以階級鬥爭為綱」時，他就不免被深文周納，置於萬劫不復的境地。

　　還是歷史老人是最公正的。在鄧拓去世 16 年後，經中共中央批准，北京市委為鄧拓平反。鄧拓當年發自肺腑的吶喊——「將來歷史一定會做結論

的！」〔註20〕終於得到驗證。在 1979 年 9 月 5 日為鄧拓隆重舉行的追悼會上，有一幅輓聯特別引人注目，上下兩聯共 56 字對鄧拓坦蕩的一生進行了精確概括，那是人民日報社全體同志敬送的：

　　閩海波濤長城風雪四十年筆戰生涯何期姦佞逞兇千古傷心文字獄

　　燕山血淚雲水襟懷百萬里長征道路永記忠貞垂範八方淚灑馬南邨

　　2012 年新春佳節，中國美術館舉辦了「鄧拓捐贈中國古代繪畫珍品特展」。1964 年，鄧拓寫下「心愛斯文非愛寶，身為物主不為奴」的詩句，將自己多年珍藏的、最喜愛的、極具研究價值的一批古代繪畫珍品共 140 餘件（套）無償捐獻給國家。人們再次感受到了鄧拓的偉大人格及文人氣質，並為其悲劇人生結局感到惋惜和憤憤不平。

　　反思鄧拓的悲劇，置於當時的時代背景下我們可以清楚地看到，他對現實的建設性的諷喻之所以不能見容，與當時的黨內決策者沒有及時完成從戰時文化心態向和平時期的建設心態的順利過渡有關。鄧拓的批評性意見雖然在本質上沒有企圖否定當時的權威，但卻被最高決策者以戰時敵我「二元對立」的文化心態來錯誤理解，將他善意的勸諫當作「敵人」有組織的進攻，必欲毀滅性打擊而後快。悖謬的是，雖然鄧拓本人不一定很清楚地意識到，他對現實諷喻，所針對的其實正是這種戰時文化心態在和平時期的畸形擴張：如他對大躍進前後流行的「浮誇風」及各種各樣的批判運動中所採取的不容對手置辯的霸道作風的批判，凡此種種正是戰時文化心態的延伸——前者採取了一種戰時的急功近利的大兵團作戰的方式，後者則延續了「你死我活」的敵我「二元對立」的戰時心態。他的諷喻其實目的正在於促進領導階層從這種畸形的戰時心態轉變為務實、建設的和平心態。但他大概想不到他這種批評性意見也會被以戰時心態的方式來理解和解決，從而將自己逼上絕境。

〔註20〕王若水《新發現的毛澤東》下冊，明報出版社 2002 年版，第 541 頁。

下　編

「文革」十年：「文革」重災區
（1966 年 5 月～1976 年 10 月）

　　史無前例的「無產階級文化大革命」，從 1966 年 5 月一直延續至 1976 年
10 月，歷時 10 年之久。「文化大革命」是「左」傾思潮走向極端和高潮的產
物，使黨、國家和人民遭到建國以來最嚴重的挫折和損失，上層建築各個領
域慘遭荼毒，在相當長的時間內出現了「萬馬齊喑」的可悲局面。

　　「文革」十年是新聞工具為禍最烈的十年，也是新聞事業遭遇大災大難
的十年。在這十年中，我國社會主義新聞事業成為林彪、江青集團發動和開
展「文化大革命」的御用工具，為他們煽動極「左」思潮、鼓吹個人崇拜、
陰謀篡黨奪權服務。新聞事業備受摧殘，優良傳統破壞殆盡。

　　「文革」爆發後，林彪、江青集團奪取了《人民日報》的領導權，《人民
日報》也進入了歷史上最黑暗的時期，成為「文革」重災區。在此期間，人
民日報社內部的正義力量奮起抗爭，在周恩來總理領導下，曾一度把被「四
人幫」霸佔的這一重要輿論陣地奪了回來。但好景不長，《人民日報》又很快
淪為「四人幫」的「幫報」，在其後「四人幫」發動的一系列為打倒周恩來、
鄧小平等老一輩無產階級革命家的卑劣政治陰謀中，《人民日報》充當了急先
鋒，扮演了歷史罪人的角色，寫下是中國新聞事業史黑暗屈辱的一頁。直至
粉碎「四人幫」，《人民日報》才重新回到人民中間。

　　下編「文革十年」，共分為「文革」前期、「文革」中期、「文革」後期 3
個階段，分 3 章加以闡述。

第6章 「文革」前期：全面奪權與御用工具（1966年5月～1969年4月）

1966年5月16日，「文化大革命」爆發。「文革」前期的頭三年，是「文化大革命」破壞最重的年頭，可謂是遍地烽火，炮火連天。為了儘快在全國點燃「文化大革命」的熊熊烈火，林彪、江青集團加緊控制新聞媒體，奪取新聞單位的領導權，為其篡黨奪權服務。作為領航報紙的中共中央機關報《人民日報》就成了他們的首選目標，因為控制了《人民日報》，就可以控制全國新聞界，進而控制全國政局。他們奪取了《人民日報》的領導權，使其成為自己手中得心應手的御用工具；《人民日報》也一步步地走向黑暗的深淵。

6.1 「文革」發動：點火宣傳

1966年5月，「文化大革命」的風暴已勢不可擋。

5月16日，中共中央政治局擴大會議通過了毛澤東主持起草的指導「文化大革命」的綱領性文件——《中國共產黨中央委員會通知》（簡稱《五‧一六通知》）。這個文件系統地表述了1957年以來逐步形成的關於社會主義社會階級和階級鬥爭的錯誤理論，確定了「左」的方針、政策，同時撤銷了《二月提綱》和「文化革命五人小組」。指出要「徹底批判學術界、教育界、新聞界、文藝界、出版界的資產階級代表人物，奪取在這些文化領域中的領導權」。由此，一場史無前例的災難，便在中華大地上發生。《五‧一六通知》當時祇

下發黨內縣團級幹部，一年後的 1967 年 5 月 16 日，《人民日報》才公開發表了通知全文，同時將原件中的「彭眞同志」一律被改爲「彭眞」。

5 月 28 日，中共中央發出通知，決定撤銷原來的文化革命五人小組，成立中央文化革命小組。由陳伯達擔任組長，康生任顧問，江青、張春橋等任副組長，組員有姚文元等人。吳冷西曾被列入「中央文革」的最初名單，但最終被毛澤東大筆一揮勾掉了，表明他的處境已岌岌可危了。儘管吳冷西在「大躍進」中有過卓越表現，作爲「秀才班子」曾參與撰寫過中蘇論戰的「九評」，但毛澤東不能原諒他在《海瑞罷官》問題上對劉少奇、彭眞的亦步亦趨，毫不留情地決心換馬，再換一個更聽命於自己的秘書。

置身危崖，風濤滿耳。爲了挽救被動局面，人民日報領導班子曾多次想爭取主動，1966 年 5 月初，在每天 6 個版中用 4 個版的篇幅突出宣傳「文化大革命」，各版均用標語口號式的通欄標題，以造成聲勢。5 月 17 日，在《五·一六通知》傳達的當夜，編委會還向中央寫報告，表示與吳冷西劃清界限，但無回音。5 月 31 日的報紙，更是用 5 個版來刊登批判文章，都用通欄題口號。然而，人民日報的所有努力只是在垂死掙扎，等待她的只能是一個「大限」！

5 月 31，經毛澤東批准，中央宣佈由陳伯達率工作組進駐人民日報社，人民日報成爲全國第一個被奪權的單位。沒有登報聲明，沒有發佈「進駐」消息，人民日報一夜之間便落入陳伯達手中。總編輯吳冷西被扣上「反革命修正主義」的帽子被拉下馬來，在「軍事監護」下失去自由。

吳冷西於 1957 年 6 月 29 日擔任《人民日報》總編輯。赴任前的 6 月 1 日，毛澤東曾專門召見他，告誡他要有「五不怕」的精神準備：一不怕撤職，二不怕開除黨籍，三不怕老婆離婚，四不怕坐牢，五不怕殺頭。然而，毛澤東一語竟成讖。「我萬萬沒有想到，十年後的今天，我眞的成了階下囚。」吳冷西事後感慨。〔註1〕

6 月 20 日，中央決定任命原《解放軍報》副總編唐平鑄爲《人民日報》代理總編輯。人民日報社原主要領導人先後離開了領導崗位，只有副總編王揖、安崗、李莊還繼續工作了一個時期。1968 年 8 月唐平鑄調回《解放軍報》，接替他的是工作組另一成員、原是上海《解放日報》的魯瑛。

〔註1〕 吳冷西《「五不怕」及其他》，《人民日報回憶錄》，人民日報出版社 1988 年版，第 3 頁、10 頁。

　　陳伯達「接管」人民日報社後，《人民日報》馬上就改變了腔調。6 月 1 日，原本是「國際兒童節」，可是，這天的《人民日報》頭版頭條卻以通欄大標題登出了八個寒光閃閃的大字：「橫掃一切牛鬼蛇神」！〔註2〕（見圖七）

圖七　1966 年 6 月 1 日《人民日報》一版

　　這篇由陳伯達口述的殺氣騰騰的社論，將《五・一六通知》的精神迅速傳向全國，成爲公開發動「文革」的總動員令，從而宣告了「文化大革命」在全國的正式開始。社論說：「革命的根本問題是政權問題。上層建築的各個領域，意識形態、宗教、藝術、法律、政權，最中心的是政權。有了政權，就有了一切，沒有政權，就喪失一切。因此，無產階級在奪取政權之後，無論有著怎樣千頭萬緒的事，都永遠不要忘記政權，不要忘記方向，不要失掉中心。忘記了政權，就是忘記了政治，忘記了馬克思主義的根本觀點，變成了經濟主義、無政府主義、空想主義，那就是糊塗人……」

　　這篇社論明確地提出了「政權」問題。半年多以後，演變成上海的「一月革命」，並蔓延成席卷全國的「奪權」風暴。如果說，姚文元的《評新編歷史劇〈海瑞罷官〉》打的是「拐彎球」的話，這篇社論則是重炮直轟了。故有人認爲「文革」不是從 1965 年 11 月 10 日《評新編歷史劇〈海瑞罷官〉》的發表算起，也不是從 1966 年 5 月 16 日《五・一六通知》發佈之日算起，而是從 1966 年 6 月 1 日《人民日報》刊登《橫掃一切牛鬼蛇神》社論開始的。雖然沒有最高指示和紅頭文件爲根據，但是《橫掃一切牛鬼蛇神》發表之時，就是中華大地災難降臨之日。「六・一」社論也是《人民日報》的一塊界標，從此爲自己「橫掃」出了一條罪惡之路，一步步走向深淵，直自 1976 年 10 月才重獲新生。

　　從此，《人民日報》地位大變，一夜之間，從原來的「棄兒」成爲「中央文革」的「寵兒」。每發表一篇重要文章，都被說成是「代表了黨中央的聲音」，是「無產階級文化大革命的新的偉大戰略部署」。《人民日報》就像一架巨大的鼓風機，瘋狂地爲林彪、江青集團的反革命政治圖謀煽風點火、叫囂鼓吹。

　　也就在 6 月 1 日晚，經毛澤東批准，中央人民廣播電臺向全國播出了北京大學哲學系黨總支書記聶元梓等 7 人的所謂「第一張馬列主義的大字報」。6 月 2 日，《人民日報》在一版（見圖八）以《北京大學七同志一張大字報揭穿一個大陰謀》的通欄題，刊登了這張攻擊北大黨委和北京市委的大字報。這張題爲《宋碩、陸平、彭珮雲在文化大革命中究竟幹了些什麼》的大字報於 5 月 25 在北大大飯廳東牆貼出，是康生通過他的老婆曹軼歐秘密策劃的，目的是「在北大點火，往上搞」。被大字報點名的宋碩，是中共北京市委大學部副部長；陸平，北京大學校長兼中共北京大學黨委書記；彭珮雲，北京大學黨委副書記。《人民日報》同時配發了的關鋒等人起草的評論員文章《歡呼

北大的一張大字報》，稱：「凡是反對毛主席，反對毛澤東思想，反對毛主席
和黨中央的指示的，不論他們打著什麼旗號，不管他們有多高的職位、多老
的資格，他們實際上是代表被打倒的剝削階級的利益，全國人民都會起來反
對他們，把他們打倒，把他們的黑幫、黑紀律徹底摧毀。」6 月 3 日，《人民
日報》公佈了中共中央改組北京市委和派工作組進駐北京大學的決定。隨後，
陸平等人的一切職務被撤銷。

图八　1966 年 6 月 2 日《人民日報》一版

從 6 月 2 日起，《人民日報》在「中央文化革命小組」的領導下開足馬力，發起更大的宣傳攻勢，一篇篇社論鼓譟而上：《觸及人們靈魂的大革命》（6 月 2 日）、《奪取資產階級霸佔的史學陣地》（6 月 3 日）、《毛澤東思想的新勝利》（6 月 4 日）、《撕掉資產階級自由、平等、博愛的遮羞布》（6 月 4 日）、《做無產階級革命派還是做資產階級保皇派》（6 月 5 日）、《我們是舊世界的批判者》（6 月 8 日）等。這些社論經全國各報轉載，猶如一把把乾柴，使「文革」之火越燒越旺。

然而，最大的一把火還是毛澤東本人點燃的。聶元梓等人的大字報發表後兩個多月，8 月 5 日，毛澤東在中央八屆十一中全會上發表了題為「炮打司令部」的大字報。這篇大字報是毛澤東 6 月 2 日在《北京日報》頭版報角上寫的一段話（這天的《北京日報》頭版轉載了《人民日報》的社論《橫掃一切牛鬼蛇神》），在這段話的謄清稿上毛澤東僅改動了幾個字，並加上標題：《炮打司令部——我的一張大字報》。大字報寫道：

> 全國第一張馬列主義大字報和《人民日報》評論員的評論，寫得何等好啊！請同志們重新讀一遍這張大字報和這個評論。可是 50 多天裏，從中央到地方的某些領導同志，卻反其道而行之，站在反動的資產階級立場上，實行資產階級專政，將無產階級轟轟烈烈的文化大革命打下去，顛倒是非，混淆黑白，圍剿革命派，壓制不同意見，實行白色恐怖，自以為得意，長資產階級的威風，滅無產階級的志氣，又何其毒也！聯繫到 1962 年的右傾和 1964 年的形「左」而實右的錯誤傾向，豈不是可以發人深醒嗎？〔註3〕

大字報不點名地指責中華人民共和國主席、中共中央副主席手劉少奇，明確指出黨中央有一個資產階級司令部，標誌著毛澤東與中央第一線在政治上的決裂。8 月 7 日，這張「大字報」印發給出席八屆十一中全會的同志。8 月 17 日，作為「中央文件」下發，並在全國廣為傳抄張貼。

「八五」大字報刊登後，在全國引起了強烈震動，正所謂「一陣風雷驚世界，滿街紅綠走旌旗」，青年學生被煽動起來，一股「造反」風潮在全國迅速湧起。8 月 20 日，北京紅衛兵走上街頭破「四舊」，即破除所謂的「舊思想、舊文化、舊風俗、舊習慣」。第二天，《人民日報》在頭版頭條以「無產階級文化大革命的浪潮席卷首都街道」為題加以報導。8 月 23 日，又異乎

〔註 3〕 見 1967 年 8 月 5 日《人民日報》。

尋常地在頭版同時刊登兩篇爲之鼓勁叫好的社論：《工農兵要堅決支持革命學生》和《好得很！》，文章「爲北京市紅衛兵小將們的無產階級革命造反精神歡呼」，稱「這是破舊立新的革命行動」，鼓吹「造反有理」。24 日，《人民日報》發表毛主席語錄「造反有理」，並同時刊登三篇「無產階級的革命造反精神萬歲」的文章。由此，「破四舊」運動迅速蔓延到全國各地。

在「破四舊」運動中，紅衛兵又掀起了抄家高潮，後又發展爲打人、砸物。無數優秀的文化典籍被付之一炬，大量國家文物遭受洗劫，許多知識分子、民主人士和幹部遭到批鬥。紅衛兵運動對社會秩序和民主法制的破壞，引起各地黨組織和許多幹部群眾的不滿和抵制，但是 8 月 29 日《人民日報》卻發表社論《向我們的紅衛兵致敬！》，煽動說：「這些吸血蟲，這些人民的仇敵，正在一個一個地被紅衛兵揪了出來。他們隱藏的各種變天賬，各種殺人武器也被紅衛兵拿出來示眾了。這是我們紅衛兵的功勳。」公然爲紅衛兵的不法行爲打氣撐腰，鼓動他們更加走向極端。

爲了推動全國紅衛兵運動的發展，8 月 18 至 11 月 26 日，毛澤東在天安門城樓先後 8 次接見來自全國各地的紅衛兵共計 1300 多萬人。每一次《人民日報》都以最突出的版面、最醒目熱烈的編排予以報導。在此期間，爲了讓紅衛兵把「文化大革命」的「火種」帶到了全國各地，《人民日報》還於 10 月 22 日發表社論《紅衛兵不怕遠征難》，報導大連海洋學院 15 名學生組成「長征紅衛隊」，跋山涉水，徒步 2000 餘公里從大連到北京。社論讚揚紅衛兵步行串連是一個很有意義的創舉，號召「各地的革命學生也這樣做」。於是，這篇不足千字的社論在全國迅速掀起了一股「長征大串聯」的狂潮。

紅衛兵的「大串連」對全國造成巨大衝擊，社會開始動蕩，生產秩序被打亂。爲限制「文革」的發動範圍，防止事態蔓延和擴大，周恩來、陶鑄等中央正確力量堅決主張「生產絕不能停」。他們利用「抓革命、促生產」這個誰也不能反對的口號，主持起草了《人民日報》兩篇重要社論，在宣傳「以文化大革命爲綱」的同時，有側重地突出抓生產、抓業務等思想，力圖使「革命」和生產互不干擾或干擾較小。這是當時的歷史條件下的一種特殊鬥爭策略。

9 月 7 日，根據周恩來指示，由中宣部部長陶鑄主持起草的社論《抓革命、促生產》在《人民日報》上發表，社論強調要「革命和生產兩不誤」，要求各生產單位和業務部門成立一個專抓業務生產的領導班子；廣大勞動者

「應當堅守生產崗位」，學生不要到農村和工廠去干預那裏的生產和革命。接著，周恩來在接見外地來京學生大會和中國科學院辯論大會上都提到這篇社論，要求大家好好學習。

然而，上述做法卻被林彪、江青等人誣爲「以生產壓革命」。進入 10 月，已經全面發動起來的「文化大革命」又驟然加足馬力，一些地方開始「踢開黨委鬧革命」，動亂的局面進一步發展。1967 年 11 月 6 日，《人民日報》、《紅旗》雜誌、《解放軍報》聯合發表編輯部文章：《沿著十月社會主義開闢的道路前進——紀念偉大的十月社會主義革命 50 週年》。文章由陳伯達等人起草，經毛澤東審閱，首次將毛澤東的「關於無產階級專政下繼續革命理論」做了概括。稱它是「毛澤東同志對國際共產主義運動最偉大的貢獻……完整地、徹底地解決了在無產階級專政下繼續進行革命，防止資本主義復辟這一當代重大的課題。這是馬克思主義關於無產階級專政學說劃時代的偉大發展」。這個貫穿於「文革」始終的「無產階級專政下繼續革命」的理論，被看做是「馬克思主義發展史上的第三個里程碑」。然而，這個理論不符合馬克思主義基本原理，混淆了資本主義同社會主義的界限，最終必然發展到認定「資產階級就在共產黨內」，因而必須開展全面的階級鬥爭，造成了思想、政治、經濟、文化和整個社會的全面混亂、破壞和倒退。

爲了使經濟工作免遭更大衝擊，11 月 9 日，周恩來又主持討論修改《人民日報》社論稿《再論抓革命、促生產》，經過尖銳鬥爭，社論於第二天見報。這篇社論嚴肅批駁了只強調「革命」，不講生產建設的錯誤觀點，突出強調「抓革命、促生產」方針適用於一切單位和部門，是「必須堅決遵守、時刻遵守的」；「國民經濟是一個整體」，「只要某一部門脫節，就可能影響全局」。「中央文革」成員王力等人在修改稿子的過程中，竟然在堅持各級黨委的統一領導這個最關鍵的字句中抹去「黨委」二字，只剩下「在統一領導下，組成兩個班子」。兩字之差，反映出鬥爭的實質，一方要堅持黨委領導，一方卻要踢開黨委鬧革命，鬥爭進一步表面化、尖銳化。

《人民日報》兩篇「抓革命、促生產」的社論，是周恩來爲抵制「左」傾錯誤，維護國民經濟正常運轉所做的最後努力。然而，這招致了林彪及「中央文革」的強烈不滿，他們公開污蔑周恩來是「救火隊長」，國務院其他領導同志是「救火隊員」。王力在一次會上說：工人鬧革命的兩次高潮，被兩篇「抓革命、促生產」的社論壓下去了。「一言興邦，一言喪邦」，雙方都千方百計

利用黨中央機關報這一輿論陣地去影響政局和事態發展。但由於這時的《人民日報》已爲林彪及「中央文革」所牢牢控制，正確的聲音很快便在《人民日報》上消失。至此，「文革」之火便越燒越旺，社會秩序和國民經濟也像脫韁的野馬一樣徹底失控了。

6.2　造神運動：狂熱宣傳

「文化大革命」是建立在對於領袖毛澤東的個人崇拜基礎上的，由毛澤東親自發動的這場「文化革命」，將個人崇拜、領袖崇拜推到了極至。在這一造神運動中，林彪、江青集團操縱以《人民日報》爲首的新聞媒介，投毛澤東所好，別有用心地製造對毛澤東的個人崇拜，利用版面編排的形式主義和阿諛奉承之詞，不惜篇幅地宣揚毛澤東，在全國煽起了對毛澤東個人崇拜的空前狂熱，並逐漸墮入唯心主義、唯意志論的泥坑。

1966 年 7 月 16 日，毛澤東來到了黃鶴白雲的故鄉武漢，進行了一次驚人之舉——以 73 歲高齡再次橫渡長江，泳程近 30 華里。按照中央文革小組的部署，《人民日報》突出報導了這個「特大喜訊」。7 月 25 日《人民日報》頭版用大字標題刊登《毛主席暢遊長江》（見圖九），文章這樣寫道：

> 毛主席再次暢遊長江的喜訊，很快傳遍了武漢。武漢全城男女老少，歡欣鼓舞，奔走相告：「我們敬愛的領袖毛主席這樣健康，這是全中國人民的最大幸福！是全世界革命人民的最大幸福！」……
>
> 上午九時二十分，大江兩岸的擴音器，播送出歌頌我們敬愛的領袖毛主席的樂曲《東方紅》，激動著人們的心。人們想著：是毛主席爲我們在長江上開闢了平坦大道，今天，毛主席要是能來看我們橫渡長江，那該多好！毛主席是我們心中的紅太陽，毛主席永遠和我們在一起。就在比賽剛剛開始的時刻，從東方太陽升起的江面上，一艘快艇破浪駛來。這時，不知是游泳健兒中的哪一個，第一眼看見了快艇上的毛主席，立即情不自禁地高呼：「毛主席來了！毛主席萬歲！」緊接著，游泳大軍高舉百面紅旗，朝著毛主席的方向游了過去。在旗幟映紅的江面上，在兩岸江堤上，千千萬萬人的目光向著毛主席！千千萬萬人表達著同一個祝願：偉大的毛主席萬壽無疆！千千萬萬人發出了同一個心聲：毛主席萬歲！與此同時，停港的船

舶，汽笛齊聲長鳴，向偉大的領袖表示敬意。歡呼聲、汽笛聲匯成一片，震撼著武漢上空。……

游泳隊伍中的漢口火力發電廠民兵轟長燊見到了毛主席，興奮得忘記了自己是在游泳，他舉起雙手高呼：「毛主席萬歲！毛主席萬歲！」他躍起來又沉下去，喝了幾口水，他覺得江水特別特別的甜。就是這樣，五千游泳健兒分批從毛主席身邊游過，連續高呼「毛主席萬歲」，勝利到達終點。

圖九　1966 年 7 月 25 日《人民日報》一版

次日，《人民日報》又發表了激情洋溢的社論《跟著毛主席在大風大浪中前進》。社論將長江上的自然風浪比喻爲政治風浪，號召全國人民「不怕天，不怕地，不怕帝國主義，不怕修正主義，不怕反動派，不怕一切牛鬼蛇神，不怕一切艱難困苦」，「永遠跟著毛主席」，在大風大浪中奮勇前進。繼之，全國各地工農兵紛紛舉行集會、遊行，決心跟著毛主席，橫掃一切「牛鬼蛇神」。各報刊也紛紛發表社論和文章，論述毛澤東這次橫渡長江的重大政治意義。

8 月 10 日晚，毛澤東來到中共中央信訪站，會見前來慶祝黨中央發表《關於無產階級文化大革命的決定》的首都群眾。毛澤東發表講話說：「你們要關心國家大事，要把無產階級文化大革命進行到底。」第二天，《人民日報》在頭版頭條以套紅標題刊登了《毛主席會見革命群眾》的報導，在這篇文章中，有這樣的描寫：「許多和毛主席握過手的人，他們逢人就說：『你們趕快來和我握手啊！我的手剛和毛主席握過的！』還有一些人隨後趕來，他們說，能夠走到毛主席剛剛同革命群眾見面的地方，也是莫大的幸福啊！」

對毛澤東個人崇拜的宣傳從 8 月 18 日起達到高潮。這一天，天安門廣場舉行「慶祝無產階級文化大革命大會」，毛澤東身著軍裝，在天安門城樓接見百萬紅衛兵和革命群眾。第二天的《人民日報》頭版頭條（見圖十）以十分醒目的通欄題「毛主席同百萬群眾共慶文化大革命」加以報導，文章說：

> 我們偉大領袖、偉大統帥、偉大舵手毛主席，今天同北京和來自全國各地的百萬革命群眾一起，在無產階級革命的中心，在我們偉大祖國的首都，在雄偉的天安門廣場，舉行了慶祝無產階級文化大革命的大會。

> 今天清晨五時，太陽剛從東方地平線上射出萬丈光芒，毛主席便來到了人群如海、紅旗如林的天安門廣場，會見了早已從四面八方匯集到這裏的革命群眾。……這時，廣場上沸騰起來，人人雙手高舉過頂，向著毛主席跳躍著，歡呼著，拍著手。許多人把手掌心都拍紅了，許多人流下了激動的眼淚，他們歡喜地說：「毛主席來了！毛主席來到我們中間了！」廣場上萬眾高呼：「毛主席萬歲！萬歲！萬萬歲！」歡呼聲浪一陣高過一陣，震蕩著首都的天空。

這一天的《人民日報》還發表了林彪的《在慶祝無產階級文化大革命群

眾大會上講話》，樹立了一個惡劣文風的「樣板」。講話只有 1000 多字，「偉大領袖」、「偉大統帥」、「偉大創舉」、「偉大勝利」、「最偉大」、「最強大」、「最銳利」等等詞語佔了很大篇幅。自此以後，《人民日報》用最美好的字眼來稱頌毛澤東，「四個偉大」成了毛澤東的固定用語。

圖十　1966 年 8 月 19 日《人民日報》一版

　　在版面編排上，《人民日報》也將毛澤東突出到無以復加的地步。從 1966 年 6 月 2 日起，《人民日報》開始效法《解放軍報》在報眼位置刊登「毛主席語錄」，並用毛澤東的一段或幾句話作通欄大標題，在發表各種消息、文章的同時，作爲某項工作和這期版面點題似的方針指示。同時，在文章和報導中，只要引用了毛主席語錄，均用黑體字排印，以示突出和尊崇。在刊登黨和國家領導人的名單時，毛澤東的名字也都以較大字號安排在最顯著的位置上。另外一個變化，就是毛澤東的照片越來越多、越來越大，有時一份《人民日報》上會有十多張毛澤東的頭像和照片。以 1969 年中共九大報導爲例，4 月 2 日的《人民日報》以一版整版篇幅刊登毛澤東巨幅照片，第二版才是九大新聞公報，第四、五、六版又都是頌揚毛澤東的通欄大標題，分別是：「大海航行靠舵手　幹革命靠毛澤東思想」、「毛澤東思想在億萬人民中迅速傳播」、「世界革命人民熱愛毛主席」。在大會期間，《人民日報》又連續在一版整版刊登毛澤東巨幅照片 3 次。

　　與此同時，《人民日報》又再次掀起了活學活用毛主席著作的新高潮，對毛澤東繼續大樹特樹。1966 年 8 月 8 日，《人民日報》公佈了中共中央決定大量出版毛澤東著作的消息，同時發表社論《全國人民的大喜事》。8 月 12 日，首都有近 12 萬大專學校的師生買到了新出版的《毛澤東選集》第一至三卷。13 日的《人民日報》以「廣大革命師生歡呼接下了革命的無價寶，決心用這一銳利武器橫掃一切牛鬼蛇神」爲題加以報導，並渲染了各高校召開迎「寶書」大會的熱烈場面。爲配合毛主席著作的學習，《人民日報》於 9 月 30 日、10 月 12 日、10 月 25 日，在短短的 20 多天時間裏，還先後推出三批「毛主席語錄歌」，在群眾中掀起了大唱語錄歌的熱潮。

　　緊接著，《人民日報》又全力報導全國人民活學活用毛主席著作的群眾運動。10 月 12 日，《人民日報》發表社論《全國都來辦毛澤東思想學習班》，提出要以「鬥私、批修」爲綱，在全國工廠、農村、機關、學校、部隊，普遍地舉辦學習班。1966 年 10 月 19 日是魯迅先生逝世三十週年，《人民日報》發表的紀念社論《學習魯迅的硬骨頭精神》，竟不顧事實地妄言：「我們學習魯迅，就要像他那樣，在鬥爭中活學活用毛主席著作，用毛澤東思想改造自己的靈魂，在無產階級文化大革命中，迎著鬥爭的暴風雨奮勇前進！」看來，魯迅也成了「活學活用毛主席著作的標兵」！

　　最著名的學毛著的標兵終於「誕生了」。1968 年 5 月 28 日，《人民日報》頭版頭條刊發了關於「追授門合同志以『無限忠於毛主席革命路線的好幹部』的光榮稱號」的命令，引用他在生前學習毛主席著作說過一句話：「（毛主席的書）一天不學問題多，兩天不學走下坡，三天不學沒法活」，也正是因為這句話而使他揚名全國。在「學習毛主席著作」的熱潮中，「學」與「不學」已成為衡量一個人革命還是不革命甚至反革命的標準了。

　　為了樹立了毛澤東思想的絕對權威，1967 年 11 月 3 日，《人民日報》發表理論文章《大樹特樹偉大統帥毛主席的絕對權威，大樹特樹偉大的毛澤東思想的絕對權威》，文章以總參黨委書記楊成武的名義發表，實際上是陳伯達、姚文元指使人寫的。文章說：「毛主席的言論、著作和革命實踐，都表現出他的偉大的無產階級的天才。他解決了當代共產主義運動提出的一系列重大理論和實踐問題，攀登了馬克思主義發展史上最新的高峰，他站得最高，看得最遠，最善於在極端複雜和困難的情況下，把群眾的革命鬥爭引向勝利。林彪同志說：毛主席這樣的天才，全世界幾百年、中國幾千年才出現一個。毛主席是全世界最偉大的天才。」從而在理論上掀起了「突出領袖」的狂潮，毛澤東本人被神化，毛澤東思想亦被推上了「頂峰」。

　　面對「左」的路線日益走向極端，人民日報一些講黨性的正直新聞工作者進行了堅決抵制和揭露，但是，他們都被冠以「反黨反社會主義」的罪名慘遭迫害。1967 年秋，《人民日報》女記者王金鳳到上海採訪，其間參加了駐上海的空四軍召開的學毛著積極分子會。該軍竟提出「要用毛澤東思想佔領天空」，在指揮飛行和飛行員回答時，必須先講一句毛主席語錄。次年 1 月，空軍召開學習毛著積極分子會議，請金鳳參加，說參加者每人將發一套精裝毛選和 100 個毛主席紀念章。而這些紀念章都是動用大量國防器材製作的。於是，強烈的責任感促使金鳳提筆寫內參，向中央反映空軍學習毛主席著作庸俗化等問題。不久，這篇「內參」轉到空軍司令員吳法憲手裏。江青得知後，在中央文革碰頭會上污蔑金鳳是「中統」特務，要把金鳳押送秦城監獄。陳伯達立即下令對金鳳進行監護審查，並把她關押了五年多。吳法憲還強迫金鳳的丈夫全國空軍英雄趙寶桐與她離婚。直到 1976 年粉碎「四人幫」以後，金鳳才與丈夫復婚。就這樣，因為一篇內參，金鳳經歷了坐牢、離婚、復婚的磨難，付出了整整 8 年的代價。

6.3 奪權風暴：煽風宣傳

1967 年，史無前例的「無產階級文化大革命」進入了第二個年頭，林彪、江青集團伺機亂中奪權。1 月 1 日，《人民日報》、《紅旗》雜誌聯合發表了經毛澤東審定的元旦社論：《把無產階級文化大革命進行到底》。社論宣佈「1967 年將是全國全面展開階級鬥爭的一年」，號召「向黨內一小撮走資本主義道路的當權派和社會上的牛鬼蛇神，展開總攻擊」。這篇社論經中央人民廣播電臺連續播出 8 遍，迅速在全國掀起了一股奪權風暴。

首先受到衝擊的是上海，在這篇社論發表後僅幾天，上海就刮起了奪權的「一月風暴」。1 月 4 日和 5 日，上海文匯報和解放日報先後被造反派奪權。《人民日報》馬上稱此舉是無產階級新聞史上的「一個創舉」，號召全國新聞工作者「向他們學習」。1 月 6 日，上海市 32 個「造反派」組織又聯合奪取了上海市的黨政大權。9 日，《人民日報》發表了上海「造反派」的《告上海全市人民書》，並刊登經毛澤東口授的編者按。編者按稱：「上海《文匯報》1 月 5 日發表的《告上海全市人民書》，是一個極其重要的文件。這個文件高舉以毛主席為代表的無產階級革命路線的偉大紅旗，吹響了繼續向資產階級反動路線反擊的號角。這個文件堅決響應毛主席的抓革命促生產的偉大號召，提出了當前無產階級文化大革命中的關鍵問題。這不僅是上海市的問題，而且是全國性的問題。」11 日，《人民日報》又刊登由中央文革小組起草的，以中共中央、國務院、中央軍委、中央文革的名義給上海市各造反團體的賀電。22 日的《人民日報》社論《無產階級革命派大聯合，奪走資本主義道路當權派的權！》認為，「一月風暴」是「今年展開全國全面階級鬥爭的一個偉大開端」，號召「從黨內一小撮走資本主義道路當權派和堅持資產階級反動路線的頑固分子手裏，自下而上地奪權」，叫囂說：「千重要，萬重要，掌握大權最重要！」「無產階級革命派，真正的革命左派看的是奪權，想的是奪權，幹的還是奪權！」從此，「文化大革命」便進入了一個全面奪權的階段。

上海奪權以後，全國上下到處一片「奪權」之聲，真可謂「攪得周天寒徹」。1 月 14 日，山西造反派宣佈接管省、市委的領導權。1 月 25 日，《人民日報》發表社論《山西省無產階級文化大革命的勝利》，鼓動說：「山西省的革命造反派，為全國無產階級革命造反派的奪權鬥爭創造了新的經驗」。

1 月 31 日,《人民日報》轉載了《紅旗》雜誌的社論《論無產階級革命派的奪權鬥爭》,社論稱:「毛主席把北京大學的全國第一張馬列主義的大字報稱爲二十世紀六十年代的北京人民公社宣言時,就已英明地天才地預見到我們的國家機構,將出現嶄新的形式。」同日,黑龍江省成立了全省的臨時最高權力機構——「紅色造反者革命委員會」。2 月 2 日,《人民日報》以《東北的新曙光》爲題發表社論,指出黑龍江的經驗是:革命群眾組織的負責人、人民解放軍當地的負責人和黨政機關的革命領導幹部,組成「三結合」的臨時權力機構。10 日又繼續發表社論《無產階級革命派奪權鬥爭的一個好範例》,讚揚黑龍江省革命委員會實行「三結合」的經驗好得很,把「三結合」作爲黑龍江省奪權的一個基本經驗向全國推廣。1968 年 3 月 10 日,《人民日報》《解放軍報》《紅旗》雜誌發表《革命委員會好》的社論,發表了毛澤東的新語錄:「革命委員會的基本經驗有三條:一條是有革命幹部的代表,一條是有軍隊的代表,一條是有革命群眾的代表,實行了革命的三結合。革命委員會實行了一元化的領導,打破重疊的行政機構,精兵簡政,組織起一個革命化的聯繫群眾的領導班子。」

之後,全國除臺灣以外的各個省、市、自治區相繼被「造反派」奪權,成立了「革命委員會」。每一次,《人民日報》都在顯著位置發表社論,歡呼它們的誕生。1968 午 9 月 5 日,最後兩個「革命委員會」也在西藏、新疆自治區同日成立。9 月 7 日,《人民日報》、《解放軍報》聯合發表社論《無產階級文化大革命的全面勝利萬歲!》,社論稱這是「全國山河一片紅」,「是奪取文化大革命全面勝利進程中的重大事件,它標誌著整個運動已在全國範圍內進入了鬥、批、改的階段。」

在「全面奪權」的同時,中央權力層的鬥爭也開始圖窮匕現。1967 年 4 月以後,鬥爭矛頭開始指向劉少奇。4 月 1 日,《人民日報》發表了戚本禹的文章《愛國主義還是賣國主義?——評反動影片〈清官秘史〉》。該片是一部描寫清末光緒皇帝和慈禧太后之間宮廷鬥爭的歷史故事片,1950 年在全國放映時,劉少奇曾說這部影片是愛國主義的。戚文認爲影片散佈對帝國主義的幻想,醜化義和團,吹捧資產階級改良主義代表人物光緒皇帝,其目的是爲了推翻人民的江山,破壞無產階級專政,並不指名地稱劉少奇是「最大的走資派」、「老反革命」、「睡在我們身邊的赫魯曉夫」。此文是毛澤東於 3

月下旬修改定稿的，並稱「寫得很好」。

　　緊接著，5 月 8 日《人民日報》、《紅旗》雜誌聯合發表編輯部文章《〈修養〉的要害是背叛無產階級專政》，以批判《論共產黨員的修養》一書爲名，再次不點名地批判劉少奇。5 月 11 日，中共中央發出通知，說《〈修養〉的要害是背叛無產階級專政》一文是經過政治局常委擴大會議討論通過的重要文章，要求各單位「認眞地組織學習和討論，進一步深入地開展對黨內最大的一小撮走資本主義道路當權派的大批判運動」。5 月 18 日，《人民日報》、《紅旗》雜誌再次發表編輯部文章《偉大的歷史文件》，以「中國赫魯曉夫」爲代名詞，對劉少奇進行上綱上線的批判。此後，《人民日報》又發表了大量批判劉少奇的文章，並刊登利用威逼等手段誣陷劉少奇的假證據，進行大肆宣傳和造謠。這位爲中國人民解放事業做出了卓越貢獻的無產階級革命家，數月間竟成了「黨內最大的走資本主義道路當權派」，成爲要打倒的頭號對象。

　　作爲「劉、鄧資產階級反動路線」另一成員的鄧小平，1967 的 1 月 11 日也被取消了出席中央政治局會議的資格。4 月 1 日，戚本禹在《愛國主義還是賣國主義？》一文中將鄧小平指責爲「黨內另一個最大的走資本主義道路的當權派」。之後不久，黨內第四號領導人陶鑄也被拉下了馬。1967 年 9 月 8 日，「無產階級的金棍子」姚文元在《人民日報》上拋出了《評陶鑄的兩本書》一文，對陶鑄同志進行了卑鄙無恥的誣陷，給他加上了「奴才與叛徒」等大得嚇人的帽子，使其蒙受了不白之冤。這篇文章經毛澤東閱後發表，毛澤東加了一段話，第一次提出在全國揭露「五一六反革命集團」。〔註 4〕

　　在奪取地方政權的同時，林彪、江青集團還妄圖搞亂軍隊，竊取兵權，號召「揪軍內一小撮」，批「帶槍的資產階級反動路線」。1967 年 7 月，武漢發生了震驚全國的「7·20 事件」。當時武漢有兩大派群眾組織，在武漢軍區「支左」大方向問題上發生分歧，雙方矛盾日趨激烈，經常發生武鬥。由於武漢軍區對兩派組織的態度與中央文革發生衝突，4 月 2 日，《人民日報》發表了《正確對待革命小將》的社論，警告武漢、成都等地的軍隊領導，不要壓制紅衛兵和造反派。

〔註 4〕　馬齊彬等編著《中國共產黨執政四十年》，中共黨史出版社 1991 年，第 301 頁。

7 月 14 日，謝富治、王力以「中央代表」的身份到武漢，對兩派群眾組織支持一派反對另一派，有意加劇兩派矛盾，激起廣大群眾的不滿。7 月 20 日，受壓一派群眾組織舉行示威遊行，林彪、江青誣指這是反革命事件，並佈置《人民日報》寫社論，所有的新聞、評論、文章都要寫上「打倒黨內軍內一小撮走資派」。

7 月 25 日，「中央文革」在北京舉行了聲勢浩大的集會和示威遊行，支持武漢一派的群眾組織。7 月 26 日，《人民日報》以「首都百萬軍民集會支持武漢革命派」的通欄題，詳細報導了這次大會，副題明確提出：「堅決打倒中國的赫魯曉夫，堅決打倒黨內軍內一小撮走資本主義道路的當權派，堅決打倒武漢地區黨內軍內一小撮走資本主義道路的當權派，堅決打倒『百萬雄師』中堅持資產階級反動路線的一小撮壞頭頭。」並發表社論《北京支持你們！》。

1967 年 8 月 5 日，《人民日報》爲紀念毛澤東的《炮打司令部——我的一張大字報》發表一週年，以空前絕後的 3 號字文四下劃線在一版刊登了這張「大字報」（見圖十一），並同時配發《炮打資產階級司令部》（一版）、《紀念毛主席的大字報——〈炮打司令部〉發表一週年》（二版）兩篇社論。社論提出，在當前的形勢下，只有從政治上、思想上、理論上徹底批倒批臭中國赫魯曉夫在軍內的代理人彭德懷、羅瑞卿之流，才能徹底摧毀資產階級司令部。《人民日報》的社論，進一步推動了全國出現的「揪軍內一小撮」的逆流。

1968 年 10 月，中共八屆十二中全會召開，宣佈劉少奇是「叛徒、內奸、工賊」，把他「永遠開除出黨」。此時，毛澤東認爲已從「天下大亂」到「天下大治」，實現了他自下而上地摧毀「資產階級司令部」的目的，「文革」的奪權鬥爭才暫告一段落。

圖十一 1967 年 8 月 5 日《人民日報》一版

6.4 專政工具：新聞巨禍

在「文化大革命」中，人民日報被陳伯達率領的工作組進駐奪權，成了全國第一個被奪權的單位，爲人民日報嘔心瀝血 9 年之久的鄧拓也成了「文

革」第一號反黨分子。《人民日報》在「文革」中的這兩個第一，它背後隱藏的政治動因到底是什麼？

其實，早在「文革」之前，《人民日報》也曾被奪權。1967 年 2 月 3 日，毛澤東在北京接見阿爾巴尼亞軍事代表團巴盧庫·卡博時說：「《人民日報》奪了兩次權，就是不聽我的話。」

毛澤東所說的兩次奪權，第一次是 1957 年，因為《人民日報》在「鳴放」期間表現不積極，毛澤東便指責鄧拓是「死人辦報」，責問「《人民日報》是什麼人的報紙」？隨即派吳冷西到《人民日報》奪了鄧拓總編輯的「大權」。第二次是「文革」前夕，因吳冷西對姚文元那篇充當「文革」導火索的文章《評新編歷史劇〈海瑞罷官〉》態度曖昧，反應遲鈍，毛澤東深為不滿，便派陳伯達率工作組進駐《人民日報》奪權。兩次奪權牽涉到兩次大的政治運動，原因都是由於《人民日報》對當前的政治運動保持「四平八穩」、「不冷不熱」的態度，用毛澤東的話講就是「不聽我的話」。1967 年 11 月 2 日姚文元在人民日報社講話時也一語道破：「過去黑幫鄧拓、吳冷西之流，最大的罪過就是不聽毛主席的話，說了也沒有用，雷打不動。」

無獨有偶，據「文革」初期代理《人民日報》總編輯的唐平鑄回憶，1966 年 8 月 28 日毛澤東在接見他時也曾說：「過去十幾年來，我從來不看《人民日報》。《人民日報》不聽話，鄧拓跟著彭真跑，吳冷西也不聽話，誰知道你聽不聽？搞不搞獨立王國？」〔註 5〕

看來，毛澤東最關心的是《人民日報》要「聽話」，當然，不是聽中央領導集體的話，而是他本人的話。《人民日報》必須秉承他的個人意志，否則，就是「獨立王國」，就要奪權！

從六十年代初到「文革」前夕，劉少奇領導中央「一線」工作，毛澤東退居「二線」。《人民日報》隸屬於劉少奇主持的政治局、鄧小平主持的書記處、陸定一主持的中宣部等中央常規權力系統。由於毛澤東感到他的個人意志經常受到這套權力系統的抑制，便指責他們是「獨立王國」，是在貫徹和強化「資產階級反動路線」。對於《人民日報》，他早就心存不滿，多次說自己不讀《人民日報》。為了摧毀常規權力體系，毛澤東必須造就一個由他完全駕御、「直接執行毛主席交給的任務」的得力而強大的輿論工具，因為「凡是要推翻一個政權，總要先造成輿論」。1966 年 3 月，他在政治局常委擴大會議上

〔註 5〕 余煥椿《「文革」前夕的〈人民日報〉》，載《百年潮》2004 年第 5 期。

就警告說：「各地都要注意學校、報紙、刊物、出版社掌握在什麼人手裏，要對資產階級的學術權威進行切實的批判。」〔註 6〕因此，「文革」一開始，他首先就要向掌握著輿論大權而又「不聽話」的《人民日報》奪權。

在毛澤東的心目中，《人民日報》的政治地位同國家政權同等重要，甚至本身就是國家政權的一部分。從毛澤東經常親自執筆爲《人民日報》撰寫社論、編者按或修改社論，甚至通過《人民日報》的文章發動一場政治運動，可以看出毛澤東對《人民日報》這一輿論工具的高度重視程度。

早在 1957 年，毛澤東就提出「報紙是階級鬥爭的工具」，並在反右派運動中出神入化地將這一理論加以應用，借助報紙鼓動知識分子和民主黨派「大鳴大放」，然後「引蛇出洞」，「聚而殲之」，使新聞事業的性質發生畸變，成了「陽謀」工具。

在「文化大革命」中，毛澤東又發起了一場借助新聞媒體這一「鍾馗」來「打鬼」（「牛鬼蛇神」）的運動。他利用《人民日報》，發號令，造輿論，搞批鬥，定生死。新聞媒體成爲毛澤東手中得心應手的實施「全面思想專政」的有力工具，毛澤東實際上成爲中國整個宣傳戰線的「總編輯」，一言九鼎，「一句頂一萬句」。文革中，毛澤東通過《人民日報》發出的每句話都成了最高指示，而且傳達不過夜，舉國歡騰，遊行祝賀，廣爲宣傳。其規模，其影響，其深入，其狂熱，已達宣傳之極致，使得宣傳的內容成爲必須跪領的「聖旨」，成爲如山的「軍令」，這是古往今來宣傳方面從未達到的頂峰。

最直白地道出新聞事業性質的是林彪。早在六十年代初，林彪自以爲已經掌握了槍桿子，就開始大談特談報紙的重要性，把手伸向新聞界，妄圖發號施令，左右全國輿論。「文化大革命」之初，林彪就鼓吹：「槍桿子和筆桿子，奪取政權靠這兩杆子，鞏固政權也靠這兩杆子。」〔註 7〕作爲「兩杆子」結合的象徵，「文革」期間，《人民日報》與中央軍委機關報《解放軍報》以及中共中央理論刊物《紅旗》雜誌結成「兩報一刊」聯盟，經常發表「兩報一刊」社論和編輯部文章。〔註 8〕「文化大革命」正是靠這「兩杆子」發動起

〔註 6〕 王若水《新發現的毛澤東》下冊，明報出版社 2002 年版，第 454 頁。

〔註 7〕 童兵《主體與喉舌：共和國新聞與傳播軌迹審視》，河南人民出版社 1994 年版，第 130 頁。

〔註 8〕 從 1967 年 1 月 1 日元旦社論《把無產階級文化大革命到底》，到 1977 年 11 月 7 日《十月革命的旗幟是不可戰勝的》，《人民日報》共發表「兩報一刊」社論和文章 51 篇。

來的，每逢重大事件或重大節日，「兩報一刊」社論或文章一發表，各地報紙都要全文轉載，全國上下都要認眞學習貫徹，甚至敲鑼打鼓，集會遊行，成爲林彪、江青集團統一全國輿論並號令全黨全國的指揮棒。

作爲一種新聞觀點，「文革」中，「四人幫」又確立了「報紙是無產階級專政工具」的專制主義新聞理論，這是繼毛澤東「階級鬥爭工具」論這一「左」的新聞思想的進一步發展，其危害之大，更有甚之。

眾所周知，新聞事業屬於上層建築的意識形態系統，是「批判的武器」，與「專政工具」這種「武器的批判」不能等同。將「批判的武器」混同於「武器的批判」，就是取消新聞事業的意識形態屬性，將其當成國家機器、暴力工具使用。既然新聞事業是國家機器、暴力工具，自然要通過非常規的途徑甚至是暴力來奪取。同時，把報紙當成是專政工具，甚至是全面專政的工具，實際上是把報紙當作打人的棍子，只要政治上需要，新聞媒體就可以炮製任何文字，製造出任何「輿論」。「文革」十年間，大批判文章鋪天蓋地，天地爲之搖撼，乾坤爲之顛倒，狂風驟雨、愁雲慘霧遍於寰中。確實讓人體會到了「有報紙的害處，比沒有報紙的害處還大」〔註9〕。

「文革」中，新聞媒體成了「兵家必爭之地」，成爲反革命野心家陰謀家覬覦的主要目標。林彪、江青集團對此垂涎已久，陳伯達是舞文弄墨的老手，張春橋、姚文元也都是靠筆桿子起家，他們都很懂得製造反革命輿論對於篡黨奪權的重要性，一直苦心孤詣地奪取新聞戰線的領導權。爲了獲得報紙這一重要的「專政工具」，「文革」伊始，陳伯達率領的「文革」第一個工作組便首先奪取了人民日報的大權。在隨後進行的席卷全國的奪權風暴中，新聞媒體首當其衝，各派組織無不把新聞媒體作爲奪權的首要目標，從中央到各省、市各級新聞單位先後被奪權，不少報紙曾一度中斷出版或停刊，一些新聞工作者遭到迫害，正常的新聞工作和新聞宣傳被完全打亂，全國新聞界出現萬馬齊喑的局面。

有了新聞媒體這柄得心應手的「武器」在手，林彪、江青集團就可以肆無忌憚地向一切「政治反對派」「開火」。筆桿殺人勝槍桿，這種「紙彈」攻勢，其致人死地的威力絲毫不弱於眞槍實彈！

果然，奪權後的《人民日報》便成了林彪、江青集團手中得心應手左右

〔註9〕 北京新聞學會編：《劉少奇同志關於新聞工作的幾次講話》，1980 年印，第 26 頁。

輿論的御用工具，為他們篡奪全國黨、政、軍大權瘋狂鼓譟，衝鋒陷陣，搖旗吶喊。請看奪權後《人民日報》的第一篇社論就火藥味十足：《橫掃一切牛鬼蛇神》。多少人在它的「橫掃」下應聲倒地，甚至連反駁的聲音都不曾發出。

「文化大革命」中「砸爛公檢法」，新聞媒體取而代之，可以拋開法律搞「報紙審判」，對一切公民具有生殺予奪的權力。早在 1959 年，毛澤東乾脆直截了當地在一個內部批示上提出了：「要人治不要法治，《人民日報》一篇社論，全國執行，何必要什麼法律。」〔註10〕「文革」中，《人民日報》的「大批判」文章就是「一紙判決」，只要一經《人民日報》點名，就等於在政治上宣判了一個人的死刑，隨之而來的就是「革命大批判」，直至肉體上消滅，即使國家主席劉少奇也不能幸免。為了解決劉少奇的問題，毛澤東繞過憲法程序，親自寫了《炮打司令部》的大字報，然後在《人民日報》上發表，形成「萬炮齊轟」之勢。最終給劉少奇扣上了「叛徒、內奸、工賊」的彌天大「帽」，製造了中華人民共和國的第一大冤案。一張報紙並非法院，豈能定人生死？然而這就是那個荒唐歲月的真實故事。

建國後，我們習慣了靠報紙發社論來指導全黨、全軍乃至全國的工作，這種狀況到「文化大革命」發展到登峰造極的程度——《人民日報》的社論就是一紙公文，就是國家的行政命令。1968 年 10 月 5 日，《人民日報》刊登了《柳河五七幹校為機關革命化提供了新的經驗》的報導，編者按中披露了毛澤東的最近指示：「廣大幹部下放勞動，這對幹部是一種重新學習的極好機會，除老弱病殘外都應這樣做。在職幹部也應分批下放勞動。」於是，全國各地普遍開辦「五・七幹校」，把原黨政機關、高等學校的絕大部分幹部和教師，下放到幹校勞動、學習。這一年的 12 月 22 日，《人民日報》又發表《我們也有兩隻手 不在城市裏吃閒飯》的報導，介紹甘肅省會寧縣部分城鎮居民到農村安家落戶的情況，在該報導的編者按語中傳達了毛澤東的最新指示：「知識青年到農村去，接受貧下中農的再教育，很有必要。要說服城裏幹部和其他人，把自己初中、高中、大學畢業的子女，送到鄉下來，來一個動員。各地農村的同志應當歡迎他們去。」此論一出，全國各地立即掀起知識青年上山下鄉的熱潮，幾年工夫，上山下鄉的知識青年就達 1600 多萬人。

其實，把新聞事業當成專政工具，甚至是全面專政的工具，並不是高擎

〔註10〕這是毛澤東 1959 年對上海罐頭食品廠的一個批示，轉引自王碧蓉整理的《專題座談：健全法制、厲行法治》，《群言》1998 年第 5 期。

了新聞事業的職能和地位。當法律缺席而由報紙替補時，這不是報紙的榮耀，而是國家的悲哀，也是報紙致禍的開始。而當新聞事業一旦異化爲專政機器，也就失去了其作爲意識形態的固有屬性，無法保持自身的規定性和規律性，新聞事業的功能就要喪盡，生機就要枯竭，從而變成權力的附屬物和贅疣，只能在政治鬥爭的陞沉起伏中仰人鼻息，苟延殘喘，隨波逐流。這恰是《人民日報》在「文革」中的悲劇根源。

於是，一場新聞界的巨禍也來臨了。爲了進一步奪取全國新聞界的領導權，整肅新聞工作隊伍，林彪、江青集團推出了他們篡奪新聞輿論大權的黑綱領。1968 年 9 月 1 日《人民日報》刊登了經陳伯達、姚文元審定的「兩報一刊」編輯部文章《把新聞戰線的大革命進行到底》。這篇文章捏造說中國赫魯曉夫「把叛徒、特務、走資派安插到各個新聞單位中」，「走資派已經控制了許多新聞單位」；整個新聞界則成了「反革命獨立王國」，文化大革命「猛烈地炸開了中國赫魯曉夫及其代理人把持的新聞界的反革命獨立王國」。「反革命獨立王國」，就是林彪、江青集團對建國後十七年特別是當時整個新聞戰線的基本估計。既然新聞界已經成了「反革命獨立王國」，報紙又都是「放毒造謠的舊報紙」，那麼整個新聞隊伍也必須大換班，於是，陳伯達在文章的末尾喊出了他們陰險的口號：「辦報紙、刊物要那麼多人幹什麼？」「必須來一個大革命！」

林彪、江青集團就是這樣煞費苦心地拼湊了一個「新聞黑線專政」論，爲他們奪取全國新聞界的領導權鋪平道路。在這個綱領羅織的罪名下，許多新聞工作者被打倒，戴上各種「反黨」的帽子，有些同志甚至被迫害致死。新聞界，成了「文革」重災區。

請看陳伯達在人民日報的表演，工作組進駐人民日報的第二天，陳伯達就召集全社職工訓話。一開口，他便說：「工人同志來了沒有？怎麼你們不坐在前面？坐到前排來呀！」接著，他一字一句地對編輯部的人員說：「你們都是資產階級知識分子──是正在改造中的資產階級知識分子。」〔註 11〕他還得意洋洋地宣佈在《人民日報》「搞了一個小小的政變」〔註 12〕。就這樣，人民日報社經過黨培養多年的廣大新聞工作者被定了性！

不久，陳伯達又宣佈人民日報有一個「反黨集團」（吳冷西、胡績偉、陳

〔註 11〕王若水《新發現的毛澤東》下冊，明報出版社 2002 年版，560 頁。
〔註 12〕李莊《人民日報風雨 40 年》，人民日報出版社 1993 年版，第 269 頁。

濆、王澤民等人），將其比作蔣、宋、孔、陳「四大家族」，鼓動人們起來把他們打倒。報社內部很快分成兩派。一派主張打倒一切，另一派以王若水、范榮康、余煥春、周修強、繆俊傑、李希凡等為代表，強調對犯錯誤的領導幹部要嚴格區分兩種不同性質的矛盾。陳伯達支持打倒一切的一派奪權，把反對者打成保皇派。掌權派除了鬥所謂走資派外，還把曾受到毛澤東表揚的王若水和李希凡打成反動學術權威，並把印刷廠幾位技術尖子打成反動技術權威加以批鬥。報社很快就亂開來了，成立這樣那樣的「戰鬥隊」，其中最大的造反組織叫「遵義紅旗」。1966 年 8 月 24 日，幾個造反組織聯合召開了名曰「批鬥走資派」的鬥爭大會，這是「文革」中人民日報社的第一次大型批鬥會，也是一次大打出手的殘酷的武鬥會。張春橋指示造反派：「鄧拓死了，要繼續批他的陰魂。吳冷西還活著，更要批他的陽魂。」〔註 13〕批鬥會上，造反派強迫吳冷西等「牛鬼蛇神」跪在臺上，圍著他們拳打腳踢、吐唾沫、抽皮鞭。此時已被調到華北局政策研究室工作的原文藝部主任陳笑雨，也被抓來批鬥，於是出現了下面慘烈的一幕：「笑雨滿身污穢、一臉憤懑、雙目炯炯、雙唇緊閉，到了辦公室取了手提包，疾步下樓。他回到三里河華北局宿舍，但是並未回家，只是悄悄將手提包塞進宿舍鐵門，就回身到玉淵潭，讓清澈的河水陪伴他離開那個混亂污濁的人世。」〔註 14〕

　　為了把人民日報所有正直的新聞工作者統統趕下臺，以便取而代之，陳伯達等人準備「另起爐竈」，先後派人在湖北、遼寧甚至山西雁北金沙灘等不毛之地選好了「安置」地點，準備來個「一鍋端」，大換班。只是後來因毛澤東發話：「我不同意《人民日報》另起爐竈，但要奪權。」〔註 15〕他們才未敢貿然下手。

　　1968 年夏，「中央文革小組」又在人民日報「清理階級隊伍」，陳伯達和姚文元親到人民日報逐人盤查，「自報公議」，把整個報社查個「底朝天」，使本來已經混亂不堪的報社內部變得越來越複雜。1968 年 9 月，陳伯達命人在北京郊區房山縣一個農場辦起了人民日報幹校，將他們認為有問題的幹部職工派到幹校接受審查、改造。幹校內設有「牛棚」，監督被認為問題嚴重的人。

〔註 13〕李莊《難得清醒》，人民日報出版社 1999 年版，第 391。

〔註 14〕田鍾洛《書生辦報——懷念林淡秋、袁水拍、陳笑雨同志》，《人民日報回憶錄》，人民日報出版社 1988 年版，336 頁。

〔註 15〕這是 1967 年 1 月 9 日毛澤東對中央文革小組的講話。轉引自李莊《四十年間三件大事》，《人民日報回憶錄（1948～1988）》，人民日報出版社 1988 年版，第 58 頁。

只是因毛澤東 1968 年 10 月 10 日的一個批示：「人民日報三分之一的人下去勞動，三分之一的人下去作調查研究，三分之一的人工作，這個辦法是比較好的，要堅持下去。」〔註16〕才沒有擴大波及面。

　　人民日報內部也變成了權力鬥爭的角逐場。「文革」中，人民日報原編委會徹底被「砸爛」，各種形形色色組織和勢力走馬燈似的進出人民日報，中央工作組、「記者團」、首都造反派駐人民日報監督小組、首都紅衛兵駐報社工作小組、首都工人解放軍毛澤東思想宣傳隊、「學習組」等等，這些組織有的獨立負責，有的重疊工作；有的只有幾個人，有的多達數百人（如首都工人解放軍毛澤東思想宣傳隊，高峰時達 400 多人，平均每個隊員的「工作」對象兩人多一點）；有的來去匆匆，有的滯留近 9 年；有的偏重造輿論，有的專門抓「運動」。真可謂「你方唱罷我登場」，把黨中央機關報搞得烏煙瘴氣，沸反盈天。

〔註16〕李莊《人民日報風雨 40 年》，人民日報出版社 1993 年版，第 291、292 頁。

第 7 章 「文革」中期：整頓批「左」與屢遭重創（1969 年 5 月～1973 年 8 月）

1969 年 4 月，中共九大召開，這是一次在理論上、組織上、實踐上進一步肯定「文化大革命」的會議。林彪作爲「毛澤東同志的親密戰友和接班人」被寫入黨章。林彪、江青集團的主要成員及骨干進入黨的中央委員會和中央政治局，掌握了更大的權力。他們進一步控制了新聞輿論工具，使其爲極「左」路線的推行搖旗吶喊、鳴鑼鼓譟。

中共九大以後，新聞媒體轉入所謂的「鬥、批、改」（即鬥走資本主義道路的當權派，批判資產階級和修正主義，改革不合理的規章制度）宣傳報導中。「九·一三」事件後，人民日報一批講黨性的正直新聞工作者逐漸覺醒，在周恩來的領導下，與江青集團進行了一場激烈的交鋒，雖然弱不敵強，鬥爭失敗，但顯示了人民日報的正義力量是壓不垮的。

7.1 虛假典型：新聞眞實性的肆意踐踏

「九大」以後，爲了推動「鬥、批、改」，《人民日報》在「爲路線鬥爭服務」的口號下，推出了一批虛假典型。這些虛假典型，或誇大渲染，或虛構編造，或以偏概全，或圖解政治，肆意踐踏新聞的眞實性；並通過對他們的宣傳、評價，注入摻進極「左」思想所要鼓吹或提倡的貨色，爲此不惜將某些一般言行進行加工拔高和利用改造，或索性製造、編造出一套又一套的

「英雄行為」、「先進思想」和「時代語言」。形成了「好事」年年有,唯有「文革」多的虛假局面。

1970 年 1 月 20 日,《人民日報》刊登通訊《拉革命車不鬆套,一直拉到共產主義》,報導了北京郊區農村基層幹部王國福關心群眾疾苦、不謀私利、帶病堅持工作的事迹。這些基本事實都是真實的,王國福也確是一位好幹部,但通訊卻為了「左」的政治需要編造了所謂「路線鬥爭」的內容。如王國福過去曾經學習並推行過「包產到組、定壟到人」的田間管理經驗,通訊卻妙筆生花地描寫了王國福如何與「公社走資派」進行鬥爭,反對推廣這項「走資本主義道路」的「黑經驗」。通訊發表後,北京市革委會發出號召向王國福學習,致使通訊中被描寫成王國福對立面的同志長期被批鬥。這篇通訊在當時是為批判劉少奇和所謂「舊北京市委」服務的,是當時北京市革委會的主要負責人親自抓的一篇重要報導。

1970 年前後,全國學毛主席著作再次進入高潮,《人民日報》每天都連篇累牘地發表各地工農兵活學活用毛主席著作的心得體會和「動人事迹」。「植物開花受陽光支配,花生在白天開花」,這本是人所共知的常識,但為了宣揚學用毛著取得的顯著效果,貶低、打擊知識分子,《人民日報》不惜製造出「花生夜間開花」的假報導。

1970 年 10 月 19 日《人民日報》刊登了山東花生大王、農民學毛著積極分子姚士昌的文章《我是怎樣用毛主席的哲學思想指導科學實驗的》。文章講述了姚士昌活學活用毛主席著作,運用哲學思想指導自己研究花生生產,終於把精神力量轉化為物質力量,奪得了花生高產,實現了從精神到物質的飛躍。為了研究花生何時開花,姚士昌認真翻閱、研究了許多花生專家、權威的著作,但感到那裏面寫的「盡是些洋話」,看不懂,不解決問題,只好轉而學毛著,從毛著中尋找答案。為此,他刻苦學習了《矛盾論》、《實踐論》,領悟到花生增產的主要矛盾是開花,而研究花生何時開花又是矛盾的主要方面。於是,他把這一點作為主攻方面加以研究、突破,起先在房前院子裏用盆盆罐罐種花生,作為「試點」進行觀察研究。後來又意識到只有「試點」不全面,既要有「點」,也要有「面」,點面結合才能得出正確結論。於是,他又到離家一里外的大田裏搞「面」上的實踐,一連在花生地裏蹲了 20 多個夜晚,第二年又一直觀察了 60 多個晚上,摸到了花生生長的規律,終於掌握了「花生白天不開花,而是夜裏開花」的真理,填補了科學家們在花生科研

上的「空白」。

這篇文章的震撼力很大，全國所有報紙一律全文轉載，並爭先恐後地發表姚士昌活學活用毛主席著作的各類心得體會，掀起了一股宣傳姚士昌的熱潮。這篇虛假報導不僅擾亂了我國的科研事業，還嚴重影響了我國的國家形象。不久，英國皇家學會致函我國外交學會，要求中方提供「夜間開花」的花生種子，給我國造成被動，嚴重損害了我國科研事業的國際聲譽，對外產生了極壞的政治影響。

還有更離奇的。1971 年 8 月 10 日，《人民日報》刊登了《靠毛澤東思想治好精神病》一文，報導中國人民解放軍一六五醫院醫療組和湖南省郴州地區精神病院的醫務人員，用毛澤東思想指導醫療實踐，為醫治好精神病闖出了一條新路。為治好精神病，他們從毛主席著作中尋求答案。毛主席教導說：「在階級社會中，每一個人都在一定的階級地位中生活，各種思想無不打上階級的烙印。」大家認識到：精神病人都是階級的人、社會的人，用階級和階級鬥爭的觀點去分析精神病人的言行，就可以發現，絕大多數病人的病態和他們的階級地位、社會生活是一致的。從而得出結論：精神的東西主要靠精神力量來戰勝，治好精神病主要靠戰無不勝的毛澤東思想。文章說，兩年多來，這些醫務人員堅持用毛澤東思想教育病人，使許多精神病人恢復了健康，重新走上了三大革命鬥爭的第一線。他們中的一些人，有的已被評為學習毛澤東思想積極分子。

新聞失實，在我國新聞史上時有發生。但是像「文革」期間這樣肆無忌憚地公開造假，競相表功卻極為罕見，其造假面之廣、造假手段之惡劣、為害程度之深，均達到登峰造極的程度，寫下了中國新聞事業史上恥辱的一頁。究其原因，是「文革」中的政治高壓造成了中國新聞界的「集體說謊症」。

7.2 版面外交：中美兩國的一次失之交臂

不過，「文革」中的《人民日報》仍有一件事是可圈可點的。1970 年 12 月 25 日，《人民日報》在頭版頭條（見圖十二）以通欄題刊登了一條新華社簡訊：《毛澤東主席會見美國友好人士埃德加‧斯諾》。全文如下：「中國人民的偉大導師毛主席，最近會見了美國友好人士埃德加‧斯諾先生，並同他進行了親切、友好的談話。」這篇加標點尚不足 50 字的消息以前所未有的楷體

4號字稀排，文章下劃線。文章右側配發一幅近六欄的大照片，圖片說明是：
「毛主席、林副主席今年十月一日同斯諾在天安門城樓上」。報眼位置刊登「毛
主席語錄」：「全世界人民包括美國人民都是我們的朋友。」在中美關係緊張
的二十世紀七十年代初，身爲一介平民的斯諾何以受到如此隆重的禮遇和如
此突出的版面處理？這張遲發照片的背後，到底隱藏著怎樣的玄機和深意，
傳達了什麼重要信息？

圖十二　1970年12月25日《人民日報》一版

　　這首先與斯諾的特殊身份有關。當時很少有人能像斯諾那樣，在中美兩國之間起到獨特的中介作用。早在二十世紀三十年代，斯諾即以自己真實的報導為中美人民友好往來架起了橋梁。建國後斯諾曾三次來華訪問，作為毛澤東和中國人民的老朋友，他每次都受到毛澤東的親切接見。1960 年 6 月至 11 月，斯諾第一次訪華，與闊別 25 年的毛澤東會見，但中國報紙沒有報導。斯諾第二次訪華是 1964 年 10 月至 1965 年 1 月，《人民日報》登載了毛澤東和斯諾的大幅照片，但斯諾只被介紹為「《西行漫記》的美國作者」。

　　1970 年 8 月至 1971 年 2 月，斯諾第三次訪華。在周總理的安排下，1970 年 10 月 1 日上午，在檢閱國慶群眾遊行的天安門城樓上，斯諾同毛澤東並肩站在一起，同這位中國最高領導人進行了親切的交談並合影留念。

　　至於為何給斯諾如此高的禮遇？當天，返回中南海住處的毛澤東在回答身邊工作人員的提問時說：「醉翁之意不在酒。我先放個試探氣球，觸動觸動美國的感覺神經。」〔註1〕

　　為了引起美國方面的足夠重視，在周恩來的精心安排下，《人民日報》在 1970 年 12 月 25 日（西方聖誕節，亦為毛澤東生日前一天）的頭版顯著位置刊登了這張照片。這張照片經過了特殊處理，畫面上只有毛澤東、斯諾、林彪和翻譯冀朝鑄四個人。它向美國政府發出了含蓄而饒有深義的信息：中國政府願同美國政府修好和解。

　　但是，《人民日報》傳達的重大信息沒有被美方解讀，美國總統尼克松和他精於分析的國家安全事務助理基辛格都沒有理解這種東方式的含蓄。

　　直到翌年 4 月，包括基辛格在內的美國人才明白，這是毛澤東、周恩來發出的一個「信號」。基辛格事後在其長篇回憶錄《白宮歲月》裏發出感慨：「這是史無前例的；哪一個美國人也沒有享受過那麼大的榮譽。」「不幸他們對我們敏銳地觀察事物的能力估計過高。他們傳過來的信息是那麼拐彎抹角，以至我們這些粗心大意的西方人完全理解不了其中的真意。」〔註2〕

　　新中國成立後，我國對外關係一直是以反對美帝為主。1969 年 3 月，蘇聯入侵中國領土的「珍寶島事件」發生，把中蘇關係推到戰爭的邊緣，使中國領導人對國際形勢的看法開始發生變化。從此以後，我們的提法逐漸變化，

〔註1〕　林克、徐濤、吳旭君《歷史的真實》，中央文獻出版社，1998 年 12 月第一版，第 231 頁。

〔註2〕　亨利·基辛格《白宮歲月——基辛格回憶錄》，中譯本第二冊，世界知識出版社，1980 年 10 月第一版，第 352 頁。

雖仍然提反對兩霸，但主要是指向「蘇聯社會帝國主義」。1969 年 1 月，毛澤東指示《人民日報》轉載了尼克松的就職演說。尼克松入主白宮後，急迫地想通過改善同中國的關係以增強美國對蘇聯的力量，進而維持全球均勢，保持美國的領導地位。毛澤東作為一個富有遠見的政治家，注意到美方做出的姿態，經過慎重考慮之後，不失時機地作出恰如其分的反應——邀請斯諾華訪。1970 年 10 月 1 日，毛澤東引人注目地在天安門城樓上會見了他的老朋友、美國記者埃德加・斯諾及其夫人，並與他一起檢閱國慶遊行隊伍。這是新中國成立以來首次公開出現在天安門城樓上的美國人。12 月 18 日，毛澤東再次會見斯諾，向斯諾透露了歡迎尼克松總統來華訪問的意思。一周後，《人民日報》在頭版頭條刊登了毛澤東、斯諾在天安門城樓上的大幅照片，這些舉動顯示出毛澤東在對美戰略上的新思考。儘管這些舉動在當時並沒有收到預想的效果，但是毛澤東以此向世人表明，他決心將中國的對美戰略和外交帶向一個全新的轉折點。

「版面外交」沒有成功，但此後不久的「乒乓外交」卻頗有建樹。1971 年 4 月，毛澤東指示邀請美國乒乓球隊訪華，上演了永載外交史冊的「小球轉動大球」的一幕。隨後中美兩國之間發生的事情已為世人所熟知。1971 年 7 月 9 日，基辛格瞞天過海，從巴基斯坦秘密飛抵北京。7 月 16 日，《人民日報》發表震驚世界的《公告》：「周恩來總理代表中華人民共和國政府邀請尼克松總統於 1972 年 5 月前的適當時間訪問中國。尼克松總統愉快地接受了這一邀請。」次年 2 月 17 日，尼克松啟程前往中國，開始了「改變世界的一周」的「破冰之旅」。2 月 28 日，中美發表了舉世矚目的《上海公報》，標誌著中美兩國正式走向緩和和關係正常化。

雖然由於這次「版面外交」的失之交臂，延緩了中美兩國領導人跨越大洋彼岸的握手時間表。但是從此以後，西方國家就更加重視和關注《人民日報》的報導和版面編排，把《人民日報》當成中國政治氣候的晴雨錶。他們力圖透過《人民日報》的文字和版面語言，解讀其背後隱藏的政治信息，進而揣測中國政局與政策走向以及權力更迭。不久，中國發生的一次重大政治事件再次驗證了《人民日報》的政治晴雨錶作用。

1971 年 9 月 13 日，林彪叛逃墜機摔死在蒙古溫都爾汗荒漠。「九・一三」事件如晴天霹靂，震驚了全世界。事件發生後，儘管國外傳媒就中國飛機墜毀蒙古境內及中國領空禁飛等事議論紛紛，進行了種種猜測，但我國的報刊、

廣播等傳媒，在黨中央「要把事件保密得盡可能長些，要盡可能贏得時間處理『善後事宜』，以防不測」的指示下，未對此事作任何反應。

　　請看這一時期的《人民日報》。在「九‧一三」事件的初始階段，《人民日報》還故意造成林彪沒有出事、國內政局沒有變化的假相。「九‧一三」事件以後，林彪的名字多次出現在一些友好國家領導人的講話和祝詞中。在林彪死後的第 17 天即國慶節那天，《人民日報》在刊登《人民畫報》第 10 期的目錄時，還標明該期畫報的封面圖片是「毛主席和林副主席」的合影。但是，這一天的《人民日報》沒有像往常一樣在國慶節刊登毛澤東與林彪合影的圖片，也沒有發表國慶社論。10 月 1 日以後，載入中共「九大」黨章的「接班人」林彪的名字便在《人民日報》上銷聲匿迹，在《人民日報》的所有報導中，都不再出現「林副主席」及「親密戰友」等詞句。從 1971 年 10 月到 1974 年底的 30 多個月中，除了署名「兩報一刊」的元旦、國慶社論外，《人民日報》談論國內事務的社論只有 22 篇，每月平均竟不到一篇。

　　「九‧一三」事件逐級傳達後，《人民日報》才從 12 月開始，出現了批判搞陰謀詭計、兩面派，以及批判「組織反革命陰謀集團」的文章。1972 年 2 月以後，《人民日報》發表的文章在「批林」方面開始比較直接，如批判學馬列「走『捷徑』」以及批判「離開路線講政權，離開路線講『奪權』，滿口『權、權、權』，瘋狂鼓吹『有了政權就有了一切』」等等。直到 1973 年 8 月 30 日，《人民日報》在刊登《中國共產黨第十次全國代表大會新聞公報》時，才正式公佈了「粉碎林彪反黨集團」。

　　「九‧一三」事件給黨和國家造成了尷尬，《人民日報》也不能逃脫這種尷尬。作為震驚世界的一個重大政治事件，《人民日報》竟然長期隱匿不報（當然決定權不在《人民日報》）。但是，「紙包不住火」，這一消息卻通過各種渠道迅速在全國擴散開來，《人民日報》也難免捉襟見肘，留下一些蛛絲馬迹。新聞記者有從字縫中看新聞的本事。此時，《人民日報》記者王金鳳正被關押在監獄中，由於監獄的「優待」，她可以有《人民日報》、《紅旗》雜誌供其學習。她憑著反話正看、正話反看的經驗，經常能從《人民日報》的字縫裏發現一些大事。她在一篇回憶文章中說：「1971 年國慶，林彪反常地沒有露面，還有他的一夥同黨。不久，報上批判『最大的野心家』，又說『死無葬身之地』，我明白林彪完蛋了。」〔註3〕

〔註 3〕 李莊《難得清醒》，人民日報出版社 1999 年版，第 360 頁。

7.3 交鋒：爭奪輿論陣地

1971 年「九・一三」事件發生後，中國政局面臨著一個新的轉折點。林彪集團徹底垮臺，周恩來取代林彪躍居第二位。在毛澤東的支持下，周恩來主持黨和國家的日常工作，同時受毛澤東的委託從 1972 年開始代管人民日報的宣傳事務。他堅定地推進「批林整風」運動，力求糾正「文化大革命」的一些極端作法，堅決要求批判和肅清各個領域、各個單位的極「左」思潮。

「九・一三」事件以後，江青的地位也扶搖直上。1972 年 1 月 11 日，《人民日報》在報導《首都隆重舉行追悼陳毅同志大會》的消息時，在「偉大領袖毛主席」、「中共中央政治局常委周恩來」之後，緊接著便是「政治局委員江青」，清楚地顯示了江青的政治地位。周恩來的糾「左」舉動，引起了與「文化大革命」命運攸關的江青一夥的極大恐慌和不安。雙方鬥爭的焦點，集中表現在爭奪主導全國輿論走向的中共中央機關報《人民日報》上。

「文化大革命」初期，人民日報在陳伯達的掌控之下。1970 年 8 月，陳伯達在廬山會議上垮臺後，姚文元取而代之晉升為全國的「輿論總管」，這樣人民日報就完全落入江青集團的手中。「文革」中《人民日報》性質的淪變引起了周恩來的注意和焦慮，但他當時正處於半「靠邊站」的境地中，基本上不能過問人民日報的工作。1972 年周恩來代管人民日報後，便立即整頓人民日報的各項工作，此時姚文元雖然還能管一些報社事務，但上面不能不受到周恩來的牽制，這引起了江青集團的強烈不滿，他們不能容忍《人民日報》這一重要的輿論陣地落到周恩來手裏，故而百般掣肘，肆意製造事端，力圖重新奪回《人民日報》的領導權。

此時，經過了「文化大革命」的巨大衝擊，人民日報內部已是問題重重，陷於一片混亂之中。當時報社尚沒有正式領導班子，只有一個管業務的「宣傳小組」，召集人是魯瑛。魯瑛原是上海解放日報的一名中層幹部，在陳伯達工作組的成員中名列最後，只因在他前面的人或垮臺或調走，他就成了人民日報的實際負責人。他雖然「能力很弱」(張春橋語)，但對張春橋、姚文元忠心耿耿，張、姚也把他當做心腹和代理人，硬要把他扶上人民日報一把手的位置。魯瑛沒有多少文化，念文件別字連篇，作報告笑話百出，在人民日報有「別字總編」之稱。如他把墨西哥說成「黑西哥」，把班達拉奈克夫人說成「班禪夫人」，把釣魚島、洛杉磯讀成「鈎魚島」、「洛彬磯」，還把《大戴禮記》中的「人至察則無徒」說成「人至察則無托」，並認為這是指「托派」。

當時報社內部不少人批評魯瑛，甚至寫信告到中央，認為他政治水平低，業務能力差，擔當不起《人民日報》總編輯的重任。

周恩來也不滿意魯瑛，決心改變人民日報社領導班子的現狀。在周恩來的過問下，人民日報在「文革」中受衝擊的許多老同志重新出來工作。1972年 2 月，周恩來提出人民日報在建立正式領導班子之前，「要組織一個班子看大樣，統管全局」。他還說：「幹部還是老中青，老的都靠邊站，都是年青的，不行。」〔註4〕根據周恩來的指示，報社成立了老中青結合的七人「看大樣小組」，實際是臨時的業務領導班子，除魯瑛、王揖、陳濬、潘非、崔奇、王若水諸人外，「打入冷宮」6 年之久的前總編輯吳冷西復出，名列七成員之一。根據預定計劃，報社黨的核心小組要在 1972 年內成立，魯瑛的地位岌岌可危。

但是，張春橋、姚文元不顧人民日報多數幹部的強烈反對，極力維護他們在人民日報社的親信魯瑛的領導地位，以此控制人民日報。在張春橋、姚文元的支持下，那些寫信批評魯瑛的同志都受到打擊報復。一場圍繞著人民日報領導權的爭奪戰，在隨後進行的糾「左」還是批右的鬥爭中白熱化了。

7.4　批林整風：糾「左」還是批右？

在爭奪輿論宣傳陣地的同時，周恩來與江青集團還就批判極「左」思潮展開了正面交鋒。

和林彪集團一樣，江青集團也是「文化大革命」的產物。早在「文化大革命」發動階段，這兩個集團就相互勾結，彼此利用。極「左」思潮與「文化大革命」有著不可分割的關係，煽動極「左」思潮的不僅有林彪集團，原中央文革小組的江青等人更脫不了干係。「九‧一三」事件後，在理論和實踐上與林彪集團都十分接近的江青集團，一度曾處於十分被動的地位，他們便全力展開了對周恩來的反撲。

為糾正「文化大革命」的一些極端作法，周恩來抓住有利時機，堅決要求批判和肅清各個領域的極「左」思潮，採取了一系列深得廣大群眾熱烈擁護的措施，包括解放老幹部、整頓企業、發揮知識分子作用等，使各方面工作有了轉機。為了配合糾「左」工作，周恩來指示《人民日報》批判極「左」思潮，報紙上出現了幾年來看不到的使讀者欣喜、驚異的文字。

〔註 4〕　王若水《從批「左」到批右的轉折》，《人民日報回憶錄（1948～1988）》，人民日報出版社 1988 年版，第 181 頁。

　　1972 年 1 月 1 日，《人民日報》發表元旦社論《團結起來，爭取更大的勝利》。這篇由周恩來主持起草的社論，宣傳角度發生明顯變化，社論強調要「全面貫徹執行抓革命、促生產、促工作、促戰備的方針，鼓足幹勁、力爭上游、多快好省地完成和超額完成國家計劃」。

　　1 月 7 日，《人民日報》發表了河南洛陽鐵路分局二中革委會通訊組的文章《通過社會調查批判「讀書無用論」》，力求徹底肅清「讀書無用論」的餘毒。

　　4 月 24 日，周恩來指示《人民日報》起草一篇題為《懲前毖後，治病救人》的社論。這篇經周恩來親自修改的社論強調，「經過長期革命鬥爭鍛鍊的老幹部，是黨的寶貴財富」，「不但要看幹部的一時一事，而且要看幹部的全部歷史和全部工作」。社論發表後，立即在全國引起廣泛反響，大大推動了落實幹部政策的工作。許多省市專門就此召開會議，研究討論落實社論的精神。一些報刊也發表文章，結合本地實際論述落實幹部政策的問題。由於周恩來等人的努力和卓有成效的工作，「九・一三」事件後，陳雲等一大批黨政軍領導幹部重新走上重要崗位。這一年 8 月中旬，毛澤東作出了關於鄧小平問題的批示。

　　《人民日報》的這些文章，都是在周恩來的直接督促和指示下發表的。但是，周恩來認為《人民日報》的工作仍不得力，極「左」思潮沒有批透。這集中體現在「批林整風」運動的宣傳中。

　　「九・一三」事件後，為了揭發、批判林彪反革命集團，在全國範圍內開展了一場歷時近兩年的「批林整風」運動。當時，《人民日報》臨時新班子面臨的第一個任務，就是組織對林彪的批判文章。「批林整風」開始時，最初是批《「五七一」工程紀要》，接著又批遼瀋戰役中林彪所犯錯誤，很快就結束了。以後批什麼呢？不清楚了。由於「批林整風」既要批林又不能觸及「文化大革命」，既要群眾廣泛參與又不得不迴避許多群眾關心的問題，很快就在幹部群眾中普遍造成了一種「路線鬥爭不可知」的消極心裏，認為「該批的都批了，沒啥好批的了」。1972 年的《人民日報》上，批林批不下去，冷冷清清，同「文革」初期那種批劉少奇的狂熱勁頭形成鮮明的對比。同時《人民日報》上反「左」與反右的提法都有，各地報紙的提法也不一致。

　　在「批林整風」運動的方向問題上，周恩來明確提出要批判極「左」思潮。1972 年 8 月 1 日，周總理在一次講話中，批評了《人民日報》和另外幾

個單位沒有把極「左」思潮批透，並尖銳地指出，「左」的不批透，右的還會來。9 月，周總理再次提出批極「左」思潮的問題，他尖銳地指出：「極『左』就是形左實右，極『左』不批透，還會犯錯誤。」〔註 5〕然而，就在周總理 8 月 1 日的那次講話過了沒幾天，張春橋、姚文元立即在 8 月 8 日召見人民日報的幾個負責人談話，別有用心地提出：批極「左」思潮「不要過頭」，並說什麼批「精神萬能論」、「唯意志論」都是「過頭」的例子。〔註 6〕

　　這樣，擺在人民日報面前的就是兩種針鋒相對的意見：周總理指出極「左」思潮「沒有批透」，張、姚反說批極「左」「不要過頭」。到底極「左」思潮已經批「過頭」了，還是沒有批透？在人民日報內部，許多同志讚同周總理關於要批透極「左」思潮的意見，反對張、姚的插手，他們按照周恩來的部署，開始全力批判極「左」思潮。

　　但是，《人民日報》對極「左」思潮的批判卻極為不順，不時地受到江青等人的掣肘和破壞。1972 年春，著名物理學家、北大副校長周培源根據周恩來的指示，為《人民日報》撰寫《對綜合大學理科教育革命的一些看法》。這篇文章針對當時高等學校存在的實際問題，提出在理科教育中「對基礎理論的教學、研究應予足夠的重視」。但是，張春橋、姚文元千方百計阻撓該文的發表，後在人民日報同志的一再要求下，改在《光明日報》上發表。10 月 6 日，《光明日報》刊登了周培源的文章。這篇文章有如空谷足音傳達了廣大知識分子心聲，在教育界引起很大反響，但很快就遭到江青一夥的攻擊。張春橋指使上海《文匯報》連續發表文章對周培源進行圍攻，並秘密調查該文的「背景」，聲言要揪周培源的「後臺」，把矛頭指向周恩來。

　　9 月底，周恩來主持起草《人民日報》國慶社論《奪取新的勝利》，社論號召要「加快社會主義建設的步伐」，「繼續落實毛主席的幹部政策、知識分子政策、經濟政策等各項無產階級政策」，「要提倡又紅又專，在無產階級政治統帥下，為革命學業務、文化和技術」。這篇社論表達了周恩來恢復黨的八大的正確路線和方針的意圖。但是，姚文元居心叵測地刪去文中「要批判右的和『左』的傾向，特別要批判極『左』思潮」這句話。

　　就在雙方鬥爭十分尖銳，江青集團伺機反撲的時候，人民日報理論部在王若水的領導下編寫了 3 篇批判極「左」思潮和無政府主義的文章，利用魯

〔註 5〕　王若水《從批「左」到批右的轉折》，《人民日報回憶錄（1948～1988）》，人民日報出版社 1988 年，第 182、183 頁。
〔註 6〕　同上，第 183 頁。

瑛的不學無術，於 10 月 14 日在二版整版（見圖十三）推出。一篇是署名龍岩的黑龍江省委寫作組的文章《無政府主義是假馬克思主義騙子的反革命工具》，一篇爲學習列寧《共產主義運動中的「左派」幼稚病》的體會文章《堅持無產階級鐵的紀律》，還配發了一篇介紹無政府主義的鼻祖巴枯寧的小冊子的文章《一個陰謀家的醜史——讀〈巴枯寧〉》。這是「文革」爆發以來，《人民日報》第一次公開反「左」和爲「文革」糾偏的努力嘗試。

圖十三　1972 年 10 月 14 日《人民日報》二版

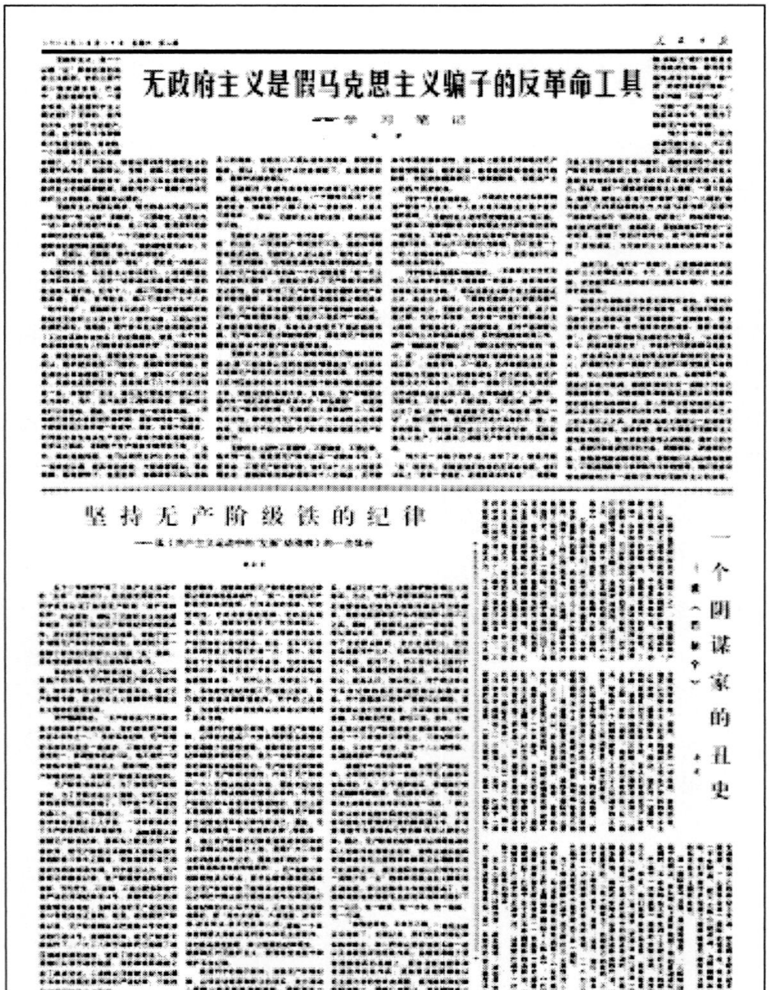

无政府主义是假马克思主义骗子的反革命工具

——学习笔记

坚持无产阶级铁的纪律

一个阴谋家的丑史

這些文章雖然難免帶有某些歷史局限性，但在當時卻以鮮明的立場、犀利的語言，尖銳辛辣地批判了「文化大革命」中盛行的「打倒一切」、「砸爛一切」、「群眾運動天然合理」等謬論，一針見血地指出：「他們口頭上『發表一些最左、最最最革命的言論，招搖撞騙，實際上進行著簡直是流氓式的煽動，即利用劣根性，利用小私有者撈一把的欲望來進行煽動』。」特別是文章告誡人們要警惕現存的極「左」思潮「重新表現」，實際上已把揭發、批判的矛頭指向了江青集團。這組文章是自林彪事件以來首次在黨報上集中批判極「左」思潮，其深層意義在於是對「文化大革命」的基本理論和實踐提出了質疑和否定。正因為如此，三篇文章在全國引起了強烈反響，有 9 個省市的報紙加以轉載，另有 8 個省市的報紙也發表了各自反對無政府主義的文章。

果然，這 3 篇批判無政府主義的文章，戳到了江青等人的痛處。他們大興問罪之師，立即攻擊這些文章是「大毒草」、「右傾回潮」，是「否定文化大革命」。江青認定「這個版（即 1972 年 10 月 14 日《人民日報》第 2 版）就是要在全國轉移鬥爭大方向」，她殺氣騰騰地說：「要從這篇文章（指龍岩的文章）入手，從這個版入手，從理論部入手。」〔註7〕此時張春橋、姚文元不願與周恩來發生正面衝突，因此自己不出面批評《人民日報》，而是通過大本營上海向《人民日報》發難。他們指令上海《文匯報》召開工人座談會，借工人之口反對這 3 篇文章。隨後又讓上海市委寫作組炮製了兩篇文章，刊登在 11 月 4 日和 24 日的《文匯報》內部刊物《文匯情況》上，集中攻擊龍岩的文章，公然提出不能批極「左」，不能批無政府主義，並報送毛澤東閱批。一時間，形成批《海瑞罷官》後又一次南北對抗，地方報紙公然挑戰中央黨報。

就這樣，在批林整風運動中，以龍岩等人的文章發表為標誌，在批「左」還是批右問題上，以周恩來為代表的黨內健康力量與江青集團的鬥爭，終於不可避免地尖銳化、公開化了。

在人民日報內部，支持周總理，反對張、姚的力量在醞釀。12 月 5 日，「看大樣班子」成員王若水冒險犯難，上書毛澤東，彙報了人民日報內部關於批極「左」還是極右的鬥爭以及張春橋、姚文元阻撓批極「左」的問題。

王若水信中說：「到底《文匯報》講的是不是中央精神？如果不是，《文匯報》怎麼有那麼大的膽子？但如果是，《人民日報》為什麼不知道？」「我

〔註7〕　王若水《從批「左」到批右的轉折》，《人民日報回憶錄（1948～1988）》，人民日報出版社 1988 年版，第 183 頁。

不相信《文匯報》的提法是中央精神，因爲如果是中央精神，不會不向《人民日報》傳達。中央文件剛剛說過批林整風中要注意反對無政府主義，無政府主義就是極『左』。中央精神要變也不能這樣快。」

王若水認爲：「林彪有『左』的表現也有右的表現，主要是『左』。當前實際工作中的主要干擾也是『左』。因此，批林就要批極「左」思潮。」

王若水的信把周恩來和張、姚的矛盾公開化，迫使毛澤東攤牌。12月17日，毛澤東在同張春橋、姚文元的談話中明確地作出了結論：

> 批極左，還是批右？有人寫信給我，此人叫王若水。我認識此人，
> 不很高明。……極左思潮少批一點吧。王若水那封信我看不對。是
> 極左？是極右。修正主義，分裂，陰謀詭計，叛黨叛國。〔註8〕

王若水因1954年在《人民日報》發表《清除胡適的反動哲學遺毒》一文，被毛澤東誇獎爲「新生力量」。1957年4月10日，毛澤東在中南海召見人民日報編委時，作爲普通編輯的王若水也在座，毛澤東甚至有意讓當時年僅30歲的王若水當《人民日報》總編輯。六十年代初王若水又因《桌子的哲學》一篇小文，受到毛澤東再度稱賞，被認爲是很有前途的青年理論家。毛澤東的講話不僅給王若水本人帶來禍殃，而且也否定了周恩來的正確意見，給了江青等人只批右不批「左」的尚方寶劍。毛澤東的這一結論成爲「九·一三」事件後周恩來領導的批極「左」思潮的轉折點。

12月19日，周恩來、江青、張春橋、姚文元在人民大會堂召集人民日報社等單位負責人開會，傳達了毛澤東講話的精神。周恩來主動承擔了《人民日報》發表批判極「左」思潮文章的責任，並且委婉地批評了王若水的行爲是分裂中央。自此，批判極「左」思潮的提法很快就從《人民日報》上消失，批「左」成爲禁區，「批林整風」運動的重點又發生了明顯的變化。

根據毛澤東「批極右」的指示，江青一夥把「批林整風」運動引向邪路。1973年1月1日，《人民日報》發表「兩報一刊」《新年獻詞》，強調「批林整風」的重點是批判林彪的反革命修正主義路線的極右實質。一時間，「左」的氣焰甚囂塵上。1973年，江青一夥假借「批林整風」，影射攻擊周恩來，一年中炮製影射文章570多篇。

與此同時，一場暴風雨也席卷人民日報社。這一事件發生後，江青一夥認爲人民日報內部有「一股力量，一股邪氣」，在人民日報社進行了一場名爲

〔註8〕《周恩來年譜（1949～1976）》下卷，人民出版社1997年5月版，第567頁。

「批邪」的運動，其時間之長（從 1972 年底一直延續到 1974 年底），聲勢之大，超過報社歷史上任何一次批判運動。在「批邪」運動中，江青一夥採取小會「擠」，中會「鬥」，大會「批」，凡被定為「力量」、「邪氣」的人都受到打擊迫害，連同他們稍有接觸的人也受到株連。據當時的副總編輯李莊透露，江青一夥共設立了 42 人的個人專案，搞了二千多張按人頭和問題分類的卡片。吳冷西的名下就分了 22 類問題；胡績偉名下分了 19 類問題；王若水名下分了 14 類問題。王若水首當其衝，被下放到北京郊區紅星公社勞動。1973年底又挖出了一個所謂的「長短錄俱樂部」，硬說一些同志在報社的一個宿舍中，「說資本主義之長，道社會主義之短」。除了這個總部，有的宿舍還被認為設有分部，有人在馬路上邊走邊談，竟被指為「馬路分部」。那時期的人民日報社，過道里、樓梯上到處都是大字報，連老幹部聚居的煤渣胡同上下班都有人跟蹤，打小報告。人民日報重新陷入恐怖混亂之中。

「批邪」運動開始後，「看大樣班子」徹底解體，江青一夥馬上拼湊了一個以魯瑛為首的「領導班子」，牢牢掌握了報社宣傳大權。一些在報社「五七幹校」鍛鍊的同志繼續「留級」，許多業務骨幹被送到工廠、公社勞動改造，更多的人被調動工作。這場運動的矛頭，明是對著人民日報，暗是對著周總理。正是在這場運動中，江青一夥完全排除了周總理對人民日報的領導，人民日報完全落入了江青集團的手中。對此，魯瑛躊躇滿志地宣稱：「人民日報現在路線是非清楚了。」「人民日報從來沒有這樣緊跟中央，人民日報從來沒有這樣正確過！」然而，「從來沒有這樣緊跟中央」的人民日報，在此後「文革」的歷次政治運動中，卻「從來沒有正確過」。

「九‧一三」事件後的「批林整風」運動，是苦難中國在「文革」十字路口上的一次重大抉擇。面對這一重大歷史機遇，人民日報一些最早從「文革」噩夢中清醒的同志開始進行理性思考，他們盡自己最大的努力，遵照周總理的指示，力圖將歷史的車輪引向正軌。不幸的是，由於「左」的力量過於強大，中國與這一歷史機遇失之交臂，「文革」的黑雲重新籠罩了中國大地。在「批林整風」中，圍繞著批「左」還是批右的指導思想的變化，這場歷時近兩年的運動經歷了內容相互矛盾的幾個階段，而這種矛盾正是「文化大革命」深刻內在矛盾的縮影。

1972 年周恩來領導人民日報糾「左」的失敗，還向無產階級黨報理論提出了一個嚴峻的問題：黨報在接受黨的領導的時候，當黨內發生分歧甚至激

烈鬥爭時應該怎麼辦？是見風使舵，隨波逐流，還是以對黨對人民負責的態度堅持原則，捍衛眞理？在以後風急浪高的日子裏，人民日報一再面臨著這樣的考驗和抉擇。

第8章　「文革」後期：助紂爲虐與人民公敵（1973 年 9 月～1976 年 10 月）

1973 年 8 月，中共中央第十次全國代表大會召開，會議繼續堅持「無產階級專政下繼續革命」的「左」傾錯誤路線。在這一階段裏，肯定與否定「文化大革命」、篡權與反對篡權的鬥爭非常激烈。「十大」以後，江青、張春橋、姚文元和王洪文在中央政治局內結成「四人幫」，竊取了更大的權力。「四人幫」利用毛澤東採取種種措施維護「文化大革命」的錯誤，憑藉著他們竊取的權力，加緊了篡奪最高領導權的步伐。

這一時期，「四人幫」對人民日報的控制也得到加強。「批邪」運動以後，「四人幫」認爲人民日報的反抗力量已大體肅清，1974 年底姚文元宣佈：「《人民日報》建班子時機已經成熟。」〔註1〕1975 年人民日報成立了黨的核心小組和宣傳小組，兩個小組雖有一些原報社領導成員，但組長都是魯瑛，集黨務、編務於一身，實權就操在「四人幫」的心腹魯瑛爲首的少數人手中，《人民日報》完全成了「四人幫」的「幫報」。在其後「四人幫」發動的爲了打倒周恩來、鄧小平等老一輩無產階級革命家的一系列卑劣的政治陰謀中，《人民日報》助紂爲虐，爲虎作倀，扮演了歷史罪人的角色。

8.1　「批林批孔」：三箭齊發

1973 年「批林整風」運動之後，「四人幫」又發動攻勢，於 1974 年初發

〔註1〕 李莊《人民日報風雨 40 年》，人民日報出版社 1993 年版，第 285 頁。

起了「批林批孔」運動，把矛頭指向人民敬愛的周總理。他們不批林、假批孔，喪心病狂地大批「周公」、「宰相」和所謂的「現代大儒」，伴談歷史，暗放毒箭，影射攻擊周總理，爲他們在四屆人大「組閣」作輿論準備。這個運動從 1974 年年初至同年 6 月，歷時半年左右。

「四人幫」之所以將相距兩千多年的孔子與林彪拉到一起來批，據說是因爲兩人都是「一心想復辟」的一丘之貉。「九·一三」事件以後，江青一夥在林彪家中找到一些摘錄孔子和儒家著述語錄的條幅和卡片。1973 年 7 月，毛澤東在對王洪文、張春橋的談話中指出，林彪同國民黨一樣，都是「尊孔反法」的。毛澤東把批林和批孔聯繫起來，目的是爲防止所謂「復辟倒退」，防止否定「文化大革命」。毛澤東的這一想法使江青等人有機可乘，他們接過毛澤東提出的這個口號，經過密謀策劃，提出開展所謂「批林批孔」運動。他們用「儒家」來污蔑周總理和一大批中央、地方各級領導幹部，用「法家」來美化「四人幫」和他們的幫派體系，用「儒法鬥爭」來搞亂全國以便亂中奪權。

在「批林批孔」運動的發動過程中，《人民日報》又再次充當了急先鋒。1973 年 8 月 7 日，《人民日報》發表了經毛澤東批發的中山大學歷史系教授楊榮國的文章《孔子——頑固地維護奴隸制的思想家》。8 月 13 日，又刊登了楊榮國的《兩漢時代唯物論反對唯心論先驗論的鬥爭》。在「四人幫」的操縱下，報刊上連篇累牘地發表「評法批儒」的文章。9 月 27 日，《人民日報》刊登唐曉文（中央黨校寫作班子）的文章《孔子是「全民教育家」嗎？》，這篇文章打著批判孔子教育思想的旗號，特別是通過對「有教無類」的「考釋」，影射攻擊周總理指示推行的教育制度和招生辦法。在文章結尾點題時，蠱惑人心地說，當前「在學校招生標準和辦法、教學內容、教學方法以及考試制度等等方面，都存在著兩條路線、兩種思想的鬥爭。這種鬥爭，是堅持教育爲無產階級政治服務和堅持資產階級教育的鬥爭在新形勢下的繼續」。文章出籠後，江青又「欽定」此文爲「批林批孔」的第一批學習文件。9 月 28 日，《人民日報》又轉載《遼寧日報》的《「焚書坑儒」辯》。該文說：「『焚書坑儒』就其性質來說，在當時是一個反篡權復辟的『厚今薄古』的進步措施。」「秦始皇『焚書坑儒』的效果，也是應該肯定的。」與此同時，江青等人指示北大、清華成立了專門的「大批判組」，編輯「林彪與孔孟之道」的材料。

1974 年 1 月 1 日，《人民日報》發表「兩報一刊」社論《元旦獻詞》，十

分引人注目地提出：「要繼續開展對尊孔反法思想的批判」，「中外反動派和歷次機會主義路線的頭子都是尊孔的，批孔是批林的一個組成部分」。由此發出了「批林」也要聯繫「批孔」的信號。

北大、清華「大批判組」的《林彪與孔孟之道》（材料之一）編成後，1974年 1 月 12 日，江青、王洪文寫信給毛澤東，建議向全國轉發，稱這份材料「對當前繼續深入批林、批孔會有很大幫助」。毛澤東批示同意轉發，中共中央遂於 1 月 18 日將《林彪與孔孟之道》作爲中共中央一號文件轉發全黨。於是，一場規模浩大的評法批儒、批林批孔運動在全國範圍內展開。

在「批林批孔」運動中，「四人幫」一夥控制的批判組、寫作組發表了大量「批孔」文章，大搞「影射史學」。其中，有三個「御用寫作班子」最爲活躍，一個是由江青通過遲群、謝靜宜直接控制的「北京大學、清華大學大批判組」，這個批判組使用的筆名主要有「梁效」等；另一個是由張春橋、姚文元控制的上海市委寫作組，使用的筆名主要有「羅思鼎」等；還有一個是由康生控制的中央黨校寫作組，主要筆名有「唐曉文」等。這三個寫作班子搖動筆桿，遙相呼應，連篇累牘地拋出了一大批尊法反儒的文章，充當「四人幫」陰謀集團的文化打手。

從《人民日報》發表的幾篇「批林批孔」文章中，我們可以領教「影射史學」的伎倆，從而清楚地看出「四人幫」「批林批孔」的眞正意圖。

1973 年 11 月 14 日，《人民日報》轉載《紅旗》雜誌的文章《秦王朝建立過程中復辟與反復辟的鬥爭——兼論儒法論爭的社會基礎》，該文由羅思鼎撰寫、姚文元修改。這篇文章借古諷今，大批呂不韋搞「折衷主義」，影射攻擊周恩來。江青在該文發表後，得意地說：「這篇文章的好處，是批呂不韋，呂是個宰相。」〔註2〕充分暴露了他們攻擊周恩來的險惡用心。

1974 年 1 月 4 日，《人民日報》發表唐曉文的文章《孔子殺少正卯說明了什麼》，文章還把孔子稱爲「宰相儒」，藉以影射周恩來。這篇文章的「點睛」之筆就在於「說明了什麼」，它不僅捏造出一個所謂的「法家」少正卯，還爲「四人幫」後來鼓譟了多時的「儒法鬥爭」定下了基調。它說，孔丘殺少正卯一事「告訴我們，在階級社會裏，意識形態領域內的鬥爭，作爲階級鬥爭的反映，從來是不可調和的，總是一方壓倒另一方」。它還特地引申出一個結

〔註2〕 見 1977 年 8 月 27 日《人民日報》的《「四人幫」是用筆桿子殺人的劊子手》
一文。

論性的說法：儒法鬥爭「在歷史上是這樣，在社會主義時期也是這樣。尊孔與反孔的鬥爭，作為上層建築領域內階級鬥爭的一個重要部分，仍然要在相當長的時期內進行下去」。「四人幫」後來叫嚷的「儒法鬥爭一直繼續到現在，還會影響到將來」的謬論，其論據之一就在這裏。

更為陰毒的是 4 月 3 日《人民日報》刊登的梁效的《孔丘其人》一文。文章談的是春秋時陳成子弒齊簡公，孔子請魯哀公出兵討伐這件事，史書只記載「孔子沐浴而朝，告於哀公」，梁效卻故意把孔子描繪為「71 歲、重病在床」的人。矛頭所指，已是昭然若揭了。「四人幫」在這個假孔丘身上，放肆地發泄他們對周總理的刻骨仇恨，什麼「復辟狂」、「兩面派」、「偽君子」，用語之惡毒，到了無以復加的地步。不僅如此，還放言攻擊周總理：「孔老二這個傢夥，一不懂革命理論，二不會生產勞動」，「他的生產知識等於零」。這是一篇不批林、假批孔、真反周的代表作。在寫作此文時，「四人幫」的親信遲群和謝靜宜對「梁效」強調，寫《孔丘其人》要有針對性和現實感，寫孔丘要「虛揚、不要太實；掛林彪，不僅僅是林彪」。要在「某人」上把文章作足，畫好某一個人的像。

「四人幫」的「御用寫作班子」對周總理似兇狠的惡犬，對其主子又變成了媚態的貓。他們以評價法家進步作用為幌子，極力吹捧呂后，為江青登上「女皇」寶座作輿論準備。6 月 19 日，《人民日報》發表了「北京大學、清華大學大批判組」的《法家代表人物介紹》，在劉邦這一條目中，塞進了按照江青調子吹捧呂后的內容：「劉邦死後，呂后掌權。她『為人剛毅』，曾『佐高祖定天下』，當政後，繼續推行了法家路線」，是「中國歷史上著名的女政治家」。

從上面我們可以看出，「批林批孔」的文章是多麼的無恥之尤！但是大家可曾想到，這些文章竟出自一批大學者、名教授之手。「批林批孔」和「文革」初期的大批判有一個區別，就是作為批判對象的孔孟之道屬於傳統文化，沒有一定的國學基礎，想批還批不了。不像「文革」初期，工農兵、紅衛兵，都能上陣，口誅筆伐，有理沒理都能喊幾嗓子。批判孔孟之道，先得吃透孔孟之道，這就是當時「四人幫」要啓用他們的原因。在「文革」初期，他們還是革命對象，到了「批林批孔」，他們就成了革命動力。

8.2 「反右傾回潮」：陰毒的暗箭

1973 年，「四人幫」在上層建築領域發動「批林批孔」運動的同時，還千

方百計聯繫實際，精心搜集所謂「反回潮」、「反潮流」的典型在報刊上極力鼓吹，不斷製造各種事端，破壞周恩來主持下的整頓工作，在文化、教育領域掀起了一場「反右傾回潮」運動。通過製造所謂「復辟回潮」和「反潮流」的典型，不停地向已在重病中的周恩來影射攻擊，僅此一年就炮製各類影射文章 570 篇。

「四人幫」首先選中教育戰線作爲突破口。1973 年 4 月 3 日，國務院轉批國務院科教組《關於高等學校 1973 年招生工作的意見》，對選拔優秀工農兵入學提出要求：堅持群眾評議和群眾推薦，在政治條件合格的基礎上，重視文化程度，進行文化考查。出於反對周恩來的目的，江青指使遼寧省的實權派毛遠新於 7 月 19 日在《遼寧日報》發表了錦州市興城縣公社青年張鐵生的一封信，《遼寧日報》的編者按說，張鐵生在大學招生的文化考覈中，雖然交了「白卷」，但他在「白卷」背面寫的一封信裏，對「整個大學招生的路線問題」提出的「意見」，卻「頗有見解，發人深省」，爲之塗上了一層「反潮流」的色彩。8 月 10 日，姚文元下令《人民日報》在頭版頭條以《一份發人深省的答卷》爲題加以轉載，並再加編者按。用「雙料」編者按，把張鐵生吹捧爲「反潮流英雄」。於是，這個被老師評爲基礎知識太差、沒有分析問題解決問題能力的張鐵生，被江青一夥利用，成了一塊「有棱有角的打人的石頭」。

「四人幫」還製造了一個小學生事件。1973 年 12 月 12 日，《北京日報》發表《一個小學生的來信和日記摘抄》。這位小學生是北京市海澱區中關村一小五年級學生黃帥，信和日記是她和班主任鬧矛盾後，家長讓她寫的，「日記摘抄」是《北京日報》按反「師道尊嚴」的需要摘編的。姚文元指示《人民日報》全文轉載黃帥的來信和日記與《北京日報》近千字的編者按，並要求同時配發一條中關村一小「教育革命形勢大好」的消息，以便從另一個側面來肯定小學生的來信和日記。28 日，按照江青「版面安排得突出些」的指令，《人民日報》在一版下八欄予以突出處理（見圖十四），《人民日報》的編者按不僅字號比通常加大一號，而且使用了宋黑字體。編者按讚揚「黃帥敢於向修正主義教育路線的流毒開火」，並提出「在批林整風運動中，我們要注意抓現實的兩個階級、兩條路線、兩種思想的鬥爭，對教育戰線的幹部、革命師生和學生家長進行深入的思想和政治路線教育，反對修正主義，堅持無產階級的政治方向」。把一個 12 歲的小學生，吹捧成「可愛的革命小將」、「反

潮流英雄」。此後，全國各地報刊、電臺、電視臺大量傳播《人民日報》編者按等材料，全國各中小學中迅速掀起了「破師道尊嚴」、「批判修正主義教育路線回潮」的浪潮，一些學校出現了「幹部管不了，教師教不了，學生學不了」的混亂局面。

圖十四　1973 年 12 月 28 日《人民日報》一版

黃帥的報導見報後，內蒙古生產建設兵團十九團政治處宣傳幹事王文

堯、放映員恩亞立、新聞報導員邢卓 3 人，以「王亞卓」爲筆名致信黃帥，
提出了尖銳的不同意見。「四人幫」認爲有機可乘，又一手製造了「黃帥駁『王
亞卓』」事件，以證實「教育黑線回潮」。1974 年 2 月 11 日，《人民日報》在
「反潮流是馬列主義的一個原則」的通欄標題下，發表了黃帥覆王亞卓的一
封公開信，並加編者按語說：「這件事反映出教育戰線上兩條路線、兩種思想
鬥爭，仍然十分尖銳。」黃帥的信發表前，經江青等人看過，江青對標題作
了修改，並提出「版面排突出些」的要求。

　　在文藝界，「四人幫」也掀起了反「右傾回潮」的狂潮。1974 年 1 月，華
北地區文藝在京調演期間，「四人幫」及其在國務院文化組的親信于會泳製造
了震駭全國的《三上桃峰》事件，並藉此在全國範圍內掀起了一場反「文藝
黑線回潮」運動。《三上桃峰》是山西省參加華北地區文藝調演的劇目，取材
於 1965 年 7 月 25 日《人民日報》的通訊《一匹馬》，通訊報導了河北省撫寧
縣桃峰大隊因買了病馬蒙受損失，縣長給他們送去一匹大紅馬支持春耕的故
事。因爲王光美曾在撫寧縣桃園大隊搞過社教，江青一夥便採用偷天換日的
手法，無中生有地說王光美 1966 年春也給桃園大隊送過一匹大紅馬，誣衊晉
劇《三上桃峰》是吹捧「桃園經驗」，「爲劉少奇招魂」。1974 年 2 月 28 日，《人
民日報》刊登了「四人幫」在文化部的御用寫作班子「初瀾」的文章《評晉
劇〈三上桃峰〉》，稱它是 1966 年已被批倒的《三下桃園》的新翻版，是「階
級鬥爭、路線鬥爭在文藝上的反映」，鼓譟擊退「反革命的修正主義文藝黑線
的回潮」。這篇文章經姚文元修改，江青、張春橋定稿，姚文元還加了關鍵性
的一句：「『三上』被揭露了，會不會搞『四上』、『五上』呢？值得我們深思。」
文章由全國 32 家報刊轉載，霎時間搞得全國輿論界陰雲密佈，不到兩個月，
各地報刊就登出五百多篇批判文章。全國各大、中城市召開批判大會，到處
抓「三上」、「四上」和「五上」，打倒「回潮派」、「復辟派」、「翻案派」。江
青一夥從《三上桃峰》開刀，對文藝界進行了一次大洗劫，其對文藝界爲禍
之嚴重，在歷史上是罕見的。

　　此外，江青一夥還把歌頌教育工作者的湘劇彩色舞臺片《園丁之歌》打
成爲修正主義教育路線的代表。《園丁之歌》描寫了青年女教師俞英耐心教育
引導小學生剋服缺點、愛學習、守紀律，同時也教育青年教師方覺樹立起正
確的教育思想。1974 年 8 月 4 日，「初瀾」根據「四人幫」的授意在《人民日
報》上發表《爲哪條教育路線唱讚歌——評湘劇〈園丁之歌〉》，誣衊這部影

片是「掩蓋和抹殺教育戰線的階級鬥爭和兩條路線鬥爭」，「否定無產階級文化大革命，爲反革命修正主義教育路線招魂，向無產階級反攻倒算」。他們給這齣小戲加上了種種莫須有的罪名，強令一些地區的報刊開展批判。

「四人幫」利用毛澤東的支持而發動的這場「反右傾回潮」運動，使周恩來在文化、教育領域糾正「左」傾錯誤的努力被迫中斷，終於使重病中的周恩來退居二線。但是，1973 年陰霾籠罩的中國政壇還是露出一線陽光。4 月 12 日晚，在人民大會堂舉辦的歡迎柬埔寨元首西哈努克親王的宴會上，銷聲匿迹 7 年之久的鄧小平以國務院副總理身份復出。翌日的《人民日報》在出席作陪的人員名單裏醒目地印出鄧小平的名字，引起了國際社會的廣泛關注。鄧小平的復出，一掃當時壓抑的政治氣氛，點燃了人們心頭的希望之火，使中國濃雲密佈的天空出現了短暫的豔陽天。

新的對壘在「四人幫」與復出後的鄧小平之間展開了。

8.3　評《水滸》：利用小說反黨

1962 年，毛澤東說過：「利用小說進行反黨活動，是一大發明。」〔註 3〕其實，利用小說搞政治運動，恰恰是「文革」的一大發明。1975 年 8 月全國開展的評《水滸》運動，是「文革」後期「四人幫」利用毛澤東對《水滸》的談話，攻擊周恩來、鄧小平，陰謀策劃掀起的又一次政治風浪。

鄧小平復出後，立即開展了卓有成效的「全面整頓」工作，致使「四人幫」一直處於被動地位。他們處心積慮地進行抵制，總想反守爲攻，苦於找不到合適的機會。

1975 年 8 月 13 日，毛澤東向爲其作侍讀的北京大學中文系教師蘆荻談了對古典小說《水滸》的看法，他認爲「《水滸》這部書，好就好在投降。做反面教材，使人民都知道投降派」。「《水滸》只反貪官，不反皇帝。摒晁蓋於一百零八人之外。宋江投降，搞修正主義，把晁蓋的聚義廳改爲忠義堂，讓人招安了。宋江同高俅的鬥爭，是地主階級內部這一派反對那一派的鬥爭。宋江投降了，就去打方臘。」〔註 4〕據當事人回憶，毛澤東講到《水滸》時，完

〔註 3〕　康生認爲李建彤的小說《劉志丹》是爲高崗翻案。1962 年 9 月八屆十中全會上，康生給毛澤東寫了一個條子，稱：「利用小說進行反黨活動，是一大發明。」毛澤東在會上念了康生寫的條子，康生藉此作爲毛主席的語錄。

〔註 4〕　紀希晨《史無前例的年代：一位人民日報老記者的筆記》，人民日報出版社 2001 年版，第 710 頁。

全是作爲學術問題進行探討的。很顯然，毛澤東關於《水滸》評價問題的那番話，絲毫沒有要在全黨和全國人民中掀起批判《水滸》、揪現實生活中宋江的運動的意思。

8 月 14 日，毛澤東關於《水滸》的批示最先到了分管宣傳口工作的姚文元手裏。姚文元如獲至寶，接讀批示不到 3 個小時，便給毛澤東寫信，提出貫徹辦法。他竭力誇大毛澤東關於《水滸》評論的重要性，說「應當充分發揮這部『反面教材』的作用」，「開展對《水滸》的討論和評論，批判《水滸》研究中的階級鬥爭調和論的觀點，也是很需要的，對於反修防修，是有積極意義的。」〔註 5〕姚文元還偷梁換柱，提出一個「宋江排斥晁蓋是爲了投降的需要」的命題。當日深夜，姚文元就打電話把這件事告訴「四人幫」在人民日報的心腹魯瑛，要他作好準備。

8 月 15 日，姚文元把毛澤東對《水滸》評論的整理記錄稿，連同給毛澤東的信印在一起，送給魯瑛，要他組織人馬趕寫文章。魯瑛立即傳達佈置，連夜將人力配置情況和所擬文章題目呈報「四人幫」。接著召集會議進行動員，並向全國各地派出記者，收集情況和動態。「他揮舞拳頭，高聲叫喊：『拿出批林批孔時的勁頭來！』」〔註 6〕就這樣，在姚文元的直接指揮下，「四人幫」控制的宣傳機器全速開動，各路兵馬日夜兼程地上陣了。

在「四人幫」及其親信的精心部署和秘密策劃下，8 月 31 日，《人民日報》以一版頭條位置和二版的整版篇幅，刊登了經姚文元親筆修改的《紅旗》雜誌短評《重視對〈水滸〉的評論》和署名「竺方明」、實爲《人民日報》的「四人幫」御用班子撰寫的長篇文章《評〈水滸〉》，敲響了「四人幫」利用評《水滸》進行反黨活動的開場鑼鼓。這兩篇文章，秉承「四人幫」的旨意，不敢發表毛澤東對《水滸》評論的談話原文，不敢公佈毛澤東評《水滸》的指示是在什麼情況下作的，卻盜取其中的片言隻語，融入文中，而對姚文元的那封信卻大段引述，同毛主席的指示擺在一起，魚目混珠，混淆視聽。經姚文元親筆修改的《紅旗》短評中，別有用心地引用毛澤東批判電影《武訓傳》的話，以暗示評論《水滸》的政治性質。竺方明的文章使用了三個觸目驚心的小標題：「一條投降主義路線」，「一個投降派的典型」，「一套投降主義哲學」。一看便知該文蠱惑人心的用意。就這樣，毛澤東關於《水滸》的談話，

〔註 5〕　見 1978 年 8 月 11 日《人民日報》的《「評〈水滸〉運動」到底是怎麼回事？》一文。

〔註 6〕　王若水《新發現的毛澤東》，明報出版社 2002 年版，第 599 頁。

經過「四人幫」的引申、拔高，扭曲、變性，就由泛論變成了實指，由文藝評論變成了政治鬥爭，於是，一場評《水滸》、批宋江的運動緊鑼密鼓地展開了。

9 月 4 日，《人民日報》刊登了在姚文元佈置下撰寫的社論《開展對〈水滸〉的評論》，別有用心地提出「這是我國政治思想戰線上的又一次重大鬥爭，是貫徹執行毛主席關於學習理論、反修防修重要指示的組成部分」，號召專業和業餘的理論工作者、廣大幹部和群眾都要積極參加對《水滸》的討論和評論，以此來掀起一個全國性的「評《水滸》運動」。但是，這個要在全國普遍開展的「運動」，一無黨中央正式文件，二不正式傳達毛主席的指示，社論妄稱「遵照偉大領袖毛主席的指示，本報和其他報刊開始了對《水滸》的評論和討論」，以造成一種假象：似乎是毛澤東親自發動和領導了這場運動。

與「批林批孔」一樣，「四人幫」再次大搞「影射史學」。從 1975 年 8 月開始，一直延續到 1976 年秋「四人幫」覆亡之日，在一年多的時間裏，「四人幫」控制下的《人民日報》，連篇累牘地刊出梁效、柏青、羅思鼎、竺方明等御用寫作班子的文章，從含沙射影、牽強比附到指名道姓、惡毒攻擊，大肆誣衊周恩來和鄧小平等黨和國家領導人。除新聞報導外，僅 1975 年 9 月到 12 月的 4 個月中，就發了整整 24 個專版的文章。曾受到毛澤東批評的江青又活躍起來，1975 年 9 月 17 日江青在大寨圖窮匕現地說：「評《水滸》就是有所指的。宋江架空晁蓋，現在有沒有人架空主席呀？我看是有的。」〔註 7〕

如果說，「四人幫」在 1975 年秋天「評《水滸》運動」剛剛開始的時候，還只是指桑罵槐、牽強比附的話，那麼，到了 1976 春天，他們就撕掉了偽裝，指名道姓地惡毒攻擊了。1976 年 1 月周總理逝世後，「四人幫」加緊了篡黨奪權的步伐，處心積慮地要攫取總理的職位，加緊攻擊誣陷鄧小平同志，他們策劃的「評《水滸》運動」也隨之升級。4 月 8 日，《人民日報》拋出江青直接控制的「點」——北京衛戍區某部六連理論小組的文章《揭穿鄧小平的遮眼法》，第一個指名道姓誣衊鄧小平同志為宋江。5 月 10 日，《人民日報》又刊登《深揭宋江和鄧小平的反動本質》，再次誣衊鄧小平同志為宋江式的投降派，說什麼「宋江坐上第一把交椅，就竭力網羅反革命勢力，打擊革命力量，為其推行投降主義路線掃清道路」。

在「四人幫」的煽動下，全國許多地方開展了一場揪「投降派」、抓「活

〔註 7〕 王若水《新發現的毛澤東》，明報出版社 2002 年版，第 496 頁。

宋江」的運動。「四人幫」及其追隨者在「聯繫實際，評論《水滸》」的幌子下，到處「揪宋江式的走資派」，並且由揪一人到揪一層，再到層層揪。他們拿著「投降派宋江」的帽子到處亂扣，打擊和迫害堅持正確路線道路的廣大革命幹部和群眾，「宋江」一時成了「四人幫」及其爪牙們要打倒的幹部的代名詞，真是荒唐到了令人髮指的地步。

「評《水滸》運動」，是「四人幫」繼批林批孔運動之後展開的又一場對所謂「修正主義」的批判運動。這場文革後期進行的轟轟烈烈的政治「評書」運動，再次將「影射史學」發揮到極至。「四人幫」的陰險目的，是要挑撥毛澤東和周恩來、鄧小平的關係，誣陷周恩來、鄧小平架空毛主席，從而奪取領導權。頂著巨大壓力，鄧小平力排「四人幫」的干擾，繼續全力推行「全面整頓」的工作。

8.4　全面整頓：「批鄧」再起

1975 年四屆人大一次會議上，鄧小平當選為國務院副總理。四屆人大以後，周恩來總理病情轉重，在毛澤東的支持下，鄧小平開始主持中央和國務院日常工作，「四人幫」「組閣」陰謀失敗。

由於「四人幫」的干擾破壞，全國各方面工作陷於混亂狀態中。面對嚴峻局勢，鄧小平毅然提出「全面整頓」的口號，一場系統糾正「文化大革命」錯誤的變革，緊鑼密鼓地拉開了帷幕。

全面整頓之初，鄧小平大刀闊斧地對交通、工業、農業、科技、軍事等各個領域進行全面整頓，迅速取得明顯成效。鄧小平強調，整頓的綱領是毛澤東的「三項指示」，即：第一，要學習理論，反修防修；第二，要安定團結；第三，要把國民經濟搞上去。並說：「這三條指示互相聯繫，是個整體，不能丟掉任何一條。這是我們這一時期工作的綱。」〔註8〕但是，對於全國人民極為關心的整頓的方針和整頓的效果，受「四人幫」絕對控制《人民日報》除了 7 月 29 日刊登了一篇配合鐵路整頓的新華社消息《學習革命理論，促進安定團結，發展大好形勢　全國鐵路上半年貨運量創歷史同期最高水平》外，幾乎沒有什麼反映。因為肯定整頓就是否定「文革」，「四人幫」對此極為敏感，對任何體裁的文字都要嚴加控制。所以，當鄧小平有力地推進全面整頓

〔註8〕　袁永松主編：《偉人鄧小平》，紅旗出版社 1998 年版，第 1276 頁。

的同時，「學習無產階級專政理論」運動仍是這時整個輿論宣傳的中心。

對於鄧小平主持下在各個領域所作的整頓，「四人幫」從一開始就進行頑固的阻撓、抗拒，認爲這些整頓實際上是同「文化大革命」唱反調，並伺機進行反攻。是年 2 月底到 4 月中旬，毛澤東的健康狀況惡化，控制著全國輿論宣傳工具的「四人幫」，借宣傳「學習理論」的名義，掀起了一次聲勢很大的反對「經驗主義」的浪潮。

1975 年 2 月 9 日，《人民日報》發表題爲《學好無產階級專政的理論》的社論，公開發表毛澤東 1974 年 12 月提出的「學習無產階級專政理論」的指示，提出：「我們同修正主義的鬥爭，不是一兩次較量，而是長期的鬥爭。我們的任務，是不斷剷除滋生修正主義的土壤，像列寧所說的那樣，造成使資產階級既不能存在，也不能再產生的條件。很明顯，這個任務是重大無比的。」全國立即掀起了學習這個談話的運動。在「四人幫」的指揮下，《人民日報》發表大量文章，反對「經驗主義」，號召「破除資產階級法權」，煽動「打土圍子」。他們把整頓工作中提出的各種措施誣衊爲「經驗主義」，把那些反對「左」傾錯誤的幹部、知識分子和群眾比作過去民主革命時期在「土圍子」中的敵人，要對他們實行所謂的「全面專政」。

2 月 22 日，《人民日報》發表了由張春橋、姚文元主持，以斷章取義手法選編的《馬克思、恩格斯、列寧論無產階級專政》的語錄，要求在全國開展所謂學習無產階級專政理論的運動。在編者按中，強調要對商品制度、八級工資制、按勞分配等所謂「資產階級法權」，「在無產階級專政下加以限制」。這反映了經濟領域中的「左」傾錯誤的加強。

3 月 1 日，《人民日報》又發表了姚文元的文章《論林彪反黨集團的社會基礎》，文章斷章取義，把毛澤東 1959 年 8 月針對黨內一些同志不懂哲學和政治經濟學、光靠經驗辦事這一特定環境下所說的「現在，主要危險是經驗主義」，引申造謠爲「這十幾年來，毛主席多次重複這個意見」，爲他們影射現實尋找依據。爲此，3 月 21 日，《人民日報》發表題爲「學好理論」的社論，說什麼「經驗主義是修正主義的助手」。

雖然全面整頓迅速扭轉了黨政軍各項工作中的困難局面。但是，毛澤東在全局上仍然堅持「文化大革命」的「左」傾錯誤，全面整頓的指導思想從總體上同當時居主導地位的思想——「文化大革命」的指導思想是相對立的。毛澤東不能容忍鄧小平系統地糾正「文化大革命」的錯誤。8 月和 10

月，鄧小平兩次轉呈清華大學黨委副書記劉冰等人寫給毛澤東的信，反映清華大學黨委書記遲群、副書記謝靜宜的工作作風和群眾關係上的一些問題。毛澤東認爲信的動機不純，矛頭是對著他的，並認爲鄧小平偏袒支持劉冰，是一股右傾翻案風。11 月 2 日，毛遠新向毛澤東再進讒言，說什麼「三項指示爲綱」，其實只剩一項指示，即生產上去。對此，中共中央於 11 月 26 日轉發了毛主席審閱批准的給黨政軍負責同志的《打招呼的講話要點》，這意味著一場反擊「右傾翻案風」的運動即將興起，鄧小平成了這場新運動的靶子。12 月 4 日，《人民日報》轉載《紅旗》雜誌刊登的北大、清華大批判組的文章《教育革命的方向不容篡改》，指出「教育界的奇談怪論就是企圖爲修正主義教育路線翻案，進而否定文化大革命，改變毛主席的革命路線」。這篇文章，是公開向全國人民「打招呼」，是「四人幫」「反擊右傾翻案風」大進攻的信號。

1976 年 1 月 1 日，《人民日報》在頭版刊登了經毛澤東圈閱的「兩報一刊」元旦社論《世上無難事，只要肯登攀》。社論指出 1976 年的中心任務是「以階級鬥爭爲綱」，還公佈了毛澤東在不久前批評「三項指示爲綱」時所講的一段話：「安定團結不是不要階級鬥爭，階級鬥爭是綱，其餘都是目。」從而揭開了「批鄧、反擊右傾翻案風」的序幕。

1 月 8 日，周總理逝世後，「反擊右傾翻案風」運動開始陞級。在「四人幫」的策劃下，2 月 6 日，《人民日報》發表題爲《無產階級文化大革命的繼續深入——喜看清華大學教育革命大辯論破浪前進》的記者述評，說鄧小平等「提現代化建設是假，復辟資本主義是眞，衛星上天是幌子，紅旗落地才是眞」。

2 月 24 日，在《人民日報》社論《抓階級鬥爭，促春耕生產》中，公佈了毛澤東批評「三項指示爲綱」的講話。同日，又發表北大、清華大批判組的《再論孔丘其人》，說孔丘是「一個十足的翻案復辟狂」，「雖然掌權時間不長，卻瘋狂地從政治上、思想上、組織上對新興地主階級進行了全面的反攻倒算。」然後圖窮匕現道：「在去年夏季前後那股右傾翻案風中，不是可以清楚地看到孔丘的幽靈還在游蕩嗎？那股右傾翻案風的風源，就是在文化大革命前追隨劉少奇搞修正主義、在文化大革命中被批判過而不肯改悔的走資派。」

2 月 25 日，黨中央召開各省市、自治區和各大軍區負責人會議，點名批

評鄧小平，中央政治局停止了鄧小平的全部工作，這是他政治生涯中的第三次嚴重挫折。2 月 29 日，《人民日報》宣傳小組按照姚文元的旨意發表了一篇署名梁效、任明（《人民日報》的「人民」諧音）的文章《評「三項指示為綱」》，文章說：「『三項指示為綱』是一個否定以階級鬥爭為綱的、徹頭徹尾的修正主義綱領。這個綱領的要害，是復辟資本主義。」並稱：「是黨內那個堅持劉少奇、林彪修正主義路線的不肯改悔的走資派，背著毛主席和黨中央提出來的。」

3 月 2 日，《人民日報》轉載了由姚文元精心修改的《紅旗》雜誌文章《從資產階級民主派到走資派》，誣衊鄧小平是不肯改悔的走資派，說黨內不肯改悔的走資派，就是右傾翻案風的階級根源和思想根源。在同一天的報紙上，還以本報記者的名義發表了《批判黨內那個不肯改悔的走資派》。3 月 10 日，經姚文元審改的社論《翻案不得人心》在《人民日報》發表，社論傳達了毛澤東對鄧小平的「批判」：「搞社會主義革命，不知道資產階級在哪裏，就在共產黨內，黨內走資本主義道路的當權派。走資派還在走。」社論誣陷鄧小平是「煽起右傾翻案風的那個人」。從此開始點名批判鄧小平。

此後，「批鄧」的新聞、評論幾乎佔了除《人民日報》國際新聞和外事新聞以外的所有版面。姚文元命令《人民日報》「不要搞部門經濟學」，要騰出版面來搞「批鄧專版」，要聞版、政治版自不在話下，連歷來很少受其他宣傳任務影響的經濟版也改成「批鄧專版」。從 1976 年 2 月下旬開始的 7 個多月中，《人民日報》先後用 52 個版、242 篇文章，顛倒黑白，惡毒攻擊鄧小平。這些文章內容相同，連標題都差不多，更顯出了批判者的理論貧乏和色厲內荏。

就這樣，一場整頓與變革，被「以階級鬥爭為綱」的指導思想扼殺了，全國各方面工作再度陷入混亂。然而，這次整頓喚醒了人們長期受到極「左」思潮壓抑的理性思考，促使人民群眾朦朧地感到了中國未來的方向。「反擊右傾翻案風」的批判火焰，實際上為徹底否定自身創造了條件。在這種情況下，批判越猛烈，不滿和反抗就越強烈。人心向背，發生了根本性的轉變。

8.5　天安門事件：最恥辱的一頁

1976 年的天安門事件，是「文化大革命」中發生的最重大政治事件之一，

「四人幫」控制下的《人民日報》，在這一事件中站在人民的對立面進行造謠、構陷，扮演了極不光彩的角色。

1976 年 1 月 8 日，周總理逝世，全國人民沉浸在巨大的悲痛之中。但是，「四人幫」一次又一次地下禁令，限制《人民日報》進行報導。9 日，姚文元對魯瑛說，總理逝世「沒有報導任務」，各國的唁電「不能占版面太多」，「唁電的標題要縮小」「不要提倡戴黑紗，送花圈」，「報上不要出現『敬愛的周總理』」。11 日，姚文元又蠻橫地改變了《人民日報》以整版篇幅發唁電的安排，硬壓縮成半個版，另半個版用來刊登《文化大革命端正了北大科研方向》的報導。並打電話給魯瑛，再次強調「不要突出總理」，「不要登廣場群眾悼念的場面」，「要以階級鬥爭為綱」，「要登些抓革命方面的東西」。〔註9〕

在人民日報社內部，魯瑛等人秉承「四人幫」的指令，規定報社同志：不准舉行悼念儀式，不准戴黑紗，不准戴白花，不准設靈堂，不准去天安門廣場，去了的要追查。並揚言凡是去天安門的，「不管幹部、家屬、小孩，該撤的撤，該批的批」，甚至恐嚇說：「也可以圈起幾個來嘛！」〔註10〕但報社許多同志對此禁令漠然置之，去天安門悼念周總理的人有增無減。報社新聞研究所還針鋒相對地編了一期悼念周總理的專輯，登在內部刊物《報紙動態》上。

1 月 14 日，周總理追悼會的前一天，群眾的悼念活動達到了高潮，上百萬人去天安門廣場獻花圈、掛白花，寄託哀思。而「四人幫」控制下的《人民日報》，一、二、三版竟然沒有一篇有關周總理逝世的唁電、文章和報導，在頭版頭條卻用通欄標題刊登新華社記者、《人民日報》記者合寫的報導《大辯論帶來了大變化》，頭一句就胡說什麼「近來，全國人民都在關心著清華大學關於教育革命的大辯論」，企圖借批判「右傾翻案風」，轉移人們的視線，把周總理的光輝形象從全國人民的心目中抹掉。對於自己精心炮製的這篇文章，姚文元頗為得意地說：「只有這篇文章才能壓得住。這是關鍵時刻發表的典型文章。」「四人幫」的親信遲群、謝靜宜則說：「這篇文章發表的時機，比文章本身更重要。」

但是，《人民日報》這種強姦民意的做法引起了讀者的強烈不滿，讀者打給報社的抗議電話有 100 多次，電話鈴聲從早到晚不絕於耳，許多讀者還把

〔註9〕余煥春《天安門事件報導的來龍去脈》，《人民日報回憶錄（1948～1988）》，人民日報出版社 1988 年版，第 198、199 頁。
〔註10〕同上，第 199、200 頁。

14 日的《人民日報》撕碎了寄還給報社。魯瑛等人將電話記錄整理成內部情況，報送姚文元。姚文元刪去對報紙提意見的部分，專留對報紙表示聲討的語句，並冠以《一個值得注意的動向》的標題印發，為鎮壓群眾製造輿論。從 3 月 30 日至 4 月 26 日，「四人幫」還先後給魯瑛打了 24 次電話，給人民日報下指令，出主意，定調子。

人民的怒火終於爆發了。4 月 5 日，天安門事件發生，「四・五」運動隨即被「四人幫」誣陷為反革命政治事件，而這一事件的定性同《人民日報》有直接關係。所謂「天安門廣場的反革命政治事件」的提法，最早就是出現在 4 月 5 日《人民日報》的《情況彙編》上的。

就在天安門事件爆發的前一天，姚文元打電話給魯瑛說：「天安門人民英雄紀念碑前的活動，是反革命性質的。」〔註 11〕秉承姚文元的旨意，從 4 月 1 日到 6 日，魯瑛組織人四處探聽情況，趕編了十多期關於天安門廣場活動的《情況彙編》，頻頻上報「四人幫」。有時一晝夜出三期，有時搞「不宜印發」的手抄件。這些文章完全按照「四人幫」事前定的調子採編，再送姚文元修改審定印發。《情況彙編》為「四人幫」瘋狂鎮壓群眾立下了汗馬功勞，難怪江青、姚文元在天安門廣場事件後接見魯瑛等人時，連連讚賞《情況彙編》這個「小報」，「有時比幾百萬張報的作用大」。〔註 12〕

在這些歪曲事實的《情況彙編》基礎上，4 月 8 日，《人民日報》發表了長篇通訊《天安門廣場的反革命政治事件》（見圖十五）。在編寫這篇報導的過程中，姚文元要求「要鮮明地點出鄧小平」〔註 13〕，報導的每個細節都經過他仔細推敲，親筆修改。文中充滿著殺氣騰騰的定讞評語，把人民群眾悼念周恩來的活動說成是「一小撮階級敵人打著清明節悼念周總理的幌子，有預謀、有計劃、有組織地製造反革命政治事件」，把人民擁護鄧小平代表的黨的正確路線說成是「為鄧小平歌功頌德」，要在中國「搞修正主義，復辟資本主義」。由於作賊心虛，通訊不敢署名，只以「本報工農兵通訊員、本報記者」的名義發表。

〔註 11〕余煥春《天安門事件報導的來龍去脈》，《人民日報回憶錄（1948～1988）》，人民日報出版社 1988 年，第 202 頁。
〔註 12〕紀希晨《史無前例的年代：一位人民日報老記者的筆記》，人民日報出版社 2001 年版，第 761 頁。
〔註 13〕余煥春《天安門事件報導的來龍去脈》，《人民日報回憶錄（1948～1988）》，人民日報出版社 1988 年，第 203 頁。

圖十五　1976 年 4 月 8 日《人民日報》一版

　　《人民日報》4 月 8 日的通訊顛倒歷史，混淆黑白，全世界爲之震驚。報導發表後，廣大讀者紛紛來信、來電話提出強烈抗議。4 月 12 日，《人民日報》編輯部收到一封署名「一個現場的工農兵」的來信。信封正面是「《人民日報》總編輯收」，背面是「戈培爾編輯收」。信封裏塞著 4 月 8 日《人民日報》的一、二版。上面赫然寫著：「令人震驚！黨報墮落了！成爲一小撮法西斯野心家陰謀家的傳聲筒！」「你們演的這場『國會縱火案』實在不高

明，一篇混淆視聽的假報導就能騙得了人民群眾嗎？從今日改為：法西斯黨機關報。」〔註 14〕

但是，人民的怒斥並沒有使「四人幫」的死黨稍作收斂。4 月 18 日，《人民日報》又在 4 月 8 日通訊基礎上進一步發表社論《天安門廣場事件說明了什麼？》，污蔑參加「四‧五」運動的群眾是「一群反共、反人民、反社會主義的反革命分子」，稱鄧小平是「這些反革命分子的總代表」、「右傾翻案風的總後臺」，「從清華少數人的誣告信，到天安門廣場的反革命政治事件，都有深刻的政治背景和階級根源，其源蓋出於鄧小平」。

天安門事件期間，鄧小平同志完全處於與外界隔絕的狀態，跟事件毫無關係。「四人幫」為了將鄧小平同志置於死地，使他「永世不得翻身」，繼續捏造事實，羅織罪名，栽贓誣陷，凡是有關天安門事件的報導、評論、文章，就把「鄧納吉」、「謠言公司的總經理」之類的誣陷不實之詞，加在鄧小平同志的頭上。

5 月 16 日，《人民日報》發表《黨內確有資產階級——天安門廣場反革命政治事件剖析》一文。這篇由《人民日報》寫作組與梁效合寫的文章說：「到天安門廣場鬧事的那些牛鬼蛇神，群魔百醜，都是按照鄧小平的笛音跳舞的」，鄧小平「集中代表了黨內外新老資產階級和地、富、反、壞、右的利益和要求」，天安門廣場事件是「鄧小平一手造成的」。姚文元還嫌這話不夠，又親筆把「一手造成的」改為鄧小平「就是這次反革命事件的總後臺」。鄧小平同志就這樣被定性了。

「四‧五」天安門事件，記載了中國新聞史上最黑暗、最恥辱的一頁，《人民日報》的一些記者甘心充當「四人幫」的爪牙，他們玩弄德國法西斯宣傳部長戈培爾的「謊言重複千遍就成真理」的把戲，成了戈培爾的門徒，走到了人民群眾的對立面，遭到了人民的唾棄，使《人民日報》的聲譽跌到了歷史的最低點。這樣的報紙，已經沒有絲毫真實性、群眾性可言，完全喪失了作為新聞媒介存在的意義了。4 月 12 日（工農兵來信日），應成為《人民日報》的恥辱日，所有的人民日報人以及所有的黨報工作者都應銘記這一天。因為它再次印證了馬克思的那句名言——「人民的信任是報刊賴以生存的條件，沒有這種條件，報刊就會完全萎靡不振。」

〔註 14〕見《人民日報》1978 年 11 月 22 日《天安門事件真相——把「四人幫」利用〈人民日報〉顛倒的歷史再顛倒過來》一文。

8.6　人民的勝利：《人民日報》回到人民中間

　　天安門事件後，鄧小平被撤消黨內外一切職務，「保留黨籍，以觀後效」。經毛澤東提議，華國鋒出任中共中央第一副主席、國務院總理。「四·五運動」被錯誤地定性爲「反革命事件」，「四人幫」取得了暫時的勝利。但是「四人幫」對於鄧小平「一批二保」的處置極爲不滿，於是又加大火力「批鄧」，在1976 年下半年這段「黎明前的黑暗」時期，「四人幫」開足了全國的宣傳機器，掀起了新一輪「批鄧」高潮，報紙上不斷出現「萬箭齊發對準鄧小平」、「徹底粉碎反革命逆流」等大標題。

　　4 月 6 日，《人民日報》頭版頭條發表了《牢牢掌握鬥爭大方向》的社論，堅持「批鄧」運動，並再一次將毛澤東不久前講的「翻案不得人心」的話，以黑體字標出。4 月 10 日，又發表社論《偉大的勝利》，指稱鄧小平是「黨內最大的不肯改悔的走資派」。5 月 16 日，《人民日報》刊登「兩報一刊」社論：《文化大革命永放光芒——紀念中共中央 1966 年 5 月 16 日〈通知〉10 週年》，這篇紀念「文革」十週年的社論攻擊說：「黨內最大的不肯改悔的走資派鄧小平，就是這次大刮右傾翻案風，直至天安門廣場反革命事件的掛帥人物。」「『全面整頓』，是鄧小平翻案復辟的行動部署。」在「四人幫」的強制命令下，從中央到地方刮起了一股「批鄧」風。

　　7 月 28 日，唐山發生了震驚中外的大地震。然而，《人民日報》置重大自然災害於不顧，從 7 月 29 日震後第一天（見圖十六）到毛澤東去世前的 9 月8 日，40 多天中，在一版竟沒有一篇關於災區情況的報導，卻天天刊登「批鄧反擊右傾翻案風」的文章，有時還一日數篇。即便偶有登載有關地震的消息，也是領袖關懷、軍民抗震成就、災區恢復生產等「喜訊」，而且多冠以「批鄧」的大帽子。如：「河北省唐山、豐南一帶發生強烈地震　災區人民在毛主席革命路線指引下發揚人定勝天的革命精神抗震救災」（7 月 29 日）；「深入批鄧促生產，支持災區多貢獻　河北、遼寧廣大幹部和群眾以實際行動支持唐山、豐南地區的抗震救災鬥爭」（8 月 5 日）；「抗震救災的現場也是批鄧的戰場　紅九連和唐山郊區人民一起以批鄧爲動力做好抗震救災工作」（8 月 12日）；「深入批鄧成爲抗震救災強大動力　天津第一發電廠發電量很快達到震前水平」（9 月 1 日），等等。

圖十六　1976 年 7 月 29 日《人民日報》一版

　　1976 年 9 月 9 日，毛主席逝世。「四人幫」加緊了篡黨奪權的步伐，他們偽造「按既定方針辦」的毛澤東臨終遺囑，公開發出奪權信號。「四人幫」所謂的「臨終遺囑」，是毛澤東病重時對個別問題表示的意見，而且原話是「照過去方針辦」，「四人幫」把它篡改成毛澤東「臨終囑咐」。他們自封擁有解釋權，把「按既定方針辦」解釋成把「文化大革命」進行到底，並且「七八年再來一次」。

在「四人幫」的指使下，9 月 16 日，《人民日報》發表「兩報一刊」社論《毛主席永遠活在我們心中》，偷偷塞進「按既定方針辦」這個所謂的毛主席臨終囑咐。社論說：「毛主席囑咐我們『按既定方針辦』」，當前要把「批判鄧小平、反擊右傾翻案風的鬥爭繼續深入地開展下去，鞏固和發展無產階級文化大革命的勝利成果」。這篇處心積慮的社論，由姚文元直接策劃，經「四人幫」一夥審看。正式發表以前，又在他們圈內和他們所控制的新聞單位負責人中散發，以便造成一種假相，好像毛主席真有一個臨終遺囑，而且是向他們說的，他們才是毛主席的真正接班人。

社論發表以後，「四人幫」又對新聞單位發下指令：宣傳工作要以宣傳毛主席的「按既定方針辦」為中心，要反復宣傳。在姚文元的再三指示下，《人民日報》連篇累牘地宣揚「按既定方針辦」，幾乎言必稱「按既定方針辦」。從 9 月 16 日至 10 月 8 日，《人民日報》就登了宣揚「按既定方針辦」的消息和文章 27 篇，並把「按既定方針辦」做成通欄大標題。在 9 月 20 日《八億人民極其沉痛地悼念偉大領袖和導師毛主席》的消息中，「按既定方針辦」竟出現 29 處之多。從 9 月 22 日到 30 日，《人民日報》在報眼毛主席語錄欄，連續 9 天刊登「按既定方針辦」；從 9 月 17 日到 10 月 4 日的 17 天中，又有 50 篇悼念毛主席逝世的文章和消息被塞進「按既定方針辦」的內容，就連一些專刊專頁的文章和詩歌散文，也被強加上「按既定方針辦」的話，達到了「四人幫」所要求的讓「按既定方針辦」覆蓋報紙版面的目的。

「四人幫」除了大肆宣揚「按既定方針辦」外，還利用新聞照片大做文章，極力突出「四人幫」。在哀悼毛主席逝世期間，姚文元再三強調：「中央領導人守靈的照片要拍全，一個也不能漏掉」，「要體現集體領導」，「要突出主要領導人」。〔註15〕姚文元這些冠冕堂皇的話實際是要把「四人幫」全部拍進去，「一個也不能漏掉」，還要作為「主要領導人」來「突出」一下，淡化毛澤東選定的接班人華國鋒。

9 月 18 日，《人民日報》刊載了新華社播發的一張黨和國家領導人在毛澤東遺體前肅立默哀的照片。在悼念現場，明明是華國鋒站在中央，左右兩邊各十人，可是在照片上，華國鋒、葉劍英被推到了一邊，而王洪文、張春橋、江青卻居於正中的突出位置（見圖十七）。在審選照片時，姚文元一眼看中了

〔註15〕見《人民日報》1977 年 3 月 25 日《清算「四人幫」利用新聞照片反黨的滔天罪行》一文。

這一張，並興頭十足地說：「這張照片不錯」，「用過了可以再用」，並下令各
報通欄刊登在顯著位置上。〔註16〕

圖十七　1976年9月18日《人民日報》二版

9月19日，《人民日報》刊登了一張華國鋒在毛主席追悼大會上致悼詞的

〔註16〕見《人民日報》1978年11月22日《天安門事件真相──把「四人幫」利用
　　　〈人民日報〉顛倒的歷史再顛倒過來》一文。

「五人照片」，畫面上王洪文卻居於五人正中。按理說，華國鋒致悼詞就該拍一張華國鋒的特寫照片，但「四人幫」卻選登這張王洪文居中的「五人照片」。姚文元不僅令新華社立即播發讓各報刊用，而且指令電視、電影等有關單位仿傚這張照片播映。

「四人幫」迫不及待地要奪取最高權力，決心做最後一搏。1976 年 10 月 4 日，《光明日報》在一版頭條發表了「梁效」的文章《永遠按毛主席的既定方針辦》。文章說「按既定方針辦」這一諄諄囑咐，是偉大領袖毛主席對我們黨和整個共產主義運動的高度概括和深刻總結，「篡改毛主席的既定方針，就是背叛馬克思主義，背叛社會主義，背叛無產階級專政下繼續革命的偉大學說」，「任何修正主義頭子，膽敢篡改毛主席的既定方針，是絕然沒有好下場的」。

這篇文章在「四人幫」陰謀篡黨奪權的關鍵時刻，爲「四人幫」僞造毛主席臨終囑咐大造輿論。當時黨中央的主要負責同志華國鋒、葉劍英等認爲「這是『四人幫』準備實施反革命行動的一個信號」。在該文發表的第三天——10 月 6 日，黨中央採取斷然措施，將「四人幫」全部抓捕，一舉粉碎了禍國殃民的「四人幫」。同時，「四人幫」還炮製了一篇題爲《按毛主席的既定方針勇往直前》的文章，經姚文元三次審改，預定於 10 月 8 日在《人民日報》頭版頭條見報，只是由於他們迅速垮臺，未及出籠。

粉碎「四人幫」的勝利，標誌著歷時 10 年的「文化大革命」從此結束。10 月 7 日晚，黨中央立即派以遲浩田同志爲首的工作組進駐《人民日報》，接管了報紙的宣傳大權。《人民日報》從「四人幫」的奪權工具一變而爲黨和人民的輿論武器，令人生厭的「幫八股」面孔一掃而光。新生的《人民日報》馬上開始傳遞黨和人民的聲音，10 月 10 日，《人民日報》刊登「兩報一刊」社論《億萬人民的共同心願》，社論講的是籌建毛主席紀念堂和出版毛澤東選集之事，卻把粉碎「四人幫」的消息和全國人民的喜悅心情融入其中。社論說：「任何反對馬列主義、篡改毛主席指示的人，任何搞分裂、搞陰謀詭計的人，是注定要失敗的。4 天後，《人民日報》刊登了中共中央關於公佈粉碎「四人幫」的消息。10 月 18 日，工作組召開全社職工大會，宣佈對人民日報社領導小組負責人（即總編輯）魯瑛隔離審查。此後，《人民日報》大力宣傳黨中央一舉粉碎「四人幫」的偉大意義，揭發批判「四人幫」的滔天罪行。人民群眾反映，《人民日報》上又有了人民的聲音，眞正成爲人民的報紙了。

　　十年前，「文革」開始時，中央派的第一個工作組是到人民日報；十年後，「文革」結束時，中央派的第一個工作組又是到人民日報。所不同的是，前者給人民日報帶來的是狂風暴雨，後者帶來的則是麗日和風。這絕不是歷史的巧合，說明了《人民日報》這一輿論重鎮無與倫比的重要性，是黨內政治鬥爭的前沿陣地。

8.7　滴血的歷史與沉痛的反思

　　十年「文化大革命」，中國新聞事業破敗凋零、萬馬齊暗，成爲深受林彪、「四人幫」破壞、毒害的「文革重災區」，而中共中央機關報《人民日報》又是其中的重中之重。《人民日報》等新聞媒體在「四人幫」的破壞下，屢遭重創，損失慘重，黨的新聞工作的優良傳統和作風被破壞殆盡，寫下了我國報刊史上最黑暗的一頁。雖然這段中國當代新聞事業史上最黑暗的一頁已經翻去，但是歷史的經驗教訓必須記取，不容遺忘，理應成爲一筆寶貴的財富。

　　在史無前例的「文化大革命」中，人民日報人經歷了史無前例的歲月，編輯過史無前例的報紙，也留下別樣的心路歷程。

8.7.1　黨報成爲「四人幫」篡黨奪權的御用工具

　　「文化大革命」期間，林彪、「四人幫」奪取和壟斷了新聞事業的領導權，在他們的把持和操控下，《人民日報》成了林彪、「四人幫」集團得心應手的御用工具，爲其篡黨奪權竭盡犬馬之勞。他們利用《人民日報》到處扣帽子、打棍子，無限上綱，羅織罪名，把大批無產階級革命家「打翻在地」，正義的聲音被扼殺，黨的形象被扭曲。對於《人民日報》則濫施淫威，「理解的要執行，『暫時』不理解的也要執行」，把《人民日報》變成了向人民實行專政的工具，直至走向人民的對立面。

　　「四人幫」及其心腹出於篡黨奪權的需要，壟斷當時《人民日報》的版面，凡屬「幫文」，全開綠燈；不僅占居一版版面，而且占居頭條位置。姚文元在控制《人民日報》的幾年中，光是有案可查的各種「指示」就在一百次以上，一些重要的版面，都要經他點頭同意，連標題的字體和字號都要「過問」。以一版頭條爲例，據不完全統計，1974 年至 1975 年兩年內，僅「四人

幫」的基地上海一地，《人民日報》就登了 61 個一版頭條。其中，「四人幫」
及其在上海的餘黨馬天水等直接插手控制的上海第五鋼鐵廠一個單位，就佔
了 10 個。再如「四人幫」控制下的清華、北大兩校，僅 1976 年 1 月到 4 月，
就刊登了一版頭條 20 個。江青控制的「點」小靳莊，姚文元曾下達指示說：
「建設方面，多搞點好典型，如小靳莊較好，發過還可以發。」〔註 17〕就這
樣，小靳莊這個「點」，在這兩年的《人民日報》上，不僅登了 10 個一版頭
條，連詩歌也沾了光，前後不到一年的時間內，連發了 4 個版。

　　對於吹捧「四人幫」的文章，《人民日報》更是不遺餘力，極盡誇大渲染
之能事──大號字體，通欄標題，連篇累牘，鋪天蓋地。例如，1974 年 3 月，
那首捏造事實爲江青樹碑立傳的詩歌《西沙之戰》一出籠，《人民日報》立即
撥出兩個整版篇幅用正體字刊登。1976 年，王洪文炮製的上海民兵工作的「新
鮮經驗」一出臺，《人民日報》立即於 6 月 19 日在一版頭條刊登，並爲之大
吹大擂：標題用大號字，「肩、主、副」三題齊全，有新聞，有文章，還配發
照片、專頁，洋洋大觀，好不熱鬧。1975 年 3 月 1 日和 4 月 1 日，姚文元和
張春橋分別拋出了兩篇文章《論林彪反黨集團的社會基礎》、《論對資產階級
的全面專政》，《人民日報》均在一版頭條位置通欄刊出，光題目和署名，就
佔了 1400 字的版面篇幅，標題使用了當時報社現有的最大字號特號字。

　　至於「四人幫」極端仇視的周恩來總理和朱德委員長等老一輩無產階級
革命家，《人民日報》則在宣傳上予以封殺。早在 1973 年 11 月底，姚文元就
給《人民日報》的心腹魯瑛下令：「最近接見的照片登得太多。今後除毛主席
接見的照片要登，一般的接見照片不登。」並要求「從嚴掌握」。明目張膽地
不許刊登周總理和朱委員長等老一輩無產階級革命家接見外賓的照片，妄想
使他們的光輝形象在廣大人民心目中消失。但是，對於當時根本不主管外事
工作的江青，《人民日報》在 1974 年一年內，就爲之刊登了「會見」和「接
見」外賓的照片 23 幅，其中有一個月就連登了 8 幅。

　　1975 年 9 月 17 日，《人民日報》在一版刊登了江青在大寨頭纏白羊肚毛
巾、揮鋤刨地的照片，妄圖以假亂眞，蠱惑人心。也正是在此前一天，江青
在全國農業學大寨會議開幕式上胡亂插話，《人民日報》卻在一版頭條消息的
副題上標出：「江青作了重要講話」，製造假象，爲受到毛主席嚴厲批評、正

〔註 17〕見葉春華《揭露「四人幫」控制時期〈人民日報〉的反動編排》，1978 年 3
　　　　月 31 年《人民日報》。

處於困境的江青解圍，企圖欺騙全黨和全國人民。

8.7.2 「幫文風」泛濫成災

空洞無物、又臭又長的文風，是毛澤東同志早就嚴厲批評過的。可惜，經過多年撻伐，這種文風並未絕迹，反而謬種流傳。到了林彪、「四人幫」及其御用文人手裏，發展到登峰造極的地步。這種文風的表現就是「幫八股」。

「幫八股」是爲「四人幫」製造反革命輿論服務的。「文化大革命」期間，《人民日報》基本上成了「四人幫」的「幫報」。姚文元是這個「幫」的輿論總管。他以筆爲棍，東征西討。他控制大報小報，以輿論左右中國政局。從批《海瑞罷官》、「三家村」，到批周揚、批陶鑄，直至批「周公」、批鄧，其源蓋出於姚文元這個「無產階級金棍子」（江青語）。在「四人幫」的羽翼下，還有他們豢養的寫作班子爲其效力。當時報界有個說法：「小報抄大報，大報抄『梁效』。」「大報」主要是指《人民日報》；「梁效」即「四人幫」在北京大學、清華大學豢養的御用寫作班子（「梁效」是「兩校」的諧音），專門秉承其主子的意旨炮製「幫文風」的範文，交《人民日報》和其他報紙登載。其實，不只「小報抄大報」，大報也抄《人民日報》這個排頭大報。「四人幫」通過把持和控制《人民日報》，從上而下推行其「幫文風」，使「幫文風」泛濫全國，以至很長一段時間《人民日報》的語言成爲當時的通用語言，從上而下吹向全國，在全國範圍內形成了「文風一律」，嚴重敗壞了我黨歷經數十年形成的馬克思主義文風。下面剖析一下這種以《人民日報》當時的文風爲代表的「幫文風」的特點：

「幫文風」的一個特點就是「假大空」。在「文革」時期的《人民日報》上，假話、空話、大話幾乎俯拾即是，擢髮難數。

比如，當時的消息導語寫作，有一種特定的模式，開頭往往戴上一頂世界革命或中國革命的「大帽子」，或引用毛澤東的詩詞或語錄。如回顧歷史就用「憶往昔崢嶸歲月稠」；感慨巨大變化就用「虎踞龍盤今勝昔，天翻地覆慨而慷」；歌頌革命群眾就用「春風楊柳萬千條，六億神州盡舜堯」；批判敵人則用「一從大地起風雷，便有精生白骨堆」；說明任務的艱巨就用「雄關漫道真如鐵，而今邁步從頭越」。文章的結尾則常用「多少事，從來急，天地轉，光陰迫，一萬年太久，只爭朝夕」，或是「宜將剩勇追窮寇，不可沽名學霸王」之類。請看1967年7月2日《人民日報》刊登的《毛主席語錄在全世界廣泛

傳播》的導語：

> 「四海翻騰雲水怒，五洲震盪風雷激」。當世界人民昂首闊步進入毛
> 澤東思想爲偉大旗幟的嶄新的歷史時代的時候，在震撼世界的中國
> 無產階級文化大革命取得偉大勝利的凱歌聲中，在亞洲、非洲、拉
> 丁美洲民族解放運動洶湧澎湃、滾滾向前的時候，中國出版的紅寶
> 書《毛主席語錄》外文版在全世界廣泛傳播……

標題製作同樣「假大空」。隨便摘取 1967 年 9 月 30 日《人民日報》頭版
刊登的一條通欄標題：

> 全國人民的最大幸福全世界人民的最大幸福（引題）
>
> 我們偉大的領袖偉大的統帥毛主席身體非常非常健康精神非常非常
> 充沛（主題）
>
> 國慶前夕廣大軍民無比幸福地歡慶這個喜上加喜的特大喜訊（副題）

「文革」一方面造成了語言形式的刻板，另一方面，它也極壞地污染了
社會語言風氣，以致形成了一個壞文風競賽的環境，彼此之間互爭雄長。1967
年 1 月 31 日，黑龍江省革委會成立，2 月 2 日《人民日報》刊登了黑龍江省
造反派給毛澤東的致敬電，開頭是「我們最最最最敬愛的偉大領袖、我們心
中最紅最紅最紅的紅太陽毛主席」。文中說：「今天是我們黑龍江省紅色造反
者、中國人民解放軍黑龍江省駐軍部隊指戰員和革命群眾最盛大的節日。我
們懷著無比激動的心情，最最熱烈地祝福您萬壽無疆，萬壽無疆！一千遍一
萬遍的高呼：毛主席萬歲！萬歲！！萬萬歲！！！」

1968 年 3 月 23 日，江蘇省暨南京市革命委員會成立，3 月 25 日《人民
日報》刊登了他們給毛澤東的致敬電：

> 最最敬愛的偉大領袖毛主席：
>
> 「春風楊柳萬千條，六億神州盡舜堯。」
>
> 今天，長江門戶的無產階級革命政權江蘇省和南京市革命委員
> 會，光榮地誕生了！
>
> 從蘇北平原，到江南水鄉，紅旗似海人如潮。毛主席啊，毛主
> 席！哪裏不在盡情地歡呼，哪裏不在縱情地歌唱，歡呼您最新指示
> 的偉大勝利！歌唱您親手締造的中國人民解放軍「三支」「兩軍」工
> 作的卓越功勳！千百萬人民從心坎裏發出最美好的祝願：敬祝您老
> 人家，我們心中最紅最紅的紅太陽萬壽無疆！萬壽無疆！萬壽無

疆！

　　毛主席啊，毛主席！在這盛大的節日裏，戰鬥在黃海前哨的您的四千七百萬英雄兒女，更加深深地想念您啊，我們的恩人，我們的救星！……

　　毛主席啊，毛主席！永遠忠於您的江蘇兒女，最最衷心地祝願您啊，我們心中最紅最紅的紅太陽，萬壽無疆！萬壽無疆！萬壽無疆！

　　「幫文風」的另一個特點就是「語言暴力」。林彪、江青集團炮製的「幫文風」，作爲推行「文化大革命」的一種武器、一根棍子，既可惡又可怖。新聞界首當其衝，既受害又害人。

　　翻開「文革」時期的《人民日報》，「火燒」、「踏平」、「打倒」、「炮轟」、「砸爛」、「踏上一隻腳，讓他永世不得翻身」等暴力語言充斥版面，至今還讓人聞之心悸。就連「牛鬼蛇神」、「一小撮」、「混蛋」、「這簡直是放屁」、「砸爛他的狗頭」等罵人詞語也頻繁地出現在《人民日報》的社論裏。「文革」中的大批判文章幾乎有一個固定的格式，先是以語錄開篇（當然是擇其所需），接著寫一通形勢大好，然後筆鋒一轉，抓住被征討者的隻言片語，或斷章取義，或張冠李戴，或無中生有，或牽強附會，再佐以「砸爛」、「橫掃」等「革命」詞句，隨意上綱上線，任意口誅筆伐，必欲置被征討者於死地而後快。

　　下面全文摘錄 1967 年 1 月 25《人民日報》刊登的北京礦業學院東方紅公社「紅星」戰鬥隊的「戰鬥宣言」──《這個權我們奪定了》：

　　「問蒼茫大地，誰主沉浮？」我們，我們，就是我們革命造反派！

　　我們敢說、敢幹、敢造反，我們是頂天立地的英雄漢。革命的大權統統奪，革命的大印我們管。建國十七年來，礦院各種大權都被一些修正主義分子所竊取，這個權，我們今天不奪，更待何時？我們要把修正主義的礦院砸它個稀巴爛，讓那些修正主義的老爺「權威」們，那些牛鬼蛇神統統見鬼去吧！

　　礦院的革命左派奪權了。七個通告像七顆最有力的炮彈，射得準，打得狠。給修正主義的院黨委、院委判了死刑，給礦院這塊修正主義的陣地以毀滅性的轟擊。每個革命造反派，無不爲之歡欣鼓舞，奔走相告。但也有那麼一小撮混蛋和糊塗蟲們，在那陰暗角落裏，狂吠不止：

你們搞「分裂主義」！

你們搞「利己主義」！

你們搞「大國沙文主義」！「老子黨」！

「一切權力歸東方紅是錯誤的！你們對革命組織進行政治迫害！」

呸！統統見他媽的鬼去吧。一切奇談怪論可以休矣！「小小寰球，有幾個蒼蠅碰壁。嗡嗡叫，幾聲淒厲，幾聲抽泣。」敵人的咒罵，庸人的狂叫，損害不了我們半根毫毛。革命者就是在敵人的反對聲中壯大的，就是在那般老爺們的罵聲中成長起來的。人類歷史的車輪是誰也擋不住的，勝利是一定屬於我們革命造反派的。

革命左派聯合起來！一切權力歸左派！

打倒溫情主義！打倒折衷主義！

打倒調和主義！

堅決、徹底砸爛修正主義的舊礦院！

爲建立毛澤東思想的新礦院而奮鬥！

這類「幫文風」的作品是如何炮製出來的？李莊同志在《難得清醒》一書中爲我們留下了一段難得的忠實記錄：在「批鄧、反擊右傾翻案風」運動中，《人民日報》的一個編輯奉命寫一篇批鄧文章。他準備幾頁稿紙，攤開一本《紅旗》，在略述某某單位認眞學習「最高指示」，狠批鄧小平之後，進入正題：「經過學習、批判，他們認識到」，以下照抄《紅旗》一段文章：「他們進一步認識到」，又抄一段文章：「他們還認識到」，再抄一段文章作爲結尾。原來，《人民日報》登載的幾百篇「批鄧、反擊右傾翻案風」的文章，大部分就是這樣炮製出來的。〔註18〕

「幫文風」是文革政治話語的一個重要組成部分。「文革」反動至極，荒謬透頂，必須靠「假、大、空」的「幫文風」來鼓吹和遮掩。「幫文風」是爲「四人幫」製造反革命輿論服務的，因而遭到廣大讀者的厭棄。當時社會上流傳著「看書看皮，看報看題」、「看文章要倒過來看」、「小報抄大報，大報抄『梁效』，謬論加謠言，千篇一個調」的說法，反映出人們對這種「幫味宣傳」的厭惡情緒已達到了極點。

〔註18〕李莊《難得清醒》，人民日報出版社 1999 年版，第 402 頁。

　　《人民日報》的語言在以後很長一段時間成為報刊的通用語言。粉碎「四人幫」消滅了由上面炮製、推行「幫文風」的風源，然而，文風問題並沒有一勞永逸地解決。時至今日，儘管性質不同，在某些報刊上，假話還沒有絕迹，空話還時有出現，以至「新聞八股」成了一種集體無意識，這不能不讓人深感憂心。

　　語言學史上有一種理論叫「薩丕爾──沃爾夫假說」。大意是人的語言會對思維產生極大的影響，由於理論思維主要是通過語言進行的，一種語言模式使用久了，勢必對思維產生影響。由此可見，文風是思想方式的外在體現，如果我們不能徹底清除文革語言對我們的惡劣影響，如果我們的報紙繼續充斥著大量的大話、假話、套話、空話和無效話語，造成的後果就是我們民族的整體素質的下降，並將嚴重影響社會的組織和效率。

8.7.3　版面編排的唯心主義之風達到頂峰

　　「文革」時期，「文字獄」大盛，新聞單位時刻處在風口浪尖之上，辦報禁忌太多，報人動輒得咎，誠惶誠恐，版面編排的唯心主義之風也達到頂峰。

　　「文革」初期，曾在《人民日報》主持夜班工作兩年半的工作組成員尚力科，曾著文回憶了那段「提心弔膽」的日子。他寫道：「這是我終身難忘的一段經歷。在那個狂熱的年代裏，出一張報紙，實在是難上加難。尤其是夜班工作又是出版的最後一關。一個標題、一幅照片、版面設計、內容取捨……哪一個環節處置不當，就可能會帶來大禍。」〔註 19〕

　　「文革」剛開始，《人民日報》早上六七點鐘還可以出報，隨著運動的不斷深入，夜班工作的秩序也被打亂了。那時，晚上七八點鐘工作，第二天早上九時左右報紙開印，就算是最早的了。一旦遇到大事，就得出晚報。1966年 8 月至 11 月毛澤東八次接見紅衛兵，新華社每次發稿都很晚，大會新聞照片、中央領導講話、出席大會的名單，都得經過中央文革小組和黨中央的高層領導最後審定，等到所有稿件發到《人民日報》已是第二天上午了。有兩三次，報紙不得不拖到第二天晚上七時左右才開印，出版時間比晚報還晚。工廠一邊趕印當天的報紙，夜班編輯一邊開始編明天的報紙。

　　「文革」期間的報紙，最大的禁忌是不能絲毫有損於毛主席的形象。所

〔註 19〕尚力科《我在「文革」中主持〈人民日報〉夜班》，1998 年 10 月《炎黃春秋》。

發毛主席的照片，每張都要經過細緻的修版或剪裁，以求達到完美無缺；再就是「毛主席」、「毛澤東思想」、「萬壽無疆」等詞不能分行。爲了防患於未然，《人民日報》索性把這些詞鑄在一起，有橫排的，有直排的，以保萬無一失。然而，更爲惡劣的還是「透視」的做法和「對版面」的風氣。

所謂「透視」，就是把報紙對著陽光或燈光看它的背面，防止報紙兩面的內容產生不好的聯想。如：所登毛主席照片的報紙背面不能有諸如帝國主義、反革命之類的貶義詞。一次，《人民日報》一版刊登了毛澤東的大幅照片，二版一條新聞報導了我國一些城市群眾示威遊行的消息，標題中有「反對帝國主義和各國反動派」的字樣。有人故意把報紙攤開，對著陽光查看，二版的「反動派」三字正好和一版的毛澤東頭像重疊，爲此牽強附會釀成了一大「事故」，上邊反復追查是否是壞人製造的反革命事件。爲了「透視」方便，大家想出一個奇妙的點子，做了一個報紙透視箱：先在一張桌面上打個四方洞，鑲上玻璃，桌下安放電燈泡，報紙大樣出來後，在玻璃面上一鋪，照片背面的字迹就看得清清楚楚。在那個動輒得咎的年代，因涉及偉大領袖，《人民日報》曾鬧出過許多令人啼笑皆非的「現行反革命」案件。

「對版面」，就是全國各報與《人民日報》對版面。「文革」以前，政治上還比較寬鬆，各家報紙可以根據各自的讀者對象自行取捨新聞和安排版面，不必強求一致。「文革」期間，《人民日報》作爲「中央文革」控制下的報紙，經常被「革命小將」和「革命群眾」當成與其它報紙比照的「樣板」，如有不合，就要採取「勒令停刊」之類的「革命行動」。致使各報爲保險起見，放棄各自風格，紛紛與《人民日報》「對版面」。最早是《工人日報》、《中國青年報》、《解放軍報》等發其端，後來全國各省、市的報社也被裹脅進來。每到夜間，《人民日報》總編室夜班就電話鈴聲不斷，全國各地許多報社紛紛打電話詢問翌日《人民日報》的主要版面安排和主要標題製作以及照片的尺寸，甚至連標題占多少欄，用什麼字體、多大字號，是否套紅都要悉數問清。然後依樣畫葫蘆，按照《人民日報》的版式複製，以減少政治上的麻煩；即使版面處理得不妥，也可以把責任推卸到《人民日報》身上。這樣，就導致了第二天各地報紙的頭版毫無二致，蓋上報頭都是《人民日報》，以至造成了全國報紙「千報一面」的景象。

8.7.4 新聞職業道德大滑坡

「文革」期間，人民日報一些正直的新聞工作者在泰山壓頂的艱苦條件

下，利用各種機會，與林彪、「四人幫」進行了堅決的抗爭，雖遭到殘酷迫害和打擊，但始終不向惡勢力低頭。然而，絕大多數人卻違心苦撐，形同服役，一些人則賣身投靠，俯首聽命於「四人幫」的淫威，甘心充當御用工具。這種情況在當時的全國新聞界亦復如此。這確實讓人深長思之。

德國哲學家費希特在《論學者的使命》一文中說：「基督教創始人對他的門徒的囑咐實際上也完全適用於學者：你們都是最優秀的分子；如果最優秀的分子喪失了自己的力量，那又用什麼去感召呢？如果出類拔萃的人都腐化了，那還到哪裏去尋找道德善良呢？」「文革」期間新聞工作者的道德淪喪和異化，嚴重影響了社會道德水準，誘發了社會良知的缺失。

研究寫作組現象，對於我們認識「文革」時期的新聞工作者，具有典型意義。

寫作組是「四人幫」的御用工具，為「四人幫」製造反動輿論。表面上看來，梁效、羅思鼎們登在「兩報一刊」上的大塊文章，確實頗有口含天憲的意味，到處都得轉載、印發、學習他們的文章，是當時主流意識形態的表達。其實，他們不過是「四人幫」為了建立其「新天朝」豢養的一批犬馬而已。他們大耍軟刀子殺人的鬼把戲，死心塌地為「四人幫」效忠，甚至以歌頌呂后來向江青逢迎獻媚，確實到了不齒於人類的地步。他們中的很多成員，至今仍為世人所詬病，用盡餘生氣力也洗不脫當年的「思想和學術污點」。總的來說，不管老、中、青，當年進入寫作組的這些專家、學者、教授們基本上都是懷著一種榮幸，都想成為為主流意識形態服務的人。能被政權所用就感激不盡了，何況還是其專業範圍之內呢？對於這些知識分子來說，他們的悲劇首先是由時代造成的，過多地追究其個人的責任不是歷史的態度。

寫作組的悲劇不過是中國知識界大悲劇的一部分。應該看到，在當時，知識分子渴望被御用是普遍心態。「文革」是毛澤東親自發動的，「文革」時期的宣傳是以執政黨的名義實施的。真正能從思想體系、價值觀念上跳出來的人少之又少。這不能不從中國知識分子從50年代以來在整體上已被改造得失去了獨立思考能力的歷史背景來看。在歷次政治運動中，你不充當革命動力，就得充當革命對象，二者必居其一，沒有第三種選擇。想要置身局外，可能性微乎其微。面對咆哮而來的洪水，除了少數人砥柱中流或者推波助瀾外，絕大多數人只能隨波逐流。林彪曾經說過極其霸道的話，迫使人們對毛澤東的後期思想信奉到十分荒唐的地步：「句句是真理，一句頂一萬句」，「理

解的要執行，不理解的也要執行，在執行中加深理解」。「毛主席的好學生」柯慶施甚至說：「相信毛主席要相信到迷信的程度，服從毛主席要服從到盲從的程度。」從而禁錮了人們的頭腦，束縛了人們的手腳，也揭示了黨的新聞工作者在無產階級專政下的惟一選擇：放棄獨立人格與思想立場，甘心充當御用工具，無條件地爲當時的主流意識形態服務。更何況，「四人幫」是用冠冕堂皇的黨性原則來貫徹他們的「幫性」呢！

輪船要駛向何方不是水手的責任，但是並不等於說，水手就因此放棄思辨的權利和自由，對航程不做任何的思考。所以，即使是卑微的水手，也應該關心目的地和航線。如此看來，「文革」中的新聞工作者也並非毫無責任，實際上，不論是被迫參與，還是出賣良知，或是爲「稻粱謀」，廣大新聞工作者都是災難的主要載體。正是由於大多數人充當了「馴服工具」，便造成了萬馬齊暗的局面，以至於林彪、「四人幫」可以幾乎暢行無阻地推行其篡黨奪權的陰謀，爲害國家達十年之久。

「文革」中，新聞工作者道德淪喪的根本原因就在於喪失了自身的獨立性。毛澤東常說：「皮之不存，毛將焉附？」在毛澤東的眼裏，知識分子就是「毛」，必須附著在「皮」上。他說這張「皮」應當是工人階級，其實就是政權。這就使知識分子處於失去靈魂家園的可悲境地。你要在政治上保證不「翻船」，你就必須練就講假話的真功夫，把假話講得比真話還真；就必須放棄獨立思考，做天然風派，人云亦云，唯上唯書，做官樣文章；更有甚者，把筆桿子當做整人的棍子，把真理當謬誤批，把民族精英當敵人打，落井下石，爲「文字獄」助勢，爲「左」傾錯誤煽風點火。

就人民日報來看，還有其自身的特殊性。1966 年「文革」前夕，人民日報社有職工一千零幾十人，其中新聞業務人員約占三分之一。部主任以上領導多數是抗戰開始即在延安和敵後根據地參加新聞工作，歷經了整風審幹、「土改三查」以及游擊戰爭的鍛鍊。新中國建立前後調到報社的一批原在城市工作、讀書的地下黨員和進步學生，多數都參加過 50 年代以來的各種「政治運動」，從各個方面接受過審查和考驗。由於黨中央機關報這種特殊的人員結構，這個隊伍的成員一直把擺正個人與黨的關係放在首要位置，黨性原則和組織紀律性較強，總是同黨「一條心」，勤奮努力地爭取成為黨的得心應手的馴服工具，有時即使受到不公正的批評，也總是首先反求諸己。所以，在「文化大革命」中，當黨內出現陰謀家野心家時，尤其是他們的很多旨意是

打著毛主席的旗號時，絕大多數新聞工作者只能俯首聽命，以爲這就是黨的意志，從而不自覺地充當了林彪、「四人幫」的工具。

另外，在「文革」中，一大批黨的優秀新聞工作者慘遭迫害，蹲「牛棚」，挨批鬥，勞動改造，長期靠邊，有的甚至含冤死去，如鄧拓、范長江等人。同時，「四人幫」採取「摻沙子」的辦法，向新聞單位塞進一批文化水平不高的人充當「馴服工具」，甚至是奴才、鷹犬，從而嚴重敗壞了新聞工作隊伍。在此情況下，整個新聞界的道德水準就如同從山巔上滾下的巨石，迅速向下墜落，跌入深淵。

「文化大革命」作爲一頁黑暗的歷史，已經翻過去了。但是新聞工作者缺乏獨立意識，放棄獨立人格，甘心充當御用工具的痼疾（現在更多的是充當金錢的奴隸），卻不是一頁被翻過去的歷史。我們時時刻刻仍面臨著靈魂的拷問！

8.7.5　事實爲政治服務

「文化大革命」期間，新聞媒體指鹿爲馬，假話充斥，新聞眞實性再次受到肆意踐踏。

新聞報導違背客觀事實，在中國新聞事業發展史上並不罕見，然而最典型的莫過於大躍進的「火紅」年代，最慘烈的則是十年「文革」浩劫。

「文革」期間流行一句名言，叫做「造謠可恥，傳謠可悲，信謠可憐」。其實，林彪、「四人幫」正是這樣一個謠言加工廠。他們提出了一個荒謬絕倫的觀點，叫「事實爲政治服務」。林彪說：「不說假話辦不成大事」，「如果來稿沒有這種語言，編輯部審稿時要加上去。」江青則說：「材料要從鬥爭需要出發，不是從有什麼材料出發。」〔註 20〕因此，只要符合「無產階級文化大革命」的政治需要，什麼「事實」都可以捏造，任何「典型」都可以炮製。

「文革」中有一件震動國人的「英雄」事迹，頗具代表性。1968 年 4 月25 日，《人民日報》頭版頭條轉載了《解放軍報》的長篇通訊《心中唯有紅太陽，一切獻給毛主席——記保衛無產階級文化大革命的英雄戰士劉學保》，並配發軍報評論員文章《千萬不要忘記階級鬥爭》。這個「英雄戰士」到底創造了什麼樣的「驚天動地的業績」，譜寫了什麼樣的「毛澤東思想新時代的壯麗

〔註 20〕童兵《主體與喉舌：共和國新聞與傳播軌迹審視》，河南人民出版社 1994 年版，第 146 頁。

凱歌」呢？

通訊報導了在甘肅永登縣連城林場「支左」的蘭州部隊副班長劉學保，當他看到「革命形勢一派大好」，認為「階級敵人」一定要作「垂死掙扎」，他便「高度警惕」地「嚴密監視」著林場內一切可疑的人，結果認定其中一個為企圖破壞社會主義建設事業的「反革命分子」。1967 年 12 月 17 日，劉學保發現這個「反革命分子」要爆炸一座大橋，他就一邊禱念著「下定決心，不怕犧牲」的「最高指示」，一邊「以大無畏的英雄氣概」，向那個「反革命分子」猛撲過去，經過一場「激烈搏鬥」，用自己帶來的短刀和斧頭「砸爛了他的狗頭」。當看到大橋下的炸藥包正在嗤嗤冒火時，他背誦著毛主席的詞句「要掃除一切害人蟲，全無敵」，「以驚人的勇敢」衝上橋墩，抱起炸藥包，往遠離大橋的河灘跑，邊跑邊高呼「毛主席萬歲！萬萬歲！」，最後將炸藥包扔出去，大橋保住了，劉學保卻「失去了左手」。當人們聞訊趕來時，劉學保「微笑」著要大家「不要管我」，他立即成了體現毛澤東思想的「巍巍高山」式的「革命英雄」。

就「文革」中所宣傳的「英雄人物」來看，劉學保格外富有戲劇色彩。事實上，這是一齣由他本人自編、自導、自演的醜劇、鬧劇、慘劇。劉學保是一個極其殘忍的殺人兇手，一個卑鄙惡劣的政治騙子，被他「砸爛狗頭」的那個「階級敵人」叫李世白，是一個老實本分的林場工人。事實的真相是，當天林場職工去參加永登縣革委會成立大會，劉學保留在林場執行警戒任務。出於卑鄙的沽名釣譽目的，他將李世白騙至池木哈大橋附近，誣其要炸橋，殘忍地對李世白用斧頭砍、石頭砸，致其顱骨開放骨折昏死。然後劉學保用雷管炸殘自己左手，製造了所謂「反革命炸橋」並與之搏鬥的假案。事後，劉學保被樹立為「舍生護橋」的「保衛無產階級文化大革命的英雄戰士」，榮立一等功，提拔為軍區黨委委員，當選中共九大代表，多次「幸福地見到了偉大領袖毛主席和他的親密戰友林副主席」，全國也掀起了「向英雄劉學保學習」的熱潮。

這篇通訊可謂是「事實為政治服務」的代表作。為了突出劉學保在「支左」中的功績，通訊不僅寫他與階級敵人的鬥爭，還不忘「文化大革命」的特殊背景和主要任務，突出了他與「走資派」的鬥爭，將他描繪成一個既有階級鬥爭覺悟又有路線鬥爭覺悟的先鋒戰士。通訊中有一段描寫了劉學保到林場「支左」後，經過艱苦細緻的思想工作，林場出現的新氣象：

「階級鬥爭，一抓就靈。」林場的無產階級文化大革命的烈火熊熊地燃燒起來了，掀起了革命大批判的新高潮。大字報鋪天蓋地而來，揭出了林場走資派大量反黨反社會主義反毛澤東思想的罪行。就是黨內走資派，把這個反革命分子在勞改釋放後收留在林場，並加以重用；就是黨內走資派，當這個反革命分子寫黑詩攻擊黨和社會主義時，百般庇護，還幾次寫報告要爲他「平反」；就是黨內走資派，把這個反革命分子作爲重點救濟對象，把職工救濟費親自送到他的家裏……

「英雄」人物除了要有驚人之舉外，照例還總要說一些「豪言壯語」。通訊引用了劉學保的一段日記：「失去一隻手算什麼，還有一隻手，照樣可以同階級敵人作鬥爭，照樣可以向敵人開槍，投手榴彈！保衛毛主席，保衛毛主席的無產階級革命路線，保衛社會主義江山！」

其實，在這個所謂「英雄事迹」發生的第二天，就引起了有關部門的懷疑。據甘肅省甘南州委黨史研究室翟翔、郝德有的《「劉學保事件」及其思考》〔註21〕一文披露，當時永登縣公安局勘察現場後即發現，並沒有「炸橋」的任何證據，便上報武威地區公安處軍管會和省公安廳軍管會，要求將該案「暫掛起來」。但在那個瘋狂的年代，這種理智的要求是很難得到認可的。當時強調的是「革命需要」和「大方向」，只要符合「革命需要」，符合「大方向」，就什麼「枝節」都可以不予考慮。就這樣，劉學保便作爲一個「重大典型」推了出來。

在「事實爲政治服務」的影響下，造謠新聞大量浮出水面，黨報上充斥著假話、大話、空話和套話，強制性宣傳達到了登峰造極的地步，黨報公信力喪失殆盡。「事實爲政治服務」還嚴重影響了本來就不成熟的新聞攝影理論，「四人幫」大肆宣揚「政治掛帥，該擺就擺」、「不受眞人眞事限制」，於是，新聞攝影盲目地服從於不切實際的政治說教，導演擺佈、印證政策、剪貼易人以及標語口號式的照片充斥著《人民日報》的版面，給黨的新聞事業造成了極其惡劣的影響。

在極「左」路線的嚴重影響下，《人民日報》徹徹底底地成了「四人幫」的「幫報」，新聞事業的基本特性喪失殆盡，降到了和文件、政治傳單等同的地步。從基本屬性上講，只剩下了政治屬性（而且是片面的）；從功能上講，

〔註21〕見《黨史風革》1992 年第一期。

只剩下了政治宣傳功能（而且被極端化了的）；從內容和宣傳報導手法上講，單調雷同，除了社論和大批判文章外，基本上沒有其他社會、經濟、文化等方面的新聞，而眞正反映群眾呼聲、願望及滿足群眾需要的新聞幾乎沒有。從而從根本上抹殺了報紙的信息本質屬性和信息傳播基本功能，破壞了報業自身規律，使報紙不再作爲大眾傳媒而存在，成了黨和政府的「布告牌」、領導的「語錄牌」和「起居注」，在群眾中威信空前低落，失去了廣大讀者。

時至今日，「文革」對中國新聞事業的這些負面影響仍然沒有完全肅清。「文革」並沒有離開我們，在今天人們的意識和言語活動中，在我們的報章上，它時而穿上戲裝出場，在越來越典型化、越來越模式化的漫畫場面中爲當代觀眾排演。我們已經從一場精神劫難中走出來，不願再去揭那些隱隱作痛的傷疤，但民族的創傷依然沒有痊愈。我們不應該忘記文化專制主義給中國新聞界造成的巨大傷痛，同時，避免這種傷痛再次發生的根本途徑，只能是制度創新。我們必須痛定思痛，正視歷史，力行改革。一個不敢正視自身病痛和歷史負累的民族是無法大踏步前進的，一個不能拋卻「文革」夢魘的新聞界也是無法引領時代前進的。

第 9 章　尾聲：鳳凰涅槃
（1976 年 10 月～1978 年 12 月）

　　1976 年 10 月粉碎「四人幫」以後，《人民日報》重新回到了黨和人民手中，開始了自己的新生，人民的意志得到體現，一張真正為廣大人民群眾喜聞樂見的報紙逐漸展現出來。

　　然而，由於當時主持中央工作的華國鋒繼續堅持「左」的指導思想，極「左」思想的餘毒依然深重。但是，在此後兩年多的中國社會徘徊期裏（1976 年～1978 年），《人民日報》沒有徘徊觀望，而是大有作為，留下濃墨重彩的一筆：針對「兩個凡是」的錯誤觀點，敢於實事求是，撥亂反正，堅持開展真理標準問題大討論，為推動黨糾正錯誤立下大功；同時積極參與平反冤假錯案和為「天安門事件」平反的工作，為人民群眾鼓與呼，在人民群眾中的威信大大提高。

9.1　撥亂反正：廓清思想迷霧

　　粉碎「四人幫」以後，《人民日報》充分發揮輿論引導作用，立即帶領全國新聞界深入揭批林彪、江青兩個反革命集團篡黨奪權的陰謀活動。

　　1976 年 10 月 25 日，《人民日報》發表「兩報一刊」社論《偉大的歷史性勝利》，首次披露了毛澤東生前對「四人幫」的批評。

　　然而，由於當時主持黨中央工作的華國鋒和中央分管宣傳工作的汪東興

繼續堅持「左」的指導思想，在社會生活領域，極「左」思想的餘毒依然深重，嚴重阻礙了全國各條戰線撥亂反正工作的順利開展。

1976 年 11 月中旬，中共中央召開宣傳工作會議，部署揭批「四人幫」的任務。會議貫徹華國鋒提出的方針，只批「四人幫」的極右，不提批「左」；堅決反對爲「天安門事件」平反，提出「要把批『四人幫』和批鄧結合起來」。爲此，11 月 28 日《人民日報》發表了指導性的社論《徹底揭發批判「四人幫」》，指出「四人幫」是「地地道道的黨內資產階級的典型代表，是不肯悔改的正在走的走資派」，他們推行的「是一條極右路線」。

1977 年 2 月 7 日，粉碎「四人幫」已過去 4 個月，《人民日報》以通欄大標題加框刊出了「兩報一刊」社論《學好文件抓住綱》，這篇社論由中央理論學習組起草，社論有針對性地提出：「凡是毛主席作出的決策，我們都堅決維護；凡是毛主席的指示，我們都始終不渝地遵循。」

這就是華國鋒著名的「兩個凡是」，其實也就是華國鋒的政治宣言書。「兩個凡是」的直接目的，是阻撓鄧小平同志出來工作，不許爲天安門事件平反。由於文章是中央定稿的，1977 年 1 月剛剛走上《人民日報》總編輯崗位的胡績偉雖不讚成社論的觀點，但也不敢「拒載」。

華國鋒用中共中央機關報發表社論的形式，把「兩個凡是」作爲全黨全國的工作方針向全國人民宣示。這樣，擺在全黨全國人民面前的，便是一系列無法調和的矛盾：一方面要批判「四人幫」，另一面要堅持「兩個凡是」。新的個人崇拜再一次鎖住了思想解放的閘門，歷史無情地把「兩個凡是」與「兩年徘徊」扭結在一起。

對此，人民日報採取了打「擦邊球」的辦法，對於直接分管宣傳的領導人明令禁止的事，暫時服從、照辦；對於事先沒有給予明確限制的事，積極主動地按照廣大黨員和群眾的意願去辦。如周恩來逝世一週年，《人民日報》用 44 塊版發表紀念文章，分管宣傳的黨中央副主席汪東興一再說宣傳周總理的規模不能超過毛主席，否則就是「擡總理壓主席」。爲此，《人民日報》在毛澤東逝世一週年時用了 66 塊版發表紀念文章，使他無話可說。

1977 年 4 月 1 日，《毛澤東選集》第五卷正式出版。在《毛澤東選集》第五卷的著作中，毛澤東首次提出了「無產階級專政下繼續革命」的理論。5 月 1 日《人民日報》發表了華國鋒爲《毛澤東選集》第五卷出版而作的長篇文章《把無產階級專政下的繼續革命進行到底》。文章指出：「貫徹《毛澤東選集》

第五卷的根本思想，就是堅持和發展馬克思主義的不斷革命的原理，在無產階級奪取政權的時候，立即把民主革命變爲社會主義革命，在無產階級專政下把社會主義革命繼續進行下去。」「如何對待黨內矛盾、黨內鬥爭，是無產階級專政下繼續革命的一個重大問題。」「在社會主義時期，無產階級革命的敵人不但在黨外，而且也在黨內。」

「繼續革命」理論是當時思想、理論、路線上的大是大非問題，推倒和徹底否定「無產階級專政下繼續革命」的理論，是撥亂反正的關鍵。人們迫切期待著理論的陽光驅散思想上的迷霧。

「兩個凡是」的鐵幕首先從教育戰線被打破，《人民日報》的一篇內參使長期在「黑線專政」論籠罩下的教育界撥雲見日。1977 年 9 月，《人民日報》記者穆揚、王惠平在參加高等院校招生會議期間，聽到很多人對《全國教育工作會議紀要》不滿，正是這份由遲群起草，姚文元、張春橋修改定稿的《紀要》，把教育戰線「文革」前 17 年說得一團漆黑：「文化大革命前 17 年教育戰線是資產階級專了無產階級的政，是黑線專政」；「知識分子的大多數世界觀基本上是資產階級的，是資產階級知識分子」。這就是「兩個估計」，教育戰線幾百萬知識分子就這樣被推向災難的深淵。9 月 15 日，兩位記者將「四人幫」炮製這個《紀要》的經過寫成內參稿，由報社以《情況彙編·特刊》的形式上報中央。不久，復職後擔任中共中央副主席的鄧小平在科學和教育工作座談會上針對這篇內參指出，教育戰線 17 年「主導方面是紅線」，「知識分子絕大多數是自覺自願地爲社會主義服務的」，並說：「《紀要》是毛澤東同志畫了圈的。毛澤東同志畫了圈，不等於說裏面就沒有是非問題了。」〔註 1〕藉此東風，1977 年 11 月 18 日，《人民日報》在頭版頭條刊登了「教育部大批判組」的《教育戰線的一場大論戰——批判「四人幫」炮製的「兩個估計」》，同時二版頭條還刊登了該報記者採寫的《「兩個估計」是怎麼炮製出來的？》，這成了當天轟動全國、振奮人心的大事。文章指出：「文化大革命前 17 年的教育路線以及其他戰線的所謂『黑線專政』論，發端於文藝戰線的『黑線專政』論。」這不僅讓教育戰線，而且讓文藝戰線乃至其他各條戰線從中也看到了希望，「黑線專政」論的破產指日可待。

緊接著，11 月 20 日，《人民日報》編輯部舉行了文藝界人士座談會，開始徹底批判「文藝黑線專政」論和林彪、江青勾結炮製的部隊文藝座談會紀

〔註 1〕《鄧小平文選》第二卷，人民出版社 1983 年版，第 63、64 頁。

要，推翻林彪、「四人幫」強加給文藝戰線的污蔑不實之詞。一個多月後再次邀請作家、詩人、文學評論家等 100 多人舉行座談會，刊登並轉載了很多批判文章。

隨著教育戰線、文藝戰線批判「黑線專政」論的深入，林彪、「四人幫」強加在出版、體育、衛生、公安等戰線以及黨的組織工作、宣傳工作、統一戰線等各方面的「黑線專政」論都受到《人民日報》的有力批判。《人民日報》的一批批判文章勇敢而成功地衝破了「兩個凡是」的束縛，為解除人們的精神枷鎖、解放人們的思想起到重要作用，人們開始思考檢驗真理的標準是什麼的問題。

1978 年 5 月 11 日，一篇掀起真理標準問題大討論的文章橫空出世——《光明日報》發表特約評論員文章《實踐是檢驗真理的唯一標準》。文章論述了馬克思主義的實踐第一的觀點，指出檢驗真理的唯一標準只能是社會實踐；理論與實踐相統一是馬克思主義的最基本原則；馬克思主義的理論並不是一堆僵死不變的教條，它要在實踐中不斷增加新的內容。這篇重要文章的原作者是南京大學哲學系教師胡福明，文章經過多人多次修改，最後由主持中央黨校工作的副校長胡耀邦審定，5 月 10 日先在中央黨校《理論動態》第 60 期全文發表。這是一篇思想解放的宣言，它引領了全國性的關於真理標準問題的大討論，揭開了撥亂反正的序幕。這場大討論歷時一年，對於破除「左」的思想束縛，推動撥亂反正工作的順利開展起到了重大作用；同時，它也是新聞界和理論界共同進行的旨在矯正當時中央決策者的思想路線錯誤、反映民意的特殊輿論監督，顯示了新聞輿論的巨大力量。

其實，發其嚆矢的應是《人民日報》。早在《實踐是檢驗真理的唯一標準》發表前的 3 月 26 日，《人民日報》在第三版理論版刊登了一組撥亂反正的理論文章，其中在中線位置一篇千餘字的加框文章頗為醒目突出（見圖十八）。這篇題為《標準只有一個》的思想評論提出：「真理的標準，只有一個，沒有第二個，除了社會實踐，不可能再有其他檢驗真理的標準……馬克思主義本身之所以是真理，也是由人類的社會實踐來檢驗和證明的。認識、理論本身是不能自己證明自己的，它的真理性，最終只有通過社會實踐的檢驗，才能加以確定。如果把理論也當作檢驗真理的標準，那就有兩個標準了。這是不符合馬克思主義的認識論的。」這篇開風氣之先的文章隱約地透露出思想的

堅冰開始融化，並爲《實踐是檢驗眞理的唯一標準》的發表作了理論上的預熱。

圖十八　1978 年 3 月 26 日《人民日報》三版

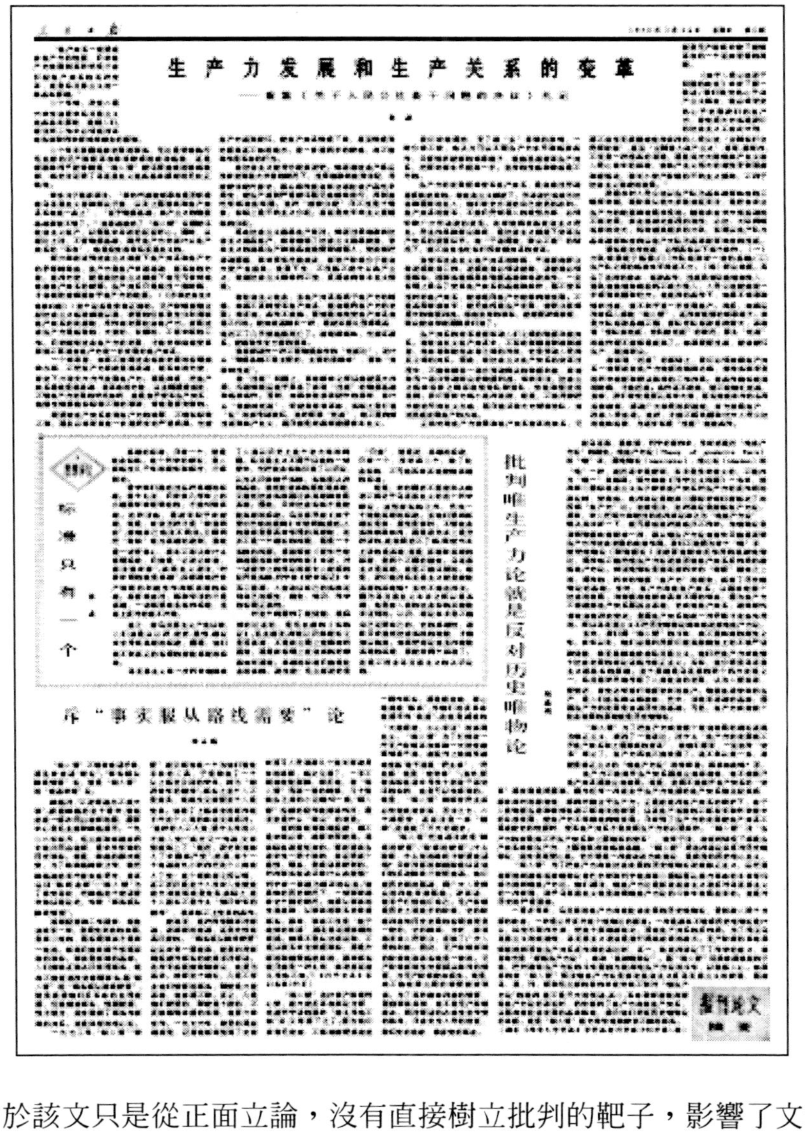

生产力发展和生产关系的变革

标准只有一个

批判唯生产力论就是反对历史唯物论

斥"事实服从路线需要"论

由於該文只是從正面立論，沒有直接樹立批判的靶子，影響了文章的針對性和現實意義。而《實踐是檢驗眞理的唯一標準》不僅從正面確立了檢驗眞理的標準問題，而且把矛頭直接指向了「兩個凡是」。故而，這篇署名張成

的文章當時在社會上並沒有引起廣泛反響。文章發表一個月內，僅收到 20 多封讀者來信、來稿。而在這批來信來稿中，對社會實踐是檢驗真理的唯一標準觀點表示完全讚成的只有一封信，其他來信來稿均表示不能接受或不能完全接受這一觀點，認為真理標準應是兩個，馬列主義、毛澤東思想也是檢驗真理的標準。《人民日報》編輯部認為，僅就這批來信來稿反映出的情況就足以說明，提出宣傳社會實踐是檢驗真理的唯一標準的馬克思主義觀點，是何等的重要和迫切！

《實踐是檢驗真理的唯一標準》發表後的第二天，5 月 12 日，《人民日報》轉發了《光明日報》的這篇特約評論員文章。在中共中央機關報上刊登這篇文章，無疑增強了該文的權威性和影響力，但也是冒著巨大風險的非凡之舉。果然，文章轉載的當天夜晚，《人民日報》總編輯胡績偉就接到老領導吳冷西（時任毛澤東主席著作編輯委員會辦公室副主任）的電話批評。他認為「這篇文章犯了方向性錯誤；理論上是錯誤的，政治上問題更大，很壞很壞」。〔註 2〕

壓力接踵而來。5 月 17 日，主管宣傳工作的中共中央副主席汪東興點名批評這篇文章「理論上是荒謬的，思想上是反動的，政治上是砍旗幟的」，並責問：「這是哪個中央的意見？！」第二天，汪東興召集中宣部和《紅旗》雜誌負責人談話，批評《人民日報》「很不慎重」，要求中宣部把好關。〔註 3〕

但是，真理在手的人民日報並沒有屈服，繼續逆風前行，義無反顧地推動真理標準問題的大討論。6 月 2 日，鄧小平在全軍政治工作會議上發表講話，再次批駁了「兩個凡是」。他在闡述怎樣正確對待馬列主義、毛澤東思想的問題時指出：實事求是是毛澤東思想的出發點、根本點，並號召打破精神枷鎖，「使我們的思想來個大解放」。次日，《人民日報》即以《鄧副主席精闢闡述毛主席實事求是光輝思想》為題，詳細介紹了鄧小平的講話。同時，製作了表達報社鮮明立場的副題：「強調指出：馬列主義、毛澤東思想的基本原則，任何時候都不能違背。但是，一定要從實際出發，理論和實踐相結合，總結過去經驗，分析新的歷史條件，提出新的問題、任務和方針。」6 月 6 日，又在一版全文發表了鄧小平的這篇講話。對真理標準問題的討論和實際工作起到了巨大的促進作用。

〔註 2〕 胡績偉《胡績偉自選集》（新聞卷一），第 80 頁。
〔註 3〕 同上，第 80、81 頁。

對此，汪東興於 6 月 15 日召集中宣部和中央直屬新聞單位負責人開會，著重批評《人民日報》，指責《人民日報》在報導鄧小平的講話時標題上用了「精闢闡述」四字，並提出「接受教訓，下不為例」的警告。可是《人民日報》並沒有「下不為例」，第二天又發表了中國社會科學院哲學研究所邢賁思的文章——《關於真理標準問題》，新華社立即轉發，《光明日報》、《解放軍報》等全文轉載。

為了掃除這場大討論的思想阻力，胡耀邦又組織中央黨校的同志撰寫了第二篇文章《馬克思主義的一個最基本原則》。在中央軍委秘書長羅瑞卿的支持下，6 月 24 日，《解放軍報》與《人民日報》相約同日刊登了這篇解放軍報特約評論員文章，表明軍隊對真理標準問題討論的態度。這篇被稱作《實踐是檢驗真理的唯一標準》姊妹篇的文章，從理論上回答了「凡是派」的種種責難和疑問，把真理標準問題的爭論公開化了。到 9 月 26 日，《人民日報》又以特約評論員名義發表了胡耀邦組織撰寫的第三篇文章《一切主觀世界的東西都要經受實踐檢驗》，從而把討論進一步引向深入。

從 1978 年 6 月至 11 月，全國各級黨政機關、解放軍各總部各大軍區，以及理論工作者，紛紛參加到真理標準問題的大討論中，撰寫文章或發表講話，表示支持實踐是檢驗真理的唯一標準的觀點。到 1978 年底，《人民日報》共發表有關真理標準問題的討論文章 120 多篇，形成了波及全國、影響各界、人人關注的全民討論熱潮，從而使政治力量的天平倒向了堅持實踐標準的一邊。

1978 年 11 月 10 日至 12 月 15 日，中共中央工作會議召開，華國鋒和汪東興不得不在會上就「兩個凡是」和真理標準討論問題作了檢討和說明。在 12 月 13 日的閉幕會上，鄧小平發表講話，對持續半年之久的真理標準問題討論的重大意義進行了充分肯定。他說：目前進行的關於實踐是檢驗真理的唯一標準問題的討論，實際上也是要不要解放思想的爭論。他指出：只有解放思想，堅持實事求是，一切從實際出發，理論聯繫實際，我們的社會主義現代化建設才能順利進行，我們黨的馬列主義、毛澤東思想的理論也才能順利發展。﹝註4﹞從這個意義上說，關於真理標準問題的爭論，的確是個思想路線問題；是個政治問題，是個關係到黨和國家的前途和命運的問題。

﹝註4﹞ 江澤民《論黨的建設》，中央文獻出版社 2001 年版，第 409 頁。

9.2　平反冤假錯案：把顛倒的重新顛倒過來

　　《人民日報》在大力開展真理標準問題討論的同時，還積極推進平反冤假錯案的工作。二者彼此促進，其共同的矛頭是「兩個凡是」。

　　在十年浩劫中，眾多的開國元勳受到迫害，大批的知識分子慘遭凌辱，千千萬萬的家庭被摧殘和株連，可謂冤獄遍於國中。但是，在「兩個凡是」的思想影響下，中央的一些領導人不敢觸動毛澤東晚年的錯誤，堅持「文化大革命」是「七分成績三分錯誤」的錯誤觀點，十分擔心平反冤假錯案會損害毛澤東的形象，在這些問題上畏首畏尾，裹足不前，嚴重違背了黨心民意。

　　粉碎「四人幫」後，黨內外廣大幹部群眾迫切要求結束「批鄧」，讓鄧小平重返黨和國家領導崗位。1977 年六七月間，《人民日報》為此連續發表三篇文章進行輿論準備：《打著反復辟的旗號搞復辟》（6 月 30 日，署名：向群）、《要知松高潔　待到雪化時》（7 月 7 日，中國科學院理論組）、《一場篡黨奪權的反革命醜劇》（7 月 16 日，國家計委大批判組），為《論總綱》、《科學技術工作彙報提綱》、《加快工業發展的若干問題》三篇文稿恢復名譽。這三篇文稿，是有關單位在 1975 年根據鄧小平全面整頓的精神寫的，在「批鄧、反擊右傾翻案風」中，被「四人幫」誣衊為「三株大毒草」，進行了全國性的大批判。對這三篇文稿的肯定，也就是對「批鄧」的否定。

　　粉碎「四人幫」一週年，但「四人幫」製造的千千萬萬冤假錯案卻沉冤未洗。就在全國人民大旱望雲霓之時，《人民日報》的一篇文章有如萬里驚雷，使許多人捧讀不止，熱淚濕紙。1977 年 10 月 7 日，《人民日報》冒著極大風險以整版篇幅發表署名文章《把「四人幫」顛倒了的幹部路線是非糾正過來》。此文是在胡耀邦直接領導下，由中共中央黨校三位同志撰寫的。在 10 月 6 日下午的《人民日報》編前會上，與會同志一致同意推出這篇萬字長文，如有風險，集體承擔。文章明確提出：「我們要敢字當頭，敢於衝破阻力。」「一切強加給幹部的誣衊不實之詞，一定要推翻，顛倒的幹部路線是非一定要糾正。」從而發出了平反冤假錯案的先聲，表明「推翻幾十年來的一切冤案，使千百萬含冤負屈的人們重見天日，恢復工作，恢復正常人的生活大有希望了」。〔註 5〕

　　此文一出，石破天驚，立刻得到了廣大幹部群眾的熱烈支持，一個多月

〔註 5〕　胡績偉《劫後承重任　因對主義誠——為耀邦逝世十週年而作》，《書屋》2000
　　　　　年第 4 期。

內，《人民日報》就收到讀者來信和電報一萬多封，報社每天接到的支持電話不斷，強烈要求中央儘快平反冤假錯案。但是，當時的中組部部長郭玉鋒卻認為：「這篇文章是大毒草。」〔註 6〕在中組部內部，大批老幹部頂著壓力，在組織部大樓內貼滿了反對郭玉鋒的大字報，熱烈響應《人民日報》發出的平反冤案、解放幹部的號召。

民心的向背使《人民日報》更加堅定了自己的政治方向。11 月 27 日，《人民日報》在頭版頭條用通欄題發表評論員文章：《毛主席的幹部政策必須認真落實》。在這個總標題下，刊登了從眾多讀者來信中精選出的五封來信。這些來信既讚揚了《人民日報》10 月 7 日的署名文章，又揭露了寫信者本人所在地區或系統的組織部門抗拒或拖延落實幹部政策的行為。編輯為這五封來信製作了態度鮮明的標題：「不能無動於衷」，「這種說法不對」，「肅清『四人幫』的流毒」，「首先要清理組織人事部門」，「應當多發表這樣的文章」。

《人民日報》兩篇平反冤假錯案的文章，猶如兩顆重磅炸彈，在全國引起強烈反響。各地成千上萬的幹部、知識分子紛紛上書、上訪，提出申訴，中組部一時成為眾矢之的。但中組部部長郭玉峰繼續堅持「兩個凡是」，頑固抵制平反冤假錯案，激起中組部內外許多老幹部的憤怒。對此，《人民日報》把中組部老幹部針對郭玉峰的大字報編寫成一篇《情況彙編》，以「從一批老同志的大字報，看郭玉峰在中組部的所作所為」為題，上報中央。1977 年 12 月 10 日，郭玉峰下臺，中央任命胡耀邦為中組部部長。

胡耀邦擔任中組部部長後，以「我們不下油鍋，誰下油鍋」的氣概，衝破重重阻力，立即大刀闊斧地在全國開展平反冤假錯案的工作。《人民日報》主動配合，宣傳與組織聯動，於 1978 年 1 月 10 日和 1 月 19 分別發表評論員文章《切實整頓組織部門落實幹部政策》、社論《切實清理幹部積案落實幹部政策》，在輿論上予以聲援。

接著，《人民日報》又陸續刊登了一些地方落實幹部政策的消息。山東首次給一個大隊支部書記摘掉「走資派」的帽子，《人民日報》不但發了消息，還鄭重其事地配發了評論員文章。2 月 10 日，《人民日報》全文刊登了新華社記者採寫的長篇消息《寧夏區黨委大力落實黨的幹部政策》，報導了中共寧夏自治區委員會大力重申黨的幹部政策，認真處理過去審幹中的遺留問題。編輯旗幟鮮明地作了三行通欄標題，其引題是：「堅決推倒林彪、『四人幫』的

〔註 6〕　戴煌《胡耀邦與平反冤假錯案》，中國文聯出版社 1998 年版，第 40 頁。

誣衊不實之詞，從政治上思想上組織上採取各種措施」；副題是：「大大調動了各方面的積極因素，推動了揭批『四人幫』鬥爭的深入發展」。

《人民日報》還選擇典型個案做突破口。2月18日，《人民日報》發表了為王先梅及其子女落實政策的消息和申訴信的摘要，並配發評論員文章《落實幹部政策的一個重要問題》。文章從父母的政治問題不應牽連子女說起，指出：「當前落實黨的幹部政策，必須扭轉寧肯『左』一點的錯誤傾向。有的同志受『四人幫』流毒影響，不敢正視事實，搞過了頭也不肯糾正。把正確落實黨的政策看成是『右』的表現，不肯實事求是地去落實。他們不瞭解，對待一個人的政治生命，對一個人的正確處理和妥善安排，不光是一個人的問題，而且會牽涉到他周圍的許多人和影響到一大批人。這關係到黨的路線和政策，關係到黨的事業，我們要一絲不苟，認真負責，積極主動去解決。」這組報導的發表，立即引起廣泛反響，各地給中組部、《人民日報》和王先梅個人的信件如雪片般飛來，有力地推動了幹部政策的落實。

除此之外，《人民日報》還對製造冤假錯案的反面典型進行了揭批。4月29日，《人民日報》二版刊登了《吉林省委徹底昭雪長春光機所「特務」冤案，「四人幫」的爪牙、冤案直接製造者單奎章將依法嚴懲》的消息，揭露了「四人幫」的爪牙、中國科學院長春光學精密機械研究所負責人單奎章，對廣大科技人員進行駭人聽聞的政治迫害和人身摧殘，被他抓出的「特務」或當做「特務」隔離審查的多達 166 人，把一個好端端的研究所糟蹋得不成樣子。消息報導了吉林省委工作組的平反決定以及冤案的直接製造者單奎章將由司法部門依法嚴懲的信息。

7月13日，《人民日報》在頭版頭條的顯著位置，又報導了南京市中級人民法院對「文革」中 120 個「反革命」案件宣告無罪的消息。他們中有的是反對林彪、「四人幫」的革命同志，有的是被誣陷為「反革命」的，有的則是無意損壞了領袖像或喊錯了口號、寫錯了字句被無限上綱定成了「反革命」。

為了進一步推動平反工作，破除阻力，11月15日，《人民日報》發表題為《實事求是，有錯必糾》的評論員文章，特意加上了當時中組部部長胡耀邦報告中的一句話：「凡是不實之詞，不管是什麼時候，不論是什麼情況下，不管是哪一級組織，是什麼人定的、批的，都要實事求是地糾正過來。」

11月17日，《人民日報》刊登了新華社的消息《全國全部摘掉右派分子帽子》，副題指出：「凡不應劃右派而被錯劃了的，應實事求是地予以改正」，

並配發社論《一項重大的無產階級政策》。社論肯定了右派分子經過 21 年長期的教育改造，絕大多數有了轉變，表現較好，全部摘掉帽子的條件已經更加成熟。

在整個平反工作期間，《人民日報》與組織部門密切配合、并肩作戰，許多消息和社論都在全國引起震動，對推動平反工作起了很大作用。報社大門口每天都排著幾百人前來陳述或申述自己問題的長龍，群工部每天都收到四五麻袋要求平反冤假錯案的來信，人們把自己的問題向黨報盡情傾訴，希望自己的沉冤通過黨報昭雪。

9.3　「天安門事件」平反：敢爲天下先

粉碎「四人幫」後，由於「兩個凡是」的禁錮，對「天安門事件」的錯誤定性一直成爲不能觸動的禁區。隨著揭批「四人幫」運動的展開，廣大幹部群眾紛紛要求爲「天安門事件」平反。《人民日報》敢爲天下先，決心打破這一禁區，爲「天安門事件」的平反鼓與呼。

粉碎「四人幫」後不久，人民日報社就派出記者專門調查「天安門事件」的眞相，將當時姚文元指使人歪曲事實炮製《天安門廣場的反革命政治事件》虛假報導的經過，整理成《「四人幫」在天安門事件中的陰謀活動》的清查材料，於 1976 年 12 月 10 日以報社領導小組的名義報送中央。雖然這個材料一直被壓著不發，但它的內容早已不脛而走，在群眾中廣爲流傳。

1977 年 7 月 30，《人民日報》刊登了北京市西城區委揚西岩的來信《捂蓋子的是誰？》，來信就小學生日記事件進行質問：「是誰竟能在粉碎『四人幫』以後把事情的眞相掩蓋一年零八個月之久？是誰把本來是僞造的小學生日記摘抄說成是『日記確是小學生所寫，內容已經查證落實』云云？捂蓋子的究竟是誰？」並指出：「流毒全國的這樣一次事件，北京市一次也沒有交代，只是輕描淡寫地說『警惕性不高』，這說得過去嗎？這裏面有人在捂蓋子。」來信要求編輯部對這一「捂蓋子」的問題進行調查，讓讀者明白底細。這篇來信的矛頭直指北京市委第一書記吳德。由於「天安門事件」爲反革命事件的定性，是通過吳德之口宣佈的，這封信的發表，在中央引起了震動，也引起了華國鋒的不滿，認爲《人民日報》沒有請示，「不大愼重」。揚西岩的來信雖然使《人民日報》招致了批評，但揭開了北京市委的「蓋子」，並導致 10 月 8 日吳德辭去北京市委第一書記的職務。讀者盛讚《人民日報》「犯了一個

推動歷史前進的錯誤」。〔註7〕

1978年2月8日，全國政協文化組開會，作爲全國政協委員的《人民日報》記者余煥春呼籲政協應爲天安門事件平反作努力，並向委員們介紹《人民日報》揭發「四人幫」製造天安門事件陰謀的材料，得到與會者的熱烈響應。但隨即遭到汪東興的嚴厲批評，認爲天安門事件是毛主席定的性，翻案就是反毛主席，指責余煥春作爲《人民日報》記者不該說這種話。〔註8〕

但是人民日報並沒有退縮。1978年「四・五」天安門事件兩週年前夕，《人民日報》編輯了一期《天安門詩抄》專版作爲紀念，但送審時被扣壓不發。《人民日報》索性支持幾家單位，廣泛收集天安門詩詞，編成一本厚達500頁的《革命詩抄》，並爲他們印刷了精緻的封面，助其發行。結果全國各地紛紛翻印，一時洛陽紙貴。

這時，雖然中央對於「天安門事件」尚未做出平反決定，但一些地方已率先爲參加這次運動而受到迫害的同志平反昭雪。《人民日報》抓住時機進行報導，在顯著位置加以刊登，從而在全國形成了爲「天安門事件」平反的輿論。

7月17日，《人民日報》以大半個版的篇幅發表了新華社記者採寫的通訊《我以我血薦軒轅》，介紹了廣州半導體材料廠青年工人莊辛辛與「四人幫」英勇鬥爭的事迹。

1976年4月8日，「天安門事件」的第四天，24歲的莊辛辛向當時被「四人幫」控制的《人民日報》寫信，公開提出了「打倒張春橋、江青、姚文元」的口號。同年7月，他被扣上「現行反革命分子」的帽子逮捕入獄，判處徒刑15年。《人民日報》配發的評論員文章《希望寄託在這一代》指出：「莊辛辛的冤案，是『四人幫』及其在《人民日報》的心腹鎮壓革命群眾的又一罪證。」「無產階級報紙鎮壓革命群眾，是黨報有史以來所沒有過的事。人民群眾來信來訪，從來是黨聯繫群眾的一條重要渠道。」「但是『四人幫』控制下的《人民日報》，完全改變了毛主席的辦報路線，破壞了黨報的傳統，不僅不反映人民的呼聲，反而鎮壓人民群眾。這是一個教訓。『四人幫』控制下的《人民日報》犯下的罪行，我們一定要和全國人民一道，一筆一筆地

〔註7〕 李莊《人民日報風雨40年》，人民日報出版社1993年版，第338頁。

〔註8〕 余煥春《天安門事件報導的來龍去脈》，《人民日報回憶錄（1948～1988）》，人民日報出版社1988年版，第204、205頁。

加以清算。」

　　10 月 12 日，《人民日報》又發表記者于國厚等人採寫的長篇通訊《暴風雨中的海燕》，滿懷激情地讚頌了北京手錶殼廠青年共產黨員賀延光帶領群眾到天安門廣場悼念周總理，反對「四人幫」的英雄事迹。

　　10 月 18 日，《人民日報》刊發了記者王永安的通訊《在急風暴雨中》。通訊記述了共青團員韓志雄與「四人幫」英勇鬥爭的事迹。正是這位時年 22 歲的年輕人，在天安門廣場人民英雄紀念碑東側張貼並宣讀了《悲情悼總理，怒吼斬妖魔》的史詩般的雜文。

　　這樣，為「天安門事件」徹底平反已經呼之欲出了。11 月 16 日，《人民日報》頭版頭條刊登的一條百餘字的新華社電訊稿震動了全國——《中共北京市委宣佈　天安門事件完全是革命行動》，編輯所加的副題是：「對於一九七六年清明節因悼念周總理、反對『四人幫』而受到迫害的同志要一律平反，恢復名譽」。這條消息的播發刊登，是當時的新華社社長曾濤、《人民日報》總編輯胡績偉和《光明日報》總編輯楊西光三人籌劃的。這則電訊稿，原本是北京市委常委擴大會報導中的一段話，在當時中央對天安門事件還沒有公開明確的說法的時候，新華社單獨摘發予以突出，《人民日報》加以刊登並突出處理，在輿論上推動了天安門事件的徹底平反，顯示出了不凡的勇氣和遠見卓識。

　　3 天後的 11 月 19 日，《人民日報》在頭版右上方登出了《華主席為〈天安門詩抄〉題寫書名》的消息和華國鋒的手迹（見圖十九）。在這條消息的下面，還發表了一條題為「天安門事件中被捕的三百多人沒有一個反革命分子　無辜被捕的同志徹底平反恢復名譽」的新華社消息。

　　到了公佈歷史真相的時候了。11 月 21 日和 22 日，《人民日報》連續兩天連載了該報記者採寫的《天安門事件真相——把「四人幫」利用〈人民日報〉顛倒的歷史再顛倒過來》。當時，全國各報轉載還不能滿足群眾要求，《人民日報》又趕印了 20 萬本《天安門事件真相》的小冊子。11 月 28 日，又在刊登鄧小平副總理會見外國客人的消息中，透露為天安門事件平反是黨中央的決定。12 月 21 日，《人民日報》又以兩個版面的篇幅刊登了 17000 字的特約評論員文章《人民萬歲——論天安門廣場革命群眾運動》。

　　1978 年 12 月 18 日至 22 日，中共十一屆三中全會召開，實現了偉大的歷史轉折。十一屆三中全會《公報》宣佈：「1976 年 4 月 5 日的天安門事件完全

是革命行動。以天安門事件爲中心的全國億萬人民沉痛悼念周恩來同志、憤怒聲討『四人幫』的偉大革命群眾運動，爲我們黨粉碎『四人幫』奠定了群眾基礎。全會決定撤銷中央發出的有關『反擊右傾翻案風』運動和天安門事件的錯誤文件。」天安門事件終於得到平反昭雪，這是歷史作出的結論，在這一過程中，《人民日報》與中央務實改革力量聲氣相通、配合默契，推動了社會的進步和歷史前進的步伐，可謂居功至偉！

圖十九　1978 年 11 月 19 日《人民日報》一版

9.4　新聞界撥亂反正：重塑媒體形象

粉碎「四人幫」以後，人民日報與全國新聞界在大力推動撥亂反正同時，也開始了自身的撥亂反正，重塑新聞工作者的形象。

由於人民日報曾是林彪、「四人幫」兩個反革命集團嚴密控制的新聞單位，在「文化大革命」中散佈了許多反動理論，為害甚烈。為此，人民日報徹底清查了林彪、「四人幫」利用該報禍國殃民的罪行，嚴肅地進行了自我批判，在報紙上老老實實地承認該報在十年動亂中所犯的錯誤，並現身說法地對「四人幫」利用新聞媒介所犯的罪行，及其法西斯式的宣傳手法進行口誅筆伐，使廣大讀者認識到《人民日報》已經徹底脫胎換骨，真正成為人民的報紙了。

9.4.1　揭批「四人幫」利用《人民日報》等新聞媒介進行篡黨奪權的罪行

1976 年 11 月 14 日，《人民日報》發表了署名天慶的文章《「四人幫」篡黨奪權的一份失敗的記錄——評梁效的〈永遠按毛主席的既定方針辦〉》，揭批「四人幫」偽造毛主席臨終遺囑的罪行，指出梁效的這篇反黨文章，是「四人幫」反革命的宣言書和動員令，也是他們進行篡黨奪權陰謀活動的鐵證和失敗的記錄。12 月 17 日，《人民日報》又刊登編輯部文章《滅亡前的猖狂一跳》，全面揭批了「四人幫」利用新聞媒介大肆宣揚其偽造的毛主席臨終遺囑，加緊進行篡黨奪權陰謀活動的罪行。

《人民日報》還揭批了林彪、「四人幫」對新聞媒介的控制與運用。1977 年 1 月 14 日，《人民日報》發表了中央廣播事業局的文章《人民廣播的政治方向不容篡改》，對「四人幫」篡改廣播、電視事業「為全中國人民和全世界人民服務」的政治方向，利用廣播電視造謠、誣陷、誹謗的行為進行了揭露。

1978 年 11 月 29 日，《人民日報》發表《新聞戰線》評論員文章《新聞戰線上的革命和反革命——批判林彪、「四人幫」篡奪輿論大權的黑綱領》，揭露十年前陳伯達、姚文元合夥炮製《把新聞戰線的大革命進行到底》的背景和經過。從該文發表到「四人幫」垮臺整整 8 年間，林彪、「四人幫」竭盡全力奪取新聞輿論的領導權，他們把黨報變成了幫報，把無產階級的新聞事業變成了向無產階級和勞動人民實行專政的工具，變成了他們陰謀奪取黨和國家最高領導權的一個重要手段，把我黨優良的新聞工作傳統和作風破壞殆

盡，寫下了中國報刊史上最黑暗的一頁。文章指出，這是一個嚴重的教訓。

「四人幫」阻止破壞《人民日報》悼念周總理的宣傳報導，是他們利用新聞媒體進行篡黨奪權陰謀活動犯下的又一罪行。1977年1月9日，《人民日報》發表副題爲「本報革命同志深切懷念周總理，憤怒控訴『四人幫』破壞悼念周總理宣傳的罪行」的文章——《八億人民的愛 八億人民的恨》，揭露「四人幫」捏造事實、製造天安門事件的陰謀。1月17日，又發表交通部大批判組的文章《一出反革命鬧劇》，揭露「四人幫」1974年10月至11月利用報刊在「風慶輪事件」上大做文章，捏造「洋奴哲學」等罪名影射攻擊周總理，妄圖在四屆人大上由他們組閣的陰謀。

此外，《人民日報》還對「四人幫」的御用寫作班子進行了徹底的揭發批判。1977年7月13日，《人民日報》發表《「四人幫」的一支反革命別動隊》，之後又於8月15日發表《論羅思鼎》，12月15日發表《陰謀文藝的一股狂瀾》，1978年3月21日又發表中共北京大學委員會的文章《論梁效》，這些文章系統而深刻地揭批了「四人幫」的御用寫作班子梁效、羅思鼎、初瀾等充當「四人幫」篡黨奪權的急先鋒的罪行。

對於「四人幫」御用寫作班子的「代表作」，《人民日報》還逐一地進行剖析和批判。1977年2月22日，《人民日報》發表了海軍某部邵景均在1974年3月寫的一篇文章：《羅思鼎要把人們引向何處——評〈秦王朝建立過程中復辟與反復辟的鬥爭——兼論儒法論爭的社會基礎〉》。文章寫在「文化大革命」中，發表於「文化大革命」後，時隔近三年，這中間經歷了中國歷史的重大變革。《人民日報》的編者按指出：羅思鼎的這篇文章，多次受到江青的推薦和吹捧。這是一篇名曰批林批孔，實爲宣揚唯心史觀的壞文章。

9.4.2 檢查和揭批《人民日報》在「四人幫」控制下宣傳的虛假典型

對於「四人幫」控制下發表的反動文章、宣傳的虛假典型，《人民日報》帶頭揭批，並誠懇地希望廣大讀者也揭發批判，徹底肅清其流毒和影響，在全國新聞界起到很好的表率作用。

1976年11月30日，《人民日報》發表《一個反革命的政治騙局》的調查報告，揭穿「四人幫」和毛遠新炮製「白卷英雄」張鐵生的政治騙局。1977年11月26日，《人民日報》又發表回鄉知青董金鑠當年批判張鐵生的調查報

告《「公正的評判」終於作出來了！》，並且刊登他在 1973 年 8 月寫的批判張
鐵生「答卷」的兩封信。

　　「哈爾套大集」是「四人幫」和毛遠新在遼寧彰武縣炮製的假典型，嚴
重破壞農村經濟政策，踐踏了新聞眞實性原則。1977 年 10 月 12 日，《人民日
報》發表遼寧省供銷合作社的文章《肅清「哈爾套經驗」的流毒》，揭發批判
了「四人幫」製造這一假新聞的全部過程。

　　1978 年 5 月 21 日，《人民日報》刊登該報記者的調查《揭穿一個政治騙
局──〈一個小學生的來信和日記摘抄〉眞相》，揭發批判「四人幫」和遲群、
謝靜宜製造「一個小學生日記」的假典型案例。編者按指出，調查結果證明，
所謂《一個小學生的來信和日記摘抄》，完全是適應「四人幫」篡黨奪權的反
革命需要蓄意編造出來的，是一個政治騙局。

　　對於該報在「文革」中的錯誤宣傳報導，《人民日報》勇於承認錯誤，自
覺接受群眾批評。1977 年 10 月 8 日，《人民日報》發表上海第五鋼鐵廠工人
的來信，揭發《人民日報》在「四人幫」控制期間新聞報導嚴重失實的問題。
當時「四人幫」利用《人民日報》揮舞上鋼五廠這根「棍子」到處打人，他
們要什麼，上鋼五廠就有什麼，凡是「四人幫」的謬論，上鋼五廠都能用「事
實」證明是眞理。來信揭露了從 1974 年到 1976 年 10 月間，《人民日報》在
「四人幫」的指使下，先後發表上鋼五廠報導 60 篇，大肆宣揚該廠的「評法
批儒」、「批唯生產力論」的經驗，在上海和全國造成嚴重的惡劣影響。編者
按誠懇地希望「廣大讀者揭發本報在『四人幫』控制期間所犯的種種罪行，
徹底肅清其流毒影響，把《人民日報》辦好」。

9.4.3　揭發「文革」時期盛行的「假、大、空」文風

　　「假、大、空」是「四人幫」爲推行其政治陰謀培植起來的反動文風，
害人害黨，流毒至深。爲此，《人民日報》同全國新聞界一起深入批判了「文
革」時期盛行的「假、大、空」文風，並指斥爲「幫八股」。

　　1977 年 1 月 21 日，《人民日報》在頭版整版刊登 9 封改革文風的讀者來
信，同時配發編者按語，力促文風的改進。編者按說：「『四人幫』到處放毒，
『幫八股』就是一毒。他們的八股內容反動，文字又臭又長，千篇一律，群
眾早就恨在心上。『四人幫』打倒了，『幫八股』必須肅清。近來，本報在內
容上有一個大革命，文字上也稍有改進……我們決心同廣大讀者一起，爲改

進文風而努力。」

2 月 21 日，《人民日報》又推出一個整版，對「幫文風」進行集中的剖析和鞭撻。署名評論《打倒幫八股》，全面揭露了「幫八股」的醜惡嘴臉，將其概括爲：又臭又長，套話連篇；武斷專橫，帽子亂飛；隱晦曲折，含沙射影；弄虛作假，欺騙群眾；千篇一律，面目可憎。評論認爲：「在深入揭發批判『四人幫』的偉大鬥爭中，對幫八股加以打掃，加以肅清，把我們的文風切實整頓一番很有必要。」短評《說老實話》指出：「說假話是幫八股最大罪狀。」並自揭其醜：「在『四人幫』控制輿論那一段時間，『四人幫』通過本報說了不少假話。我們一定要在揭批『四人幫』的鬥爭中，改造思想，改進文風，努力肅清『四人幫』的流毒和影響，恢復我黨新聞工作的優良傳統。」這個版還登了十多封讀者來信，集中批判「幫文風」。

11 月 14 日，《人民日報》轉載《解放軍報》評論員文章《禁絕一切空話》。文章指出空和假是連在一起的，林彪、「四人幫」把持輿論工具，空話天天講，嚴重地敗壞了我們黨實事求是的優良傳統，造成了極壞的空氣。

支撐「幫八股」的是其錯誤理論。1978 年 3 月 26 日，《人民日報》發表徐占焜的文章《斥「事實服從路線需要」論》。文章說，「四人幫」不但有造謠手段，而且有造謠「理論」，「事實服從路線需要」，就是「四人幫」的「造謠有理」論。

在《人民日報》的誠懇自我批評的感召下，讀者對「文革」期間《人民日報》的批評來信日漸增多。復旦大學新聞系教師葉春華著文揭露「四人幫」控制時期《人民日報》的反動編排，《人民日報》於 3 月 31 日全文刊登，編者按呼籲：「我們歡迎廣大讀者繼續揭發批判，同我們一道徹底肅清『四人幫』的流毒和影響。」

在清除林彪、「四人幫」對新聞事業流毒的鬥爭中，《人民日報》逐步恢復和發揚了黨的新聞工作的優良傳統，報紙的文風有了突出的改進，報紙的面貌有了顯著變化。報紙編排也進行了改革，按照新聞價值及黨和人民的需要編排版面，取消了報眼位置的語錄專欄和引用語錄時使用的黑體字。爲了將報紙上語錄黑體字改爲普通體，《人民日報》多次向上級請示報告均未獲准。1978 年 3 月在全國科學大會期間，鄧小平指示報社，他報告中引用的毛主席的話，不要排黑體字。3 月 22 號，《人民日報》發表了鄧小平《在全國科學大會開幕式上的講話》，講話中引用的毛主席語錄首次不排黑體字，以後各

報爭相傚仿，遂成慣例，領袖黑體字語錄從此在中國書籍報刊上消失。

9.5　小　結

禍國殃民的「四人幫」雖已被粉碎，但留給中國新聞界的是一個沉重巨大的問號。

馬克思針對 1851 年到 1852 年的法國波拿巴政變說過這樣一段話：「像法國人那樣說他們的民族遭受了偷襲，那是不夠的……還應當說明，為什麼 3600 萬人的民族竟會被三個衣冠楚楚的騙子弄得措手不及而毫無抵抗地作了俘虜呢。」〔註9〕同樣，中國新聞工作者也在不斷進行著靈魂的拷問，為什麼四個跳梁小丑可以扼住「黨的喉舌」，把黨和人民的輿論工具變成他們篡黨奪權的工具？經歷了「文化大革命」狂風暴雨洗禮的中國新聞界，開始變得成熟和理性，他們開始對「左」傾錯誤影響下的中國新聞事業進行深刻反思，為了防止歷史重演、慘劇再現，廣大新聞工作者內心中充溢著一個最強烈、最迫切的願望和呼聲：「新聞必須改革！」

經歷了反右、大躍進、文化大革命——長達 22 年的曲折彷徨，中國新聞界在 1978 年十一屆三中全會後，勇敢地邁出了撥亂反正、解放思想的步伐。於是，一場中國新聞事業史上最宏偉、最持久的新聞改革，在 1979 年伴隨著改革開放的春天轟轟烈烈地展開了。可以說，沒有「左」傾錯誤 20 餘年的考驗和磨難，就沒有十一屆三中全會前後中國新聞界的自覺和勇敢。在這次新聞改革中，《人民日報》同樣走在了改革的最前沿，在黨中央的正確領導和支持下，人民日報社一大批富有良知、正義和理想的新老報人，衝過一道又一道難關，把《人民日報》辦成一張引領時代新思維、新方針，以至新制度的報紙，步入了最輝煌的歷史時期。報紙日益受到讀者的歡迎和喜愛，發行量也突破六百萬份，最高達六百四十多萬份！報社率先在全國試行了企業化管理，各項事業突飛猛進，迅速發展，成立了人民日報出版社，恢復了《新聞戰線》雜誌，創辦了我國第一張促進工商業發展的報紙《市場報》，資助出版了新中國第一張英文報紙《中國日報》和《中國農民報》，並與社會科學院合辦了新聞研究所和新聞研究生班，不僅培養鍛鍊出了一支優秀的新聞工作隊伍，也培養鍛鍊出一支優秀的經營管理隊伍，他們在《人民日報》這個新聞大舞臺上，演出了許許多多有聲有色的活劇！

〔註9〕《馬克思恩格斯選集》第 2 卷，人民出版社 1972 年版，第 608 頁。

後　記

　　經過半年多見縫插針的緊張寫作，論文《「左」傾錯誤時期的〈人民日報〉》終於完稿。這是一段煉獄般的日子，其中甘苦自知，但內心頗為忐忑：不知自己的努力能否得到學界的認可？

　　「『左』傾錯誤時期的《人民日報》」，這是一個既重要又敏感又複雜的選題，可謂是「燙手的山芋」、「難啃的骨頭」，其寫作的難度、知識的廣度、把握的分寸度確非本人能力所及。單就史料的鈎沉、史實的辨析和繁雜的採訪來說，也是十分困難的。故心中常存一種恐懼：擔心自己會因力不從心而最終放棄寫作。提筆之初，心中常一片茫然，大有「老虎吞天，無處下口」之感。於是便轉身投入茫茫的歷史煙海之中──「反右」、「大躍進」、「反右傾」、「文革」，一個個敏感的政治話題撞入眼簾，我行進在共和國歷史上最炫目、最曲折的迷宮中。記得胡喬木曾說過，「寫『文化大革命』史甚至比寫路易波拿巴政變記還難」。〔註 1〕更何況還有難度不亞於文革史的前十年史呢！但緊接著他的一句「我們要知難而進」的話激勵了我，我就像騎著瘦馬、挺著長矛勇往直前去同風車作戰的堂‧吉訶德，雖有著不識時務的愚蠢和自不量力，但終於像啃硬骨頭似的堅持下來，而堅持下來的結果，便是有了這篇關於《人民日報》的論文。

　　以《人民日報》作為論文選題，除了上述諸多困難外，對我來講還是一個相當的風險和挑戰。因為作為人民日報工作人員來寫《人民日報》，雖有感同身受、近水樓臺之利，但毋庸諱言，實與本人利害攸關，因為論文的寫作

　　〔註 1〕　見胡喬木同志 1980 年 7 月 7 日同《歷史決議》起草組的談話。

勢必涉及對本社歷史和有關人、事的評價，臧否於人，難免有投鼠忌器之虞。但本人深知這一塡補新聞史空白之作的重要性，決心本著史家之精神，秉筆直書，公正持平，譽人不增其美，毀人不益其惡，不計個人榮辱得失，力爭寫出一部經得起歷史檢驗的信史來。

下面，補充說明一下我在論文寫作中遇到的一些問題及思考。

首先是關於歷史寫作「宜粗不宜細」的問題。寫歷史是粗好還是細好？朱正先生 1998 年在《南方周末》上發文指出，用粗線條寫歷史，便於塗上一層情緒化、傾向性的色彩；寫得細一些，才有助於顯示出事件的眞相。我讚成這一觀點，並想補充說，現在流行的「宜粗不宜細」論，指的是作政治結論，不必糾纏於某些歷史細節，但在一些歷史的關節點、轉捩點上，或是最能展現事物特徵的地方，則「宜細」。因爲倘若事件的眞相都還沒弄清楚，則事物的結論也就失去了根據。基於這種想法，本人在論文寫作中，對於「反右」發動的動因，對於充當「文革」導火索的《評新編歷史劇〈海瑞罷官〉》的出籠經過，都進行了「細描」。另外，對於最能展現《人民日報》特徵的重大事件，如「金門炮戰」、「中蘇論戰」、毛澤東在天安門會見斯諾照片的發表，都詳列一節加以研究。前兩者著重展示《人民日報》「批判的武器」的特點，後者則體現了《人民日報》極其微妙的「版面語言」和政治色彩。

歷史分期問題歷來也是歷史研究的一個重要內容。論文沒有完全按照中共黨史的歷史分期方法。新聞事業的發展固然受政治和政黨的影響極大，但又有其自身的發展規律，不應用政治史、黨史來套用新聞史。如中共黨史和革命史一般把 1965 年 11 月姚文元《評新編歷史劇〈海瑞罷官〉》的發表作爲「文革」準備期的開始，論文卻把 1962 年 9 月八屆十中全會毛澤東關於「千萬不要忘記階級鬥爭」口號的提出作爲「文革」準備期的肇始，總的考慮是這一口號的提出對中國新聞事業的重大影響，新聞工作經過短暫的調整後，再次受到「左」傾思潮的衝擊。

另外，當代歷史寫作普遍存在著一個缺陷，就是見事不見人。其實，早在《左傳》、《史記》時期，中國古代修史便開闢了「史中見人」的優良傳統，中華民族的許多歷史人物，就栩栩如生地「活」在史籍中。筆者不揣淺陋，試圖在這一方面做一點嘗試，在史實的敘述中，盡量留下人物活動的影子，如爲楊剛、鄧拓二人作小傳，並記述了人民日報的「右派分子」在反右運動中的經歷。

　　歷史學家翦伯贊說「史料即史學」，治新聞史必須建立在掌握大量可靠史料的基礎上——也就是建立在事實的基礎上。論文所依據的主要史實材料，除了前人的研究成果以及人民日報有關當事人的回憶錄和口述資料外，就是《人民日報》所發表的社論、新聞、文章和版面，以此對《人民日報》進行系統深入的文本分析和實證分析。寫作中，採取分析與史實印證相結合的方法，力求在最大程度上讓歷史以本來面目展現。

　　舊史積習，每於敘述一事的末尾便發一論，這是從《左傳》「君子曰」開始便有的。本人也試仿其式，於一些章節末尾，發為議論，以體現論從史出、史論結合的新聞史學特點。同時，古人對於紛繁複雜的事物，常用列表的方法以簡馭繁，此種方法，以司馬遷《史記》「十表」為最早。故論文序列《人民日報》大事年表於後，以便對其歷史脈絡加以釐清。為保持歷史的前後一貫性，所選大事前後略有遷延。

　　中國史學界向有一種優良傳統，即重視史家個人的學養品格，要求治史者具備五項基本素質——「才、學、識、德、責」。本人自度與良史相距甚遠，但仍堅持以此為訓，也願這次論文寫作對我是一次磨礪和提高。

　　論文的寫作，得到了我的導師方漢奇先生的悉心指導和幫助。記得去年3月報論文選題時，先生聽說我要寫《人民日報》，立即表示讚同和支持，但隨即又替我擔心，是夜一個晚上沒有睡好覺。論文寫作期間，先生給我提供了大量資料，並給以悉心的指導和精細修改。所有這些，都令我感念不已。然而，令我懷慚抱愧的是，由於我的懈怠，加之平時工作繁忙，我沒有如期拿出論文。

　　由於本人能力所限和寫作時間的緊促，論文尚存在開掘深度不夠以及一些疏漏之處，這些遺憾，留待以後的研究工作加以彌補。

楊立新

2005 年 8 月 16 日，於北京人民日報社家中

《人民日報》大事年表
（1956 年～1978 年）

1956

4.5　《人民日報》發表編輯部文章《關於無產階級專政的歷史經驗》，批評赫魯曉夫的「和平共處」、「和平過渡」，反對全盤否定斯大林。

6.13　《人民日報》刊登陸定一《百花齊放，百家爭鳴》的講話。

6.20　《人民日報》發表社論《要反對保守主義，也要反對急躁情緒》。

7.1　《人民日報》首次改版，發表改版社論《致讀者》，將版面擴為 8 個版。

1957

1.7　《人民日報》發表陳其通等人的文章《我們對目前文藝工作的幾點意見》，對「雙百方針」提出異議。

3.24　費孝通在《人民日報》發表《知識分子的早春天氣》。

4.10　毛澤東召見人民日報負責人，指責鄧拓是「死人辦報」。

4.11　《人民日報》發表社論《繼續放手，貫徹「百花齊放、百家爭鳴」的方針》，批評陳其通等人的意見。

5.1　《人民日報》刊登中共中央發出的《關於整風運動的指示》，開始整風運動的宣傳報導。

5.15　毛澤東寫出《事情正在起變化》，發給黨內高級幹部閱讀，決心反擊右派。

6.8　《人民日報》發表毛澤東撰寫的社論《這是為什麼？》，開始在全國開展大規模的「反右派鬥爭」。

6.10　《人民日報》發表社論《工人階級說話了》，向「右派分子」發難。

6.14　《人民日報》發表編輯部文章《〈文匯報〉在一個時間內的資產階級方向》。

6.29　吳冷西擔任《人民日報》總編輯，鄧拓只任社長。

7.1　《人民日報》發表毛澤東起草的社論《文匯報的資產階級方向應當批判》，以莫須有的罪名指出《文匯報》存在一個民盟右派系統。

7.8　《人民日報》發表社論《鬥爭正在開始深入》，提出必須克服「對於右派分子的溫情主義」。

8.16　《人民日報》發表社論《使鬥爭深入，再深入》，推動了反右派運動的擴大化。

10.7　《人民日報》副總編輯楊剛自殺。

11.13　《人民日報》發表社論《發動全民，討論四十條綱要，掀起農業生產的新高潮》，文中「大躍進」一詞得到毛澤東讚賞。

12.1　《新聞戰線》創刊，該刊是《人民日報》主辦的全國性新聞專業期刊。

1958

1.1　《人民日報》發表元旦社論《乘風破浪》，提出「超英趕美」的口號。

1.6　《人民日報》刊登本報訊《不准右派分子混入黨的宣傳隊伍　人民日報社揭發蔣元椿等人的反黨言行》，蔣元椿等 7 人被點名批評。

2.3　《人民日報》發表社論《鼓起幹勁，力爭上游！》，號召「全面大躍進」。

4.11　《人民日報》副總編輯黃操良在反右運動後期自殺。

6.8　《人民日報》報導河南遂平小麥畝產 2105 斤，開始放農業高產「衛

星」。

6.21　《人民日報》社論《力爭高速度》說：「當大家都想快、要快、力爭快的時候，事情的進展果然就快了。」鼓吹唯意志論。

7.23　《人民日報》發表社論《今年夏季大豐收說明了什麼》，宣佈我國小麥總產量已遠遠超過美國，居世界第二位。

8.18　《人民日報》發表第一篇報導人民公社的新聞《人民公社好》。

8.24　《人民日報》頭版刊登《我炮兵猛轟金門蔣艦》，透露金門炮戰的消息。

8.27　《人民日報》發表劉西瑞的署名文章《人有多大膽，地有多大產》。

9.1　《人民日報》刊登《中共中央政治局擴大會議號召全黨全民為生產1070 萬噸鋼而奮鬥》，拉開大煉鋼鐵的序幕；同日，發表康濯的文章《徐水人民公社頌》。

9.5　《人民日報》發表社論《全力保證鋼鐵生產》，提出掀起一個「以鋼為綱」帶動一切的「大躍進」。

9.18　《人民日報》報導廣西環江紅旗農業社水稻畝產 130434 斤，放出了「大躍進」水稻「衛星王」。

10.6　《人民日報》發表毛澤東起草的、以國防部長彭德懷名義發佈的《告臺灣同胞書》。

10.25　《人民日報》發表社論《辦好公共食堂》，把辦好公共食堂作為人民公社化運動的一項重要內容。

1959

8.5　人民日報召開編委擴大會議，討論宣傳報導問題，強調大鼓幹勁，反對右傾情緒和鬆勁現象。

9.1　《人民日報》發表社論《「得不償失」論可以休矣》，對「右傾機會主義分子」對於「三面紅旗」的意見逐條加以駁斥。

10.19　人民日報召開反右傾整風報告會，全社開展反右傾運動。

1960

1.1　《人民日報》刊登元旦社論《展望六十年代》，提出「繼續躍進」口號。

4.22　為紀念列寧誕辰 90 週年，《人民日報》發表社論《沿著偉大列寧的道路前進》。

10.1　《人民日報》在國慶社論中透露：「全國大部分地區連續遭受嚴重自然災害。」

1961

1.21　《人民日報》以《粵西行》為題開始分 6 期選載陶鑄的《西行紀談》。

1.29　《人民日報》發表社論《大興調查研究之風》。

5.1　劉少奇嚴厲批評人民日報，指出對於「大躍進」的責任，「《人民日報》領導一半」，「有報紙的害處，比沒有報紙的害處還大。」

10.31　《人民日報》第二次改版，日出一張半，周一出一張。

1962

1.11　「七千人大會」召開，《人民日報》受到與會代表批評。

5.1　劉少奇就人民日報工作發表談話，指出「報上的一切文章都應當是調查研究的結果」。

5.4　《人民日報》副刊開闢雜文專欄《長短錄》，至 12 月 8 日發表雜文 37 篇。

1963

2.7　《人民日報》打破常規以兩個版的篇幅向全國人民全面介紹社會主義新人雷鋒的事迹。

3.5　《人民日報》發表毛澤東題詞「向雷鋒同志學習」，全國開展學習雷鋒活動。

9.6　《人民日報》《紅旗》雜誌發表文章《蘇共領導同我們分歧的由來和

發展》，開始「九評蘇共中央的公開信」。

1964

2.1　《人民日報》發表社論《全國都要學習解放軍》。

2.10　《人民日報》刊登《大寨之路》的報導，並發表社論《用革命精神建設山區的好榜樣》，全國農村掀起了農業學大寨運動。

4.17　《人民日報》發表毛、劉、朱、周聯名簽署的赫魯曉夫 70 壽辰賀電全文。

4.20　《人民日報》發表通訊《大慶精神大慶人》，全國開始「工業學大慶」。

7.14　「九評」《關於赫魯曉夫假共產主義及其在世界歷史上的教訓》發表，提出「文化革命」。

7.17　《人民日報》發表文章，點名批判楊獻珍的「合二而一」論。

10.17　《人民日報》頭版刊登新聞公報，發佈我國第一個核裝置試爆成功的消息。

12.5　《人民日報》頭版報導北京市幹部參加勞動運輸大白菜消息，受到毛澤東表揚。

1965

3.1　《人民日報》發表《重評孟超新編〈李慧娘〉》，稱《李慧娘》「是一株反黨反社會主義的毒草」。

11.10　上海《文匯報》發表姚文元的《評新編歷史劇〈海瑞罷官〉》，點燃「文化大革命」的導火索。

11.30　《人民日報》在「學術研究」欄裏轉載姚文元的《評新編歷史劇〈海瑞罷官〉》。

12.21　毛主席在杭州做了關於《海瑞罷官》「要害」問題的談話。

1966

2.7　《人民日報》發表長篇通訊《縣委書記的榜樣——焦裕祿》，並刊登社論《向毛澤東同志的好學生——焦裕祿同志學習》。

5.14　　《人民日報》發表《揭破鄧拓的反黨反社會主義的面目》，掀起了批
　　　　判「三家村」的高潮。

5.17　　鄧拓含冤自盡。

5.31　　陳伯達率領中央工作組進駐人民日報社奪權。

6.1　　　《人民日報》發表社論《橫掃一切牛鬼蛇神》，《人民日報》成為「中
　　　　央文革」御用工具。

6.2　　　《人民日報》以《北京大學七同志一張大字報揭穿一個大陰謀》為
　　　　題，全文刊登聶元梓等人的大字報。同日，開始在報頭刊登《毛主
　　　　席語錄》。

6.3　　　《人民日報》發表社論《奪取資產階級霸佔的史學陣地》。

6.4　　　《人民日報》刊登改組北京市委及北大黨委的消息，並發表社論《毛
　　　　澤東思想的新勝利》、《撕掉資產階級「自由、平等、博愛」的遮羞
　　　　布》。

6.5　　　《人民日報》發表社論《做無產階級革命派，還是做資產階級保皇
　　　　派？》。

6.20　　中央任命唐平鑄為《人民日報》代理總編輯。

7.3　　　《人民日報》發表社論《全國人民活學活用毛主席著作群眾運動空
　　　　前高漲》。

8.13　　《人民日報》發表社論《學習十六條，熟悉十六條，運用十六條》。

8.23　　《人民日報》頭版發表《工農兵要堅決支持革命學生》、《好得很！》
　　　　兩篇社論，鼓吹「造反有理」。

8.24　　《人民日報》編委兼文藝部主任陳笑雨投河自盡。

9.7　　　根據周恩來指示，《人民日報》發表《抓革命、促生產》社論，強
　　　　調「革命和生產兩不誤」。

10.22　《人民日報》發表社論《紅衛兵不怕遠征難》，全國迅速掀起「長征
　　　　大串聯」的狂潮。

1967

1.1　　　《人民日報》、《紅旗》雜誌發表社論《把無產階級文化大革命進行

到底》。

4.1　《人民日報》發表戚本禹的文章《愛國主義還是賣國主義？——評反動影片〈清宮秘史〉》，開始在報刊上不點名地攻擊劉少奇。

5.8　《人民日報》《紅旗》雜誌發表編輯部文章《〈修養〉的要害是背叛無產階級專政》，對劉少奇、鄧小平的批判開始公開化。

5.17　《人民日報》公開發表《中共中央通知》（即 5.16 通知）。

7.25　《人民日報》頭版用大字標題刊登《毛主席暢遊長江》的「特大喜訊」。

8.5　《人民日報》公開發表毛澤東的《炮打司令部——我的一張大字報》，並發表社論《炮打資產階級司令部》、《徹底摧毀資產階級司令部》。

10.12　《人民日報》發表社論《全國都來辦毛澤東思想學習班》，提出要「以鬥私批修爲綱，普遍地舉辦毛澤東思想學習班」。

10.25　《人民日報》發表社論《大、中、小學校都要復課鬧革命》，各地中、小學和一些大專院校陸續復課。

11.3　《人民日報》發表理論文章《大樹特樹偉大統帥毛主席的絕對權威，大樹特樹偉大的毛澤東思想的絕對權威》，從理論上又掀起「突出領袖」的狂潮。

11.6　《人民日報》發表「兩報一刊」編輯部文章《沿著十月社會主義開闢的道路前》，提出「無產階級專政下繼續革命的理論」的六個要點。

1968

7.22　《人民日報》發表毛澤東批示的調查報告《從上海機床廠看培養工程技術人員的道路》，編者按稱，該報告「提出了學校教育革命的方向」。

8 月　魯瑛接替唐平鑄掌握《人民日報》大權。

8.26　《人民日報》發表《工人階級必須領導一切》，「工宣隊」、「軍宣隊」開始進駐學校及黨政機關。

9.1 　《人民日報》刊登「兩報一刊」編輯部文章《把新聞戰線的大革命進行到底——批判中國赫魯曉夫反革命修正主義的新聞路線》，這是林、江反革命集團篡奪輿論大權的綱領性文章。

9.7 　《人民日報》發表社論《無產階級文化大革命的全面勝利萬歲！》，稱「全國山河一片紅」。

10.5 　《人民日報》發表《柳河「五・七」幹校爲機關革命化提供了新的經驗》，按語提出「廣大幹部下放勞動」，各地普遍開辦「五・七幹校」。

10.10 　毛澤東作出批示：「人民日報三分之一的人下去勞動，三分之一的人下去作調查研究，三分之一的人工作。」

10.16 　《人民日報》轉載《紅旗》雜誌社論《吸收無產階級的新鮮血液》，號召開展針對劉少奇的「革命大批判」。

12.22 　《人民日報》發表毛澤東的「知識青年到農村去，接受貧下中農的再教育，很有必要」的指示，各地立即掀起了知識青年上山下鄉的熱潮。

1969

3.4 　《人民日報》發表社論《打倒新沙皇》，抗議蘇聯軍隊入侵我國珍寶島。

6.26 　《人民日報》發表評論員文章《廣闊天地，大有作爲》，指出知識青年上山下鄉「是關係到培養和造就千百萬無產階級革命事業接班人的大問題」。

8.6 　《人民日報》發表評論員文章《大張旗鼓，除四害，講衛生》，指出「除四害，講衛生」是一件大事。

1970

4.26 　《人民日報》發表社論，慶祝我國第一顆人造地球衛星發射成功。

9.23 　《人民日報》發表社論指出，要進一步深入開展學大寨的群眾運動。

10.19 　《人民日報》刊登了山東花生大王姚士昌的文章《我是怎樣用毛主

席的哲學思想指導科學實驗的》，製造「花生夜間開花」的假報導。

10.23 《人民日報》前社長范長江跳井自殺。

12.25 《人民日報》在頭版頭條刊登毛主席與斯諾在天安門城樓上的合影
照片。

1971

7.16 《人民日報》發表尼克松總統訪華的《公告》。

8.10 《人民日報》刊登《靠毛澤東思想治好精神病》，報導解放軍一六五
醫院和湖南郴州精神病院，用毛澤東思想醫治好精神病。

10.1 《人民日報》打破慣例沒有發表國慶社論。至此，林彪的名字開始
在《人民日報》上銷聲匿迹。

1972

2.22 《人民日報》報導尼克松總統訪華。

4.24 《人民日報》發表社論《懲前毖後，治病救人》，強調「經過長期革
命鬥爭鍛鍊的老幹部」，「是黨的寶貴財富」，推動落實幹部政策。

10.1 《人民日報》發表「兩報一刊」國慶社論《奪取新的勝利》，表達了
周恩來恢復黨的八大的正確路線和方針的意圖。

10.14 《人民日報》發表《無政府主義是假馬克思主義騙子的反革命工具》
等3篇批判極「左」思潮和無政府主義的文章。

12.5 王若水上書毛澤東，力主批「左」。

12.17 毛澤東就王若水的來信發表談話，批「左」轉爲批右。

1973

1.1 《人民日報》發表「兩報一刊」《新年獻詞》，強調「批林整風」的
重點是批右，並轉達毛澤東提出的「深挖洞，廣積糧，不稱霸」的
口號。

8.7 《人民日報》發表楊榮國的文章《孔子——頑固地維護奴隸制的思
想家》，發起「批林批孔」運動。

8.10 　《人民日報》轉載《遼寧日報》的《一份發人深省的答卷》，張鐵生成爲「風雲一時」的「反潮流」人物。

8.30 　《人民日報》刊登《中國共產黨第十次全國代表大會新聞公報》，正式公佈「粉碎林彪反黨集團」。

9.27 　《人民日報》刊登唐曉文的文章《孔子是「全民教育家」嗎？》，影射攻擊周總理指示推行的教育制度和招生辦法，成爲「批林批孔」的第一批學習文件。

11.14 　《人民日報》轉載《紅旗》雜誌的《秦王朝建立過程中復辟與反復辟的鬥爭——兼論儒法論爭的社會基礎》，借批呂不韋，影射攻擊周恩來。

12.28 　《人民日報》轉載《北京日報》的《一個小學生的來信和日記摘抄》，宣傳反「師道尊嚴」的「小英雄」黃帥。

1974

1.1 　《人民日報》發表「兩報一刊」社論《元旦獻詞》，發出了「批林」也要聯繫「批孔」的信號。

1.18 　經毛澤東批准，中共中央轉發江青主持選編的《林彪與孔孟之道》，在全國開展「批林批孔」運動。

1.30 　《人民日報》發表評論員文章《惡毒的用心　卑劣的手法——批判安東尼奧尼拍攝的題爲〈中國〉的反華影片》。

2.28 　《人民日報》刊登「四人幫」御用寫作班子「初瀾」的文章《評晉劇〈三上桃峰〉》。

4.3 　《人民日報》刊登梁效的文章《孔丘其人》，直接影射周恩來。

6.19 　《人民日報》發表梁效的《法家代表人物介紹》，在劉邦這一條目中，塞進了按照江青的調子吹捧呂后的內容。

1975

2.22 　《人民日報》發表張春橋組織編選的《馬克思、恩格斯、列寧論無產階級專政》，提出「進一步搞好批林批孔運動」。

8.13　毛澤東發表對古典小說《水滸》的看法，認爲「《水滸》這部書，好就好在投降。做反面教材，使人民都知道投降派」。

8.31　《人民日報》刊登《紅旗》雜誌短評《重視對〈水滸〉的評論》和「竺方明」的《評〈水滸〉》，敲響了「四人幫」評《水滸》的開場鑼鼓。

9.4　《人民日報》發表社論《開展對〈水滸〉的評論》，掀起了全國性的評《水滸》運動。

1976

1.1　《人民日報》發表「兩報一刊」社論《世上無難事，只要肯登攀》，揭開「批鄧、反擊右傾翻案風」的序幕。

1.9　周恩來逝世的第二天，姚文元指示《人民日報》「沒有報導任務」。

1.14　周恩來追悼會前一天，《人民日報》發表《大辯論帶來了大變化》。

2.29　《人民日報》發表梁效、任明的《評「三項指示爲綱」》，開始「批鄧、反擊右傾翻案風」的報導。

3.10　《人民日報》發表社論《翻案不得人心》，開始點名批判鄧小平。

4.5　《人民日報》的《情況彙編》最早提出「天安門廣場的反革命政治事件」。

4.8　《人民日報》發表長篇通訊《天安門廣場的反革命政治事件》，詆毀4月5日天安門廣場發生的群眾性悼念周總理和反對「四人幫」的活動。

5.16　《人民日報》發表梁效的文章《黨內確有資產階級——天安門廣場反革命政治事件剖析》，污蔑鄧小平「就是這次反革命事件的總後臺」。

8.23　《人民日報》發表社論《抓住要害深入批鄧》，強調要批「三株大毒草」。

4.12　署名「一個現場的工農兵」的讀者致書《人民日報》總編輯魯瑛，怒斥《人民日報》的4月8日通訊。

9.16　《人民日報》發表「兩報一刊」社論《毛主席永遠活在我們心中》，

偽造毛澤東「臨終遺囑」。

9.17　《人民日報》刊登《遵照偉大領袖毛主席囑咐按既定方針辦　堅決把無產階級革命事業進行到底》，突出宣傳「按既定方針辦」。

9.18　《人民日報》刊登新華社播發的黨和國家領導人在毛澤東遺體前默哀的照片，把王洪文、張春橋、江青置於中央位置。

10.7　中央派遲浩田率工作組到人民日報，奪回被「四人幫」篡奪的輿論大權。

10.10　《人民日報》發表「兩報一刊」社論《億萬人民的共同心願》。

11.14　《人民日報》發表《「四人幫」篡黨奪權的一份失敗的記錄——評梁效的〈永遠按毛主席的既定方針辦〉》。

1977

1.9　《人民日報》發表《八億人民的愛　八億人民的恨》，揭露「四人幫」製造天安門事件的陰謀。

2.7　《人民日報》發表「兩報一刊」社論《學好文件抓住綱》，公佈華國鋒的「兩個凡是」。

2.21　《人民日報》發表《打倒幫八股》文章，並配發短評《說老實話》，提出肅清「四人幫」流毒和影響，恢復黨的新聞工作的優良傳統。

4.14　《人民日報》發表《中共中央關於學習〈毛澤東選集〉第五卷的決定》。

7.30　《人民日報》刊登北京西城區委揚西岩的來信《捂蓋子的是誰？》，把矛頭直指北京市委。

10.7　《人民日報》發表署名文章《把「四人幫」顛倒了的幹部路線是非糾正過來》。

11.18　《人民日報》在刊登《教育戰線的一場大論戰——批判「四人幫」炮製的「兩個估計」》。

1978

3.22　《人民日報》刊登鄧小平《在全國科技大會開幕式上的講話》，在全

國報刊首次引用毛主席語錄沒用黑體字。

3.26　《人民日報》發表署名「張成」的文章《標準只有一個》。

5.12　《人民日報》轉載《光明日報》特約評論員文章《實踐是檢驗眞理的唯一標準》。

6.24　《人民日報》刊登解放軍報特約評論員文章《馬克思主義的一個最基本原則》，表明軍隊對眞理標準問題討論的態度。

11.16　《人民日報》在頭版頭條刊登新華社消息《中共北京市委宣佈　天安門事件完全是革命行動》，爲「天安門事件」平反。

11.17　《人民日報》刊登了新華社消息《全國全部摘掉右派分子帽子》，並配發社論《一項重大的無產階級政策》。

11.21　《人民日報》連續兩天連載了該報記者探寫的《天安門事件眞相——把「四人幫」利用〈人民日報〉顚倒的歷史再顚倒過來》。

11.28　《人民日報》刊登鄧小平副總理會見美國、日本朋友的新華社電訊稿，肯定「天安門事件」爲革命行動是黨中央的決定。

12.21　《人民日報》以兩個版面刊登特約評論員文章《人民萬歲——論天安門廣場革命群眾運動》。

《人民日報》元旦社論標題

（1949 年～2012 年）

1949　將革命進行到底

1950　完成勝利，鞏固勝利迎接一九五〇年元旦

1951　在偉大愛國主義旗幟下鞏面我們的偉大祖國

1952　以高度的信心和堅強的意志迎接一九五二年

1953　迎接一九五三年的偉大任務

1954　一切爲了實現國家的總路線

1955　迎接一九五五年的任務

1956　爲全面地提早完成和超額完成五年計劃而奮鬥

1957　新年的展望

1958　乘風破浪

1959　迎接新的更偉大的勝利

1960　展望六十年代

1961　團結一致，依靠群眾，爭取世界和平和國內社會主義建設的新勝利

1962　新年獻詞

1963　鞏固偉大成績，爭取新的勝利

1964　乘勝前進

1965　爭取社會主義事業新勝利的保證

1966　迎接第三個五年計劃的第一年——一九六六年

1967　把無產階級文化大革命進行到底

1968　迎接無產階級文化大革命的全面勝利

1969　用毛澤東思想統帥一切

1970　迎接偉大的七十年代

1971　沿著毛主席革命路線勝利前進

1972　團結起來，爭取更大的勝利

1973　新年獻詞

1974　元旦獻詞

1975　新年獻詞

1976　世上無難事，只要肯登攀

1977　乘勝前進

1978　光明的中國

1979　把主要精力集中到生產建設上來

1980　迎接大有作為的年代

1981　在安定團結的基礎上，實現國民經濟調整的巨大任務

1982　一年更比一年好，定教今年勝去年

1983　為我們的偉大事業增添新的光彩

1984　勇於開創新局面

1985　和衷共濟搞四化

1986　讓愚公精神滿神州

1987　堅持四項基本原則是搞好改革、開放的根本保證

1988　迎接改革的第十年

1989　同心同德，艱苦奮鬥

1990　滿懷信心迎接九十年代

1991　為進一步穩定發展而奮鬥

1992　在改革開放中穩步發展

1993 團結奮進

1994 艱苦奮鬥，再創輝煌

1995 總覽全局，乘勢前進

1996 滿懷信心奪取新勝利

1997 把握大局，再接再勵，同心同德，開拓前進

1998 在十五大精神指引下勝利前進

1999 團結奮鬥，創造新業績

2000 迎接新世紀的曙光

2001 邁進光輝燦爛的新世紀

2002 邁出中華民族偉大復興的新步伐

2003 迎接更加光輝燦爛的未來

2004 奮進在全面建設小康社會征程上

2005 邁出全面建設小康社會的新步伐

2006 偉大的開局之年

2007 科學發展的道路越走越寬廣

2008 喜迎偉大的 2008 年

2009 描繪更新更美的圖畫

2010 迎接奮發有為的 2010 年

2011 在把握機遇中迎接下一個十年

2012 邁向充滿希望的 2012

《人民日報》年度社論統計表
（1949 年～2011 年）

年　度	篇　數	年　度	篇　數	年　度	篇　數
1949	48	1970	41	1991	52
1950	137	1971	60	1992	60
1951	171	1972	58	1993	58
1952	139	1973	52	1994	44
1953	232	1974	56	1995	48
1954	281	1975	55	1996	41
1955	375	1976	52	1997	49
1956	371	1977	71	1998	33
1957	387	1978	125	1999	39
1958	447	1979	127	2000	32
1959	333	1980	133	2001	33
1960	461	1981	113	2002	34
1961	245	1982	141	2003	36
1962	150	1983	145	2004	37
1963	205	1984	76	2005	31
1964	223	1985	54	2006	30
1965	264	1986	36	2007	23
1966	201	1987	30	2008	35
1967	175	1988	33	2009	21
1968	42	1989	44	2010	32
1969	18	1990	56	2011	27

《人民日報》歷任總編輯、社長名錄

職　稱	姓　名
社長	張磐石（1948.8～1949.8）
社長	胡喬木（1949.8～1949.12）
社長	范長江（1950.1～1952.6）
總編輯、社長	鄧拓（1949.8～1958.9）（注：鄧拓 1957 年 6 月後只任社長）
總編輯	吳冷西（1957.6～1966.5）
工作組組長	陳伯達（1966.5～1966.6）
代理總編輯	唐平鑄（1966.6～1968.8）
領導小組負責人（總編輯）	魯瑛（1968.8～1976.10）
工作組組長、第一副總編輯	遲浩田（1976.10～1977.10）（注：胡績偉 1977 年 1 月任總編輯後，遲浩田改任副總編輯）
總編輯、社長	胡績偉（1977.1～1983.11）（注：1982 年 4 月，胡績偉辭去總編輯職務，改任社長，秦川繼任總編輯）
總編輯、社長	秦川（1982.4～1985.12）
總編輯	李莊（1983.11～1986.3）
社長	錢李仁（1985.12～1989.6）
總編輯	譚文瑞（1986.3～1989.6）
社長	高狄（1989.6～1992.11）
總編輯、社長	邵華澤（1989.6～2000.6）（注：邵華澤 1989 年 6 月任總編輯，1992 年 11 月接替高狄兼任社長，1993 年 9 月不再兼任總編輯）

總編輯	范敬宜（1993.9～1998.3）
社長	白克明（2000.6～2001.8）
總編輯、社長	許中田（1998.3～2002.10）
總編輯、社長	王晨（2001.8～2008.3）（注：王晨 2001 年 8 月任總編輯，2002 年 11 月兼任社長，2003 年 2 月不再兼任總編輯）
總編輯、社長	張研農（2003.2～　）（注：張研農 2003 年 2 月任總編輯，2008 年 3 月兼任社長，2008 年 4 月不再兼任總編輯）
總編輯	吳恒權（2008.4～　）

主要參考文獻

1. 《毛澤東選集》第 1～4 卷，人民出版社，1991 年。

2. 《毛澤東選集》第 5 卷，人民出版社，1977 年。

3. 《毛澤東文集》第 1～8 卷，人民出版社，1993～1999 年。

4. 《毛澤東年譜》，中共中央文獻研究室編，中央文獻出版社，1993 年。

5. 《建國以來毛澤東文稿》第 1～13 冊，中央文獻出版社，1987～1998 年。

6. 《毛澤東書信選集》，人民出版社，1983 年。

7. 《劉少奇選集》（下卷），人民出版社，1983 年。

8. 《劉少奇年譜》（下卷），中共中央文獻研究室編，中央文獻出版社，1996 年。

9. 《周恩來選集》（下卷），中共中央文獻編輯委員會編輯，人民出版社，1984 年。

10. 《周恩來年譜（1949～1976）》，中共中央文獻研究室編，中央文獻出版社，1997 年。

11. 《鄧小平文選》第 1～3 卷，人民出版社，1983 年。

12. 《鄧小平思想年譜（1975～1997）》，中共中央文獻研究室編，中央文獻出版社，1998 年。

13. 《毛澤東新聞工作文選》，新華出版社，1983 年。

14. 《建國以來重要文獻選編》第 8～20 冊，中共中央文獻研究室編，中央文獻出版社，1992 年。

15. 《關於建國以來黨的若干歷史問題的決議》，1981 年 6 月 27 日十一屆六中全會通過，見 1981 年 7 月 1 日《人民日報》。

16. 《陸定一文集》，《陸定一文集》編輯組編，北京人民出版社，1992 年。

17. 陳丕顯：《陳丕顯回憶錄：在「一月風暴」的中心》，上海人民出版社，2005年。

18. 薄一波：《若干重大決策與事件的回顧》，中共中央黨校出版社，1991年。

19. 李維漢：《回憶與研究》，中共黨史資料出版社，1986年。

20. 蕭克、李銳、龔育之：《我親歷過的政治運動》，中央編譯出版社，1998年。

21. 《中國共產黨歷史》，中央黨史研究室編，中共黨史出版社，2002年。

22. 胡繩：《中國共產黨的七十年》，中共黨史出版社，1991年。

23. 高皋、嚴家其：《「文化大革命」十年史（1966～1976）》，天津人民出版社，1986年。

24. （美）費正清、麥克法誇爾主編：《劍橋中華人民共和國史》（1949～1965），上海人民出版社，1990年。

25. （美）麥克法誇爾、費正清主編：《劍橋中華人民共和國史》（1966～1982），中國社會科學出版社，1992年。

26. 金沖及主編：《毛澤東傳》，中央文獻出版社，1996年。

27. 袁永松主編：《偉人毛澤東》，上海科學技術文獻出版社，1997年。

28. 黃崢：《劉少奇傳》，中央文獻出版社，1998年。

29. 金沖及主編：《周恩來傳》，中央文獻出版社，1988年。

30. 袁永松主編：《偉人鄧小平》，紅旗出版社，1998年。

31. 方漢奇、陳業劭：《中國當代新聞事業史（1949～1988）》，新華出版社，1993年。

32. 方漢奇主編：《中國新聞事業通史》（第三卷），中國人民大學出版社，1999年。

33. 甘惜分：《一個新聞學者的自白》，香港未名出版社，2005年。

34. 童兵：《主體與喉舌：共和國新聞與傳播軌迹審視》，河南人民出版社，1994年。

35. 孫旭培：《新聞學新論》，當代中國出版社，1994年。

36. 吳冷西：《憶毛主席——我親自經歷的若干重大歷史事件片斷》，新華出版社，1995年。

37. 吳冷西：《十年論戰：1956～1966中蘇關係回憶錄》，中央文獻出版社，1999年。

38. 李莊：《人民日報風雨40年》，人民日報出版社，1993年。

39. 李莊：《難得清醒》，人民日報出版社，1999年。

40. 胡績偉：《胡績偉自選集》（新聞卷一～三）。

41. 胡績偉：《青春歲月：胡績偉自述》，河南人民出版社，1999 年。

42. 王若水：《智慧的痛苦》，三聯書店出版社，1989 年。

43. 王若水：《新發現的毛澤東》，明報出版社，2002 年。

44. 穆欣：《辦〈光明日報〉十年自述（1957～1967）》，中共黨史出版社，1998 年。

45. 《人民日報回憶錄（1948～1988）》，人民日報報史編輯組編，人民日報出版社，1988 年。

46. 歐陽欽等：《人民日報思想評論選集（1962～1963）》，人民日報出版社，1964 年。

47. 《關於吳晗〈海瑞罷官〉問題的討論》，新建設編輯部編，三聯書店，1965 年。

48. 《工農兵語彙集》，江西日報社革命委員會編，江西日報社，1970 年。

49. 李銳：《「大躍進」親歷記》，上海遠東出版社，1996 年。

50. 李銳：《廬山會議實錄》，河南人民出版社，1999 年。

51. 李銳：《毛澤東的早年與晚年》，貴州出版社，1992 年。

52. 朱正：《1957 年的夏季——從百家爭鳴到兩家爭鳴》，河南人民出版社，1998 年。

53. 張湛彬等：《「大躍進」和三年困難時期的中國》，中國商業出版社，2001 年。

54. 杜蒲：《極左思潮的歷史考察》，河南人民出版社，1994 年

55. 牛漢、鄧九平：《荊棘路：記憶中的反右派運動》，經濟日報出版社，1998 年。

56. 牛漢、鄧九平：《六月雪：記憶中的反右派運動》，經濟日報出版社，1998 年。

57. 牛漢、鄧九平：《原上草：記憶中的反右派運動》，經濟日報出版社，1998 年。

58. 韋君宜：《思痛錄》，北京十月文藝出版社，1998 年。

59. 戴煌：《九死一生：我的反「右派」歷程》，學林出版社，2000 年。

60. 戴煌：《胡耀邦與平反冤假錯案》，中國文聯出版社，1998 年。

61. 《胡喬木文集》，北京人民出版社，1992 年。

62. 《楊剛文集》，人民文學出版社，1984 年。

63. 《鄧拓文集》第 1～4 卷，北京出版社，1986 年。

64. 溫濟澤：《徵鴻片羽集》，當代中國出版社，1995 年。

65. 藍翎：《龍捲風》，上海遠東出版社，1995 年。

66. 胡平、曉山：《名人與冤案：中國文壇檔案實錄》，群眾出版社，1998 年。

67. 季羨林：《牛棚雜憶》，中央黨校出版社，1998 年。

68. 馬達：《馬達自述——辦報生涯 60 年》，文匯出版社，2004 年。

69. 季音：《風雨伴我行》，河南人民出版社出版，2003 年。

70. 紀希晨：《史無前例的年代：一位人民日報老記者的筆記》，人民日報出版社，2001 年。

71. 張嚴平：《穆青傳》，新華出版社，2005 年。

72. 于光遠：《我憶鄧小平》，時代國際出版社，2005 年。

73. 胡平：《禪機：1957：苦難的祭壇》，廣東旅遊出版社，2000 年。

74. 張濤：《中華人民共和國新聞史》，經濟日報出版社，1996 年。

75. 瞿林東：《中國史學史綱》，北京出版社，1999 年。